제 5 복음서

제5복음서

2019년 10월 15일 1판 1쇄 인쇄
2019년 10월 20일 1판 1쇄 발행
저   자   현의섭
발 행 자 심혁창
발 행 처 도서출판 한글

서울특별시 마포구 신촌로 270(아현동)
수창빌딩 903호 우 04116
☎ 02-363-0301 / FAX 362-8635
E-mail : simsazang@hanmail.net
창   업 1980. 2. 20.
이전신고 제2018-000182

* 파본은 교환해 드립니다
* 정가 15,000원

ISBN 97889-7073-569-6-92660

이 도서의 국립도서관 출판예정도서목록(CIP)은 서지정보 유통
시스템 홈페이지(http://seoji.nl.go.kr)와 국가자료공동목록시스
템(http://www.nl.go.kr/kolisnet)에서 이용할 수 있습니다.
(CIP제어번호: 2019039499)

현의섭 장편소설
제5복음서

도서출판 한글

작품론
신앙고백과 문학적 해석의 만남

황 헌 식
(문학평론가)

  젊음이 봄의 꽃처럼 아름다워야 한다면, 늙음은 가을의 열매처럼 아름다워야 한다. 꽃이 보는 즐거움이라면 열매는 주는 풍요로움이다. 아름다움이 없는 젊음이 절망이라면, 열매 없는 늙음은 슬픔이다.

  현의섭 작가가, 원고를 쓰느라 숨어 살고 있는 나를 애써 찾아내어, 먼 길을 멀다않고 찾아와서 「제5복음서」의 원고를 주고 갔을 때, 한편으로는 공자의 삼락(三樂)중 하나인 '친구가 먼 데서 찾아오니 또한 기쁘지 아니한가(有朋 自遠方來 不亦樂乎)-하는 마음과 다른 한편으론 팔순을 바라보는 나이에 새로운 장편소설을 쓰다니- 하는 놀라운 마음을 감출 수 없었다. 그날, 나는 그의 작품에서 열매의 아름다움을 찾는 마음으로 밤을 새워 그 원고를 읽었다.

예수에 대한 해석학적 물음

  기독교 성경의 4복음서라는 텍스트는 2천 년 전에 씌어졌고, 그 주인공인 예수 그리스도 또한 2천 년 전에 이 땅에 살았던 인물이다. 「제5복음서」는 예수라는 역사적 인물과 복음서라는 역사적 텍스트를 작가 나름의 시각으로 해석해 보려는 위험하고도(?) 흥미로운 작업이다.

　엄밀한 의미에서 진리는 토탈러지(tautology:同語反覆)다. 오직 A=A만이 진리이고, A=B라는 표현부터가 해석이다. 따지고 보면 인간만이 해석하는 유일한 동물이다. 다른 한편으로 이 해석의 차이가 인간과 인간 사이의 수많은 분쟁과 갈등의 원인이 되고 있다.

　기독교 교회사를 보면, 텍스트로서의 성경 A를 B나 C, D로 해석함으로써 로마 가톨릭에서 개신교가 갈라졌고, 오늘날 개신교 역시 수많은 교단과 교파로 갈라졌다. 성경의 해석을 두고 교회에서는 초기부터 지금까지 끊임없이 이단시비가 계속되고 있다. 그동안 쏟아져 나온 수많은 성경주석들, 신학서들이 따지고 보면 모두 해석의 산물들이며, 그 해석들은 시간이 지나면서 더욱 난해하고 난삽해지면서 텍스트에서 멀어지기 일쑤였다. 교회 예배의식의 절대적인 비중을 차지하고 있는 설교와 강론들 역시 날이 갈수록 그 해석이 현란해져 텍스트로부터 더욱 멀어져 가고 있다.

　현의섭의 소설 『제5복음서』를, 복음서와 예수 그리스도라는 인물에 대한 '위험하고도(?) 흥미로운 작업'이라 지적한 것도 이러한 해석의 결과가 가져올 위험성 때문이었다.

　예수의 삶을 주제로 한 소설 중에서 가장 주목받은 작품들인 니코스 카잔차키스의 『그리스도 최후의 유혹』이나 노벨문학상 수상자 주네 사마라구의 『제2예수복음』은 기독교 교리의 핵심인 복음의 결정적 내용의 일부를 일그러뜨림으로써 로마가톨릭이나 기독교 교단과 심한 갈등을 빚었다.

　성경의 내용과 등장인물을 주제로 한 작품을 쓸 경우 크리스천 작가들이 가지는 공통된 두려움은, 이처럼 '신앙인으로서의 자기절제'와 '작가의 창작 자유' 사이의 갈등을 어떻게 극복하느냐는 것이다.

작가로서의 용기와 크리스천으로서의 신앙고백

예수의 '성령에 의한' 동정녀 탄생, '대속으로서의' 십자가 죽음, 그리고 '사망의 극복으로서의' 육체의 부활사건 등을 비신화화(demythologization)란 이름으로 부정하거나 변경할 경우, 그 작품은 소설로서는 성공할지 몰라도 작품 속 기독교의 정체성은 상실하게 된다.

현의섭 작가의 『제5복음서』는 작품 전편에서 이 위험성을 철저히 배제하고 있다. 그런 면에서 이 작품은 근거 없이 중요 사실을 왜곡하여 작가로서의 명성을 얻으려는 '예수 죽이기'의 유혹에서는 멀찌감치 벗어나 있다.

그렇다면 작가는 왜 굳이 복음서의 예수 이야기를 『제5복음서』란 이름으로 소설화해야만 했을까?

복음서에 나타난 사건들과 인물들에 관한 기술이 아주 단편적인 부분이 많아서, 독자들이 이를 충분히 이해하기에 어려움을 느껴 왔다. 이러한 아쉬움을 작가는 문학적 상상력으로 살아 있는 스토리로 복원해 보려한 것이다. 이것은 작가로서의 용기이며, 신앙인으로서의 소명이기도 하다. 크리스천 작가라면 누군들, 예수 그리스도란 인물을 작품으로 형상화해 보려는 마음이 왜 없겠는가. 그러나 그것은 결코 만만한 작업이 아니다. 이 작업에는 성경에 대한 상당한 지식과 작가로서의 역량이 함께 요구되기 때문이다. 현의섭 작가가 팔순을 앞에 둔 시점에서 이 작품을 쓴 것은, 용기이고 어떤 의미에선 신앙고백이다.

『제5복음서』를 어떻게 읽을 것인가

이 작품은 '작가의 말'에서 밝혔듯이, 복음서 저자의 시각이 아닌, 예수의 수난사 현장에 이해 당사자로 개입했던 로마 총독부의 정보장교, 종교권력인 대제사장과 서기관들, 바리새인들, 사두개인들, 예루살렘의 최고 종교법원 산헤드린공회가 파송한 현장 감시자들, 궁핍하고 고단한 삶을 바꿔줄 메시아를 갈망했던 민중들(ochlos)과 치유의 은혜를 입은 병자들의 증언과 고백 형식을 통해 당시의 현장을 재현하고 있다. 여기에 기독교문학 작품 읽기의 즐거움이 있다.

작가는 작품의 여러 곳에서, 제자들이 아닌 제3의 관찰자들의 눈을 통해 예수가 "신이 된 사람인가, 사람이 된 신인가?"를 묻고 있다. 또 다른 중요한 관점은, 예수의 십자가의 죽음은, 그 자신이 선택한 것이란 점이다. 그는 예수의 제자들이나 추종자들이 아닌 제3의 관찰자들을 통해 '대속의 메시아'란 판단을 이끌어 낸다. 여기에 작가의 신앙고백이 드러난다.

'디테일이 경쟁력'이라는 말이 있다. 이 말은 소설 작품을 읽을 때 더욱 실감하게 된다. 『제5복음서』를 읽으며 독자들은 작가의 세밀한 스토리텔링을 통해 구성한 사건의 흐름과 인물의 심리 속으로 빠져들면서 복음서를 읽으면 느끼지 못했던 현장을 만나게 된다.

이 작품에서 주인공인 예수 그리스도 외에 관심 있게 읽어 봐야 할 두 인물이 가룟 유다와 본디오 빌라도다.

복음서를 읽은 많은 독자들은, 예수를 판 가룟 유다의 배신은 "가룟인이라 부르는 유다에게 사탄이 들어가니―(눅22:3)"라는 간단한 문장으로 이해하기 어려운 사건이다. 더구나 예수가 대제사장과 장로들에 의해 빌라도에 넘겨지자 뒤늦게 후회하여, 예수를 판 대가로 받은 은 30을 그들에게 도로 갖다 줬으나 받아들이지 않자, 이를 성소에 던져 넣고 목매어 자살한 사건 또한 이해하기 어렵다. 이 무슨 이율배반적 행동인가.

그러나 이 작품에서는 예수를 판 가룟 유다의 배신은 예수를 인류 구원의 대속자로서의 메시아가 아닌 다윗 같은, 새로 세울 민족국가의 왕으로서의 메시아로 오인함으로써 벌어진 결과였다. 열심당원으로서, 죽은 자를 살리고 난치병자들을 고치며 보리떡 다섯 개와 물고기 두 마리로 5천 명이 배불리 먹고 남게 한 전무후무한 능력의 스승을, 대(對) 로마 왕권회복 무력항쟁의 리더로 끌어들이려는 과정에서 벌어진 어처구니없는 판단착오가 빚은 비극이었다. 거의 소설 절반에 걸쳐 전개되는 열심당원들과 가룟 유다의 행적은 당시 이스라엘의 역사적 상황을 이해하는 데도 큰 도움이 된다.

사도신경에는 '―본디오 빌라도에게 고난을 받으사 십자가에 못 박혀 죽으시고―'로 되어 있어, 예수의 죽음을 전적으로 빌라도의 책임으로 판단하고 있다. 그러나 성경을 읽어본 독자들은 어떻게든 예수를 십자가에 처형하는 과정을 주도했던 자들은 당시의 종교(유대교) 기득권 세력인 대제사장과 서기관, 바리새인 등이었음을 누구나 알 수 있다. 다만 그 법적 판결의 형식만을 빌라도의 이름을 빌렸을 뿐이다. 이 부분에 관하여 작가는 로마 황제에게 올린 빌라도 총독의 보고서 형식을 빌어 상세히 재조명하고 있다. 이 보고서에서 빌라도는 예수에 대하여 상당한 호감을 보였으며, 죄 없음을 거듭 증언하고 있었으며, 그가 메시아임을 인정하였다. 이 '총독 보고서'는 '그리스도 사건'에 관한 아주 세밀한 관찰의 문건이란 점에서 이 소설의 결론과도 같은 중요한 위치에 있다.

『제5복음서』는 예수 그리스도란 인물과 복음서란 텍스트를 작가의 눈을 통해 해석한 소설이다. 앞에서 나는 해석은 위험하다(?)고 말했었다. 그러나 작가는 예수 그리스도란 집의 골격을 조금도 훼손하지 않고 그를 둘러싼 십자가 사건을 극적인 스토리로 완성하였다. 그런 의미에서 이 작품은 팩션(faction)이라 하는 것이 정확하다.

작가의 말

1세기의 그 현장을 리얼하게 재현한 복음의 입체적 디테일
그 위험한, 그러나 절대로 필요한, 그래서 위대한 그 작업을
하기로 욕심을 냈다. 근거는 심장을 뜨겁게 하는 사명감이다.
현 의 섭

2천여 년의 서구 문명권의 역사는 기독교사상을 품고 있다. 그럼에도 그들은 다툼 많은 신학적 해석들은 풍성하게 생산하였으나 1세기의 복음의 현장을 문학적 해석으로 제대로 재현하지 못하였음을 나는 도무지 이해하지 못한다. 명성이 자자한 유능한 작가들이 없어서가 아니라서 나는 늘 의문부호 하나를 가슴에 품고 있었다. 그것이 내게 이 엄청난 모험일 수 있는, 그러나 하지 않으면 안 되는 사명감으로 각인되었고, 그래서 이 위험한 작업에 도전하였다.

작가생활 12년 만인 1990년에 일단 1차 도전을 하였다. 국민일보에 18개월에 걸쳐 〈영원한 생애〉라는 제목으로 그리스도의 복음을 형상화하였고, 연재 직후 「소설 예수 그리스도」로 제목을 바꾸어 3권의 책으로 냈다. 838면의 대작이다. 그래도 5만5천부가 팔렸으므로 내가 드디어 해냈다는 자부심이 있어 좋았다. 그로부터 30여 년 가까이 흘러 다시 읽은 나는 이게 아니라고 실망하였다. 독자들의 이해를 돕겠다는 노력이 과하여 분량이 많고 매끄럽게 읽혀지지 않는 부분이 눈에 띄었기 때문이

다, 다시 쓰자! 이렇게 결론을 내렸다.

그 후 30여 년을 설교하며 살아 왔다. 교회를 세 번 개척하였고, 계원예술고등학교와 계원예술대학에서 25년을 교목으로, 신학교에서 14년 강의하였다. 성경교재 「믿어지지 않는 성경 이야기 확실히 믿어지는 이야기」를 썼고, 신학교에서는 '신구약중간사와 신약성경의 배경'을 강의하였다. 나는 여건상 78세라는 늦은 은퇴를 하였는데, 그 마지막 3년 가까이 「제5복음서」를 다시 쓰기 위해 계원대학교회의 성도들과 한 마음으로 기도하면서 준비해 왔다. 그 후 1년 동안 주변 사람들이나 이름을 아는 모락산 자락 작은 집필실에서 하루 대여섯 시간씩 이 작품 집필에 몰입하였다. 새로 쓴 원고를 서너 번 읽으면서 너 참 잘 했다, 좋은 열매를 맺었다고 몇 번이나 독백하였다. 30년도 전에 김기영 감독과 영화 시나리오 작업을 할 때 들은 이야기가 불현듯 떠올랐다. 1956년에 3시간 40분짜리 영화 〈십계〉의 시사회가 끝나자 '하나님, 이 작품이 제가 만든 게 맞습니까?'라고 감격해 하였다는 세실 B 데밀 감독의 일화다.

소설은 신학도 설교도 아닌 형상화 작업이다. 복음서를 리얼하게 재구성하며 디테일로 실감나는 현장감을 연출하여 독자가 1세기의 복음의 현장을 절절하게 경험토록 해야 된다.
이 소설은 그리스도의 복음을 다양한 시각으로 입체화하였다. 군중의 숫자에 예민한 점령국 로마의 총독이 파견한 잘 훈련된 정보장교의 치밀한 현장 관찰, 체포권과 기소권과 재판권까지 전권을 행사하는 대제사장 중심의 절대 종교권력 산헤드린공회가 파송한 율법준수주의자들의 엄격한 율법적 시각, 70년 가까이 로마의 압제로부터 선민의 독립왕국을 회복하기 위해 극렬항쟁의 칼을 뽑는 열심당 조직이 주목하는 예수의 신이 된 사람이거나 사람이 된 신만의 그 무한의 능력을 그들의 독립투쟁에 활용하려는 은밀한 의도와 공작의 손길, 왕실을 공개적으로 모욕한 세례 요한의 목을 벤 헤롯 안디바 왕의 긴장한 정보원들의 시선, 생사고락을 함께하는 제자들의 관점, 빈곤과 질고의, 나아가 은밀하게 켜켜이 쌓인 죄에 의한 신음소리로 호흡하던 참담한 흑암에서 치유와 사죄의 비길 데 없는 은혜를 입은 허다한 군상들 등의 다양한 시각을 총합, 입체적으로 예수 그리스도의 복음을 형상화하였다.

몇몇 세계적 유명 작가들이 예수를 주인공으로 소설을 썼다. 그러나 복음의 본질을 심각하게 훼손하는 수준의 허구적 서사(虛構的敍事)의 유혹에 빠져 구토증 나는 신성모독을 마다하지 않았음이 개탄스럽다. 복음의 훼손이다.

음악에서는 헨델의 〈메시아〉가 깊은 은혜의 감동으로 대중의 열화 같은 갈채를 받는다. 문학에서는 그렇지 못함에 대한 연민과 안타까움이 내게 있다. 문학은 여러 장르의 예술작품에 직간접 토양이다. 문학의 타락은 세상의 타락을 부추긴다. 절대가치인 진리를 감각적 흥미로 추락시키는 건 죄악이다. 진리를 모르면 아는 체 말아야 지성이다.

「제5복음서」는 성경의 4권의 복음서를 하나로 묶은 소설이다. 그러나 이 작품에 뻔한 이야기는 없다. 복음서는 예수 그리스도 중심의 이야기이지만 소설 「제5복음서」는 같은 서사지만 구조가 다르다. 성경은 특히 복음서는 생략과 압축이 지나치다. 당시의 중요한 역사적 사건들도 외면하였다. 설명이 생략되었으며 수식어에는 무관심 수준으로 인색하다. 오죽하면 4복음서의 마지막 한 절을 '예수의 행하신 일을 다 기록하면 세상에 둘 곳이 없다'로 마감하였을까(요21:25).

그 압축과 복원에 의한 재구성이 이 소설에서의 fiction이다. 그러나 복음의 본질인 fact를 선명하게 부각시키는 소재요 도구로 활용하였다. 그래서 작가의 상상력과 표현력이 고뇌의 1차적 기도였고, 장편소설이 흥미와 긴장과 감동으로 전개되지 않으면 성경이 잘 안 읽히듯 이 소설도 읽히지 않는 작품으로 나의 발표작 목록에 제목 하나 추가되는 것에 머물 수 없어야 된다는 게 2차적 기도였고, 이 작품을 읽는 이마다 신분이나 상황과 관계없이 복음의 감동이 충만해지는 기막힌 은혜로 채우소서가 현재 진행형의 3차적 기도다.

2019. 8.
모락산 서북 편 기슭에서

차 례

작품론 | 황현식 · 신앙고백과 문학적 해석의 만남 | 5
작가의 말 | 현의섭 | 10

17 | 나는 내가 결정한다
23 | 황제의 대리인은 명령할 뿐 정치는 없다
27 | 신이 된 사람인가, 사람이 된 신인가
35 | 마케루스 왕궁의 죄인들과 세상의 모든 죄인들
41 | 나사렛 예수 –우리 시대의 대표적 위험인물
46 | 안식일엔 쉬라고 하였지 가만히 앉아 죽으라하였나
50 | 베드로의 두려운 고백
57 | 그가 선택하지 않으면 그에게 죽음은 없다
61 | 창녀 마리아 –사랑을 나눌 가슴이 없다
71 | 내가 누구인가?
89 | 축제와 함성
127 | 머나먼 왕국의 밀사
153 | 정의로운 바리새인들의 불의한 음모

16 제5복음서

184 | 왕관인가 무덤인가
206 | 바라바 –민족의 영웅으로
242 | 영원한 새 시대의 여명
272 | 예수를 십자가에 못 박고 우리의 영웅을 석방하라
288 | 두 개의 예수 십자가
299 | 총독 보고서

나는 내가 결정한다

"너희들은 저렇게 십자가에서 죽는 걸 원치 않겠지. 그건 아주 쉽단다. 갈릴리에 살지만 갈릴리 사람처럼 살지 말거라. 로마 군인에게 칼을 겨누지 마라. 너희들 열 살이라고 했지? 로마 군인에게 일찍이 이런 충고를 들은 건 큰 행운이란다."

로마군 하급 병사의 전투용 투구가 건조한 햇볕에 반사되어 두 소년은 잠시 눈을 찡그렸다. 긴 창을 세우고 장난 투로 너스레를 떤 병사는 씨-익 웃어 보이고 저만치 길가에서 오줌을 내갈기는 동료에게 둔한 발걸음을 옮겨 갔다.

"예수야, 얼른 가자. 여기 괜히 왔어. 아버지나 엄마나 알면 혼낼 거야. 빨리 가자. 절대로 세포리스에 가지 말라고 하셨단 말이야."

나사렛에서 두 시간 가까이 땡볕에 걸어 온 또래의 두 소년은 그러나 냉큼 그 자리를 떠나지 못하였다. 예수의 민감한 오감이 그 작동을 멈춘 듯 옴짝달싹 못하였다. 심지어 목소리도 나오지 않았다. 길 가 양편으로 끝없이 전개된 2천 개의 십자가에서 2천 명의 사형수가 이틀째 죽지 않고 내지르는 극통의 비명과 절규와 신음과 죽기를 애절하게 열망하는 절망의 공포가, 그 비릿한 피 냄새와 함께 소년 예수를 포로로 잡고 놓아 주지 않았다.

"예수야, 빨리 가자니까."

"아셀, 너 먼저 가."

"너도 아버지가 세포리스엔 얼씬도 말라고 하셨다면서?"
예수는 평소와 다른 눈빛으로 친구를 돌아보며 단호하게 말했다.
"나는 내가 결정한다."
아셀은 예수에게서 평소에 한 번도 본 없는 냉정하고 단호한 말투와 어른스러운 위엄을 지닌 표정을 경험한 적 없어 냉큼 입을 열지 못하였다.
그로부터 한 시간 여가 지난 오후 세 시쯤에 두 소년은 말없이 세포리스를 떠났다. 북쪽 나사렛으로 향하는 완만한 언덕길은 먼지가 풀풀 일었다. 하오의 태양은 소년들의 왼쪽 뺨을 따갑게 때렸다.
"화났니?"
한참만에야 겨우 말문을 연 아셀은 그러나 하나님과 침묵을 약속한 듯 '난 내가 결정 한다' 이후 굳게 입을 다문 반응 없는 예수를 힐끗 쳐다보았다. 예수는 친구를 의식하지 못하는 듯 묵묵히 걸었다. 세포리스에 도착해서부터 지금까지 그가 본 길 양편의 수를 셀 수 없는 십자가의 소름끼치는 참혹한 공포, 폐기능이 정지신호를 보내오는 듯 숨 막히는 통증, 찢어진 살에서 흘러내리다가 말라붙어 가는, 아직 살아 있음에도 떼를 지어 날아와 눈과 코와 뺨과 귀를 물어뜯어 배를 채우는 독수리 떼의 역겨운 탐욕과 피 냄새를, 예수는 여전히 오감으로 생생하게 경험하고 있었다. 정복자 로마군 앞에서의 갈릴리인의, 유대인의, 하나님이 선택한 이 민족의 참담한 운명이 하나님의 예정과 섭리라면, 아니야, 이건 너무 참혹해, 2천 명이 한꺼번에 십자가에 못 박히다니—.
침울한 예수는 나사렛 마을에 이르기까지 실어증에 걸리기라도 한 듯 침묵이었다.
나사렛은 가까운 북쪽에 가나 마을이, 남남서 7km에 분봉 왕 헤롯 안디바의 왕궁이 있는 큰 도시 세포리스가 있다. 유다가 이끄는 거칠기로 소문난 갈릴리의 열심당이 무력항쟁을 일으킨 세포리스는 왕궁 경호대와 약간의 로마군 병사들을 순식간에 제압하며 승리에 도취되었다. 마치 그들의 땅에서 로마의 명장 폼페이우스에게 정복당한 지 47년 만에 숙원의 독립을 쟁취한 듯 기고만장이었다. 왕궁을 포함, 도시가 거의 불타고 파괴되어 폐허처럼 유기된 상태다.

그러나 길길이 날뛰며 승리의 개가를 부르던 흥분한 열심당은 북서쪽 시리아 주둔 로마군사령부에서 급파한 2개 군단 병력이 신속히 들이닥치자 순식간에 지리멸렬하였다. 1만 2천의 전투경험 풍부한 중무장의 2개 보병군단과 기병대는 카이사르 율리우스의 유럽 정복전쟁 이후 어느 민족 어느 땅에서도 패전을 모르는 군대였다. 아시아 서부지역의 패권을 장악한 로마는 사기충천하여 지칠 줄 모르는 강행군으로 직선거리 60km에 불과한, 그러나 여러 능선과 골짜기와 건조한 골란고원을 지나느라 족히 90km가 넘는 먼 길을 불과 이틀 만에 달려와 열심당을 단숨에 제압하였다. 체포된 열심당원과 폭동에 전혀 가담하지 않은 세포리스의 남자들과 여행자 등 2천여 명을 닥치는 대로 체포하여 모두 십자가에 못 박았다. 인근 나사렛과 가나 마을의 목수가 모두 징발되어 로마군 병사들과 함께 십자가를 만들었다. 예수의 아버지 요셉도 열흘 남짓 세포리스에 징용당해 십자가를 만들어야 했다.

저녁 식탁은 그야말로 무거운 침묵이다. 목수의 거친 손으로 빵을 수프에 찍던 요셉이 지금 막 어두운 얼굴로 들어온 예수를 분노에 찬 눈으로 쏘아봄으로써 분위기가 심상치 않았다.

"내가 단단히 일렀다. 너는 내가 만든 십자가에 내 친구가 처형된 세포리스에 가지 말아야 했다."

"식탁에서는 좋은 얘기만 하기로……."

마리아가 분위기를 바꾸려 조심스레 입을 열었지만 요셉이 참지 않았다.
"거기 가면 안 된다는 건 좋은 얘기요."
절제된 분노가 읽혀졌다. 그러나 이내 독백 같은 차분한 어조로 바뀌었다.
"나사렛과 가나마을 청장년 여럿도 세포리스 십자가에—. 친절한 이웃들이……."
그래놓고 요셉은 가족의 얼굴을 외면한 채 성난 얼굴로 식사에 열중했다. 그야말로 평소에 없던 무거운 침묵으로 식탁은 암울하였다.
"내가 태어나기 수십 년 전이다."
식사가 끝나자 요셉은 평소의 착 가라앉은 목소리로 차분하게 입을 열었다.
"로마의 폼페이우스가 우리 땅을 점령하기 직전에 로마에서는 이번 세포리스 십자가보다 세 배나 많은 십자가를 아피아대로 양변에 세웠단다. 자그마치 6천 명이다. 나는 이 세상에서 로마인의 십자가가 가장 두렵다. 하나님의 선민인 아브라함의 후손을 이방인이 저주의 십자가에 처형하지 못하는 그 날이 오기를 기도하며 산다. 나도, 이 민족 모두, 마음은 열심당원이다. 끔찍한 건 로마에 대항할수록 십자가가 많아진다. 430년이나 이집트의 압제 하에서 신음하던 우리 조상들이 이집트와 싸워서 해방을 쟁취한 게 아닌 걸 누가 모르느냐. 우리는 하나님이 선택한 민족이므로 모세를 보내어 2백만도 넘는, 그 규모가 상상이나 되니? 이집트에서의 대 탈출이 가능하였다. 하나님만 믿고 의지하는 게 우리 민족이 사는 바른 길이다. 그게 하나님이 원하시는 길이다. 칼을 쓰면 칼로 망한다."
2천 명 십자가의 피비린내와 비명과 신음소리와, 한 번 목격하면 죽어야만 잊힐 그 끔찍한 현장을 목격하였다면 통제할 수 없는 울분이 가슴에 남아 민족 해방 운동이 신념으로 확고해질 가능성이 높음을 요셉은 염려하였다. 두 살 터울의 어린 다섯 형제를 십자가로부터 보호하려는 아버지의 보호본능에 다름 아니다.

"그 6천 명도 로마의 반역자들인가요?"

둘째 야고보가 나직이 물었다.

"반란노예다. 로마군이 정복지에서 잡아 온 여러 종족의 포로들이다."

예수는 작년엔가 회당장에게 그 이야기를 들었다. 열두 살까지 이어지는 회당 교육은 의무였다. 주로 율법과 선지자들의 글을 배우지만 회당장의 경험과 지식에 따라 그 시대의 흐름을 알 수 있는 약간의 정치적 사회적 정보와 해석이 곁들어졌다. 회당장은 노예반란이 검투사 훈련소에서 촉발하였는데, 노예가 된 포로들 중 힘센 자들을 선별하여 검투사로 훈련시키는 현장에서 울분의 선동자가 돌출하였다.

"우리는 전쟁포로다. 노예가 아니다. 그런데 로마는 우리를 노예라고 한다. 더구나 우리에게 로마인 관중 앞에서 우리끼리 결투하게 한다. 두 사람 중 한 명이 죽어야 경기가 끝난다. 우리가 포로로 잡혀 와서 노예 신분이 된 것만도 분통터지게 억울한데 우리가 우리의 적 로마인들 앞에서 우리끼리 싸우는 구경거리가 되어야 하고, 우리 중 하나가 죽어야 끝나는 싸움을 하는 게 우리가 묵묵히 수용할 숙명인가? 로마에서 로마에 의해 우리에게 저질러지는 야만의 희생제물인 우리, 로마가 망하지 않는 한 계속될 이 비극, 천인공노할 로마의 야만을 우리가 종지부를 찍지 않으면 우리 역시 짐승 이하이의 야만이며, 우리끼리 죽이는 잔인한 악마일 뿐이다. 그러니 죽기까지 야만의 로마인들과 싸우자. 로마인과 싸우다가 죽이기도 하고 우리도 죽는다. 적과 싸우다 죽는 건 당당한 거다."

로마의 남부 카푸아의 포로 검투사 양성소에서 스파르타쿠스가 주도하는 70명의 노예들이 반란을 일으켰다. 시간이 흐를수록 노예들과 몰락한 농민들이 가세하여 그 규모가 12만이나 되는 절정에 다다랐다. 한때 로마시의 서쪽으로 흐르는 테베레 강이 붉게 물들 정도의 치열한 전투가 전개되었지만, 약 3년여의 치열한 전투에서 엄청난 인명살상의 피해에 이어 포로로 잡힌 6천 명은 로마와 남부를 잇는 아피아대로 양변에 세운 십자가에 처형되었다.

십자가와 로마!

소년 예수는 그가 오늘 직접 목격한 2천여 개의 십자가가 그의 시야에서, 그의 후각에서, 그의 청각에서 영원히 지워지지 않을 것을 충분히 의식할 수 있어 치를 떨었다.

황제의 대리인은 명령할 뿐 정치는 없다

"주목하시오. 나는 대로마제국의 3급행정관, 가이사 티베리우스 황제령에 황제의 명을 받아 황제의 대리인으로 부임한, 유대와 사마리아 땅의 총독 본디오 빌라도요."

태도나 표정은 평범하나 목소리에는 오만이 충전되어 있다. 의지적 발언이 이어졌다.

"내가 황제 령의 개념을 설명할 필요는 없지요. 당신들이 63년째 황제령에 살고 있기 때문이오. 로마의 많은 속국들과 달리 당신들이 살고 있는 이 땅은 황제께서 직접 관리하는 것을 의미하며, 그래서 이 땅의 총독은 황제폐하의 대리인입니다. 이곳 가이사랴에는 군단 병력 일부와 황제 근위대 병력이 주둔하고 있다는 사실도 여러분이 잘 알 것입니다. 황제폐하께서는 황제 령인 이 땅 주민 누구와도 정치적 거래를 하지 않습니다. 황제는 오직 명령할 뿐입니다."

로마 제국의 제2대 황제 가이사 티베리우스 즉위 12년, 황제 령 유대와 사마리아 땅의 재정대리인이며 속주 주둔군 지휘와 최고재판관의 권세를 지닌 제4대 로마인 총독이 지중해의 3대 항구 중 하나인 가이사랴 항을 통해 상륙하였다. 청명한 날씨의 늦은 하오였다. 재정대리인이란 곧 세금징수권자이며, 황제 령이란 유대와 사마리아가 황제 직할의 영토라는 의미다. 따라서 황제 령의 총독은 황제의 신임이 두텁다는 의미를 지닌다.

새 총독과 우호적 관계를 맺어 기득권을 향유하며 로마가 정책으로 보장한 성전 중심의 제사와 율법을 근간으로 세워진 종교 활동에 직간접으로 간섭 받지 않는 완전한 자치권을 견고히 하려고 부임 축하라는 미명하에 예루살렘에서 이틀 길인 가이샤라 총독부에 온 대제사장과 예루살렘의 최고 종교재판소인 산헤드린공회의 재판관을 대표하는 십여 명의 면면을 총독은 실례가 될 정도로 꼼꼼히 살펴보았다. 대제사장 가야바의 의례적인, 아니 가식적인 부임 축하 인사 따위는 관심 밖이다.

"발레리우스 크라투스 전임 총독의 후임으로 황제 폐하로부터 이 땅의 총독으로 임명받고 오늘에 이르도록 석 달입니다. 그 90여 일을 나의 일과는 오직 당신네 민족사와 종교와 문화를 공부한 것이 전부지요. 헬라어로 번역된 모세와 선지자들의 글도 인내심을 갖고 두 번이나 정독하였지요. 이 땅의 총독에게 요구되는 기본지식이니까요. 나는 이 민족의 종교적 제도와 문화를 존중합니다. 이 말이 듣고 싶어 멀리서 오셨지요? 총독부임 축하 인사차라는 말은 의례적 명분이겠고요."

마지막 말이 입술 밖으로 나가지 않게 하려던 약간의 참을성을 그는 포기하였다. 그는 빙긋 웃었다. 나는 다 안다, 나는 솔직하다, 내 앞에서 얄팍한 술수를 부리지 마라, 나는 경고하였노라고 그 얼굴의 표피가 다 짐하듯 선포하였다. 석 달 전 부임 초기의 유대사회 지도자들과의 면담이 그랬다. 창밖으로 검푸른 지중해가 일렁인다. 망망대해 저 서편의 로마에서 서아시아 끝자락 유대와 사마리아의 가이사랴, 그 어마어마한 규모의 세련되게 조형된, 48년 전에 헤롯 대왕이 15년에 걸쳐 조성한 계획도시는 로마인의 가슴을 한껏 뿌듯하게 하였다. 로마 제국의 첫 황제 가이사 아우구스투스의 명예로운 이름을 부여한 이 도시는 로마시의 축소판이다. 3천 명 이상의 관중석 어디에서도 한 눈에 들어오는 너비 50미터에 U자형 길이 250미터, 네 마리 말이 끄는 마차 경기장의 그 웅장한 규모, 수백 명이 동시에 사용할 수 있는 대형목욕탕, 거대한 항구 조성을 위한 700미터의 인공방파제, 곧게 뻗은 격자형 시가지 도로 등, 점령국에 세워진 자랑스러운 로마 황제 가이사 아우구스투스의 명예로운 이름의 도시 가이사랴다.

'황제 령 유대와 사마리아, 황제의 근위대를 휘하에 둔 황제 대리인, 황제의 도시 가이사랴의 주인은 나다!'

"이른 아침인데 무슨 생각이세요?"

어느 사이 그의 곁에 다가 온 아내 클라우디아 프로쿨라에게 총독은 속으로 한 말을 들키기라도 한 듯 조금 놀라는 모습이다. 대제사장 일행에게 나는 명령할 뿐이라고 말한 것을 신중하지 못하였다고 일러준 아내였다. 가급적 아내의 기분을 상하게 하지 않으려고 부드럽게 말했다.

"예루살렘에 같이 갑시다. 이번 유월절에."

"아뇨. 내년엔 가겠어요."

클라우디아는 낮지만 단호하게 의지를 담아 남편에게 대답하였다. 같은 말이 반복되기를 원치 않는 태도다.

"유대인의 최대 명절 유월절의 예루살렘이 여러 나라 여러 도시에 흩어져 사는 유대인들이 구름떼처럼 몰려들어 인산인해를 이룬다는데, 볼 만하지 않을까? 우리에겐 첫 번째 유월절인데."

"백부장 고넬료가 말하더군요. 유월절의 예루살렘에선 로마인이 유대인들 시야에 들어가지 않도록 각별히 주의해야 된다고요. 정복자를 증오하니까요."

"하지만 이 땅을 통치하는 총독이 아내에게 유대인의 존재가치와 존재의미인 예루살렘의 유월절을 외면하게 한대서야. 오감으로 그들을 만나야 해요. 오만 덩어리 독특한 민족, 그들의 신 여호와 하나님이 천지를 창조하였고 그 신이 자기 민족을 선택했고, 유월절은 그 사실을 역사적 사건을 통해 증명하는 축제행사라지 않소. 무에서 유를, 이 세상 온갖 존재하는 만물을 창조한 신이라면, 그토록 절대적인 능력의 진짜 신이라면 그 여호와라는 이름의 하나님이 왜 이 민족을 바벨론에게, 고작 스물 갓 넘긴 어린애 같은 마케도니아의 왕 알렉산더에게, 이집트와 시리아에게, 페르시아에게, 그리고 지금 로마에게 짓밟히고 찢어지고 빼앗기고 산지사방으로 흩어져 유리방황하도록 방치하였을까? 신들 중 가장 무능하고 나약하고 비정한 그런 신을 목숨 걸고 받들어 섬기는 유대인의 신앙, 이 허망한 종교, 난 도무지 이해가 안 돼서 내 눈으로 똑똑히 보아야겠소. 당신도 보아야 해. 우리가 이 땅에 몇 년을 있을지 모르는데 이 백성에 대해 오감으로 부딪쳐서 그들의 실체를 체험적으로 파악할 필요가 있어요. 교과서적 지식으론 이 백성을 다스리지 못 할 테니 말이오."

"다스리는 자는 당신이니 이번 예루살렘 여행엔 당신만 가세요."

총독은 아내에게 이래라 저래라 명령하지 않았다. 그런 적이 없다. 반대로 아내의 충고를 존중하는 입장이었다. 귀족 명문가의 딸인 크라우디아 프로쿨라는 본디오 빌라도의 출세에 없어서는 안 되는 존재다. 빌라도에게 그녀는 품위 있고 현명하다. 그래서 간혹 아내 앞에서 주눅이 드는 총독이다. 내색하지 않으려 은근히 노력하지만.

"예루살렘에서 대제사장 등 종교지도자들을 만나시면 그들의 유월절을 축하해주세요. 그들의 종교를 폄훼도 폄하도 하지 마세요. 당신은 황제의 대리인이지만 권력과 명령만으로는 친구를 얻지 못합니다."

"클이우디아, 난 유대인 친구를 원치 않소."

"종교지도자들과의 관계가 나쁘면 당신이 원치 않는 일이 생깁니다. 로마의 법대로 명령할 수 있지만 그러나 관계는 무난해야 됩니다. 유대인은 까다롭고 편협하고 교만합니다. 그걸 당신이 바꾸지는 못해요."

"클라우디아, ─당신의 충고, 고맙소."

신이 된 사람인가, 사람이 된 신인가

　총독 부임 1년이 채 안 된 다음 해의 유월절이 임박한 어느 날 백부장 고넬료가 황당하기 그지없는 보고서를 들고 총독 앞에 나타났다. 어제 아침이다. 전임 총독 발레리우스 그라투스의 11년 재임시절 유능한 정보장교였던 고넬료를 본디오 빌라도 역시 충분히 신뢰하였다. 그러나 총독은 고넬료를 호출하여 발끈하였다.
　"이걸 나보고 믿으라는 건가?"
　"각하, 믿지 않으실 줄 알았습니다. 황제 폐하도, 그 누구도 믿지 못할 내용입니다. 보고서를 쓴 저 자신도 믿어지지 않습니다만……."
　"알면서 이런 걸?"
　"그게 전부 가감 없는 사실입니다."
　"전부 사실? 백부장, 물로 포도주를, 그것도 양질의 포도주로 만들었다? 헤롯 안디바 왕의 재무장관 구사의 열병으로 죽어가는 아들을 멀리 떨어진 곳에서 '당신 아들이 나았소' 하는 순간 깨끗이 다 낳았다? 허, 이거, 이걸 내가 믿을 거라 생각했나?"
　"나사렛 예수, 그 서른 살 청년은 사람이긴 하지만 사람이 아닌 듯합니다."
　"갈수록 가관이군. 그럼 귀신인가?"
　"각하, 귀신이 병자를 고친다는 소린 들어본 적 없습니다."
　"백부장 고넬료, 지금 나와 말장난 하나?"

총독이 화가 나서 큰소리를 냈다. 고넬료는 당연한 반응이라는 듯 여전히 침착하였다.

"저는 사실대로 보고할 뿐입니다. 이해 가능한 선에서 보고서를 쓰면 보고할 게 하나도 없습니다. 나사렛 예수는 가버나움 백부장 안토니오의 하인이 사경을 헤매고 있었는데 저 방파제 끝자락쯤 되는 거리를 두고 말 한 마디로 즉시 완치시켰습니다. 안토니오 백부장은 저의 오랜 친구입니다. 가버나움의 그의 병영에서 그에게 직접 듣고 그 하인도 만났습니다."

"갈수록 태산이군. 더 있나?"

"죄송합니다 각하. 더 많습니다. 가버나움에서 소경의 눈을 뜨게 하였습니다. 실로 전무후무한 경이로운 기적들이 시골 나사렛 출신 목수 예수라는 올해 서른 살의 그 사람에게서 현재 진행형으로 공개적으로 전개되고 있습니다. 허다한 현장 증인들이 있습니다."

총독은 고넬료의 보고서를 손에 움켜쥔 채 제정신이 아닌 듯 기둥처럼 서 있다.

"나사렛 사람 예수는 요단강에 등장하여 세례를 주는 요한과 함께 우리가 면밀히 관찰해야 할 특급 경계 인물입니다."

총독은 의아한 시선으로 고넬료를 주목하였다.

"특급 경계 인물?"

"예, 그 두 사람에게 군중을 모으는 힘이 있습니다. 요한은 군중만 모으지만 예수는 군중도 모으고 누구도 흉내 못 낼 희한한 능력을 발휘합니다. 가히 전능하다는 게 맞을지도 모릅니다. 정말 불가사의입니다."

총독은 눈살을 찌푸리며 못마땅한 듯 입맛을 다셨다.

'홍해를 쫘-악 가르고 이백만도 더 되는 사람들을 바다를 육지처럼 건너게 한 모세가 있었다더니, 제2의 모세라도 등장한 건가?'

불길한 예감이 총독을 스쳤다. 그건 거의 천 오백여 년 전 있었다는, 곧 다가오는 그들의 유월절이라는 축제의 기원이 되는 부인할 수 없는 역사적 사건이 아닌가.
"각하."
"고넬료, 예수와 요한에 대한 모든 것을 조사해야겠다. 그들의 출생, 그 부모, 가족사, 성장사, 출생에서부터 현재까지의 모든 것을. 주변 인물들, 심지어 무엇을 먹으며 어떤 똥을 싸는지조차 치밀하게 조사해. 성격, 습관, 취향, 일과, 생각, 사상, 그래 그들의 사상, 그 내면까지. 완전히 발가벗겨와. 그 어미나 그 자신들이 모르는 것들조차 알아와. 추종자가 많다는 건 그것만으로도 내가 황제 폐하를 대리하여 관리하는 이 땅에서 로마의 위험요소야."

총독은 평소의 예루살렘 주민보다 스무 배가 넘을지도 모른다는 수십만이 운집한 예루살렘으로 출발하였다. 부임 직후 다녀간 후 여러 달이 흐른 후의 유대인이 모두 운집한 것 같은 해발 800미터가 넘는 산꼭대기 종교도시 예루살렘에서 이번 행차로 로마의 위세를 한결 드높이겠다는 야심을 품었다. 그래서 가이사랴 주둔군 천부장 휘하의 천 명의 병력 앞에 황제근위대 병력을 앞세워 행군하였다. 대오의 맨 앞 기수는 10년 이상 전쟁터에서 패배를 모르는 혁혁한 전훈을 세운 근위대의 백부장이 붉은 깃발을 곧추세우고 늠름한 모습으로 마상에 앉아 예리한 눈으로 전방을 살폈다.
행군 이틀 만의 늦은 하오에 예루살렘에 입성하며 보병대는 휴식의 기대감으로 긴장이 풀리려는 즈음이다. 갑자기 몰려드는 군중으로 행진이 조심스러워지는 형국이더니 이내 총독의 마차가 멈추었다. 부임 초에 만났던 대제사장을 비롯한 바리새인 몇이 레위인 성전경비대의 경호를 받으며 붉은 깃발을 든 기수의 말을 막아섰기 때문이다.
 '이런 무엄한!'
 총독은 이런 경우 인내심이 부족한 자신을 안다. 그러나 서둘지 않고 마상에서 여유로운 시선으로 내려다보며 빙긋 웃기까지 하였다.
 "안토니아 요새로 가는 나의 진로를 방해하시다니, 그렇게 급한 용건이라도 있으신지요?"
 대제사장 가야바는 화난 얼굴로 성큼성큼 총독 앞으로 다가왔다.
 "오랜 만의 행차신데 무례가 되었음을 용서하십시오, 각하."
 '빌어먹을, 왜 무례를 범해?'
 총독은 반응하지 않고 그를 주목하였다.
 "각하의 참모들께서 저 붉은 독수리 깃발을 앞세운 채 거룩한 성 예루살렘에 입성할 수 없음을 알리지 않았다면 직무를 유기한 것입니다. 아시고도 이러시는 거라면 각하께서는 하나님께서 우리에게 주신 절대계명에 대한 도전이며 동시에 예루살렘과 우리 민족에 대한 모욕입니다."
 "나는……."
 총독은 잠시 무리 지은 유대인들과 자기 뒤로 대오를 이룬 천 명의 병사들 머리에서 번쩍이는 투구를 바라보고 말을 이었다.
 "여러분의 유월절 축제가 안전하게 잘 치러지도록 치안 확보 차 멀리서 왔습니다. 환영해 주실 줄 알았는데 실망이군요. 저 독수리 깃발은 로마군의 행진에 늘 앞장서는 로마의 상징입니다. 계명이니 모욕이니 하는 말씀은 깃발에 대한 오해에서 비롯된 것임을 분명히 해두고 싶습니다."
 "어떤 상징이든 명분이든 해명이든 오해든, 저 깃발을 내리지 않으면……."
 "않으면……? 총독과 로마군에 대한 협박인가요? 여기가 당신네 땅이었지만 지금은 로마의 속주라는 걸 잊지 마시오. 나는 황제의 대리인이고, 내 뒤에는 황제의 근위대 병력도 포함되어 있소. 로마에 대한 모욕을 중지하시오."

잘 참는 듯하더니 이내 폭발하고 말았다. 일촉즉발의 위기감이 팽배해졌다. 천부장과 백부장 고넬료가 총독에게 다가와 조심스레 말했다.

"깃발을 세우고 들어가려면 많은 피를 흘리게 됩니다. 앞으로 한 주간 내내 수십만이 집결하는 축제입니다. 유월절에 충돌하면 그 수십만이 전부 열심당이 됩니다. 최악의 상황이 옵니다."

천부장의 자존심 상하는 진언에 그 정도의 사태는 넉넉히 예상하고 있는 총독의 자존심도 바닥을 쳤다. 개자식들……. 천부장과 백부장에게만 들리도록 총독이 욕을 했다. 천부장도 총독만 알아듣도록 속삭였다.

"제가 처리하겠습니다."

다음 날 미명, 안토니아 요새의 남쪽 망루에 선 총독은 텅 빈 성전마당을 내려다보았다. 잠시 후면 그들의 보이지도 않는 신이 주인이라는 성전의 널찍한 마당으로 몰려들어 와자지껄하리라. 유대인의 신, 형상조차 없는 그들의 신, 주권조차 빼앗긴 패망한 나라의 백성이 경외해 마지 않는 여호와라는 이름의 그 신은 그러므로 정녕 신이 아닐 터이며, 아예 그런 신은 존재하지도 않을 것이라는 게 빌라도의 확신이다. 그럼에도 그들의 신이 전능하다는 유대인의 확고한 신앙은 그야말로 불가사의다. 독수리 깃발만 해도 그게 왜 우상인지, 지중해 세계를 지배하는 로마제국을 상징하는 그 깃발은 어느 나라 어느 민족에게서도 전혀 문제되지 않는다. 없는 신을 있는 것처럼 받들어 섬기는 유대인만의 허망한 인식을 깨우쳐주려는 의도로 참모들의 만류에도 그 붉은 독수리 깃발을 앞세웠던 것인데, 결국은 대규모 반로마 항쟁을 촉발할 위험성이 높다는 사실을 우려하여 깃발을 내린 채 입성한 것은 자존심에 큰 타격을 입긴 하였으나 평화로운 유월절이 로마의 유익이라는 관점에서 내가 잘 참았노라고 총독은 스스로를 위로하였다.

"독수리깃발 문제는 잘 처리된 것입니다. 그래도 유월절마다 우리는 유대인들이 무슨 일을 저지를지 걱정합니다."

안토니아 요새의 사령관인 천부장은 독수리 깃발로 일촉즉발의 위기를 초래할 뻔한 무모한 총독에 대해 경고한 셈이다. 총독이 묵묵히 듣기만 하자 말을 이었다.

"각하, 열심당은 주먹으로 바위를 치면 어떤 결과가 온다는 걸 뻔히 알면서도 주저 없이 맨주먹으로 바위를 칩니다. 그들의 그 작은 호신용 단검으로 대 로마 제국의 불패의 군대에게 도전하지요."

"이봐 천부장, 세상은 유대인들이 기도한 그대로 되지 않아. 그들의 신이 없거나, 있어도 일찍이 그들을 버린 거야. 열심당의 투쟁? 로마는 카르타고의 한니발을 꺾은 이래 230여 년 간 전쟁에서 패배를 모르는 지중해 세계의 패권국가야. 누구도 로마를 어쩌지 못해. 로마의 군대는 세계 최강이야. 절대강군. 지금 지중해 세계는 로마에 의한 평화를 누리고 있지 않은가. 가이사 아우구스투스 황제폐하의 뜻을 이루어 낸 로마야. 감히 로마의 적이 되려하면 멸망을 각오해야지."

총독은 올리브 산으로 떠오르는 눈부신 태양에 잔뜩 눈살을 찌푸리며 총독 집무실로 들어갔다.

바로 그날 정오 무렵, 예루살렘의 첫 날을 맞이한 총독 앞에 고넬료가 급히 나타났다.

"각하, 나사렛 예수가 성전에 나타났습니다."

"그 목수가?"

"예, 심상치 않은 일을 저질렀습니다."

"……?"
 총독의 지나치게 긴장한 표정을 고넬료는 보았다.
 "그 자가 칼이라도 뽑았나?"
 "그는 칼을 뽑을 이유가 없습니다."
 "무슨 소린가?"
 "제자 몇을 데리고 성전에 나타나더니 채찍을 휘둘러 상인들을 쫓아내는가 하면 환전상들의 탁자를 뒤엎는 등 난동을 부렸습니다."
 고넬료는 각별히 아끼는 예민하고 기민한 부하와 함께 유대인으로 위장하고 군중 속에 끼어들어 목격한 사실을 보고하였다. 예수가 성전에서 상상불가의, 그야말로 전대미문의 깽판을 벌였다. 제사장들이 그 부당한 폭력에 항의하는가 하면 레위인 성전 경비병들이 제압하려 나섰으나 우레 같은 목소리에 찔끔찔끔 놀라며 뒷걸음쳤다. 비교적 큰 사람에 비해 머리 하나만큼 더 큰 키와 목수로 단련된 건강한 가슴과 힘 센 팔이 환전상들의 탁자를 뒤엎는가 하면 제물로 사용될 흠 없는 양과 염소를 파는 상인들에게 호통을 쳤다.
 "내 아버지의 집으로 강도의 소굴을 만들다니! 여긴 내 아버지의 집이오. 더럽히지 마시오."
 예수의 우렁찬 소리에 놀란 사람들은 어안이 벙벙해졌고, 바리새인들은 어이없어 미치광이의 불경스러운 낯선 난동자를 노려보며 씩씩거렸고, 그 많은 군중들은 전혀 분별이 안 되는 상황에 어리둥절한 채 엉거주춤했다.
 "그렇다면, 이봐 고넬료, 그렇다면 그 사태를 어떻게 해석하는가. 현장 목격자로서……."
 "각하, 하나님의 성전을 내 아버지의 집이라고 한 건, 내 아버지의 집이니 더럽히지 말라고 한 그것은, 모든 유대인이 경외하는 신이 자기 아버지라는 의미인데, 모르긴 해도 대제사장과 산헤드린공회가 그냥 넘기지 않을 것입니다. 명백한 신성모독으로 간주할 테니……."

"힘이 센가? 힘이 세면 어리석은데……. 예수가 어리석은가?"

"심각한 문제입니다. 그건 자기가 신의 아들이라는 의미거나, 전에 각하께 말씀드렸듯 신이 된 사람이거나……."

'신이 된 사람? 사람이 된 신?'

총독도 고넬료도 성전을 자기 아버지의 집이라고 한 예수의 말을 도무지 이해할 수 없었다. 고넬료는 예수가 종교지도자들, 곧 종교권력자들에 의해 곤욕을 치를 게 명백하다는 점은 장담할 수 있었다. 그러나 언제 어디서나 무슨 일이든 할 수 있는 능력자라서 그들의 게임은 예측불허일 터이다.

"고넬료, 정보원을 보충하게. 현지인을 포함시켜. 정보 활동비는 필요한 대로 써. 예수, 열심당, 종교재판소 산헤드린, 대제사장 안나스와 가야바' 그들의 일거수일투족을 면밀히 조사해. 아, 세례자 요한도 군중을 모으는 능력이 탁월하다고 했지?"

"그렇습니다만 각하, 요한은 엊그제 마케루스의 감옥에 갇혔습니다."

"헤롯 안디바가 그를?"

마케루스 왕궁의 죄인들과 세상의 모든 죄인들

갈릴리와 베레아 땅으로 제한된 지역의 왕 헤롯 안디바는 동생에게서 빼앗은 헤로디아의 일을 심각하게 생각지는 않았으나 조금은 곤혹스러웠다. 헤롯 안디바 왕국의 요단강에서 세례 받으러 오는 사람들에게 회개하고 세례 받아야 된다면서 하필이면, 아울러 무슨 배짱으로, 헤롯과 헤로디아를 거들먹거리며 간음이라는 직설적 어휘로 비난하는지, 그 무모함이, 그 야수 같지만 선지자 같다는, 영향력 있는 그의 비난을 그는 참고 더 참기로 작심하였다. 그러나 헤로디아는 방치할 수 없다고 이를 악물었다. 왕의 정보원들은 1:1의 비율쯤으로 그를 선지자 엘리야의 현현이라고 단정하는가 하면, 나머지는 선지자는 아닐 거라는 견해, 곧 그는 사해 서편 단애의 동굴들 속에서 세속을 등지고 집단으로 검약한 생활을 하는 에세네파 출신의 광기어린 과격한 종교인일 뿐이라고 주장하였다.

헤롯 안디바는 막연하게나마 그가 선지자일지도 모른다고 생각하였다. 그렇지 않고서는 겁도 없이 왕의 영토에서 원색적으로 형제의 아내를 빼앗아 간음하는 왕이라고 자기를 비난하지 못할 것으로 생각하기 때문이다. 헤로디아는 미적거리는 소심한 남편 때문에 자기 이름이 온 백성의 조롱꺼리인 게 너무 화났다.

"당신의 아버지는 나의 할아버지 헤롯 대왕이죠. 그분에겐 아내가 열 명이었어요. 그러나 누구도 비난하지 않았어요. 율법에 왕은 아내를 많이 두어서는 안 된다고 규정했다지요. 그건 너무 많은 아내를 두지 말라는 거잖아요. 왕은 미쉬나에 허용된 열여덟 명의 아내, 탈무드가 허용하는 스물넷 또는 마흔 여덟 명의 아내를 가져도 되잖아요. 당신은 왕에게 허용된 숫자에 현저하게 미달이죠. 갈릴리와 베레아의 왕 헤롯 안디바 내 남편은 그런 점에서 거룩하고 위대해요. 도덕적이잖아요. 그럼에도 당신과 나를 공개적으로 비난하는 요한이라는 그 미치광이를 방치하세요?"

"나도 일부일처의 왕이 있었다는 말을 들어본 적 없소. 그러나 나처럼 형제의 아내를 빼앗은 왕은 없었소. 헤롯 왕가에서는 말이오."

며칠 후 마케루스의 왕궁에서 헤롯 안디바의 생일잔치가 벌어졌다. 신하들은 물론 그의 통치지역에서 거드름 피우며 사는 교만한 자들이 대거 왕궁에 모여들었다. 바로 닷새 전 헤로디아의 채근에 굴복하여 세례자 요한을 왕실의 명예를 심각하게 훼손한 죄로 체포하여 왕궁 어두운 지하 감옥에 가두었다. 왕궁 대연회장에서는 귀빈들을 맞이할 만찬이 준비되고 있었다.

요한은 면회 온 두 명의 제자에게 일렀다.

"나사렛 사람 예수에게 가라. 나는 마케루스의 죄인들의 잔치에 제물이 될 것이다. 그러나 예수는 이 세상 모든 죄인들을 위한 제물이 될 것이다."

두 제자의 눈이 벌겋게 물들었다.

"나의 죽음은 환희다. 왕궁 연회장의 기쁨과 비길 수 없다. 사명을 다했기 때문이다. 지체 말고 갈릴리의 예수에게 가라."

왕은 불면의 긴 밤을 보냈다. 선지자를 감옥에 두고 잔치를 한다? 그보다 헤로디아가 어떤 술수를 써서라도 요한의 목을 자르게 상황을 연출할지도 모른다는 의구심이 스멀스멀 머리를 건드렸다.

'형제의 아내를 빼앗은 그 용기와 결단, 때로 내겐 그런 게 작용하지. 그래, 내 생일에 선지자를 특별사면으로 전격 석방하면 백성들이 환호하며 갈채를 보내겠지? 산헤드린과 본디오 빌라도와 구토증 나는 율법준수주의자들은? 요한에게 반드시 복수하려는 헤로디아는? 나는 그를 죽일 권세도 있고 살릴 권세도 있는데…….'

그는 온종일 결단의 의지를 다짐하느라 다른 생각을 하지 못하였으나 저녁 연회장에 갈릴리와 베레아와 마케루스의 신하들, 천부장들과 왕궁 수비대장, 왕의 조공에 기여하는 각 지역의 세리장들과 거상들로 북적대는 그 밤이 깊어갔다. 연간 120만 노동자 임금에 해당하는 2백 달란트를 로마에 조공으로 바치는 분봉왕 헤롯의 생일잔치 식탁은 산해진미와 오래 묵은 희석 안 된 포도주와 특별히 선발된 궁녀들의 시중과, 악사들의 연주와 무희들의 춤판이 벌어져 기분이 고양되어 희희낙락이다. 옆자리의 헤로디아는 꽃봉오리 같은 전남편의 딸 살로메를 비밀스러운 음모에 가담시킨 터라 뜻을 이루기 바라며 무희들의 춤이 끝나기를 기다렸다.

밤이 깊어가고 흥이 무르익었을 무렵 공주 살로메가 속살이 드러나는 무희복장으로 등장하였다.

"폐하의 의붓딸 살로메잖아?"

"공주라고 부르게."

누군가의 귓속말이 들렸다.

"이건 파격이군. 공주에게 춤을 추게 하는 경우는 없었는데……."

헤로디아는 남편의 시선이 탐욕의 눈빛으로 살로메의 몸에 끈끈하게 달라붙는 것을 몇 번 보았다. 남편이 가까운 장래에 의붓딸의 싱싱한 몸을 낚아챌 것임을 그녀는 육감으로 충분히 느끼고 있었다.

왕은 안다. 살로메는 나이에 비해 농익은 순결 속에 그 어미를 능가하는 엄청난 욕정이 활화산처럼 타오르고 있음을. 음악이 연주되기 전 왕 앞에 다가가서 인사하는 살로메를 바라보는 취기어린 왕의 '내가 너를 간절히 원한다'는 눈빛을 그 어미의 예민한 마음은 넉넉히 읽었다.

"폐하의 생일선물로 살로메의 춤을 올립니다."

헤로디아가 왕에게 속삭였다. 그러나 왕은 아내의 눈빛 속에 감추어진 음모를 간파하지 못하였다.

헤로디아의 손짓으로 관악기와 현악기들이 일제히 연주를 시작하였다. 색정적 요소가 강조된 자극적 피리소리, 기쁨과 환희를 연출하는 수금과 양금에 가죽 풍적, 각종 목관악기와 금속악기가 어우러져 화음이 고조되어 갔다. 살로메는 투명한 비단옷을 나풀거리며 홀의 중앙무대를 종횡무진 휘저었다. 그녀에게서 진한 나드향과 풋풋한 처녀의 고혹적인 살 냄새가 느껴졌다. 지칠 줄 모르는 젊음의 열정이 태풍처럼 격렬한가 하면 깊은 밤의 미풍처럼 유연한 몸짓으로 왕과 신하들과 귀족들의 옷깃을 스쳐가며 그녀의 춤은 절정을 향해 숨 막히게 전개되었다.

"너의 춤은 신선한 흥분제가 되어 넘치는 활력을 제공할 것이다. 네 춤의 성공은 네 소원을 성취시키는 좋은 기회도 될 것이다."

헤로디아는 그렇게 설득하였고, 살로메의 반응은 즉각적이었다.

"내 소원은 어머니처럼 왕비가 되는 거지만 손바닥만 한 영토의 왕비가 아니라 로마 제국의 왕비가 되는 거라 구요."

'너의 품에 로마를 안겨주기엔 내 힘이 안 된다. 어미의 소원을, 네가 어미에게 줄 수 있는 선물을, 절실한 내 소원을 네가 이루어주면 좋겠다. 이번에는……'

"딸의 춤으로 엄마의 소원을 이룰 수 있다면 그게 무엇이든……"

헤로디아는 살로메가 어미의 소원을 이루어주려고 부단히 노력하는 모습에 감동하였다.

'내가 남자라도 너의 춤에 완전히 현혹되리라!'

대단히 흡족한 왕 앞에 땀이 번들거리는 무희가 다가섰다. 숨이 가빠 뜨겁게 뛰는 처녀의 가슴에 왕은 탐욕으로 충만한 시선을 꽂았다.

"살로메, 나는 매우 흡족하다. 손님들도 모두 만족한 표정이구나. 너의 춤은 내가 본 춤 중에서 비길 데 없는 일품이다."

매력 덩어리 무희는 왕의 찬사에 활짝 웃으며 뜨거운 입김을 토해내듯 말했다.

"폐하께서 원하시면 언제라도 춤을 추겠습니다."

왕은 문득 어제 아내와 이야기한 페르시아 왕 아하수에로와 왕비 에스더 이야기가 떠올랐다. 아하스에로가 말했다. 에스더여, 그대의 소원이 무엇이며 요구가 무엇이냐. 나라의 절반이라도 그대에게 주겠노라.

"살로메, 너에게 어떤 선물을 주면 좋겠느냐? 무엇이든 괜찮다. 네가 원한다면 내 왕국의 절반이라도 주고 싶을 만큼 내가 기쁘단다."

귀한 하객들은 연회의 마지막에 왕과 그 의붓딸 사이에 전개되는 보기 드문 진풍경을 흥미롭게 지켜보았다. 페르시아의 지배하에 있던 유대인 왕비 에스더의 소원은 민족의 생명을 살리는 것이었다. 유대인에게 부림절의 유래가 된 그 역사적 사건이 저절로 떠오르게 하는 장면이었다. 살로메는 이런 장면이 연출되리라 확신한 옆자리의 어미에게 갔다. 왕은 본능적으로 바짝 긴장되었다. 헤로디아의 계산된 전략에 말려든 것 같은 끔찍한 직감 때문이다. 살로메는 곧 왕 앞으로 왔다. 그러나 왕은 다시 묻지 않았다. 무희의 소원은 어미의 소원이겠기에 실제로 왕국의 절반을, 아니면 갈릴리의 세포리스 사건 이후 건설한 갈릴리 호수 남서편의 신흥도시 디베랴를 요구할지도 모른다는 긴장감이 짓눌렀다.

"폐하!"

살로메는 애교스럽게 왕의 턱 밑에 입김을 내뿜으며 그러나 모두가 알아듣기에 충분한 음량으로 소원을 말하였다.

"제 소원은 왕국의 절반이 아닙니다. 왕실을 치명적으로 모독한 요한의 목입니다."

왕은 순식간에 취기가 사라졌다. 음탕한 춤에 넋을 잃어 신중하지 못하게 약속한 것이 후회스러웠다.

'헤로디아의 함정이야.'

몹시 화가 났다. 그러나 억지로라도 참아야 했다. 그의 왕국을 떠받치고 있는 신하들과 부자들과 장교 등 귀족들 앞에서의 공개적인 약속은 번복하거나 취소할 성격이 아니다.

살로메가 한 발 뒤로 물러서더니 이번엔 신하처럼 예의를 갖추어 정식으로 정중하게 말했다.

"폐하, 감옥에 있는 세례자 요한의 목을 베어 은쟁반에 담아 주소서."

나사렛 예수 –우리 시대의 대표적 위험인물

다음 날 늦은 하오에 가버나움 집에 도착한 헤롯 안디바의 재무장관 구사의 얼굴은 창백하였다. 마침 집안에 있던 요안나가 어디 아프냐고 물었다. 죽어가는 열병에서 예수의 기적으로 완치된 아들 드란이 엄마의 뒤에 있었다.

"여자가 낳은 자 중에 가장 큰 사람이 세례 요한이라고 예수께서 말씀하셨다고 당신이 말했지, 아마?"

"예, 선지자보다 더 큰 사람이라고도 하셨어요. 근데 느닷없이 그건 왜요?"

구사는 깊은 한숨으로 대답을 대신하였다.

"혹시 세례 요한에게 무슨 일이라도……?"

"왕이 그를 참수했어."

어둠의 근심이 세 얼굴을 덮었다.

"우리 시대의 두 사람의 혜성인데. 두 분이 이종사촌 형제라 했지? 여보, 당신이 예수님께 가서 이 소식을 알리고 가급적 헤롯 안디바의 영토를 떠나 있는 게 좋겠다고 말씀드리는 게 어떨까?"

"그분에게는 누구의 의견도 의미 없을 걸요. 최측근 제자 베드로나 요한, 야고보의 의견도요."

"그게 무슨 소리요?"

"그분은 세례 요한과 달라요. 세례 요한이 가장 큰 선지자라면 예수님은 하나님을 아버지라고 부르시는 분인 걸요. 왕이 세례 요한의 목은 베었으나 우리 예수님에게는 그 누구도, 심지어 총독이나 카이사르 티베리우스 황제라도 자기들 의지대로 못할 걸요. 안 될 거예요. 확신해요."
 구사는 아내가 이 정도로 예수를 높이 평가하고 신뢰하는데 놀라움을 금할 수 없었다. 하기는 자신도 지금 눈앞에 있는 아들 드란의 죽을 수밖에 없는 열병을 저 멀리 가나 근처의 길거리에서 '당신 아들이 나았다'라는 한 마디로 그 즉시 완치시킨 불가사의로 이분이 엘리야나 엘리사 못지않은 선자자일 거라고 확신하지 않았던가. 그래서 그의 아내 요안나는 남편의 적극적인 재정 후원으로 예수의 일행을 열심히 따라다니며 정성 다해 섬기는, 신분을 망각한 처지가 되어 있다. 그래, 얼마든지, 내 힘 닿는 대로 내 아들의 생명의 은인을 도우리라.
 "세례 요한은 하늘나라가 온다고 하였는데 예수님은 하늘나라가 왔다고 하셨어요."
 "여보, 그게 무슨 뜻이오?"
 "온다는 것과 왔다는 차이, 미래와 과거, 예언과 그 완료, 뭐 그런 거 같은데……."
 "아버지 어머니……."
 아들이 끼어들었다.
 "제 생각인데요, 저도 예수님 설교를 많이 들었거든요. 정말 굉장해요. 신비해요. 하나님을 아버지라고 하셨어요. 나를 본 자는 하나님을 보았다고도 하셨어요. 하늘나라가 임했대요. 이해는 안 되지만 서기관이나 바리새인들과는 전혀 다른 특색 있는 가르치심인건 분명해요."
 "내 아들이 생명을 살려주신 분의 제자가 됐나 보군."
 한편 예루살렘의 산헤드린공회가 파견한 조사관 니고데모와 아리마대 사람 요셉과 두 명의 서기관은 두서없고 결론 없는 대화를 이어갔다. 가버나움 서편의 완만한 언덕이다. 맑기가 투명한 갈릴리 호수가 잔잔하다.

"우리가 조사한 바로는 예수는 나사렛 회당에서 열두 살까지 기초 초등교육만 받았을 뿐이며, 하나님의 이름으로 설교하지 않으며, 교부들의 글에 맞추지도 못하더군요. 대단히 무식하다는 의미지요. 자연과 일상적인 소재들을 비유로 들어 자기 나름대로 가르칠 뿐입니다. 무식한 시골 사람들에게 딱 맞지요. 그런 면에서 그는 지혜롭지만, 실제로는 유례를 찾아볼 수 없을 만큼 무식한 자칭 선생이기도 합니다."

"그럼에도 나사렛 목수가 우리 시대의 가장 위험한 인물로 부상하고 있는 건 사실입니다. 그 자가 하나님이 보내신 선지자라면 우리 시대의 가장 기쁨일 텐데 말입니다. 그는 얼마 안 가서 자기가 하나님이라고 주장할 것 같습니다."

갈릴리에 파견되어 예수가 가는 곳이면 무리의 뒤편에 흩어져 언행을 관찰하는 그들은 딱히 예수를 정의할 수 없는 안타까움을 허심탄회하게 털어놓았다.

"그 분별력 없는 젊은이를 계속 주목해야 합니다. 그가 지닌 능력은 위험한 칼이오. 그 능력의 원천은 내가 장담하거니와 하나님이 아닙니다. 하나님이 모세를 통해 우리에게 주신 율법을 공공연히 파괴하는 자에게 하나님은 저주를 내릴지언정 그런 능력을 허락하지 않습니다."

"이봐, 니고데모. 우리가 이해할 수 없는 신학적 문제가 바로 그거야. 하나님을 감히 아버지라고 부르는 것. 선지자에게 하나님은 아버지가 아닐세. 대제사장도 하나님을 아버지라 부르지 못해. 하나님이 사람의 아버지로 관계된다는 건 그 자체로 신성모독이야. 그건 사람이 하나님 수준으로 신격화 되거나 하나님을 사람 수준으로 비하시킬 때만 가능하잖아."

동년배의 친밀한 사이인 랍비 니고데모와 아리마대 사람 요셉은 잠시의 침묵 후에 대화를 이었다.

"나사렛 사람이 하나님을 아버지라 부른 것은, 공개적으로 말이야, 예수가 율법을 준수할 나이인 열두 살, 그 유월절에 성전에서부터야. 바리새인과 서기관이 여럿 있었어. 나도 거기 있었어. 그 소년이 매우 당돌하더군. 거침없이 묻고 대답했어. 랍비들과 동등한 수준의 대화가 되었다는 뜻이지. 그 아이를 잃어버린 부모가 나타나 사흘 동안 너를 찾았다고 꾸짖자 그가 뭐랬는지 아나? 어찌하여 나를 찾으셨습니까? 내가 내 아버지 집에 있는 건 당연한 게 아니냐는 그런 말로 대답했어. 그런데 서른 나이의 그가 군중 앞에서 하나님을 아버지라 했단 말이야."

"니고데모, 솔로몬의 지혜서에 오만하게도 하나님을 아버지라 부르는 자는 그의 말이 참인지 결말을 두고 보자. 의로운 자가 하나님의 아들이라면 하나님이 대적자의 손에서 그를 구원하리라 했지."

결론 없는 대화가 계속되었다. 그들 일행이 가버나움에 왔을 때 새로운 방법으로 그들을 놀라게 한 사건도 결론 없이 회자되고 있었다. 놀랍게도 길 가 세관에 앉아 있던 개만도 못하고 창녀와 다를 바 없는 세리에게 접근하여 말을 걸었고, 그 세리의 집에서 세리의 초대로 예수의 일행이 식사를 하였다는 것이다. 예수는 그야말로 파격이다. 그럴 용기, 그럴 근거, 그것이 무엇일까. 무식한 목수의 무모함이라기엔 설득력이 약하다.

"기적의 갈릴리군. 하나님이 우리에게 주신 신성한 이 땅을 무력으로 정복한 로마 제국을 위해 일하는 세리를 친구로 삼는 유대인이라니. 곧 창녀도 제자로 삼겠군."

니고데모가 서기관의 말에 반응하였다.

"우린 재판관으로 온 게 아니라 조사원으로 왔네. 냉정한 이성과 객관적 시각으로 나사렛 사람을 관찰해야 해. 안 그러면 자칫 의인을 죄인으로, 죄인을 의인으로 만들지도 모르니까."
　니고데모는 곤혹스러웠다. 열두 살 때의 그 소년이 성전을 감히 내 아버지의 집이라고 거침없이 자기 부모에게 당당하게 말한 사실을 그는 잊지 못하였다. 그 아이가 산헤드린의 감시대상이 되었다. 니고데모는 소년을 연구대상으로 생각해 왔다. 볼수록 그 목수 출신 시골 청년은 무모하기도 하고 파격적이기도 하고, 더구나 전혀 거칠 것 없는 언행의 연속이라니. 더구나 그의 불가사의한 능력의 원천은 과연 무엇인가. 답이 없다. 답이 없어. 저 아래 깊고 푸른 갈릴리 호수 속을 모르듯.
　"세례 요한은 우리 시대의 위험인물 두 사람 중 한 사람이었으나 예수처럼 해석이 안 되는 복잡한 사람은 아니었어. 이제 우리 시대의 가장 위험인물 한 사람이 우리 앞에 있군."

안식일엔 쉬라고 하였지 가만히 앉아 죽으라하였나

열심당의 세포리스 반란사태의 대장은 갈릴리인 유다였다. 예수 바라바는 예루살렘에서 제2의 세포리스 사태를 준비하는 열심당의 대장이다. 그는 나사렛 예수에게 세례 요한 같은 재앙이 생기지 않기를 열망하였다. 예수를 사랑해서가 아니라 조국 해방의 성취에 그의 능력과 민중을 모으는 인기가 필요하기 때문이다.

열심당 지도부는 세례 요한의 처형 소식에 자극되어 의분의 피가 끓어올랐다.

"요한에겐 능력이 없다는 게 한계였어. 그러나 예수는 나인성에서 장사 지내러 가는 청년을 살려냈어. 선지자 엘리야나 엘리사 같은 능력이 그에게 있어. 선지자들은 하나님의 도움으로 기적을 일으켰으나 예수는 하나님의 도움도 받지 않고 자력으로 해냈잖아. 그러니 비길 데 없는 능력이지. 그 작은 도시락 하나로 5천 명이 넘는 사람들을 배불리 먹이고도 잔뜩 남았어. 이게 은밀한 곳에서 비밀리에 일어나 소문으로만 알려진 게 아니라 우리의 동지 유다, 다대오, 시몬도 그 모든 현장에 있었다고 했어. 너희들도 기적의 빵과 생선을 먹었지? 예수가 우리에게 보내는 강력한 메시지라는 생각이 들어. 나는 전능하다. 내가 있다. 우리에게 보내는 메시지가 맞아."

"내 생각도 같아."

바라바의 상기된 눈빛을 바라보며 예수의 제자가 된 시몬이 동의하였다.

"예수가 일으킨 전대미문의 그 엄청난 기적들을 의심하면 바보 멍청이지. 우린 그를 따르든가 그를 이용하든가, 그걸 생각해야 될 거야."

"세포리스에서 우리의 피 끓는 동지 2천 명이 희생되었어……."

다대오의 말이 끝나기도 전에 역시 예수의 제자가 된 가룟 출신의 유다가 끼어들었다.

"십자가에 처형되었어. 그건 희생 이상이야!"

바라바가 말을 이었다.

"폼페이우스의 침공 이후 65년, 그동안의 로마에 대한 모든 투쟁이 실패한 원인은 투지, 용기, 전술 전략의 문제라기보다 힘의 부족이었어. 어린 목동 다윗은 블레셋의 거장 골리앗을 그 소년이 주먹보다 작은 돌멩이 하나로 쓰러뜨렸어. 나사렛 목수 한 사람이면 우리 땅의 로마군을 모두 물리칠 수 있을 거라고 난 확신이 서. 어쩌면 그는 우리가 그를 우리의 지도자로 추대해 주기를 기다릴지도 몰라. 나사렛 예수, 그가 말했어. 나는 다윗의 후손이라고."

"우리 선생님의 안식일 해석이 달라."

시몬이 신중하게 입을 열었다.

"안식일에 병을 고쳤어. 바리새인들이 즉시 안식일을 범하였다고 으르렁거렸거든. 뭐라고 대답하였는지 알아?"

"시몬, 우린 지금 율법 토론하는 게 아냐."

"알아. 로마의 폼페이우스가 예루살렘을 함락시킨 날이 안식일이야. 야만적인 정복자 셀류코스와 싸운 마카비 항쟁 때도 저항 한 번 못하고 수많은 우리 민족이 불태워져 죽은 날이 안식일이야. 안식일 규례 지키느라 엄청난 비극을 겪어 왔어. 난 생각했어. 그날 나사렛 예수가 그 자리에 있었다면 과연 지금의 우리가 로마의 속국이 되어 신음하며 살고 있을까. 예수가 안식일을 범했다고 바리새인이 비난하니까 어떤 반응이 었는지 알아? 안식일은 하나님을 위해서가 아니라 사람을 위하여 있다고 했어. 난 그 말에 적극 동의해."

"예수의 제자답네 시몬."

누군가가 빈정거렸다. 그러나 시몬은 당당하게 말을 이어 갔다.

"하나님은 엿새 동안 열심히 일하고 하루를 푹 쉬라고 안식일을 정해 주신 거야. 그랬는데 율법학자들이 안식일을 지키는 세부규정이 없다고 머리를 짜내서 시행세칙을 만들었어. 그 시행세칙은 사람들이 만든 것이므로 하나님의 계명이 아니라는 해석 아니겠어? 안식일엔 쉬라고 했지 적이 공격해 와도 가만히 앉아 죽으라고 한 거겠어?"

"들어보니 예수의 안식일 해석은 우리 민족에게 유익해. 고무적이야."

평소 말이 없던 예루살렘의 상인 출신의 열혈당원이다.

"너도 예수의 제자가 되겠구나?"

누군가가 비아냥거렸다.

"열두 명으로 제자는 끝이야."

유다가 마치 선언하듯 나섰다.

"이봐 유다, 나사렛 사람 그는 무엇이든지 할 수 있다고 했지?"

"물론이지. 모세는 사사건건 하나님께 도움을 요청했어. 하나님께서 그의 기도를, 심지어 홍해를 갈라지게 해 달라는 기도를 들어 주셨으니 그는 굉장한 믿음의 사람이지. 그런데 나사렛 예수는 차원이 달라. 우리 선생님이 하나님이라는 소리가 아니라 따로 돕는 존재가 불필요해. 소경에게 눈을 뜨라고 하면 눈이 떠져. 문둥이에게 내가 원하니 깨끗해져라 하니까 요단강에 일곱 번 들어갔다 나오니 어린아이 피부처럼 깨끗해졌다는 시리아의 나아만 장군처럼 깨끗한 피부가 되었어. 일시적인 마술 같기도 해서 내가 그 문둥이가 제사장에게 가서 완치 판정을 받고 가족에게 돌아가는 데까지 따라다니며 확인했어. 마치 하나님처럼, 내가 원하니 깨끗해져라, 와아!"

유다는 자기를 제자로 택하여주는 데 머물지 않고 일행의 재정 담당자로 각별하게 신임해주는 데 고무되어 있었다. 계산에 밝은 세리 출신의 마태에게 돈주머니를 맡기는 게 당연하다고 모두들 생각하였다. 아직 큰돈은 아니지만 12명의 제자들과 함께 여행은 계속되었다. 재무장관 구사의 아내 요안나를 비롯, 막달라의 유명한 미모의 창녀 출신 마리아, 제자 요한과 야고보의 부친 세베대는 일행의 비용을 기꺼이 부담하는 헌신자다. 거기에 완치된 문둥이를 비롯, 소경이었던 사람, 가버나움의 로마인 백부장 안토니오 등 직접적으로 큰 감동적 은혜를 입은 많은 사람들이 정성을 다해 예수의 일행을 돕는 손길이다.

"나는 그의 제자가 아니지만 그가 한 일은 워낙 파장이 커서 나도 다 듣고 알고 그 능력을 의심치 않아. 유다 그리고 시몬, 다대오, 너희들은 예수에게 선택된 그의 제자야. 예수가 아직 왕은 아니다. 그러니 우리의 왕국을 회복한 후 한 자리 하려거든 자네들 선생을 충동질해서 속히 왕이 되게 하란 말이야. 난 유다 왕국의 회복이 목적일 뿐 왕관엔 관심 없어."

바라바였다. 입이 무거운 사내가 조용히 반응하였다.

"난 예수가 메시아라는 데 동의하지 않아. 왜냐하면 그는 갈릴리의 병자와 불구자와 부녀자들의 우상일 뿐이야. 세리와 창녀조차 마다하지 않고, 먹고 마시는 데는 탐욕적이라잖아. 그런 사람이 능력이 탁월하다고 메시아라 할 수 있을까. 우리의 메시아는 정치적 군사적 권위를 지니고 우리에게 올 거야. 나사렛 예수는 정치나 군사에는 관심도 없어. 다대오가 그런 말을 이미 했어. 기껏해야 시골 부녀자들의 우상일 뿐이야. 메시아는 우리 민족을 압제자로부터 해방시키고 새 왕국을 건설해야 해. 우리가 아는 예수의 언행에는 국가도 민족도 적국도 관심에 없어."

베드로의 두려운 고백

갈릴리에 와 있는 열심당의 몇 사람과 헤어진 유다와 시몬과 다대오는 가버나움으로 돌아갔다. 침울한 분위기였다.

"선생님, 요한의 제자들이 헤롯 안디바의 통치지역을 벗어나라고 충고해 왔습니다. 왜냐하면 요한의 인기가 천천(千千)이면 선생님의 인기는 만만(萬萬)이라는 걸 알고 있기 때문입니다. 마치 사울 왕과 다윗의 인기가 비교된 것처럼 말입니다."

이종 사촌의 참수형이 가슴 아파서인지, 아니면 헤롯 안디바의 통치지역을 벗어나야 할 것인지 깊이 생각중인 듯 예수는 침묵하였다.

"주님······."

베드로는 제자가 된 그날부터 예수를 유일한 절대주인으로 호칭하였다. 의도적이 아니다. 그 아침의 호숫가에서 저절로 고백되었고, 줄곧 주님이라 불러 왔다. 그의 친구이며 고기잡이를 함께 하는 요한과 그의 형제 야고보, 베드로의 동생 안드레도 언제부터인가 그의 형처럼 주님이라는 호칭을 사용하였다.

베드로는 갈릴리 호수에서 고기잡이로 잔뼈가 굵었다. 다른 일을 해 본 적이 없다. 그래서 그는 동서의 폭이 12km에 남북의 길이가 21km나 되는 늘 투명하게 맑은 그 거대한 호수를 동네 사람들처럼 갈릴리 바다라고 부르는 데 익숙해 있다.

베드로의 가버나움 집 마당을 나서면 그 맑은 물과 만난다. 태어나서부터 그 큰 호수만 보고 자랐으며 그 호수에서 고기잡이로 생업을 이어 온 그는 그러나 그 날 아침의 해석할 수 없는 사건에 아직도 매몰된 상태다. 그러니까 그 사건은 이미 지나간 일이 아니라 그에게 그 일 이후 지속성을 지닌 현재로 작용한다. 그는 그런 엄청난 충격을 처음으로 경험하였다.

그날 밤, 밤새껏 그물을 내렸다. 언제 어디에 그물을 내리면 무슨 고기가 얼마나 잡히는지를 아는 수준의 갈릴리 어부 베드로는 밤이 깊어갈수록 아연실색하지 않을 수 없었다. 열 번, 서른 번, 지칠 만큼 그물을 내렸다. 안드레가 신경질을 부렸다.

"고기들이 다 뒈졌나 씨."

저만치서 그물을 내렸다 올렸다 하는 요한과 야고보 형제도 약속이라도 한 듯 사정은 똑같았다. 야고보의 화난 소리가 터져 나왔다.

"미치겠네 미쳐, 미치겠어. 세상에 이런 일이?!"

호수가 투명하여 낮에는 고기를 잡을 수 없다. 배만 저어가도 쏜살같이 떼를 지어 달아나는 모습이 보인다. 그런데 달빛도 적당한 그 밤의 어부 네 명의 배 두 척은 자정을 지나면서도 텅 비었다. 야고보와 안드레는 포기하고 집에 가서 잠이나 자자고 하였다. 헛수고가 몇 시간째 계속되는데 따른 피로감이 컸고 짜증도 심했다. 심지어 고기에게 배신당한 기분이 들기도 하였다. 아니, 생업의 무대인 호수가 우리를 버렸다는 생각도 들었다. 허탈하였다. 두 어선이 거리를 좁혔다.

"이게 우리의 직업인데, 평생의……. 가족의 부양을 포기하고 선생님만 따라다닐 수도 없고……."

베드로가 요한을 향해 힘없이 말했다. 한숨이 절로 나왔다.

"형, 자리를 옮겨 봐. 이놈의 고기들이 떼를 지어 어딘가에 있을 거잖아."

"항상 많이 잡히는 곳이 여기잖니."
"고기들이 한 곳에 모여 집회라도 하는 건가?"
"안드레 말이 맞아. 베드로, 막달라 쪽으로 좀 멀리 가 볼까?"
요한이 거들었다. 그러나 이내 야고보의 빈정거리는 반응으로 이어졌다.
"마리아에게나 가자면 모를까……."
그 이름을 아는 멀지 않은 마을 막달라의 창녀 마리아를 들먹이는 소리에 가뜩이나 큰 목소리의 요한이 힘주어 말하였다.
"재수 없는 소라-. 가뜩이나 안 잡히는데 더 재수 없어진다."
말이 씨가 되었음인지 정말 기적처럼 고가가 안 잡혔다. 더 안 잡힌 게 아니라 아예 없었다. 네 명의 어부는 그래도 그 호수의 깊은 밑바닥까지 다 안다고 할 만큼의 직업 어부로서의 체면과 자존심을 포기할 수 없어 오기로 더 힘을 내어 반드시 빈 배로 돌아가지 않겠다는 의지를 발동시켰다. 그래서 그물을 내리고 또 내리기를 동편 고원으로 여명이 밝아 와도 지속하였고, 결국은 빈 배를 육지에 댔다. 그리고는 모두들 호숫가에 널브러졌다. 고기잡이로 이토록 지쳐본 적도 없다.
사람들이 웅성거리는 소리가 꿈결같이 들려왔다. 태양은 이글거리는 열기를 품고 골란고원 저 위로 떠올랐다. 얼마나 지쳤든지 아무렇게나 널브러져 잠들었던 베드로가 눈을 떴다. 사람들이 예수를 따라 접근해오고 있었다. 화들짝 놀란 베드로가 세 어부를 황망히 깨웠다. 그리고는 아무렇게나 던져둔 그물을 끌어 당겼다. 찢어지고 얽힌 그물을 원상대로 정리하는 일은 고기잡이가 끝나는 대로 호숫가에서 즉시 이루어지는 작업이다. 예수가 그들 앞에 다가오기 전에 민망한 모습에서 벗어나야 했다.
가까이 온 예수는 청중을 시야에 넣으려는 듯 베드로에게 배를 조금

띄어 달라고 부탁하였다.

　그 아침은 지난 밤보다 더 피곤하고 지쳤다. 이른 아침부터 소문을 듣고 찾아와 뒤를 따르는 그들에게 예수의 가르침이 언제 끝날지 모르니 피로감이 급증하였다. 어이없게도 목수 일만 하였다는 그가 농사를 소재로 알 듯 모를 듯 어떤 의미를 농축하여 설교하는 것이었다.

　씨를 뿌리면— 그렇게 시작되었다. 가라지가 함께 자라도 뽑아버리지 마시오. – 어이없는 소리다. 베드로는 생각하였다. 두 손은 그물을 깁는 둥 마는 둥 시늉만 하는 중이지만 귀는 예수의 소리에 쏠려 있었다. 눈치를 보니 요한과 야고보와 안드레도 그렇다. 예수님을 따라다녔으면 물로 포도주 만드는 신비의 현장을 목격하였을 것이며, 한 동네에 사는 재무장관 구사의 아들이 죽음의 열병에서 고쳐지는 그 현장을 목격하였으련만⋯⋯. 그랬어야 하는데 먹고사는 일에 몰두하니 밤새 어부 넷이 고기 한 마리도 못 잡은 거 아냐? 그럼 예수 저분이 물속의 고기들을 우리 배에서 먼 데로 숨겼단 말인가?

　"말도 안 돼!"

　그 혼잣말에 요한이 옆구리를 툭 쳤다. 가라지를 뽑으면 안 된다는 건 내 생각에도 농사를 모르는 소리 같다는 동의를 하고 싶었으나 참았다. 아무튼 농사짓는 설교는 어부들에게 너무 지루하였다. 긴긴 밤을 소득 전무의 노동으로 지샜는데 또 이렇게 장시간을 꼬르륵 소리 나는 고픈 배를 안고 말도 안 되는 농사 얘기를 들어야 하다니⋯⋯.

　"베드로, 저 깊은 데로 가서 그물을 내려 고기를 잡으시오."

　지루한 설교에 졸음을 떨쳐내느라 애쓰는 그에게 다가온 예수가 부드럽게, 그러나 명백한 명령이다. 그는 당황하였다. 내가 잘못 들었겠지? 그래서 얼른 가까이의 요한에게 시선을 돌렸다. 안드레도 야고보도 시선이 마주쳤다. 베드로와 똑같은 생각인 듯하였다. 태양이 중천에 뜬 멀건 대낮에 깊은 데로 들어가 그물을 내려 고기를 잡으라고?
 깊은 데로 가서 그물을 내려 고기를 잡으시오? 그 명령의 부당성에 당황하였으나 감히 어부의 경험으로 설득할 용기가 나지 않았다. 밝은 시간이면 이 호수의 고기들은 배가 오면 떼를 지어 도망칩니다. 그래서 우리가 밤에만……. 그러나 그 말은 못하였다.
 "선생님, 우리가 밤을 새우며 수고하였으나 잡은 것이 없습니다. 그러나 말씀하신대로 그렇게 하겠습니다."
 엉뚱한 대답을 토해낸 베드로는 안드레를 데리고 지체 없이 배를 저어 나갔다.
 "형, 지금 고기가 잡히겠어? 조롱당한 기분인데 난."
 베드로도 걱정은 되었다. 만일 고기가 잡히지 않으면 저 사람들 앞에서 예수도 자기 자신들도 얼마나 우스운 꼴이 되겠는가라는 우려와 함께, 저 분이 말씀하시면 그대로 될 거라는 일말의 믿음이 없지도 않았다. 저 멀리 가나 근처에서 죽어가는 아들의 열병을 고쳐달라고 찾아온 재무장관 구사에게 당신 아들이 나았다고 말한 그 시간에 가버나움의 그의 아들 열병이 완치된 엄청난 소식은 가버나움에서 부인할 사람이 한 명도 없지 않은가. 가버나움 사람들이 구사의 저택으로 몰려가 믿어지지 않는 그 소식을 사실로 확인하였다. 베드로 거기 있었다.
 "이쯤에서 그물을 내리자."
 형제의 시야에 뺑소니치는 고기떼가 보였다.
 "그래도 그물을 내려 고기를 잡으라 하셨으니……."
 베드로가 투망을 던졌다. 이게 무슨 이변인가. 도망가던 고기떼가 원을 그리며 수면에 떨어진 그물망 안으로 쏜살같이 몰려 들어가는 것이 확실히 보였다. 마치 그물 속이 안전한 피신처라도 되는 듯이. 너무 어이없어 형제는 그물을 끌어 올릴 생각도 못하였다. 베드로는 멀리 호숫가의 예수를 한 번 바라보고 나서야 그물을 끌어올리기 시작하였다. 팔뚝의 근육에 온 힘이 쏠렸다.

그물을 던질 때마다 똑같은 일이 벌어졌다. 힘이 솟아났다. 대량 어획고의 기쁨이 아니라 자기들의 손에서 일어나는 기적의 감동이 벅찼다. 배는 금방 만선이 되었다. 베드로가 소리쳤다.

"요한, 야고보! 빨리 와. 배가 넘쳐!"

호숫가에서 넋을 잃고 바라보던 요한과 야고보가 급히 배를 저어 왔다. 그 배도 그물을 내리기만 하면 똑같은 일이 일어났다. 두 배는 잠깐 사이에 만선으로 돌아왔다. 눈이 휘둥그런 사람들이 베드로의 시야에 들어올 리 없었다. 예수, 사람인지 신인지 알다가도 모를 신비한 예수만 그의 시야를 채웠다. 한 발자국씩 접근할수록 가슴이 뛰었다. 두려움이다. 깊은 호수 속을 다 아시는 분, 어부로서 한 번도 경험하지 못한 밝은 아침의 만선. 가슴이 마구 떨리고 호흡이 고르지 못하였다. 저분은 내 마음속까지, 내가 생각하는 것까지, 아니 내가 모르는 나의 모든 것까지, 나의 과거와 현재와 미래까지 손바닥 손금 보듯 다 아시는 분일 거라는 생각이 밀려들어 두렵고 떨리고, 가슴이 폭발할 지경이었다. 내가 얼마나 더러운 놈인가를 저 분은 투명하게 다 아실 터이니, 아실 터이니……

"주님, 저는 죄인입니다. 이 더러운 죄인에게서 떠나십시오."

베드로는 지체 없이 예수의 발 앞에 엎드려 떨리는 소리를 냈다.

"두려워마시오 베드로, 당신은 이후로 사람을 낚는 어부가 될 것이오."

그 두려운 경험은 일과성으로 마감된 게 아니었다. 그에게 만큼은 늘 현재 진행형이다. 그 감동이, 간음죄 현장이 가족과 이웃들에게 고스란히 노출되어 벌거숭이로 바리새인에 의해 법정으로 잡혀가는 것 같은 수치와 두려움에 제압당하였다. 예수가 시야에 들어올 때마다, 그의 음성을 들을 때마다, 그 때와 동일하게 가슴이 저며 왔다. 그리하여 베드로에게 예수는 경외하는 주님이다.

이에 더하여 그의 집에서 무서운 열병으로 신음하는 장모를 즉시 일어나 음식을 만들 수 있게 하였고, 그 와중에 네 명의 친구에 의해 침상에 들려 그의 집으로 온 중증 중풍환자를 일으켜 세우지 않았던가. 모두가 호숫가 베드로의 집이 그 기적의 현장이다.

"일어나 그 침상을 들고 집으로 가시오."

중풍환자가 실려 온 그 침상을 그 환자가 그 자리에서 일어나 들고 나가던 모습은 꿈속에서도 경험할 수 없는 경이였다.

그가 선택하지 않으면 그에게 죽음은 없다

"예수는 대중의 높은 인기와 달리 그리 머지않아 배척당할 것입니다."
총독은 고넬료를 난해한 시선으로 바라보았다.
"백부장, 높은 인기와 배척이라 했나?"
"대제사장과 바리새인 등 산헤드린공회, 즉 유대교의 최고 권력이 예수를 큰 의구심에 더하여 반율법주의자로 보는 시각이 강합니다."
"무슨 일로?"
"베데스다에서 38년 된 병자를 고쳤습니다."
"그거 참 경탄할 좋은 일인데 그게 왜?"
고넬료는 긴 내용을 가급적 요약해서 그러나 실감나게 보고하기 위해 적절한 어휘를 찾느라 잠시 고심하였다.
"그날이 안식일이었습니다. 안식일 규례 6조 1항을 위반하였다는 것입니다."
총독은 침묵으로 고넬료의 입을 바라보았다.
"안식일엔 공공의 장소에서 개인의 주택으로 물건을 옮기지 말라는 조항입니다. 예수가 그 환자를 고칠 때 다만 '네 자리를 들고 집으로 가라'고 하였습니다. 그 환자는 스스로 몸을 움직이지 못하는 중병이었는데 그 말이 떨어지자마자 혼자 일어나서 깔고 지내던 자리를 둘둘 말아 챙겨 들고 집으로 가다가 바리새인들과 제사장들에게 들킨 겁니다."
"참 별난 법이 다 있군. 그게 왜 죄가 되나? 율법은 그들의 신이 준

것이라는데 뭐 그런 신이 있나? 시시콜콜 쓸데없는 잔소리, 아니 가당치도 않잖아?"

"예 그렇습니다. 유대인의 신은 10계명 외에 613개조의 율법을 주었다고 합니다. 하라는 법과 하지 말라는 법조항들인데 심지어 이런 건 먹고 저런 건 먹지 말라는 조항도 있습니다."

"로마의 신들과는 너무 달라. 우리의 신은 전쟁을 이기게 하는 신, 그야말로 수호신이야. 로마에 의해 평화가 이루어지게 하는 위대한 신이지. 그건 그렇고, 그들이 배척한다면 어떤 형태가 될까? 그는 전능한 수준이라 했지? 전능이 뭔가? 못하는 거, 안 되는 거, 불가능이 없다는 거지? 그렇다면 정말 신이 된 사람이거나 사람이 된 신인데, 잘난 체 해봤자 잘난 게 없는 게 인간인데 그런 하잘것없는 나약한 인간들이 전능한 그를 어찌할 수 없지 않은가?"

총독은 가버나움에서 고넬료와 그의 두 부하가 직접 목격하였다는 죽은 소녀를 살린 보고가 떠올랐다. 3명의 부하들이 직접 현장을 목격하였다며 총독에게 보고한 내용이니 그 기이함에 머리가 조금 이상해져서 약간의 과장이 가능할지 모르지만 허위보고는 아닐 터이다. 내가 직접 보았으면 좋았을 걸. 그 문제의 예수를 어떤 방법으로든 직접 만나고 싶은데ㅡ. 강한 충동을 느꼈으나 은폐하고 있었다.

"죽었다가 살아난 가버나움 회당장의 딸이 열두 살이라고 했지? 그 아이를 보고 싶군."

고넬료는 똑같은 반응을 두 번째 접하였다. 갈릴리 호수 남서쪽에서 조금 거리가 있는 나인성에서 무덤에 장사지내러 가는 일행을 멈추게 하고 죽은 청년을 살려낸 첫 부활사건을 보고하였을 때도 그 죽었다가 살아난 청년을 보았으면 좋겠네 했었다. 하긴 그게 얼마나 경이로운 기적인가. 나인성의 그 청년과 과부인 그의 모친, 그리고 객관성을 위하여 주변의 이웃들 몇 사람의 동일한 증언을 청취한 고넬료와 그의 부하였다.
"고넬료, 종교권력이 죽은 자도 살려내는 예수를 어찌할 수 있을까?"
"단연코 없습니다. 제가 그동안 본 예수는 사람 이상입니다. 사람에게 좌지우지되지 않습니다."
"그는 신이 사람이 된 경우거나 사람이 신이 된 경우거나, 뭐 그런 거란 말이지?"
"아마 그럴 것입니다. 그는 그들의 막강한 종교권력에 좌지우지되지 않습니다. 자기가 안식일의 주인이라고까지 공언하였습니다. 안식일은 사람을 위하여 있는 것이라는 전에 한 말에서 더 나아간 발언입니다."
"안식일의 주인이란 어떤 개념인지 설명해 보게. 백부장은 유대인 수준으로 유대인을 알고 있으니까."
"계명과 율법은 하나님이 직접 주신 것으로 되어 있습니다. 사람이 만든 법이 아니라는 의미입니다. 따라서 그 법을 집행하는 유대인의 종교권력은 절대권위를 지닙니다. 바리새인들은 율법 준수주의자들입니다. 율법을 토씨 하나까지 다 안다고 해도 과언이 아닙니다. 그래야 준수할 수 있으니까요. 그들은 율법을 어기는 사람을 현장에서 체포할 권리가 있고, 그들의 산헤드린 법정은 그들을 재판합니다."
"산헤드린이 율법과 관련된 범죄자에게 사형 판결까지 할 수 있다지?"
"돌로 쳐 죽이는 사형을 집행할 수 있습니다."
"사형 집행권이라. 대단한 권력이군. 십자가에 처형할 권리도 있나?"
"그건 로마의 권력입니다."
"아무튼 나는 나사렛 예수를 한 번 만났으면 하네."
부지중에 속내를 털어놓은 것으로 총독은 조금 계면쩍은 표정이었지만 즉각 총독의 권위로 말하였다.

"죽은 사람을 둘이나 살렸다면 돌에 맞아 죽진 않겠군."
"그를 만일 죽인다면 그건 그가 그렇게 죽기로 선택하는 경우에만 가능할 것입니다. 제 견해입니다만."
"돌로 쳐 죽인다면 그가 돌에 맞아 죽기로 선택한 경우에만 그리 된다? 허, 굉장하군."

창녀 마리아 －사랑을 나눌 가슴이 없다

　가까이는 북동의 시리아와, 멀리는 동쪽으로 메소포타미아를 넘어 아시아의 먼 동쪽 나라들의 문물이 유럽과 아프리카로 이어지는 카라반의 대열이 유대인의 땅을 경유한다. 지리상 동쪽나라의 카라반은 여리고를 거쳐 나일 문명권으로, 가버나움과 막달라를 거쳐 서부의 지중해를 끼고 북상하여 소아시아와 유럽으로까지 오간다. 그들의 행로에 휴식을 위한 여리고 성과 가버나움과 막달라에는 통행세를 징수하는 세관과, 피로한 여로를 위한 술집을 겸한 여관과 여자들이 있다. 세리와 창녀는 유대인의 율법에서 가장 죄 많은 사람으로 규정하였기에 유대인은 그 두 부류를 동격의 죄인으로만 취급할 뿐 인간으로 대접하지 않았다.
　막달아의 창녀 마리아는 그곳을 경유하는 여러 상인들에게 인기 높은 꽃이다. 마리아는 돈과 거래되는 몸뚱이만 있지 사랑을 나눌 가슴은 없다. 욕정은 권태롭고, 땀과 정욕으로 더러워진 육체는 노파의 세포처럼 잠들어갔다.
　마리아는 귀머거리가 아니어서 가까운 가버나움의 예수의 소문을 안다. 지나치게 황당한, 그러나 부인할 수 없는, 특히 로마군 백부장의 부탁을 기꺼이 들어주었다는 소문, 남자로서 창녀와 동급으로 취급되는 세리를 제자로 선택하였다는 도무지 믿어지지 않는 소식 등등에 그녀는 고무되어 갔다. 그는 시중을 들어주는 하녀 세포리스 마리아가 들으려 노력하지 않아도 들려지는, 가버나움이 뒤집히다시피 들끓는 흥분된 소문들을 낱낱이 마리아에게 전해주었다. 세포리스 사태 때 아버지가 십자가에 처형되고 나머지 가족들은 난리 통에 흩어져 홀로 된 늙어가는 그녀는 창녀 마리아를 동생처럼 보살피는 없어서는 안 될 귀한 도우미다.

창녀 마리아는 그녀가 들려주는 나사렛 사람 예수의 이야기에 갈증을 느꼈다. 세포리스 마리아는 풍문으로만 만나지 않고 직접 예수가 있는 곳으로 가서 보고 듣고 오자고 채근하기에 이르렀다. 그 소리에 마음이 끌렸다. 왜 내가 이러지? 자신에게 의구심이 생겼다. 문을 닫아걸었다. 밤에도 불을 켜지 않았다. 외출도 금하였다. 그 어둠의 침묵 속에서 내면에 도사리고 있는 음란과 오만과 증오와 살기(殺氣)의 질량이 확인되는 과정이 그녀를 괴롭혔다.

온종일 가버나움에서 무리들에 섞여 예수를 따르던 세포리스 마리아는 귀가 즉시 식사준비도 잊고 그날 직접 들었다는 이야기를 마치 자기의 체험인 듯 실감나게 들려주었다.

"중년 남잔데 예수님이 자기를 고쳐주셨다면서 주변 사람들에게 신이 나서 얘길 했어. 자기가 몇 달 전까지도 중풍으로 쓰러져 마비상태로 누워 있었는데, 어부 시몬의 집에 예수님이 계시다는 소식을 듣고 친구들이 들것에 실어 데려갔는데, 마당에도 사람이 꽉 차서 친구 네 명이 지붕을 뚫고 끈에 침상을 매달아 방안으로 내렸다는 거야. 그러자 예수님이 기다리셨다는 듯 내게 말씀하시기를 '네 죄 사함을 받았느니라' 하셨대. 그리고는 방안에 있던 의구심 가득한 바리새인과 서기관들에게 '내가 이 병자에게 네 죄를 용서하였다고 하는 말, 네 침상을 가지고 걸어가라 하는 말 중에서 어느 것이 쉽겠소?' 하고 물으셨다지 뭐야."

세포리스 마리아는 흥분한 증인으로 말을 이어갔다.

"그들이 하나님 한 분만 죄를 용서할 수 있는데 그렇다면 '당신이 하나님이라도 된다는 거냐? 이건 엄청난 신성모독이오.'라고 질시하는 눈빛이었다는군. 그러자 이어서 나에게 직접 말씀하셨어요. '네 침상을 가지고 집으로 가시오.' 내 몸이 아주 멀쩡해진 걸 스스로 느꼈어요. 그래서 일어났고, 내가 실려 온 침상을 들고 예수님의 말씀대로 방을 나갔어요. 내 뒤에서 방안에 꽉 찬 사람들과 마당의 사람들이 엄청나게 환성을 터뜨렸어요. 놀란 거죠. 수십 년을 살았어도 이런 일은 본 적도 들은 적도 없다면서 하나님께 영광을 돌린다고 기쁨의 탄성이 터졌어요. 나는 마치 개선장군이라도 된 기분이었지요."

하녀의 그 증언은 그 남자에게 직접 들은 것같이 실감이 났다.

"네 죄를 용서하였다고 했어?"

"그럼, 그건 하나님의 권세지. 그 서기관과 바리새인들은 줄곧 예수를 따라다니는 예루살렘에서 대제사장이 보낸 조사관이라더군."

네 죄를 용서하였다?

저녁 끼니도 거르고 마리아는 침상에 누워 있었다. 등불도 켜지 않았다. 찾아온 손님을 부재중이라며 하녀가 돌려보냈다. 창녀는 그 밤 내내 죄인을 용서하였다는 나사렛 사람 예수를 생각하느라 잠들지 못하였다. 생각이 깊어갈수록 나 같은 죄인에게 용서를 베풀지 않을 거라는 두려움도 깊어졌다. 갈릴리 호수의 그 깊은 물속에서 움직이고 있는 물고기를 통제하는 예수, 남편이 없다는 사마리아 여인에게 지금의 여섯 번째 남자도 남편이 아니니 맞는 말이라고 하였다는 그 예수, 율법이 부정하다고 선을 그은 문둥이도 시체도 서슴없이 만지고 살려낸 예수, 생각할수록 두려움이며 일말의 희망이기도 하였다. 그러나 은밀히 만나는 게 가능하지 않다는 생각은 사실일 터이다. 많은 사람들 가운데서 예수 앞에 서는 게 절대로 가능하지 않다는 사실을 그녀는 넉넉히 의식하고 있다. 사람들이 그녀를 알아보면 침을 뱉고 돌을 던질 것이다. 예수도 아직 창녀를 환영한 적이 없다. 그는 나에게서 역겨운 냄새를 맡고 접근조차 거부할 것이라고 그녀는 좌절하고 있었다.

마리아는 언덕에 올라 무리의 맨 뒤쪽에 얼굴을 가린 채 웅크리고 앉았다. 안타깝게도 우람한 그의 목소리가 제대로 들려오지는 않았지만 바람결에 들려오는 가르침은 신선한 향내처럼 죄인의 가슴을 쓸어내렸다.

"미워하는 사람에게 선을 행하시오. 당신을 저주하는 사람을 위해 복을 빌어 주시오. 남이 당신에게 해주기를 바라는 그대로 당신이 남에게 해주시오. 잘 해주는 사람에게 잘해주는 것은 누구나 하는 것이므로 가치가 없어요. 타인의 허물은 눈 속의 티까지 찾아내면서 자신의 눈 속에 있는 들보를 모른다면 위선자입니다. 좋은 나무가 나쁜 열매를 맺을 수 없고 나쁜 나무가 좋은 열매를 맺을 수 없지요. 세상에는 숨길 것이 없다는 사실을 명심해야 합니다. 선하게 보이는 것들이 다 선이 아닙니다. 바리새인들이야말로 그런 점에서 경계할 필요가 있습니다."

영적이면서 생활적이고 쉬우면서 심오하며 교훈적이면서도 감동적인 예수의 설교는 끝이 없는 듯 계속되었다. 그러나 외모로 드러나는 바리새인들은 자기들에게 비판이 가해지자 슬그머니 자리를 떴다. 살기등등한 표정으로. 예수의 바로 뒤에 턱을 괴고 앉아 있는 유다도 은근히 화가 치밀어 올랐다.

'원수를 사랑하라면 로마도 사랑하라는 건가. 유대인 전체를 극빈자로 만들고 도둑떼로 만들며 창검으로 지배하고 있는 그들도 용서하고 사랑하란 말인가. 오른쪽 뺨을 때린 사람에게 왼쪽 뺨도 대주라는 사랑과 용서는 비현실적이고 비인간적이고 반 율법적인데. 인간이란 감정이 있어. 인내력에는 한계가 있고. 이 짐을 지고 2km를 가자는 로마군 병사에게 기꺼이 4km를 가 주라고? 그쯤 되면 성인군자거나, 아니면 광인(狂人)일 테지.'

그러나 그는 오늘따라 스승에 대한 존경심이 극대화된 것도 사실이었다. 한 곳에 이토록 많은 청중이 모인 사례를 본 적이 없어서다. 그의 감동은 구름떼 같은 인파로부터 온 것이다. 모이자고 선동하거나 선전하지 않았음에도 인근 가버나움과 뱃세다와 고라신과 막달라는 물론, 남쪽의 신흥도시 디베랴와 동부의 거라사에 이르기까지. 더하여 전혀 정체 모를 사람도 다수였다. 그러나 미친 사람이나 할 수 있는 비현실적 내용의 설교를 들으면서 기분이 망가지기도 하였다.

'예수는 성공자야. 세례자 요한의 인기를 훨씬 능가해. 황제가 온들 이만큼 모일까? 그런데 왜 갈릴리인 특유의 서둘러대는 기질이 없지? 너무 온유해. 오늘 같은 설교는 하지 않는 편이 좋겠는데. 그러나 성전에서 보인 그 과격한 배짱은 대단한 거니까 기다려 봐야지.'

그는 심한 공복을 느꼈다. 설교는 그만 해도 유례없이 긴 설교로 기억될 터이다.

'청중을 선동하시오. 하나님이 우리 조상에게 주신 이 땅을 더럽히는 압제자를 몰아내고 선민(選民)국가를 우리 손으로 건설하자고 한 번이라도 말하시오. 예수, 당신은 그 일을 해야 하오. 당신이 적격자요. 당신은 이미 영웅이오. 죽은 자를 살리는 능력이 있소. 자연을 통제하는 능력도 있소. 풍랑 사나운 갈릴리 호수를 향해 잔잔하라고 명령하였지요. 우리가 탄 배가 수면에 떠 있었잖아요. 사나운 물결이 그 한 마디 명령에 즉시 잔잔해진 건 죽어도 잊지 못합니다. 당신은 어떤 일도 해낼 수 있다는 걸 나는 압니다. 이제 새 독립왕국을 건설하고 왕이 되어야 해요. 왕이 되는 일만 남았습니다. 그러려면 바리새인들만 비판할 게 아니라 로마를 공격해야지요.'

청중의 맨 뒤에 숨은 듯 눈빛만 살아 있는 창녀 마리아는 저분은 나도 용서하실 분이라는 확신을 느끼며 그 자리를 떠났다. 그런가 하면 저토록 위대하고 신비롭고 신성한 분에게 갈릴리의 모든 주민이 창녀임을 알고 있는 더러운 죄인이 어떻게 접근할 수 있을까. 체념되기도 하였다. 그리하여 차라리 죽는 게 상책이라는 혼잣말을 곁에서 들은 세포리스 마리아가 질겁했다.

"예수님을 만나야지 죽기는 왜 죽어. 저 분은 수고하고 무거운 짐 진 자들아 다 내게로 오라 하셨어. 나는 온유하고 겸손하니 내 멍에를 메고 내게 배우라. 그러면 당신들의 마음이 안식을 얻을 것이라고. 마리아도 들었잖아."

'그랬지. 그러나 그분은 온유해도 그 제자들은 거칠어. 제자들은 그냥 보통 사람들이야. 나를 알아보는 즉시 침을 뱉고 돌을 던질 거야. 문둥이도 그분 앞에 갔지. 문둥이도 완치된 다음엔 문둥이가 아냐. 그러나 한 번 창녀는 영원히 창녀야. 용서를 받아도 모든 사람이 나를 기피할거야.'

한 번도 마리아의 손님이었던 적이 없는 예수의 흡인력 앞에 그녀는 자꾸만 무너지고 있었다. 욕정은 무력해지고 땀 냄새는 역겨워지고 가슴은 고뇌로 경련하였다. 그의 육체적 광기(狂氣)가 영적 광기로 변해가고 있었다. 그녀의 거칠었던 욕설은 탄식으로 변하였다. 사내를 거부한 몸뚱이는 주검처럼 무기력해졌다. 그렇게 사흘이 지날 무렵 세포리스 마리아가 새로운 소식을 가져왔다.

"예수님이 바리새인의 초청을 받고 그 집으로 가셨다는 걸 믿을 수 있어?"

"그게 정말?"

공개적으로 바리새인을 비난하는 예수가 자기에게 올무를 씌우려고 산헤드린공회가 바리새인을 조사원으로 파견하여 늘 따라다님을 아는

데, 그럼에도 가버나움 거주 바리새인 시몬의 식사 초대를 수락하였다 니, 이해는 안 되지만 역시 예수는 다르다고 생각하며 마리아가 벌떡 일어났다. 거대한 탈출구를 발견한 죄수처럼 활력이 넘치는 동작으로 외출 준비를 서둘렀다. 허리까지 내려오는 부드러운 검은 머리에 아라비아산 향유를 발랐다. 솔로몬 왕이 지극히 사랑하던 술람미 여인에게 보낸 찬사가 떠오름은 왜일까.

- 네 머리털은 길르앗 산기슭에 누운 무리 염소 같구나 -

마리아는 문득 향유가 가득 든 옥합을 바라보았다. 그분에게 저 향유를 쓰리라! 마리아는 집을 나서며 목이 길고 수려한 백색의 이집트 산 설화석고(雪化石膏)를 소중하게 가슴에 품었다.

막달라 마리아의 출현은 바리새인들뿐만 아니라 예수의 제자들도, 예수와 그 일행을 식사에 초대한 가버나움의 부유한 바리새인 시몬에게도, 심지어 손님 접대에 바쁜 그 집 하인들도 시선을 집중하고 수군거렸다. 그분이 나를 용납하시면 누구도 방해하지 못한다는 확신이 그녀의 발걸음을 과감하게도 무대의 중앙에 오르게 하였다. 그녀는 식탁 중앙 주빈석의 예수에게 과감히 접근하였다. 그녀는 모두의 질시에 찬 시선이 자기에게 집중되었음을 알았지만 그 누구에게도 시선을 보내지 않았다. 예수만 주목하였다.

그녀가 등장하기 직전의 주인 시몬은 맞은편의 주빈석에서 굶주린 듯 먹어대는 예수와 그의 제자들 면면을 살펴보며 내심 씁쓸하게 입맛을 다시고 있었다. 소문대로 먹고 마시기에 탐욕스러운 손님이 썩 마음에 들지 않았다. 그가 그 많은 군중의 빵문제를 해결한 능력과, 길고 길었으나 신선한 감동의 설교 일부가 마음에 썩 들었고, 그보다는 가족과 함께 나사렛에서 가버나움으로 주거를 옮겨 이웃이 된 신비한 능력자와 좋은 관계를 맺는 것은 유익할 수 있다는 판단이 예수와 그 제자들을 만찬에 초대한 이유였다.
 그랬는데 알 만한 사람은 다 아는 창녀 마리아가 들어오더니 거침없이 맞은편 자리의 주빈 예수에게 접근하여 그 옆에 무릎을 꿇는 것이었다. 시몬은 입맛을 다시며 동료 바리새인들을 바라보았다. 예수는 마치 그녀를 기다리기라도 하였다는 듯 태연하였다. 무릎 꿇어 앉은 마리아의 눈물이 자기의 발등상에 떨어졌다. 예수는 움직이지 않았고 여인을 바라보지도 않았다. 둘러앉은 주인과 그의 동료 바리새인들을 잠시 바라보았을 뿐이다. 예상대로다. 특히 주인 시몬의 벌레 씹은 얼굴은 그 여자가 창녀인 걸 알기나 하시오- 라는 빈정거림임을 예수는 넉넉히 읽었다.
 '자기 발을 눈물로 적시는 저 여자가 얼마나 더러운 죄인인 걸 안다면 저렇게 무감각하지 않을 터인데······.'
 마리아는 옥합을 열어 가득 든 향유를 눈물로 닦아낸 그 발에 부었다. 여인은 아직도 걷잡을 수 없는 눈물이 주체스러웠다. 눈물과 향유가 범벅된 그 발에 마리아는 조심스럽게 입을 맞추었다.
 진동하는 향내가 집안을 채웠다.
 주빈의 조용한 그러나 천천히 이어지는 짧은 질문은 야릇한 긴장감이 흐르는 고요한 식탁의 모든 사람에게 들렸다.
 "시몬, 묻고 싶은 게 있는데요."
 "뭐든 말씀하시죠."
 "대부업자가 한 사람에겐 5백 데나리온(500일의 품삯)을, 다른 채무자에게는 50데나리온을 빌려주었는데 그 두 사람 모두 빚을 갚을 능력이 없게 되었다오. 채권자는 그들을 불쌍히 여겨 두 채무자의 빚을 탕감해 주었습니다. 그러면 그 두 사람 중 누가 더 채권자를 사랑할까요?"
 시몬은 몹시 불쾌해졌다. 그의 어린 딸도 즉시 정답을 말할 수 있는 너무 유치한 질문도 질문이려니와 이웃 마을 창녀의 눈꼴사나운 짓거리가 구역질났다.
"그야 당연히 많이 탕감 받은 사람이지요."
"맞는 말입니다. 이 여인을 보시지요."
예수는 비로소 여인을 응시하며 말을 이었다.
"당신과 너무 대조적이군요. 내가 당신 집에 왔을 때 당신은 내 발을 씻도록 물을 주지 않았소. 난 초청 받아 온 손님인데도 말이오. 그 기본 예의를……. 그런데 이 여인은 눈물로 내 발을 적시고 머리털로 씻었어요. 당신은 내 얼굴에도 입 맞추지 않았는데 이 여인은 거듭 내 발에 입 맞추었어요. 당신은 손님인 내 머리에 기름 한 방울도 발라주지 않았는데 이 여인은 매우 비싼 향유를 내 발에 부었소."
내 말뜻을 알아듣기는 하였느냐는 듯 예수는 시선을 옮겨 주인과 그의 동료 바리새인들을 훑어보며 말을 이었다.
"여러분, 이 여인은 많은 죄를 용서받았습니다."
시몬 베드로의 집에서 중풍병자에게 네 죄 사함을 받았다고 한 그가 창녀에게 똑같은 선언을 서슴지 않았다. 그 놀라운 은혜의 선포에 대한 반응은 바리새인들의 수군거림으로 나타났다.
"저 사람이 뭔데 남의 죄를 용서한다는 거야?"
"누가 아니래. 하나님만 인간의 죄를 용서하시는데……."
예수는 그런 소리를 귓가로 흘리며 여인에게 말했다.
"당신의 믿음이 당신을 구원한 것이오. 이제 평안히 가시오."
여인과 손님들이 돌아가자 남은 바리새인들이 격한 반응을 보였다.
"자기가 마치 하나님이라도 되는 듯……. 이 끔찍한 신성모독을 묵과할 수 없어."
"하나님이 된 듯 착각하는 게 아니라 자기가 하나님이라고 믿는 거잖아. 이젠 산헤드린공회가 응분의 조치를 취할 때가 되었어. 이 일을 급히 대제사장에게 보고합시다."

　주인 시몬은 당나귀 지능으로도 대답할 수 있는 질문에 냉큼 대답하였다가 허를 찔린 게 아직도 불쾌한 듯 큰 소리로 투덜거렸다.

　"대제사장과 산헤드린이 잠만 자겠소? 예수의 능력이 워낙 엄청나니 신중한 거겠지요. 정죄키로 결정했어도 묘책이 있어야겠고, 우리도 그의 앞에서는 숨도 제대로 못 쉬었잖소."

　시몬은 열통이 터지는지 벌떡 자리에서 일어서며 큰소리로 말했다.

　"우리 가족은 지금부터 대청소를 해야겠군. 친구들, 평안히 가시게."

　용서라는 말에 먼저 반응을 보였던 바리새인이 일어서며 빈정거렸다.

　"비싼 나드 향이 집안에 가득한데 청소는 왜?"

　다른 바리새인이 냉큼 그의 소매 자락을 끌어당기지 않았다면 시몬과 언쟁이라도 붙었을 것이다.

내가 누구인가?

깊은 사색 끝에 열두 제자들의 스승은 도피를 결정한 모양이다.
제자들의 이해가 그랬다. 그렇지 않고서야 어찌 이방인의 땅으로 발걸음을 옮기는가. 남쪽으로 또는 서쪽으로 가야만 본디오 빌라도 총독의 영역인 사마리아나 유대 땅으로 갈 수 있고, 남동쪽으로 가면 갈릴리와 베레아의 왕 헤롯 안디바의 지역인데 서북쪽 이방인의 땅으로 발길을 옮기는 것이었다. 무엇을 물어도 예수는 대답하지 않겠다는 의지인 듯 입을 굳게 다물고 앞장서서 계속 서북쪽으로 향하였다. 제자들은 이해할 수 없었다. 그렇다고 지금 어디로 가시느냐고 묻는 자도 없었다. 가버나움을 출발하여 나사렛을 지나고 서해안 평야로 접어들었는데 거기서 북으로 방향을 틀었다. 조금만 더 북상하면 갈멜산 밑을 지나 두로와 시돈, 지중해 세계에 여명을 밝힌 옛 페니키아 이방인의 땅이다.
헤롯 안디바의 피 묻은 손에서, 열심당이 예비하는 결정적 항쟁의 서곡으로부터, 빵문제를 해결해주지 않아 실망하고 흩어진 가난한 동족으로부터, 예수는 맥 빠진 제자 열두 명만 데리고 길을 떠났다. 그들은 두세 명씩 보조를 맞추며 낮은 소리로 불평을 토하며 느릿느릿 걸었다.
"내 아내를 빼앗기고 겁탈당한 나의 조국이야. 여호수아에 의해 이 땅을 정복하고 뿌리내린 1천5백여 년 동안 우린 이 나라 저 나라에게 무참하게 짓밟혀 온 창녀야. 지금도 여전히 진행형이야. 우린 창녀의 자궁에서 태어난 사생아에 다름 아니지."

나란히 걷던 세 사람 유다와 다대오와 시몬은 열심당원들이 다 그렇듯 로마의 속국에서 벗어나기 위한 투쟁만이 이 시대를 살아가는 남자들의 사명이라는 고정관념에 머물렀다.

"다대오, 우린 창녀의 자궁이 아니라 아브라함의 후손으로 태어난 하나님의 백성이야."

"다대오의 그 말은 조국에 대한 모독이 아니라 속히 유다 왕국을 회복하려는 열망이이니, 유다, 다대오에게 그러지 마."

"그럼 왜 예루살렘이나 가이사랴로 가지 않고 이방인의 땅으로 가는 거야?"

역시 유다였다.

"우리가 선생님의 생각을 어찌 이해하나. 좌우간 저분은 사람 이상인 게 분명하니 묵묵히 따라야지."

이방인의 땅 페니키아의 가나안 원주민 유스타는 악몽에 시달리며 잠들어 있었다. 그녀의 낮잠은 이제 막 처녀티가 나는 그녀의 딸 페니케 때문이다. 페니케는 어젯밤도 맨발로 뛰쳐나가 바닷가를 배회하며 노래하고 춤추며 악을 써대다가 탈진상태로 돌아왔다. 의심의 여지없이 흉폭하고 더러운 귀신이 한 송이 백합처럼 피어나는 페니케를 쓰레기통이나 뒤져 먹는 주인 없는 미친개로 만들었다. 옷을 입히면 찢어버려 속살이 드러나고, 사내들은 침을 흘리며 음탕한 눈웃음으로 끈끈하게 따라다녔다. 페니케는 백치처럼 웃어대며 거리를 돌아다니다가 종내는 해변으로 달려가 바다로 뛰어들곤 하였다. 그녀의 뿌리치는 팔은 힘센 장정을 능가하고, 거친 바위틈으로 뛰어다니는 모습은 자칼을 연상시켰다.

그 어미 유스타의 유일한 희망은 나사렛 사람 예수를 만나는 것이었다. 모든 병, 심지어 죽은 사람을 살리기까지 하였다는, 귀신을 쫓아냈다는, 그보다 기쁜 소식은 로마인의 하인인 이방인의 중풍 병을 고쳐주었다는 소문이 이방인인 그녀를 자극하고 위로하였다.

낮잠은 비몽사몽 들려오는 여러 사람의 무거운 발걸음 소리로 편치 않았다. 이내 유스타, 유스타 어디선가 귀에 익숙한 여인의 목소리가 들려왔다.

"유스타, 빨리 나와 봐. 갈릴리까지 갈 필요가 없어. 예수라는 그 유대인이 제자들과 우리 마을에 들어왔어. 유스타, 내 말 들려?"

꿈이 아니었다. 유스타가 몸을 벌떡 일으켰다. 예수를 만나는 게 소원인 유스타에게 급히 기쁜 소식을 알리는 이웃 친구였다.

"유스타, 어서 페니케를 데리고 나와. 갈릴리까지 갈 필요가 없다니까. 어서."

"페니케, 냉큼 일어나라. 이건 꿈이 아니구나. 어서 일어나."

이미 방안까지 들어온 이웃 친구와 함께 페니케를 깨웠다. 그러나 밤새껏 해변을 뛰어다니며 춤추고 노래하느라 지칠 대로 지친 페니케를 깨우는 건 쉽지 않았다. 문득 로마군 백부장의 하인을 고칠 때 환자가 없는 곳에서, 구사의 아들을 치료할 때도 아주 먼 거리에서 네 아들이 나았다고 한 것만으로 치유되었다는 풍문이 떠올랐다. 유스타는 벌떡 일어나 밖으로 달려 나갔다. 예수가 지나치기 전에 만나야만 하였다.

"저기, 저기야."

친구가 가리키는 곳에 낯선 유대인들과 그들을 구경삼아 뒤따르는 일단의 두로 시민들이 보였다. 유스타는 단숨에 달려가 예수를 가로막고 그 발 앞에 엎드렸다. 가버나움에서도 회당장 야이로가 죽어가는 딸을 살려달라고 거리에서 자기 앞에 엎드렸던 그 일이 떠올라 예수와 그의 일행은 걸음을 멈추었다.

"저를 불쌍히 여겨 주십시오. 제 딸이 흉악한 귀신이 들려 고통 받고 있습니다. 저는 주님을 뵙기 위해 딸을 데리고 갈릴리로 가려던 참이었습니다."

제자들은 속으로 중얼거렸다. 제발, 이방인에게 관심을 나타내지 말았으면 좋겠어. 우린 속히 그들의 시야에서 벗어나는 게 좋겠고ㅡ. 그러나 상황은 제자들의 뜻대로 되지 않았다. 예수와 가나안 여인이 대화를 시작하였다. 여인의 애원과 예수의 비정한 냉대가 제자들을 긴장시켰다. 차라리 설전이었다.

예수는 도움을 요청하는 그 여인을 개로 취급하는 유대인 전통의 이방인 경멸을 서슴지 않았다. 그러나 여인은 그런 수모에 개의치 않는지 한 치도 물러서지 않겠다는 의지적 고백으로 반응하였다.

"개들도 주인의 상에서 떨어지는 부스러기를 먹습니다."

예수는 문득 가버나움의 로마군 백부장이 생각났다. 유대인들은 경멸의 정죄를 보내는데 이방인들은 깊은 신뢰와 호의를 보여주지 않았던가. 사마리아 여인도 떠올랐다. 다섯 명의 남편이 있었고, 지금 여섯 번째 남자와 살고 있는, 그래서 낮에는 동네 사람들 시선이 따가워 우물에 물 길러 다니는 걸 꺼려하던 그 여인의 모습이 지금 이 여인으로 복제된 느낌이다.

"여인이여, 당신의 믿음이 참으로 큽니다. 당신의 소원대로 될 것이오. 어서 딸에게 가 보시오."

유스타, 의심 없는 그 여인은 큰절로 감사를 대신하고 즉시 집으로 달려갔다. 미친 딸을 쫓아다니느라 달리기에 익숙해진 여인은 숨을 헐떡이며 단숨에 어두컴컴한 방으로 들어섰다. 페니케는 잠든 채였다. 유스타는 똑똑히 보았다. 점점 밝아지는 방안에서 사나운 광기가 사라진 평온한 얼굴로 잠든 사랑스런 딸의 얼굴을.

13명의 남자들은 길고 지루한 여행을 계속하였다. 늘 그들의 일행에 포함되다시피 하던 수발하는 여인들과 열광적인 추종자들은 한 명도 없었다. 어떤 계획과 목적의 여행인 듯 예수는 제자들 외의 그 누구도 함께하기를 원치 않은 까닭이다. 일행은 유스타의 딸 페니케를 괴롭히던 악하고 더러운 귀신이 떠나는 현장을 목격하지 못한 아쉬움이 있었으나 그들 모녀가 신속하게 일행 앞에 나타났고, 이웃 사람 몇이 함께 와서 귀신이 나가기 전의 모습을 장황하게 설명해 주었다. 그 어미의 그토록 애절하게 호소하던 모습이 페니케의 아름다운 모습으로 그들의 면전에 함께 있다는 건 감동이었다.

두로를 떠나 더 북쪽에 위치한 항구도시 시돈을 거쳐 다시 갈릴리 호수의 발원지를 향해 산길을 북동 방향으로 돌렸다. 두 개의 높은 산, 북에서 남으로 길게 뻗은 레바논산맥과 남에서 북으로 이어진 헬몬산 사이의 골짜기를 따라 올라갔다. 헤롯 안디바나 본디오 빌라도 총독이나 대제사장의 손길이 미치지 못하는 팔레스타인의 북단 가이사랴 빌립보가 가까워지자 예수는 중대한 결심을 굳혀가고 있었다. 그곳은 공교롭게도 세례 요한의 목을 자르게 한 헤로디아의 전 남편 헤롯 빌립의 통치 지역이었다. 모세의 후계자 여호수아에 의해 그 땅을 정복하였을 때부터 북쪽 국경선으로 설정된 단이 가깝다.

예수는 나무 그늘에 앉아 남쪽을 바라보았다. 내 뒤에 메시아가 온다고 선언한 요한의 활동무대였던 요단강 발원지에 접근한 그는 이쯤에서 명백하게 메시아로서의 정체를 천명할 결심이다.

"사람들이 나를 누구라 하던가요?"

제자들의 의견이 아닌 대중의 판단을 묻는 의도가 무엇일까를 유다는 생각해 보았다. 그가 아는 여론은 대체적으로 탁월한 선지자의 한 사람이거나, 민족을 해방시키고 새 왕국을 건설할 메시아다. 그러나 적대감정이 날로 깊어져 가는 종교권력자들은 율법적으로 정면충돌이 잦아질수록 마귀의 하수인 내지 율법을 훼손하는 이단자로 규정, 제거하려는 분위기였다.

"당신들은 나를 누구라고 생각하시오?"

탐탁하지 않은 제자들의 이런저런 대답에 예수는 다시 물었다. 그러나 누구도 선뜻 대답하지 못하였다. 왜냐하면 아직 명쾌한 판단이 그들에게 없기 때문이다. 탁월한 가르침, 율법에 대한 정통적 해석을 뒤엎는 무모한 도전, 사람의 마음속을 관통하는 시선, 하고자 하면 불가능이 없다는 사실 등등이 그들을 혼란스럽게 하였다. 사람인데 신의 수준이며, 신이 사람의 형상을 입고 있는 듯도 하고.

북쪽의 깊은 골짜기에서 불어오는 시원한 미풍과 저쪽 산모퉁이 어디에선가 들려오는 작은 폭포소리가 그들의 침묵을 돕고 있었다.

"주님은……."

마침내 나서기를 좋아하는 베드로가 먼저 입을 열었다. 그는 문득 요단강 끝머리에서 동생 안드레의 소개로 처음 만나던 예수의 모습이 떠올랐다. 안드레는 예수를 메시아라고 소개하였다. 예수는 첫 대면에서 늘 불리던 시몬이라는 이름을 베드로로 바꾸어 주었다. 이어서 물속의 고기들까지 통제하는, 풍랑을 멈추게 한, 물 위로 걷던, 죽은 사람을 살려낸 경이롭고 두렵고 황홀한 그의 능력이, 죄를 용서하는 권세가, 한 소년의 초라한 도시락에 들어 있던 두 마리의 소금에 절인 물고기와 보리빵 다섯 개로 5천 명이 훨씬 넘는 청중을 배불리 먹이고도 백여 명이 더 먹을 수 있을 정도로 남게 한 갈릴리의 그 기적은 예수야말로 왕이 되어야 하며, 확실히 메시아 곧 그리스도이며, 하나님의 아들이시다. 그는 확신한다.

"주님은 그리스도이십니다. 살아계신 하나님의 아들이십니다."

예수는 마침내 목적을 이루었다고 안도하는 표정이다.

"시몬, 당신은 참으로 복된 사람이오. 그것은 당신의 생각에서 나온 말이 아니라 하늘에 계신 내 아버지께서 알려주신 것이오."

가룟 유다는 베드로의 말에 크게 감격해 하는 예수를 바라보며 당신이 진정 메시아라면 예루살렘에 올라가 메시아의 역할을 수행하지 않고 왜 변방을 떠돌며 시간을 허비하느냐고 성난 소리로 묻고 싶었다. 메시아라면 이방인의 압제 하에서 이 민족을 구원하여 다윗 시대의 영광의 조국을 회복해야 옳다고 그는 외치고 싶었다.

"그러나 내가 그리스도라는 것을 누구에게도 말하지 마시오."

유다는 천재에게 희롱당하는 얼간이가 된 기분이었다.

'숨는 메시아? 그럼 메시아가 아니지. 그런데 왜 피해 다니며 침묵을 명령하지?'

"내 말을 신중하게 들으시오. 다음 유월절에 예루살렘에 갈 것이오. 그때 대제사장과 율법학자들과 장로들이 나를 괴롭힐 것이오. 그러나 내 말을 잘 들으시오. 나는 그들에 의해 죽임을 당하지만— 내가 사흘 만에 다시 살아날 것이오."

페니키아 땅에 들어서며 선지자 요나의 예를 들던 예수는 자기가 사흘 동안 무덤에 머문다고 하였다. 지금 그 말을 좀 더 발전시킨 것이라고 대부분의 제자들은 생각하였다.

"당신들은 자기 십자가를 지고 나를 따르시오."

제자들은 찔끔하였다. 십자가라니? 느닷없이 웬 십자가? 십자가에서 죽는다는 뜻인가? 문득 '모세가 광야에서 뱀을 든 것같이 나도 들려야 하리니, 나를 믿는 자는 영생을 얻게 하려는 것입니다'라고 한 말이 떠올랐다. 예수가 바리새인 니고데모를 만난 이야기를 나중에 듣고 제자들이 설왕설래 했었던 기억들이 되살아났다.

아무튼 죽임을 당한다와 내가 나무에 달린다와, 요나처럼 사흘 동안 무덤에 머문다와, 자기 십자가를 지라는 가슴을 폭파시키는 어휘들에 모두들 침묵이다.

"안 됩니다 주님. 그런 불행이 주님께 생기는 건 안 됩니다. 결코 그럴 수 없습니다."

다음 순간 베드로를 돌아보는 예수의 엄숙한 표정에 제자들이 찔끔하였다.

"사탄아, 썩 물러가라!"

단호한 책망이다.

"베드로, 당신은 하나님의 편에서 생각하지 않고 사람 편에서 생각하고 있소."

마치 정서가 심하게 불안정해 보이는 예수를 보며 유다는 생각하였다.

'지쳤나 봐. 그럴 만도 하지. 종교권력은 증오와 협박을 보내오고 가난한 백성들은 청구서를 보내오지. 긴 여행으로 지쳤을 테고, 급기야 머지않아 죽는다는 예언을 이미 확정된 듯 말하다니……'

제자들은 예수의 죽음을 상상할 수 없었으나 마음은 어두웠다. 그러나 유다는 속이 부글부글 끓어오르고 있었다. 성전을 헐고 사흘 만에 다시 짓겠다고 난동 수준의 무모한 배짱을 보였는데, 그런 위엄으로 종교권력에 당당하게 맞서 왔는데, 전능한 그가 패하고 그들이 승리한다? 그들이 예수를 죽인다? 그러나 사흘 만에 다시 살아난다?

화가 나서 절대로 시선을 피하지 않고 자기를 주목하는 유다의 마음을 예수는 충분히 읽고 있었다. 저 거부하는 눈빛, 저 뜨거운 분노, 목적을 명분 삼아 어떤 수단과 방법도 수용할 교활성, 가장 의로운 체하는 가장 불의한 이중성…….

"당신들 중에 내가 죽기 전에 내가 하늘나라의 왕으로 오는 것을 볼 사람들이 있소."
 나란히 앉아 있던 베드로와 요한과 야고보의 눈빛이 응답하였다.
 - 그 행운이 내게 오기를 원하나이다. 주님! -

 엿새 후에 예수는 산으로 올라갔다. 세 명의 제자만 그 뒤를 따랐다. 베드로와 요한과 야고보다.
 "우린 닭 쫓던 개야."
 가룟 유다가 구름에 덮인 산꼭대기를 바라보며 투덜거렸다.
 "이봐 유다. 선생님의 선택과 결정을 우리가 비판할 수 없어. 우리 여덟을 버리고 아주 떠나신 게 아니니까 그렇게 심술부리지 마라."
 "심술? 내가 어린애야? 난 실망한 거야. 이방인의 땅으로 들어설 때 실망했고, 죽임을 당한다는 말도 안 되는 말을 들었을 때 더 실망했고……."
 유다는 짜증스러운지 벌떡 일어나 시몬과 다대오 곁으로 갔다.
 "도대체 저 셋만 데리고 어디로 가시는 거지?"
 유다에게 시몬이 대답하였다.
 "가버나움을 떠나기 전에 바라바가 뭐랬어? 기다리는 건 지쳤다. 질색이다. 우린 기다림에 너무 익숙한 게 문제야. 예레미야 선지자 이후 4백여 년 동안 우리 민족은 선지자를 기다렸어. 감감무소식야. 선지자들이 예언한 메시아를 학수고대했어. 우리 민족이 우러러보는 이사야 선지자는 아주 구체적으로 메시아에 대한 예언을 남겼어. 그로부터 6백 년도 더 지났는데 우리가 기다리는 메시아는, 선지자가 예언한 메시아는커녕 우리는 오직 기다리면서 늘 빼앗기고 짓밟혀 왔어. 버러지처럼, 지렁이처럼. 기다림은 나약함이고 어리석음이고 비극이야. 비겁이고 무능이야."

"그럼 뭘 어쩌자는 거야?"

다대오였다. 그는 대답을 기다리지 않고 다시 물었다.

"우리가 처음 예수님을 따르게 된 것은 유다 자네 제안 때문이었어. 그러나 지금은 예수님을 따르는 게 가장 현명하다고 생각해."

유다가 벌컥 화를 냈다.

"다대오, 네가 두목이야? 지금 무슨 소릴 하는 거야?"

"난 제자의 본분을 지키고 싶어. 우리 선생님은 어떤 랍비와도 비교될 수 없고 어떤 선지자들과도 비교될 수 없어. 두려움은 없고 능력은 무한대고……."

"다대오, 저 위로 데려간 세 명 외에는 별 볼일 없다는 걸 몰라? 죽임을 당한다는 건 또 뭐야? 죽이면 사흘 만에 다시 살아난다는 건 그건 나도 가능하다고 생각해. 두 사람이나 살렸으니 자긴들 못 살릴까. 그래, 그건 그렇다고 쳐. 그 다음은?"

마침 빌립보 주민들이 산모퉁이를 돌아 그들 앞으로 왔다. 나그네에게 소문을 듣고 찾아온 것이다.

"나사렛 예수님을 만나러 왔습니다. 그분의 제자들이시죠?"

"용건이 뭐요?"

유다가 귀찮다는 듯 내뱉었다.

"제 아들을 고쳐 주십사고 왔습니다."

작은 야고보가 절실한 눈빛으로 호소하는 그에게 기다리시오 했다. 그러자 유다가 나섰다.

"모세가 광야에 우뚝 솟은 시내산에 올라갔던 것처럼 우리 선생님도 저 높은 헬몬산으로 올라가셨소. 모세는 40일 만에 내려왔는데 이 산이 그 산보다 높다는 걸 염두에 두셔야 될 겁니다."

"친절에 감사드립니다."

그는 불친절을 알아채지 못할 만큼 순수하고 절박하였으리라. 곁에 있던 나다나엘이 유다의 불친절한 말투를 상쇄시키려는 듯 친절하게 용건을 물었다.

"제가 듣기로는 예수님은 무슨 병이든 다 고치신다는데, 그분의 제자들도 병을 고치고 귀신을 쫓아낸다는 소문이 파다합니다. 제발 부탁이니 제 아들을 고쳐주십시오. 제발 부탁입니다."

그런 소문이 퍼진 것은 사실이다. 지난봄의 늦은 비가 끝난 직후 제자들은 두 명씩 짝을 지어 이 고을 저 고을로 다니며 예수의 가르침을 전하고 온갖 병을 고쳐준 게 사실이다. 그땐 정말 신기하게도 제자들의 기도로 병이 나았고 귀신이 쫓겨나갔다. 마치 무한의 능력자인 그들 스승과 동격이 된 기분이기도 하여 얼마나 우쭐거렸던가.

"우리라고 병을 못 고치는 건 아니오. 그런데 멀쩡해 보이는데 무슨 병이죠?"

나다나엘의 물음에 그는 금방 눈물을 글썽이며 호소하였다.

"보시다시피 이렇게 멀쩡해 보입니다만 발작이 시작되면 느닷없이 거품을 물고 사지가 뒤틀리며 쓰러집니다. 괴성을 지르고요. 귀신이 괴롭혀요."

"증세가 그것뿐인가요?"

마태의 물음에 그는 말도 못하고 벙어리처럼 된다고 호소하였다.

닭 쫓던 개처럼 허전하고 조금은 불쾌하던 아홉 명의 제자들은 한동안 말없이 소년을 바라보았다. 산으로 간 세 제자에 대한 약간의 시기심과 선생님의 그런 선택에 섭섭한 마음이던 그들은 귀신을 쫓아내는데 쏟을만한 열정이 없었다. 그렇다고 잔뜩 희망으로 부푼 소년의 깡마른 아버지를 외면하거나 뒤따라온 마을 관객들의 기대에 찬 시선을 무시하기도 부담스러웠다.

"이러고 서 있기만 해서야 되겠어? 소년을 위해 기도해 보자고."
동료들만 알아듣도록 마태가 나직이 말했다.
"난 빠지겠어. 마음 내키는 사람들끼리 해 봐. 남들에게 보이기 위해 중언부언하는 기도를 하지 말라고 배웠으니 난 빠지는 거야."
가룟 유다가 한 발 물러서자 나도 나도 하는 눈치였다. 소년에 대한 연민도 없고 기도할 마음은 더욱 없다.
마태가 소년의 손을 잡고 기도를 시작하였다. 작은 야고보와 다대오와 이어서 빌립이 다가서서 함께 기도하였다. 안드레는 유다만큼이나 기분이 상해 있었다. 야고보와 요한 형제는 데리고 가면서 베드로의 형제인 나는 왜 제외돼? 가버나움 회당장 야이로의 집에 들어갈 때도 그랬는데. 날 떼놓으려면 야고보도…….
그는 두 번 이어진 차별을 생각할수록 화가 깊어졌다. 갈증 때문인지 혀로 입술을 적시고 마른침을 삼켰다. 유다가 물이 흐르는 골짜기로 내려가자 안드레도 따라가고 싶었으나 중언부언하는 기도에 끼어들었다. 시늉에 불과한 기도는 두세 명의 열정 때문에 그나마 오래 지속되었다.

같은 시간에 헬몬산 한 봉우리에서 제자 셋이 한 자리에, 예수는 위쪽 바위에서 기도하였다. 내가 저 바위에서 기도하는 동안 당신들은 여기서 기도하라는 말씀대로다. 세 제자는 늘어지게 한 잠 자고 싶었으나 빤히 보이는 바위에서 간간히 들려오는 그 기도소리로 꼼짝없이 기도할 수밖에 없었다. 태양이 레바논 산맥 능선 위에 머무른 것으로 보아 오후 세 시쯤 되었으리라. 기도는 참 힘든 거라고 생각하면서 시선이 레바논 산맥으로 향하던 야고보는 해 지기 전에 내려가야 된다는 마음이 앞서자 급해졌다.
'언제까지 기도만 하실 건가.'

조급한 마음으로 산정의 스승에게 시선을 옮긴 야고보는 화들짝 놀라 탄성을 터뜨렸다. 그 소리에 모두가 눈을 떴다.
"저기, 선생님이!"
돌을 던지면 닿을 만 한 거리의 예수는 무릎 꿇은 자세였다. 그 얼굴이 태양이 무색할 만큼 빛났다. 세 명의 황홀해진 제자는 풍랑 이는 물 위로 걸어오던 경이를 능가하는 그 변모가 곧 하늘나라 영광의 단면임을 깨닫지 못하였으나 황홀경에 빠져들어 갔다. 몸에 두른 양모로 짠 두툼한 나그네의 때 묻은 겉옷도 눈부시게 희어졌다. 태양이 능선 너머로 넘어가도 대낮보다 밝을 것 같은 눈부심이다.
"모세잖아!"
"엘리야도……!"
베드로와 야고보가 탄성을 터뜨렸다. 예수 그 양편에 나타난 민족의 대 거인을 단번에 알아본 것은 그들의 지식이나 판단력과 무관한 영감(靈感)이다. 세 제자가 넋 나간 듯 주목하는 가운데 그 세 거인은 무슨 말인가 나누고 있었다. 어부 출신의 세 제자에게 그곳은 헬몬산의 여러 봉우리 중 하나가 아니라 말로만 들은 천국이었다. 그 눈부신 황홀경 속으로 때 묻은 세 제자는 감히 접근할 엄두가 나지 않았다. 그 밝음이 그들의 은폐된 허물과 죄를 고스란히 드러낼 것 같았다.
"모세와 엘리야가 떠나시려나 봐!"
요한의 속삭임에 베드로가 놀란 듯 다급하게 소리쳤다.
"주님!"
그는 벌떡 일어섰다. 당장 주님께 달려가고 싶었다.
"주님, 여기서 살고 싶습니다. 우리가 여기에 초막 셋을 짓겠습니다. 주님을 위하여, 모세와 엘리야를 위하여……."
다음 순간 구름이 마치 안개 내려앉듯 차분히 내려와 세 거인을 덮었다. 구름이 제자들만 남겨두고 그 세 거인을 데려간 듯 아무도 보이지 않았다. 최상급 경외로 떨고 있는 제자들에게 구름 속 어딘가에서, 어쩌면 더 높은 곳으로부터 예수의 음성보다 우람한, 마치 천둥소리가 들려오는 듯하였다.

"이는 내 아들이요 내가 택한 사람이다. 너희는 그의 말을 들으라."

세례 요한의 제자였던 요한에게 그 목소리는 두 번째다. 예수가 나사렛으로부터 요단강의 세례 요한에게 나타나 세례를 받고 물에서 올라올 때 구름으로 가려졌던 하늘에서 갑자기 그 구름이 갈라지며 눈부신 햇살이 비쳐오듯 예수의 흠뻑 젖은 머리에 빛이 임하였다. 동시에 굵은 음성이 위로부터 들려왔다.

"이는 내 아들이요, 내가 택한 사람이다. 내가 기뻐하는 자다."

요한은 예수가 누구인지 새삼스레 깨달아졌다. 선생님의 출발을 알려준 저 음성, 선생님의 죽음을 알려주는 저 음성, 하나님의 음성, 하나님의 아들임을 확인하는 저 음성……

"주님!"

베드로의 다급한 소리에 이어 구름이 서서히 사라졌다. 모세와 엘리야도 사라졌다. 야위고 지친 얼굴에 오랫동안 입고 다니고 덮고 자느라 때 묻은 흰 겉옷의 평소의 그 모습 그대로 예수 홀로 거기 서 있다.

제자들이 그리로 갔다. 하나님의 아들에게. 그러나 감히 접근하기 어려운 경외심으로 몇 걸음 사이에 두고 멈추었다.

"내가 죽었다가 다시 살아나기까지는 오늘 본 것을 아무에게도 말하지 마시오."

세 제자는 문득 깨달아졌다.

— 여기 서 있는 당신들 가운데 죽기 전에 내가 하늘나라의 영광으로 오는 것을 볼 사람들이 있을 것이오. —

산에 오르기 전의 그 말이 우리가 오늘 경험한 신비, 그것일 거라고.

벌써 수개월 전부터 그들의 스승은 소문이 퍼지지 않도록 경계하였다. 죽음의 그때가 오기 전에는 적들을 자극하여 사태가 악화되기를 바라지 않고, 때가 되었음에도 적들이 두려워 죽이기를 포기하지 않도록 하려는 배려인가. 죽었다가 다시 살아난다는 것도 이해가 안 되어 물었을 때 예수는 침묵하였다. 인간의 경험세계에 없는 일을 어떤 설명으로도 이해시킬 수 없음 때문인가.

의문부호는 세 제자의 머리에서 떠나지 않았으나 질문도 대답도 원치 않는 스승을 따르는 무거운 하산 길이었다.

모세가 시내산에서 십계명 돌 판을 들고 내려왔을 때 이스라엘 백성들은 그야말로 개판이었다. 금송아지 우상을 만들었는가 하면 먹고 마시고 춤추며 희희낙락으로 어수선하였다. 아침 일찍이 그들 네 사람이 산에서 내려왔을 때 가이사랴 빌립보의 성난 주민들이 거칠게 떠들어대고 있었다.

"당신들에겐 기대할 게 없습니다. 무능인지 무성의인지 그건 모르겠으나 내 아들은 아직도 벙어리 그대로고 사나운 발작을 두 번이나 일으켰소. 밤새도록 기도해도 소용없잖아요."

소년의 아버지가 거칠게 항의하자 다른 사내가 말했다.

"당신들 선생님이 계신 곳을 알려주시오. 우릴 더 이상 지치게 말고……."

"내가 여기 있소."

예수가 성큼 그들 앞으로 나섰다. 항의하던 중년의 털북숭이는 찔끔하며 한 발 물러섰다.

"예, 실은 이 친구 아들이……."

그가 더듬거리자 소년의 아버지가 예수 앞으로 다가가서 무릎을 꿇었다.

"부탁입니다 선생님. 귀신이 제 아들을 얼마나 괴롭히는지 몸뚱이가 상처투성이구요, 물속으로 불 속으로 뛰어 들어갈 때도 있습니다. 선생님의 제자들이 아이를 괴롭게만 하고 고쳐 주지 못했습니다. 선생님, 어떻게 하실 수 있거든 우리를 불쌍히 여기셔서 좀 도와주십시오."

"할 수 있거든이 무슨 말이오? 믿는 자에겐 능치 못한 일이 없습니다."

책망이지만 타이르듯 부드러웠다.

"예 선생님, 제가 믿습니다. 믿음이 적은 저를 도와주십시오."

예수는 소년의 아버지를 바라보며 제자들을 책망하였다.

"믿음이 없는 데다 마음마저 비뚤어진 이 세대를 내가 얼마나 오래 참아야 하나요? 내가 얼마나 더 당신들과 함께 있어야겠소?"

당신들과 오랫동안 함께하지 못한다는 안타까움이 스며 있는 말이었다.

"아이를 데려오시오."

소년은 안타깝게도 몇 걸음 앞의 예수에게 이르기 전에 엎어지고 말았다. 사지가 뻣뻣해졌다. 입에서 거품이 나왔다. 눈은 흰자위로 채워지고 호흡곤란을 일으켰다. 당장 죽을 것만 같았다.

"말 못하고 듣지 못하게 하는 귀신아, 내가 네게 명령한다. 그 아이에게서 나오고 다시는 들어가지 말라!"

예수의 명령에 소년이 괴성을 질렀다. 그리고는 마치 주검처럼 숨도 쉬지 않는 듯 정지되었다.

"죽었나 봐!"

누군가가 낮게 말했다. 그러나 예수는 주검 같은 소년의 손을 잡아 일으켰다. 소년의 창백한 얼굴에 핏기가 돌았다. 예수가 입가의 거품을 닦

아주자 사람들은 조용히 탄성을 터뜨렸다.
"살았어! 멀쩡해졌어!"
흥분의 파도가 일렁거렸다. 지체할 여유도 없이 사람들은 예수를 그들의 도시로 데리고 내려갔다. 예약이라도 된 듯 각양각색의 많은 불구자와 병자들이 몰려왔다. 예수는 그들 모두를 마다하지 않았다. 이어서 갓 구운 빵과 신선한 과일과 야채의 풍성한 식탁이 차려졌다. 나그네에게 신선한 음식은 행복감을, 육체적 질고와 불편에서 해방된 가이샤라 빌립보의 많은 사람들은 그지없이 행복한 시간이다.
"선생님, 우린 왜 귀신을 쫓아내지 못하였습니까?"
마태가 물었다.
"기도하지 않고는 쫓아낼 수 없소."
유다는 곤혹스러웠다. 저 능력자, 마음속까지 꿰뚫어보는 저 투시력, 안 본 것도 다 아는 예수, 그 정체가 무엇이지? 우리가 모르는 비밀이 있는 게 틀림없어. 유다는 곤혹스러운 얼굴로 소금에 절인 올리브를 입 안 넣고 우물거렸다.

다음 날 아침 그들은 오랜만에 갈릴리를 향해 길을 나섰다. 하루 동안의 풍성한 식탁과 편안한 수면으로 발걸음이 가벼웠다. 유다는 우울한 얼굴로 뒤에 쳐졌다.
"나는 배신당해 죽을 것이오."
갈릴리 호수로 흘러드는 계곡의 맑은 물줄기 옆에서 점심으로 준비해 온 빵을 먹고 나자 예수는 또다시 제자들을 미궁으로 빠뜨렸다.
"그러나 사흘 만에 다시 살아날 것이오."
두 번째 듣는 말이다. 제자들은 반응하지 않았다. 베드로가 사탄으로 책망 받은 기억이 생생하기 때문이다.

다시 물줄기를 따라 완만한 내리막길을 묵묵히 걷던 제자들은 앞서가는 예수를 바짝 에워싼 베드로와 요한과 야고보를 보며 투덜거렸다. 죽여도 다시 살아난다고 하였으니, 그 후엔?

"아마 왕이 되실 거야. 우리 민족의 독립된 왕국을 세우시겠지. 그러면 베드로가 가장 높은 지위를 차지할 건 뻔하고. 그 다음은 요한과 야고보겠지……."

"그럼 우린 닭 쫓던 개?"

"나머지 우리 아홉은 치열하게 권력다툼을 벌여야 한다?"

뒤에 쳐져 있던 유다가 끼어들었다.

"재무장관은 나겠지? 그러니 여덟이 잘 해 봐."

농담처럼 시작되었으나 감정적으로 발전하고 있었다.

"난 국방장관을 하고 싶은데. 유다, 내가 적임자 맞지?"

"나도……."

작은 야고보였다. 그는 양보할 생각이 없으며 싸워서라도 쟁취하겠다고 덧붙여 의지를 나타냈다.

"나도 내가 적임자라고 확신해."

'스스로 낮아지면 높아질 텐데……. 첫째가 되고 싶으면 꼴찌가 되어 섬기는 것부터 배워야 한다고 주님이 말씀해 주셨건만—.'

예수는 간간히 들려오는 제자들의 욕망에 한숨지었다.

'천국에서도 어린아이처럼 자기를 낮추는 자가 가장 큰 사람이 될 터인데……. 예루살렘에서 내가 죽는 날 그대들은 모두 나를 버리고 도망치겠군. 은밀한 곳에 숨어서 떨고 있을 테지. 그러나 나는 사흘 만에 다시 살아나리니 그대들의 어두운 마음에 빛이 임할 것이라.'

축제와 함성

 낮밤의 길이가 같은 추분(秋分)을 며칠 앞둔 예루살렘의 밤하늘에 만월(滿月)이 솟아올랐다. 이제 막 추수가 끝난 올리브 산의 도처에 세워진 초막들이 깊게 파인 기드론 골짜기의 음험한 구석까지 밝혀주며 성전 지붕 위로 치솟고 있다.
 거리 곳곳에, 집집마다, 마당이나 편편한 지붕에 초막절 특유의 초막들이 험난했던 광야 40년의 고난을 증언한다. 만월로부터 8일간의 축제 기간 내내 먹고 마시고 잠잘 안식처는 순례자들뿐만 아니라 예루살렘 주민들에게조차 엉성한 임시 거처 초막이다. 참나무나 올리브 가지들로 엮은 위에 대추야자 잎을 덮은 초막들은 달이 떠오른 그 시간엔 거의 텅 비었다. 축제의 첫 밤을 성전 광장에서 보내기 위해 몰려갔기 때문이다. 제사장들의 흰 옷으로 심지를 만든 일곱 가지(七枝) 등잔을 들고 유대인의 광장에서 여인의 광장으로 이어진 열다섯 개의 계단을 오르내리며 밤새도록 계속되었다.
 예루살렘의 귀부인 마리아의 아들 마가는 모든 절기 가운데서 초막절 축제를 가장 즐겼다. 여름 내내 어머니 소유의 올리브 과수원을 돌보느라 따분해 하다가 추수가 끝난 직후에 벌어지는 감사와 환희의 축제여서 그렇다.
 "마가야, 그분을 못 보았니?"
 아침부터 누군가를 찾느라 두리번거리며 돌아다니던 숙부 바나바가 가까이 오며 물었다.
"나사렛 사람 예수 말이다."
마가가 춤을 추느라 못들은 체하자 바나바가 바짝 다가서며 다시 물었다.
"못 봤는데요."
"너도 그분을 찾았니?"
"네, 아침부터요. 제사장들이 실로암에서 물을 떠오기 시작할 때부터 찾았어요."
"이해할 수 없구나. 조상들의 광야생활 40년의 고초와 유랑을 기억하고 수확을 감사하는 이 큰 명절에 예루살렘에 오지 않다니……."
지중해의 섬 키프로스에서 유대인으로서의 거룩한 의무수행을 위하여 유대인들이 떼 지어 왔는데 갈릴리의 예수는 그 신성한 의무를 무시하는지 초월하는지 이해할 수 없었다.
"외삼촌, 그분의 형제들을 봤어요."
마가의 달덩이처럼 밝은 얼굴이 달빛 아래에서도 잔뜩 그늘져 보이는 바나바의 귀를 솔깃하게 했다.
"형제들이라면?"
"유다, 야고보, 요세─그렇게들 부르던데요. 갈릴리 사람들과 패거리로 어딘가에 몰려 있을 걸요."
"마가야, 나와 함께 그들을 찾아보지 않겠니? 내가 그들 얼굴을 몰라서……."
"그러죠 뭐."
"그분을 만나고 싶다. 누님이 그분 일행을 초대하셨단다. 넌 어머니에게 그걸 못 들었니?"
"웬걸요. 우리 집 마당과 지붕에 그분들을 위한 초막을 여러 개 만들었는 걸요."

 바나바는 그가 들은 예수의 기적들에 관한 소문과 예루살렘의 바리새파 사람들이 그를 해치려고 음모를 꾸몄다는 풍문을, 그러나 풍문에 머물 것 같지 않은 그 소식을 조카에게 들려주고 덧붙였다.

 "그분은 대단히 비범하시다. 그분이 제자들을 선택하셨다는데 나도 그분의 제자가 되었으면 한다. 아마 네 어머니도 그분에게 너를 부탁할 생각인가 보더라. 그분에게 배울 게 많단다."

 "그분의 제자가 되라고요?"

 마가는 귀가 번쩍 뜨이는지 걸음을 멈추었다.

 "왜 놀라니? 설마 싫다는 뜻은 아닐 테지?"

 마가는 씨익 웃어 보이며 맑은 소리로 대답하였다.

 "싫다니요. 그분이 성전에서 소란을 일으켰던 재작년 유월절에 난 그분을 따라 갈릴리로 갈 생각이었어요. 어머니가 내가 아직 어리다고 허락하지 않아서 못 갔는걸요."

 "그래, 나도 기억한다. 빨리 자라서 그분의 제자가 되어라. 정말 비범한 선생님이시니까."

 그때 누군가가 그들을 막아섰다.

 "아니, 랍비 니고데모 아니십니까?"

 바나바가 그를 알아보고 존경의 예를 갖추어 머리를 숙였다.

 "오래만입니다. 마가도 오랜만이구나. 어머니는 평안하시냐?"

 "예, 랍비님."

 니고데모는 주위를 둘러보고 낮게 물었다.

 "혹시 나사렛 사람 예수의 초막을 알고 있니? 마가야."

 마가와 바나바는 그가 은밀하게 예수를 찾고 있음을 알았다.

 "어머니가 그분과 제자들을 위해 저희 집에 초막을 지었지만……."

"아, 그래? 난 그분과 율법에 대해 토론하고 싶은 게 있어서……."

니고데모는 말끝을 흐리며 황망히 사라졌다. 바나바가 염려스러운 듯 낮게 말했다.

"바리새파 사람들에겐 나사렛 사람의 정보를 주지 않는 게 좋겠다."

"왜요? 외삼촌."

"내가 알기로는 어떻게든 올무로 묶거나 함정에 빠뜨리려 한다는구나."

마가는 믿어지지 않는 듯 바나바의 옷깃을 잡으며 물었다.

"왜죠? 내가 알기로는 열심당 사람들도 그분을 위대하게 평가한다는데……."

"난 일 년에 세 번만 예루살렘에 오지만 여긴 내 고향이다. 유력한 친구들이 많지. 들으니 예수는 안식을 공공연히 범하였다는구나. 베데스다에서 중환자를 고친 것도 안식일이고, 그에게 짐을 들고 집으로 가라고 했다는 건……."

그 말이 채 끝나기도 전에 마가가 성급하게 말했다.

"그건 저도 알아요. 그러나 대부분의 사람들은 38년이나 된 중병을 고친 그 능력에 감탄하는 걸요."

"바리새인들의 최우선의 가치는 능력이 아니라 율법이란다. 안식일엔 적의 공격에도 방어하지 않아서 지금 우리가 로마의 점령 하에 살고 있잖니."

"율법 때문에 우리가 망한 거네요."

"쉿. 바리새인들이 들으면 우릴 죽이려 할 거다. 율법 애긴 함부로 하지 말거라."

"그렇지만 율법을 다 알고 다 지켜도 그냥 평범한 사람과 율법의 일부를 범해도 말 한 마디로 소경의 눈을 뜨게 하고 문둥이를 깨끗케 하고 죽은 사람도 살렸는데 누가 위대해요?"
바나바는 주변에 신경이 쓰이는지 역정을 냈다.
"여긴 율법 토론장소로 부적합하다. 어서 그들이나 찾아보자."
"저기 저분들……."
갈릴리 사람들에 섞여 할렐루야를 목청껏 부르는 예수의 형제들을 마가가 발견하였다. 가까운 곳이다.
"가서 한 명만 데리고 오너라. 좀 물어볼 게 있다고……."
마가는 숙부의 지시대로 그들에게 갔으나 따라온 사람은 둘이었다.
"우릴 보자고 하셨나요?"
눈이 유별나게 빛나는 검은 수염이 거칠게 물었다.
"예, 난 키프로스에서 온 바나바라 합니다. 시온산 다윗궁 근처의 마리아가 내 누님이시오. 여기 마가는 조카구요."
"그런가요? 근데 우린 갈릴리 촌에서 와서 시온산의 마리아가 누군지 모릅니다. 그러니 용건을 말씀해주시지요."
예수의 온유한 성품과는 대조적인 그에게 불쾌감을 느꼈으나 바나바는 내색하지 않았다.
"누님께서 당신들의 형제인 예수와 그의 제자들을 초대하신 적이 있습니다. 작년 유월절이었지요. 이번에도 그대들의 그 형제와 일행들을 위해 많은 준비를 하셨습니다."
예수의 형제들은 그래도 냉소적으로 말했다.
"이쪽은 야고보, 나는 유다라고 합니다. 형님은 예루살렘에 오지 않았습니다."
바나바가 입을 열기도 전에 야고보가 볼멘소리를 했다.
"우리 형제 중 하나에게 깊은 호의를 베푸시는 건 고맙지만 우리 형제들은 우리의 형님 예수에게 불만이 있습니다. 형제애가 없다는 뜻이 아니라 우리가 갈릴리를 떠나기 전 긴 여행에서 돌아온 형님에게 진지하게 권했습니다. 형님은 촌구석이나 여행하며 세월을 허송하지 말고 예루살렘에 가서 큰일을 도모하라 했죠. 그랬더니 뭐랬는지 아십니까?"

야고보의 말을 유다가 이었다.

"난 예루살렘에 가지 않는다. 너희들이나 가서 명절을 지켜라 그랬습니다. 우리 형제들이나 형님이 선택한 열두 명의 제자들조차 형님이 무슨 생각을 하는지 아무도 모릅니다. 굳이 말하자면 우리의 이상과 전혀 다른 이상, 그게 뭔지 아무도 모르지만 그런 게 있는 거 같습니다. 사실 우리들은 형님에 대해 진짜 아무 것도 모릅니다."

바나바는 할 말이 없었다. 바리새인들만 예수를 미워한다고 생각하였는데 그의 친형제들도 적의를 품고 있는 듯 보였다.

"가자, 마가."

예수의 형제 둘이 툴툴거리며 갈릴리 패거리들에게 돌아가는 뒷모습을 바라보는 바나바는 예수의 정체가 더욱 불가사의하게 느껴지고 있었다.

"이상이 다르다? 그럼 그의 이상은?"

바나바의 독백이다. 엘리야나 엘리사 선지자를 능가하는 능력 때문에 로마로부터 조국을 해방시킬 메시아로 기대하는 분위기가 예루살렘에 있음을 바나바는 느꼈다.

"외삼촌, 열심당도 예수님의 이상이 메시아라고 생각한다는데요. 막상 그분의 이상은 메시아가 되지 않는 걸까요?"

"글쎄다. 뭐가 뭔지 모르겠구나. 그분을 만났으면 좋겠건만."

바나바와 마가는 찾기를 포기하고 계단 중간쯤에서 밤의 거룩한 축제에 동참하였다. 달리 할 일도 없고 축제는 신성한 의무이기 때문이다. 그들의 조상들이 모세의 인도로 광야로 나와 40년을 지내며 고초를 겪은 일을 기억하고 동참하는 그 축제의 첫 날은 죄수들의 처형장으로 악명 높은 골고다 언덕 저쪽으로 밝은 달이 기우러진 새벽까지 계속되었다.

"예수와 그 제자들은 코빼기도 안 보이는군."
역시 예수를 찾던 열심당의 바라바가 허탈한 듯 쓴웃음을 날렸다.
"안 올 리가 없는데. 혹시 오다가 노상강도떼를 만나기라도 했나?"
가룟 유다와 함께 요한의 세례 현장이었던 요단강에 머문 적이 있는 털북숭이가 빈정거렸다.
"무슨 근거로 예수의 능력을 과소평가하나? 강도떼에 죽다니. 그는 온다. 꿈에 만났어."
바라바가 단호하게 말했다.
"짝사랑하나? 그 님이 신랑처럼 나귀 타고 나타나신다?"
"닥쳐. 축제 기간에 화나게 하지 마라."
"민감하네. 이 친구는 농담을 했어, 대장."
늘 털북숭이와 단짝인 깡마르고 큰 키의 갈릴리 인이다. 그의 눈에는 언제나 살기가 빛나 그가 화를 내면 바라바조차 움찔하는 독종이다. 바라바가 말을 이었다.
"대장이라 부르면 안 되는 거 잊었나? 그는 예루살렘에 온다. 그가 성전 광장 한복판에 당당한 자세로 서 있었어. 성전경비병들이 창검으로 에워쌌어. 그래도 눈 하나 깜빡하지 않더군. 난 꿈꾼 기억이 없을 만큼 꿈을 꾸지 않았어. 그러니까 어제 밤 꿈은, 실재처럼 선명한 그 꿈은 하나님의 계시적인 꿈인 거 같아."
고개를 끄덕이는 긍정 반응이 여럿이지만 깡마른 사내는 농담처럼 말했다.

"바라바, 당신은 우리의 대장이 제 격야. 꿈을 꾸어 이집트의 국무총리가 된 요셉 같은 귀티가 없잖아."

몇이 바라바의 눈치를 보며 분위기를 희석하려는 듯 헛한 웃음소리를 냈다. 그 불편한 웃음소리가 끝나기도 전에 낯선 목소리가 튀어나왔다.

"바라바의 꿈이 맞을 겁니다."

모두의 시선이 그를 행했다. 여름 내내 예수를 따라 떠도느라 피부가 거칠어진 예수의 제자 시몬이 거기 서 있었다.

"시몬, 자네를 기다렸어. 그는 어디 있나?"

바라바가 성급하게 물었다.

"베다니에 있습니다. 조금 전에 도착했죠. 나는 급히 성으로 들어왔습니다."

"축제의 절반만 참석하는 의도라도 있나?"

"그분의 속마음은 하나님만 아실 겁니다. 예루살렘에서 죽는다고 두 번이나 말했는데 그것도 대제사장과 장로들의 손에 죽임을 당한다고 했습니다."

시몬의 그 말은 바라바와 동지들을 미궁으로 빠뜨렸다.

"누가 누굴 죽여? 죽은 사람 둘을 살린 그를, 풍랑에게 명령하여 잔잔케 한 그를 누가 어떻게 죽일 수 있단 말인가? 죽이려다 죽지. 안 그래?"

"도무지 모르겠어. 천재인지 바보인지. 선지자 같은가 하면 철부지 소년이야. 메시아 같은데 어리석은 시골 목수야."

"그의 치밀한 의도일 수 있지."

설왕설래를 차단하려는 듯 힘이 들어간 바라바의 말은 단호하다.

"그게 사실일까요?"

시몬이 낮게 물었다.

"초막절이 끝나기 전에 성전경비대가 예수를 체포할 계획이야."

바라바는 더 낮춘 소리로 말을 이었다.

"이미 대제사장 가야바가 은밀히 명령한 것 같아. 예수가 갈릴리에서 그 정보를 알았다면 산헤드린이나 대제사장 측근의 바리새인 중에 그의 친구가 있을 수 있지."

"예루살렘에서 죽임을 당한다는 최초의 발언은 멀리 가이사랴 빌립보에서 했습니다."

시몬이 말을 이어갔다.

"내가 알기로는 산헤드린이나 대제사장 측근에서 그만한 정보를 전해 줄 사람이 없습니다."

"그렇다면 하나님이 직접 알려주셨겠지. 그는 선지자들보다 훌륭하다고 정평이 났으니까."

"만약을 위한 우리의 태도는?"

깡마른 사내의 예리한 질문이다.

"우리와 뜻을 같이한다면 목숨을 걸고 보호해야지. 승리의 그 날을 위해. 그러나 우리와 이상이 다르다면 쓸데없는 일에 힘을 소모하지 말아야겠지."

"예수는 우리 편이 아니야. 가버나움까지 가서 면담을 요청했어도 기회를 주지 않은 걸로 증거는 충분해."

"내 생각은 달라."

묵묵히 듣기만 하던 뚱보였다.

"그는 주도면밀해. 실수 없는 사람이야. 때가 오기까지는 자기 의중을 노출시키지 않을 거야. 그러니 먼저 그의 뜻을 알아보는 게 중요해. 그의 이상이 우리와 다르다면 그가 십자가에 못 박힌들 우리가 무슨 상관이야."

"우리 동지 몇은 예수의 제자야. 그런데도 시몬이 말했듯 그에 대해 아무것도 몰라."

　바라바의 맥 빠진 말에 무거운 침묵이 흘렀다. 대중의 엄청난 인기를 한 몸에 모은 예수, 문둥이든 소경이든 그의 말 한 마디면 즉시 쾌차해지는 능력, 귀신이 그의 명령에 도망치고 자연이 그의 명령에 순종한다. 예수의 제자가 된 유다와 시몬과 다대오와 작은 야고보는 소경도 귀머거리도 아니다. 주야장창 예수를 따르며 보고 듣는데도, 그럼에도 반드시 알아야만 하는 것을 아무 것도 모르다니, 그의 비밀인가 동지들이 멍청한가. 로마와 싸울 기회만 엿보는 열심당은 그의 궁극의 목적이 오리무중이어서 당황하였다.

　'내 뜻대로 안 되는 일들이 너무 많아. 그러나 예수의 뜻대로 안 되는 일은 세상을 없을 테지.'

　예수의 능력을 절반만 가졌어도 벌써 민족 해방의 과업을 성취하였을 것이라고 바라바는 안타까워 하였다.

　'예수, 나사렛 예수여, 당신만 우리와 손을 잡으면, 아니 당신이 나서 주기만 하면, 모세를 능가하는 그 능력으로 민족의 숙원이 풀리겠는데, 도대체 당신이 원하는 게 무엇이오? 당신이 하려는 게 무엇인가 말이오?'

　바라바가 씁쓸하게 입맛을 다시고 말했다.

　"예수가 이쯤에서 체포되면 큰 손실이야. 그가 내 자존심과 열심당에 손톱자국을 내긴 했지만 그가 우리 시대의 가장 능력 있는, 가장 가능성 있는 사람임에 틀림없어. 그래서 하는 말인데 현재로서는 예수가 경비대장 엘르아살과 충돌한다는 건 바람직하지 않아. 그런 경우가 발생하지 않도록 우리가 지혜롭게 개입해야지. 백성을 선동해서 예수에게 손을 대지 못하게 하는 거야. 폭동이라도 일어날 것처럼 거칠게 몰고 가는 거야. 그러면 대제사장이라도 일단 물러설 거야. 다른 의견은? ──없으면 그렇게 한다. 군중은 선동에 잘 휘말리니까. 예수는 오늘이나 늦어도 내일 성전에 나타날 거야."

"바라바……."

시몬이 말을 이었다.

"사정이 좀 다릅니다. 우리 선생님의 인기가 지난여름부터 현저히 감소하고 있습니다. 감안해야 됩니다."

"무슨 소리야? 소경에게 눈을 떠라 했더니 오히려 귀까지 먹기라도 했나? 원숭이도 나무에서 떨어진다더니 무슨 실수라도 했나?"

"아닙니다. 두로와 시돈 등 저 북쪽 이방인의 땅 페니키아 지방으로 해서 가이사랴 빌립보로 긴긴 여행을 하였습니다. 제자 열둘 외에는 아무도 따라오지 못하게 하였습니다. 이해할 수 없는 선생님 때문에 선생님의 친 형제들도 먼저 예루살렘으로 왔습니다. 그러나 능력의 감소는 없습니다. 페니키아에서도, 가이사랴 빌립보에서도 기적을 일으켰으니까요."

시몬의 보고는 그들을 당황케 하였다. 예수가 대중의 인기에서 멀어지기 위해 다분히 의도적으로 행동한 사실을 모르기 때문이다.

"그는 아주 멍청하거나 지나치게 똑똑하거나……. 예수는 그런 사람이야. 아주 다루기 힘든 사람……."

깡마른 사내였다. 유대인의 로마에 대한 감정을 상징하듯 그의 눈빛은 언제나 타오르는 분노로 이글거렸다.

"별수 없어. 우리 방법대로 한다. 그는 어리석지 않다. 때가 되면 모든 걸 알게 될 테지."

정보장교 고넬료의 일행이 예수 일행의 시야에 뜨이지 않도록 절묘하게 거리를 유지하며 그들이 흘리고 간 정보를 낱낱이 수집하느라 장기간의 북부지방 여행에서 돌아와 지친 몸으로 보고한 내용은 총독의 가슴에 큰 의문부호를 남겼다.

"말이 된다고 생각하시오 부인? 그 굉장한 사람 예수가 글쎄 자기 입으로 예루살렘에서 죽임을 당한다고 했다는군. 그러나 사흘 만에 다시 살아난다고 그랬다니. 뭐가 뭔지 모르겠어. 그런 능력자를 누가 죽일 수 있으며, 죽여도 사흘 만에 다시 살아난다는 건 도대체 뭐야? 당신 생각 좀 얘기해 주시오."

클라우디아 프로쿨라는 보고내용의 전말을 들었으나 생각에 잠겨 입을 열지 않다가 천천히 신중하게 말하였다.

"아직은 아무 것도 모르겠군요."

"그럼 언제 알 수 있겠소 부인?"

"그런 일이 일어난 후에나 해석이 되지 않을까 해요."

"그런 일이?"

총독이 놀란 눈으로 말을 이었다.

"예수가 죽기라도 한다는 거요? 그리고 사흘 만에 다시 살아난다? 그런 일이오?"

총독은 그런 일은 일어날 수 없다는 확고한 결론을 갖고 있는 듯하다.

"예수라는 사람은 사람의 지식과 경험세계를 완전히 초월하잖아요. 그러니 그 사람의 일에 대하여 우리가 뭘 알 수 있겠어요. 그가 말한 대로 된 걸 보아야만 어떤 해석이 가능하겠죠."

총독은 문득 이집트에서 열 가지 재앙을 내리게 하고, 홍해를 갈라 육지처럼 이 민족을 건너게 하였다는 믿을 수 없지만 실재했던 역사여서 그 경험을 한 그때의 조상들이 전해준 그대로 초막절이라는 축제를 즐기고 있는 예루살렘의 소란스러운 정경을 보고 듣고 안다. 눈을 감고 귀를 막는다고 그 기적의 과거가 없는 일이 될 수 없다는 사실을 인정한다.

총독은 헬라어로 번역된 모세에 관련된 기록들을 꼼꼼히 읽어 본 사람이다. 40년을 떠돈 광야에서 그들이 겪은 그 많은 고초에도 굶거나 헐벗지 않고 순전히 그들이 믿어 마지않는 여호와 하나님이라는 전능한 그들의 신의 은총으로 이 땅을 정복한 게 1천5백여 년 전이다. 예수의 능력을 생각할 때마다 총독을 괴롭히는 건 그가 모세처럼 기적으로 로마군을 몰아내고……. 생각이 이에 이르면 그는 몸서리를 쳤다. 그 기적의 과정은 어떻게 전개될까. 모세는 마지막으로 이집트인의 가정에서 첫 아들과 가축의 첫 새끼 전부를 하룻밤에 다 죽게 만들었다는데. 여기 황제의 근위대와 군단병력이 하룻밤 새에 다 죽게 될 수도 있는 건 아닐까.

이스라엘의 역사를 공부한 그는 이에 더하여 700여 년 전 유대 왕국의 히스기야 왕 시절에 앗수르의 산헤립 왕이 18만5천의 대군을 이끌고 예루살렘을 포위하였다가 하룻밤 사이에 전 병력이 사망한 기록이, 그런 끔찍한 일이, 예수에 의해 재현될 가능성을 완전히 배제할 수 없다는 상상만으로, 두려움이 스멀스멀 파고들어 그를 괴롭혔다.

"내가 예수를 직접 만나는 게 좋겠어. 그에게 직접 듣고 싶은 게 있어."

보고를 마친 고넬료에게 총독이 은근하게 말했다.

"각하, 그건 제가 말씀드리기엔……."

고넬료는 난감했다. 총독은 더 이상 언급하지 않았다. 안토니아 요새의 천부장과 한 번은 논의해볼 필요가 있지 않을까. 그러나 망설여졌다. 왜냐하면 열심당의 예수에 대한 계획이 은밀하게 진행된다는 사실을 이미 파악하고 있어서다.

예루살렘이 너무 시끄럽다. 초막절에도 많은 사람이 예루살렘으로 모여든다니 그건 경계할 일이다. 총독이 아내와 함께 가이사랴의 병력 일부를 인솔하여 안토니아 요새에 머문 것은 벌써 열흘째다. 축제가 본격화되었다. 유대인들은 조상들의 이집트 탈출 이후 광야를 떠돌며 생활한 40년을 회고하며 집안에서 편히 생활하지 않고 초막을 짓고 나왔다. 도성은 많은 사람들로 어수선하고 지저분하고 시끌시끌하다.

안토니아 요새의 사령관과 고넬료와 함께 총독과 그의 아내는 제4감시탑에 올라 한 눈에 들어오는 성전 광장을 조감하였다. 바라바와 그의 동지들이 예루살렘 한 모퉁이에서 모의를 마친 그 무렵이다.

"축제가 축제로만 끝나야 할 텐데……."

총독의 신경과민이 우려를 품을 수는 있으나 사령관인 천부장은 여유로웠다.

"각하, 우리 군대는 백전백승입니다. 무장 대기 중이니 염려 놓으십시오."

"그래도 면밀히 동향을 살피게. 고넬료, 지금 예수가 어디 있지?"

"예, 각하. 베다니의 나사로라 하는 친구의 집에 머물고 있습니다. 아직 예루살렘에는 들어오지 않았습니다. 제 부하들이 일거수일투족을 빠짐없이 살피고 있습니다."

"예루살렘에 들어오겠지. 언제?"

"오늘은 아닌 듯합니다."

"내일을 경계하게."

예수와 그 일행은 예루살렘 동편의 올리브산 너머 작은 마을 베다니에 머물렀다. 명절마다 예루살렘에 오면 긴 여행에 지친 몸을 쉬는 친구의 집이다. 나사로와 그의 누이 마르다는 문둥이였던 남편 시몬과, 아직 미혼인 마리아는 오빠 나사로와 함께였다. 비교적 집이 넓고 많은 농토를 소유한 나사로는 그러나 병약하여 활동량이 적었다.

"이상하단 말이야."

도마가 세리 출신의 마태에게 넌지시 말했다.

"뭐가?"

"우리 선생님은 죽은 사람도 살리셨는데 친 형제처럼 가까운 나사로를 병든 채 방치하시니……."

"맞아, 마르다의 남편 시몬은 문둥병이 걸려 격리된 걸 깨끗이 고쳐주어서 저렇게 마르다와 행복하게 살고 있는데……."

"나도 그 말을 하고 싶었는데……."

유다가 끼어들었다.

"나사로의 소원은 속히 건강해져서 우리 일행에 끼어 함께 다니는 거라고 했어. 지난 번 베데스타에서 38년 된 중환자를 고쳐주실 때 난 나사로도 고쳐주실 줄 알았어. 내가 그 날 그 얘길 나사로에게 해주었거든. 그러자 나사로는 잔뜩 부풀어 있었지. 근데 아직도 저 모양이니……. 왜 저 친구에겐 무관심일까?"

나사로는 여러 번 제자들의 입에 오르내렸다. 생면부지의 문둥이도 고치면서 예루살렘에 올 때마다 신세를 지는 친구의 병을 외면하는 현실을 그들의 이성이나 정서로 이해할 수 없었다.

"주님의 깊은 뜻을 우리가 어찌 헤아리겠나."

마태의 어정쩡한 말에 유다가 발끈하였다.

"선생님도 인간인 이상 결함이나 실수가 없을 수 없겠지. 이번에 가버나움을 떠나기 전 친형제들의 충고를 일축한 점, 삼십 년이나 살아온 고향 나사렛에서 동네 사람들이 낭떠러지로 밀어 죽이려 했다는 점, 그리하여 가버나움으로 이사해 온 점, 또 있어."

유다는 무엇이 불만스러운지 말을 이었다.

"─낯선 타인에겐 영웅이고, 가족을 비롯한 고향 사람들과 친구들에게는 냉대 받는 그거……. 인격이든 성격이든 그건 명백한 결함이 아닌가."
　마르다와 마리아가 정성껏 준비한 식탁에서 포식한 제자들은 언덕 넘어 마가의 어머니 마리아의 올리브밭 근처에 엉성하게 세운 초막에 삼삼오오 모여 앉아 잡담을 늘어놓고 있었다.
　"선생님의 경우는 그걸 결함으로 보면 안 돼. 선생님은 메시아야. 베드로의 말대로 하나님의 아들이시고. 우리네 같은 인간관계로 판단하면 안 돼. 나사로에 대해서는 우리가 모르는 선생님의 어떤 계획이 있을 수 있어. 우리가 어떻게 메시아를 다 알아."
　"이봐 마태."
　유다는 세리 출신의 마태를 세리 바라보듯 혐오감 가득한 시선으로 쏘아보았다. 다대오가 가까이 오는 시몬을 먼저 알아보았다. 마태는 관심 없다는 듯 유다를 향해 말했다.
　"미명(未明)이 하루 중 가장 짙은 흑암인 것과 비슷한 거겠지."
　"말하자면 곧 왕이 되실 거다 그건가?"
　시몬의 등장으로 분위기가 바뀌었다.
　"예루살렘에 긴장감이 있어. 성전경비대에 우리 선생님을 체포하라는 명령이 내려졌을지도 모른다는 거야."
　"그게 사실인가?"
　다른 초막의 제자들도 예루살렘에서 돌아온 시몬에게 다가왔다.
　"축제가 사흘이나 지나도록 우리 선생님이 예루살렘에 나타나지 않자 대제사장은 우리 선생님이 정보를 미리 알고 피신한 것으로 생각한다나 봐."
　"믿어도 되는 정보야?"
　마태였다. 그는 예수의 족보를 꼼꼼하게 따져보았고, 선지자들의 메시아에 관계된 예언의 글을 낱낱이 찾아보았다. 예수의 정곡을 찌르는 설교와 메시아에게만 가능한 능력을 충분히 보았다. 그의 판단으로 예수는 의심의 여지없이 유대인의 구세주요 왕이며, 메시아, 그리스도다. 마태는 확신하였다. 선지자는 감옥에 들어갔어도 메시아에겐 그런 일이 없을 것임을.

"바라바도 그랬고, 성전경비대의 친구도 똑같은 말을 내게 했어. 가까이 있다가 다치지 말고 예수님 곁을 떠나라는 충고였어."

"혐의가 뭐야 시몬?"

작은 야고보의 말에 시몬이 대답하였다.

"지난 번 예루살렘에서 안식일에 병을 고쳐주시고 그에게 짐을 운반하게 한 게 문제야. 남에게 안식일을 범하게 한 건 큰 문제잖아."

"선생님의 그 기적에 찬사를 보내는 사람들이 많으니까 문제될 게 없을 거야."

유다는 부유한 여인들로부터 받은 후원금에서 임의로 시몬의 정보 활동비를 지출한 것은 썩 잘한 일이라고 생각하며 돈주머니를 만지작거렸다.

다음 날 아침 나사로의 집에서 식사를 마치자 예수는 곧장 예루살렘으로 들어가자며 일어섰다. 유다가 다급하게 나섰다.

"안 됩니다 선생님."

그는 가이사랴 빌립보에서 예수의 일에 반대하는 발언을 하였다가 혼쭐이 난 베드로의 경우를 잊고 있었다. 그는 정보비 지출의 합리성을 담보하기 위해서라도 시몬의 활동 내용을 알려야만 하였다.

"어제 저녁 시몬이 성 안에 들어가서 충분히 조사해 두었습니다. 대제사장은 성전경비대에 선생님의 체포명령을 내렸고……."

"갑시다."

예수는 유다의 말이 끝나기도 전에 발걸음을 옮기려 하였다.

"선생님의 신변안전이……."

"아직은 때가 아니라 괜찮소."

단호하다. 유다는 누군가가 자기에게 동조해주기를 바라는 듯 제자들을 둘러보았다. 예수가 성큼 문 밖으로 나서자 유다가 화를 냈다.

"선생님이 위험해도 다들 괜찮은가 보군."

"주님이 괜찮다면 괜찮은 거야."

베드로가 따라나서며 말을 이었다.

"주님은 우리에게 이래라 저래라 할 수 있지만 우리가 주님에게 해라 마라라 할 순 없어. 주님껜 불가능이 없다는 걸 잊었나?"

빌립이 거들었다.

"그래, 우린 따라다니면 되는 거야. 우리의 대장이신 예수님이 우릴 감옥으로 데려가시겠어?"

베다니를 출발한 일행이 올리브 산을 넘고 그 아래 기드론 골짜기를 건너 성전에 들어서자 군중이 기다렸다는 듯 환호하였다. 기적을 마음대로 일으키고, 최고의 율법학자 라반 가말리엘보다 새롭고 오묘하게 진리를 가르치는 예수가 일부의 피신 설을 의식한 듯 당당한 모습으로 나타났으니 열광적 환영은 당연하였다.

"산헤드린이 저 훌륭한 분을 체포하려 한다는 소문이 도는데 사실일까?"

"미쳤어? 저분은 우리의 영웅이야. 저분이 계신 곳엔 구원의 기적이 있어. 무슨 병이든 다 고치시고 귀신도 쫓아내서. 그런 저분을 체포하면 폭동이 일어날 건데."

"막상 그렇지 않을 걸. 세례 요한이 체포될 때도, 그가 처형되었을 때도 세상은 죽은 듯 조용했어. 세상 돌아가는 일은 언제나 상식과 다른 거야."
"전능한 저 분을 체포할 능력은 누구에게도 없을걸."
 누가 어떻게 생각하든 바라바와 그의 많은 열심당 동지들이 군중 속에 적당히 섞여 만약의 사태를 대비하였다. 그러므로 예수의 체포는 폭동으로 이어질 가능성을 지녔다. 환호하는 군중이 에워싸자 예수는 그들에게 하늘나라를 알리기 시작하였다.

 그 무렵 니고데모는 바리새파의 대표적 학자요 지도자인 라반 가말리엘을 방문하고 있었다. 일찍이 니고데모의 부친이 가말리엘의 부친 랍비 힐렐을 존경했던 것처럼 니고데모는 가말리엘을 그지없이 존경하고 있었다.
 마침 성전으로 올라가기 위해 집을 나서려다가 니고데모를 만난 가말리엘이 청년 두 명을 턱으로 가리켰다.
"내가 특별히 아끼는 제자들이지. 이쪽은 시므온이고, 이쪽은 멀리 길리기아의 다소에서 온 사울이오. 전통 있는 바리새인 가문이지."
 두 청년이 정중하게 허리 굽혀 니고데모에게 인사하였다.
"내가 몇 번 말한 랍비 니고데모인데 장차 바리새파를 주도해 나갈 훌륭한 학자이시다."
"과찬이십니다."
 작달막한 사울의 다부진 표정과 투지만만한 눈빛이 인상적이다.
'학자가 되기보다 혁명가가 제격이겠군.'
 니고데모가 사울을 빤히 바라보고 있을 때 가말리엘이 두 청년에게 먼저 성전으로 올라가라고 지시한 후 마당의 무화과나무 곁으로 갔다.
"사울이라는 제자 말인데……."
 가말리엘이 천천히 말을 이었다.

"베냐민 지파 청년인데, 아주 유능해요. 나이가 되면 존경 받는 랍비가 될 거요. 의지가 남다르고 학문에 대한 열정 또한 비길 데 없고."

니고데모는 지금 유능한 청년 따위에 관심이 없었으나 예의를 갖추느라 경청하였다.

"드문 인재지. 분석력, 판단력, 성실성, 실천력, 또 열정⋯⋯. 흠잡을 데 없는 애제자지."

"그런 줄 알았으면 대화라도 나눌 걸 그랬습니다."

"기회는 많을 거요. 그도 랍비가 될 테니까. 그건 그렇고 불쑥 내 집에 온 이유가 궁금하오."

니고데모가 조심스럽게 물었다.

"나사렛 사람 예수를 어떻게 보십니까?"

의외의 질문이라는 듯 신중하게 대답하였다.

"글쎄요⋯⋯. 니고데모의 견해부터 듣고 싶구려."

"솔직히 말씀드리면, ─대제사장과 산헤드린의 바리새파 사람들 대부분과 의견이 좀 다릅니다만⋯⋯."

"잠깐⋯⋯. 내가 자랑하던 사울도 같은 질문을 내게 했소. 그래서 내가 대답했어요."

백발의 노학자는 차분하게 남의 말 하듯 했다.

"인물의 올바른 평가는 그 시대가 지나간 다음에나 가능하지요. 예를 들자면 헤롯 대왕이 죽은 이후 빈번한 반란사태로 혼란스러울 때 자칭 메시아가 등장했었죠. 드다의 이름을 기억하지요? 그 사람 굉장했었지. 메시아거나 영웅이거나. 그러나 다 아니었소."

고뇌 깊은 노학자의 주름진 얼굴에 비운의 민족사가 기록된 듯하였다.

"나사렛 예수를 나도 기억하오. 죽은 지 오랜 제사장 사가랴가 자기 아들 요한과 동갑이고 사촌인 예수라는 소년에 대해 장황하게 이야기해 주었거든. 사가랴는 헤롯 안디바가 목을 벤 세례 요한의 부친이오."
"나사렛에서 처음 왔다는 열두 살짜리 소년이 성전에서 사흘 내내 율법과 선지자들의 글에 대해 토론하였을 때 제가 거기 있었습니다. 그 이름이 예수라는 것도 기억하고 있습니다. 그 소년이 지금의 나사렛 예수라니. 그는 확실히 비범합니다."
마치 대학자를 설득하여 같은 견해를 갖게 하려는 의도가 보이는 니고데모였다.
"―그 일은 나도 기억하오. 그건 사실이고 충격적이었으니까. 모두들 천재라고 했소. 그래서 나는 소년을 데려다가 제자로 삼았으면 했지요. 내가 부러워하는 건 학문적 재능과 열정이니까."
"그런데 왜 제자로 삼지 않으셨습니까?"
노학자는 빙긋 웃으며 답하였다.
"당신은 당신의 뜻대로 되는 일이 얼마나 있소? 그땐 마치 천사가 우리의 학문적 나태를 꾸짖기 위해 잠시 인간의 모습으로 내려왔다고 생각했소. 그를 다시 만날 기회가 없었으니 말이오. 그랬는데 그가 사울 같은 청년의 모습으로 우리 앞에 나타나 온통 혼란을 주는군."
'혼란? 그렇다면 최소한 반신반의군. 예수의 적대세력은 아니겠어.'
"니고데모, 세포리스 반란을 주도했던 갈릴리 사람 유다에 대해 잘 알 거요."
"예, 그 역사적인 민족적 비극을 어찌 잊겠습니까."
"그땐 그가 정말 민족을 구할 메시아일 거라고들 하였소. 그러나 로마의 흉물스러운 십자가에서 그들은 죽었고 그 영웅의 이야기는 시체와 함께 무덤에 묻혔소. 우리가 알 것은 존경받는 영웅은 얼마든지 생기지만 메시아는 오직 한 분뿐이라는 사실이지요."
'그런 영웅들과 나사렛 예수는 절대로 동급이 아니겠지.'

학자란 협곡을 헤매는 원숭이에 불과하다는 생각이 들었다. 이성적이고 논리적이어서 과감하지 못하고, 그러니까 두려움이 많고 소심하고 편협하며, 자존심은 강하고, 마음의 지평이 넓지 못하다. 나도 마찬가지야. 그래서 아리마대 사람 요셉을 좋아하는지도 몰라. 그는 바리새인도 아니고 제사장도 아니다. 산헤드린 법관일 뿐이다. 돈 많은. 마음도 넓은. 그래서 무슨 얘기라도 통한다. 최근의 그 두 사람 대화의 중심 주제는 나사렛 예수다.

가말리엘과 니고데모는 함께 성전으로 올라갔다. 모세의 율법을 어긴 자를 체포하고 기소하고 재판하는 종교권력의 산헤드린공회는 제사장의 광장이나 유대인의 광장에서 출입이 된다. 그들이 유대인의 광장에 들어섰을 때 문제의 인물 나사렛 예수가 돌계단 위에서 그를 둘러싼 군중에게 열심히 연설하는 모습이 시야에 들어왔다. 두 학자는 삼시 눈이 마주쳤다. 이어서 약속이라도 한 듯 군중의 뒤쪽으로 갔다.
"내가 가르치는 것을 나의 교훈으로 생각하지 마시오."
예수의 목소리가 두 학자에게 똑똑히 들려왔다.
"나를 보내신 하나님의 말씀입니다. 당신들 중에 누구든지 참으로 하나님의 뜻을 행하려는 사람이 있다면 그는 내 가르침이 하나님으로부터 온 것인지 아니면 내 마음대로 말하는 것인지 판단될 것입니다."
약간의 웅성거림이 있었으나 예수는 거침없이 큰 소리로 말했다.
"모세가 이 백성에게 율법을 주었습니다. 그런데 왜 한 사람도 율법을 지키지 않습니까? 오히려 살인하려 듭니다. 왜 나를 죽이려고 하는 거죠?"
예수의 격양되고 도전적인 물음이 채 끝나기도 전에 군중 속에서 거친 목소리가 튀어나왔다.

"당신 제 정신이오? 누가 당신을 죽이려 합니까?"
굵은 목소리는 열심당의 뚱보였고 그 옆에는 바라바가 어깨를 쫙 펴고 서 있었다. 누구든지 예수에게 손만 대면 가만두지 않겠다는 의지가 풍겼다.
"우린 당신을 지지합니다. 그러니 어서 계속하십시오."
누군가가 소리쳤다.
"내가 안식일에 사람을 고친다고 비난하면서 당신들은 안식일에도 할례를 하고 있어요. 그런데 왜 안식일에 아픈 사람 온전케 한 걸 비난하지요? 잘 생각해 보면 내가 옳다는 것을 깨달을 것입니다."
니고데모가 가말리엘에게 속삭였다.
"체포하려는 걸 알고 있나 봅니다. 그럼에도 성전 한 복판에 나타나서 당당하게 가르치다니……?"
"그건 진실을 말한다는 증거일 게요."
두 학자는 군중의 웅성거리는 소리에 입을 다물었다.
"저 사람이 메시아다. 난 믿어."
"맞아. 누가 저분이 행하신 기적들을 흉내나 내겠으며 저렇게 당당하게 거침없이 공개적으로 가르치나?"
"랍비들은 뭘 하지? 저런 분을 알아보지 못하다니……."
"지식이란 함정 같아서 거기 빠지면 자기만 보인대."
"허, 무식한 놈이 유식한 소릴 하네."
예수가 잠시 말을 멈춘 사이 잡다한 소리들로 웅성거렸다. 그때 성전 경비대장 엘르아살이 보낸 레위인 경비병들이 급하게 다가오고 있었다. 그러자 예수의 우람한 목소리가 다시 들려왔다.
"내가 여기 있을 시간은 잠시뿐입니다. 나는 나를 이 땅에 보내신 내 아버지께 돌아가야 합니다. 그때는 당신들이 나를 찾아도 찾지 못할 것이며, 내가 있는 곳에 오지도 못합니다."

레위인 성전 경비병들은 예수에게 접근하지 않고 지켜보았다. 예수의 제자들과 열심당원들은 경직된 얼굴로 그들을 주목하였다. 군중은 메시아일지도 모를 예수를 체포하기 어려울 거라고 생각하였다. 능력이 무한대인 그를 지지하는 분위기가 역력하기 때문이다.

예수는 이해할 수 없는 말을 남기고 유유히 성전을 떠났다. 제자들이 그를 에워싸고 따랐으며, 바나바와 마가는 그 뒤를 따랐다. 바라바의 신호로 열심당의 거친 행동대원들이 그들을 호위하듯 뒤따르는가 하면, 그의 설교를 듣던 군중의 일부가 썰물처럼 그 뒤를 따라 갔다. 성전 광장이 썰렁해졌다.

"내가 아는 세포리스 사태의 갈릴리 유다와는 현저히 다른 인물이오. 인상적이군."

예수와 그의 제자들은 바나바와 마가의 정중한 초청을 받아들여 시온산으로 향하였다. 예루살렘의 귀족층이 몰려 사는 그곳에 대제사장 가야바의 저택이 있는가 하면 마가의 어머니 마리아의 저택도 있다. 제자들은 줄곧 따라오는 군중을 해산시키느라 진땀을 흘렸다.

"우린 개인의 초청을 받았습니다. 다시 성전에서 만날 테니 돌아가 주십시오."

"한 가지만 묻겠습니다. 예수님이 어디로 간다고 하셨는데, 아무도 찾을 수 없고 갈 수 없는 곳이라 하였는데 언제 그곳으로 가시는 거죠?"

베드로는 마른 침을 삼키고 자신 없게 말했다.

"우린 지금 우리를 초대한 집으로 갑니다. 더는 나도 모릅니다."

사람들이 흩어지기 시작하였으나 바라바와 그의 동지들 일부는 여전히 거리를 두고 예수를 따랐다. 체포를 막으려는 경호였다. 유다가 자연스럽게 뒤로 처져 바라바에게 속삭였다.
"귀부인께서 우리만 초대했어. 베드로가 설명했잖아. 연락할 테니 나중에 다시 만나세."
"이 멍청아, 불청객이 될 만큼 우리가 무딘가? 자네 선생님이 누구 때문에 오늘 위기를 면했는지 알아야지."
"모르는 게 없는 분이야. 심지어 오늘도 자네들이 위기를 모면케 해준다는 걸 미리 알고 성전에 올라간 거야."
바라바가 유다의 그 말에 즉각 반응하였다.
"그렇다면 자네 선생님이 메시아일 가능성은 거의 확실해. 거의. 신념으로 굳어지는 중이야."
유다는 돈주머니에서 데나리온 열 개를 꺼내어 바라바의 손에 쥐어 주었다.
"불의한 돈으로 친구를 사귀라고 자네 선생이 가르쳤다지? 넌 충실한 제자로다."
"아냐. 예루살렘에서의 신변을 염려했더니 무시했어. 오직 세 명만 신뢰해."
유다는 투덜거려놓고 일행을 따라가며 중얼거렸다.
'오늘은 귀부인 마리아께서 이 돈주머니를 은화로 채워 주었으면 좋겠는데.'

초막절의 마지막 날인 제8일 째는 성전 광장이 인파로 덮이다시피 하였다. 성전 경비병들이 도처에 모습을 보였다. 대제사장 가야바는 측근 몇몇에게 초막절이 끝나기 전에 반드시 예수를 체포해야 된다는 확고한 의지를 천명한 터였다. 경비대장 엘르아살은 예수가 성전에 들어오기만 하면 반드시 체포하라고 경비대에 엄명해 둔 터였다.

"눈치 채고 피신했나?"

아리마대 요셉이 그러기를 바란다는 투로 조용히 말했다.

"간다고 했어. 가면 찾을 수 없고 나 있는 곳에 누구도 오지 못한다고 했는데……."

경비병들이 몰려왔어도 태연하던 예수의 모습을 떠올리며 니고데모가 중얼거렸다.

"난 랍비가 아니라서 묻겠는데, 과연 예수를 체포해서 재판하면 유죄판결이 가능한가?"

그의 목소리에 불안감이 스며 있었다.

"그는 이미 무죄를 주장했어. 안식일에 병을 고친 건 안식일에 할례를 하는 것과 다르지 않다고. 그러나 우리의 율법은 조목조목 금지사항이 명시되어 있어서 달리 해석의 여지가 없어."

"유죄가 성립된다는 애기군."

니고데모는 길게 한숨을 내쉬었다.

"그분이 진정 메시아인가?"

요셉의 진지한 물음에 니고데모는 대답하지 못하였다. 그건 자기 자신의 질문이기도 하였으므로.

"난 자네 생각만 알면 돼. 왜냐하면 만약의 경우 산헤드린이 메시아를 재판하게 된다면 난 나대로 소신껏, 그래 소신껏 하려고. 메시아에게 유죄판결을 한다면 그거야 말로 사탄의 수작이지."

"요셉, 누가 듣겠어. 대제사장이 사탄의 역할을 한다고 말했다가 어떻게 책임지려고?"

"하나님은 사람을 통해 일하시지. 사탄도 그렇고. 내 애긴 우리 속에 사탄이 들어오게 해서는 안 된다는 거야."

"그만, 저길 보게."

성전 남쪽의 훌다 문에 인접한 왕들의 행각에서 웅성거리는 소리가 들려왔다. 멀리 사라진 줄 알았던 예수가 그의 제자들과 함께 나타났기 때문이다.

"우리도 가 보자구."

니고데모와 요셉은 광장을 가득 메운 사람들을 헤치며 예수에게 향했다.

"저분이 끝내 나타나지 않았다면 누군가 그와 내통하는 자가 있다고 보겠지?"

예수가 다시 나타나면 반드시 체포하라는 대제사장의 명령을 아는 사람은 산헤드린에서도 예수를 율법 파괴자로 보는 소수의 바리새파 랍비와 성전경비대장 정도였다.

"누구든지 목마른 사람은 다 내게 와서 마십시오. 나를 믿는 사람은 성경의 말씀대로 그 속에서 생수가 강같이 흘러나올 것입니다."

예수가 돌계단 위에서 군중을 향해 다 알아들을 만큼 큰 소리로 외쳤다. 성전 광장의 환전상과 제물 판매상들을 채찍을 휘둘러 쫓아냈던 재작년 유월절의 그를 연상시키는 모습을 떠올렸다. 그가 서 있는 위치도 그때의 그 자리였다. 그러나 군중의 소음과 거리 때문에 아리마대 요셉과 니고데모는 제대로 알아듣지 못하였다.

"한 가지 중요한 문제가 해결되면 나도 저분이 메시아라는 데 동의하겠는데."

"그게 뭔가?"

니고데모의 지체 없는 반응이다.

"갈릴리에서 메시아가 나온다는 선지자들의 예언이 없다지? 선지자들은 한결같이 메시아는 다윗의 혈통에서 태어나며 그가 살던 베들레헴에서 태어난다는데. 그런데 저분은 갈릴리 나사렛 출신이잖은가."

"저분은 유다 지파, 곧 다윗의 혈통이야."

"절반의 다행이군."

"저분 나이가 서른둘이라는 얘길 들었어. 그렇다면 카이사르 아우구스투스 황제의 인구조사령이 있던 그 시기와 맞아떨어져. 이 땅 전체에 유례없는 인구이동이 있었지. 우리가 다 경험한 일이잖아. 그렇다면 갈릴리의 예수의 부친이 유다 지파이니까 베들레헴으로 이동하였을 것이며, 내 계산에 의하면 저분이 유대 땅 베들레헴에서 출생하였을 가능성이 다분히 있어. 결국 인두세(人頭稅)의 손실을 예방하기 위한 인구조사였으니까 그 한참 후 후폭풍으로 세포리스 사태가 일어난 게 아닌가."

"그 연관성이 확인된 사실은 아니잖아."

"두고 보게. 다음 유월절까지는 어떻게든 확인할 테니."

그때 성전경비병들이 예수에게 몰려가는 모습이 보였다.

"그분에게 손대지 마시오. 그분은 메시아요."

군중 속에서 누군가가 다급하게 소리쳤다. 그러자 수많은 사람들이 거의 동시에 소리쳤다.

"메시아를 건드리지 마라."

"그분의 설교를 방해하지 마라."

"메시아 만세! 선지자 만세!"

작은 소요다. 그러나 큰 소요로 발전할 분위기가 누구에게나 감지되었다. 바라바가 털북숭이 뚱보의 옆구리를 찔렀다. 그가 서슴없이 돌계단으로 뛰어 올라 군중을 향해 두 팔을 휘두르며 소리쳤다.

"조용히 하세요. 내 말 좀 들어보세요. 저분의 설교는 내가 세상에 태어나서 한 번도 들어본 적 없는 훌륭한 설교입니다. 저분은 백성을 선동하거나 율법을 어기라고 가르치지 않았습니다. 나는 저분을 메시아로 생각합니다. 여러분 생각은 어떠세요?"

"메시아, 메시아!"
 군중의 호응은 마치 약속이라도 한 듯 거칠었다. 예수를 체포하는 것은 모험이다. 지휘자의 손짓에 따라 경비병들이 슬그머니 빠져나갔다. 바라바가 예수 뒤쪽의 유다와 시선이 닿자 의미 있는 미소를 보냈다.

 대제사장은 산헤드린공회를 긴급 소집하였다. 그는 노기등등하여 안절부절못하였다. 자기를 대제사장으로 만든 직전 대제사장이며 장인인 안나스의 얼굴이 떠올랐다. 갈릴리의 이단자 한 명을 체포하지 못한 무능을 어떻게 변명해야 좋을지 난감하였다. 사사건건 수렴청정하는 늙은 장인의 눈치를 살피고 비위를 맞추기도 짜증스럽거니와 그 촌구석 목수 하나를 잡아 오지 못한 성전경비대장의 무능에도 화가 치밀어 올랐다.
 잘 다듬어진 돌바닥의 회의장에 의장석을 중심으로 반원형 회원석이 채워지자 경비대장 엘르아살을 대신해서 현장에 있던 경비대 백부장이 나타났다. 화가 나 있던 가야바가 벼락같이 호통을 쳤다.
 "왜 그 자를 잡아오지 않았는가?"
 "……."
 백부장의 침묵에 화가 치민 바리새파의 서기관이 벌떡 일어섰다.
 "제가 현장에 있었습니다. 두 가지 이유로 그를 체포하지 못하였습니다. 하나는 군중의 항의가 있었는데 그 정도의 분위기에 되돌아온 경비병들이니 걱정스럽습니다. 재작년 유월절에도 나사렛 예수는 순례자들의 편의를 위해서 봉사하는 환전상과 제물 판매인들을 방해하였습니다. 그때도 우리 경비대는 그를 저지하지 못하였습니다."
 "다른 이유는 뭔가?"
 대제사장의 짜증 섞인 채근에 이어 그 서기관이 설득조로 말했다.
 "그건 중요합니다. 그의 설교에 감동해서 그가 메시아라도 되는 줄 알고 그 작은 소요를 빌미로 경비병들이 그냥 돌아온 거라면 직무유기입니다."

"그게 사실인가? 백부장 말해라."

"예, 그 두 가지 다 맞습니다만……."

백부장의 용기에 바리새파 사람들이 웅성거렸다.

"아니 저 자가?"

"당돌하다."

"저 자도 예수의 제자인 모양이군."

"조용하시오."

대제사장이 으르렁거렸다.

"똑바로 말해라. 너희들 가운데도 예수를 메시아로 믿는 자들이 있느냐?"

니고데모와 요셉은 백부장의 용기에 감탄하였다.

"저는 그 사람이 메시아인지 아닌지 말 모릅니다만……."

"계속해라."

"그 사람의 설교는 훌륭하다고 생각합니다."

"어리석고 한심스러워서 원……."

현장에 있었다는 서기관이 말을 이었다.

"그는 메시아도 선지자도 아니다. 무지몽매한 백성들이 율법을 제대로 몰라서 그의 말재간에 현혹되는 것이다. 저주 받을 어리석은 자들이."

'예수가 만일 메시아라면 그의 적대자들이 저주를 받을 텐데……. 지금 방관자는 메시아 적대자들의 공범이 아닌가.'

생각이 이에 미치자 니고데모는 용기를 내어 자리에서 일어섰다.

"예수는 아직 죄인이 아닙니다."

그들의 그 공간이 긴장과 정적으로 덮였다. 바리새인들은 일제히 질시에 찬 시선을, 일부는 염려스러운 시선을, 일부는 아예 낙심이 큰 듯 입을 굳게 다문 채 유능한 랍비이며 재판관인 니고데모를 주목하였다.
"그를 재판하는 것도 아닌데 변호자가 나타났군."
랍비 한 명이 도저히 못 참겠는지 낮게 빈정거리는 소리가 모두의 귀에 들렸다. 니고데모가 그의 말을 잇기라도 하려는 듯 빠르게 말하였다.
"그렇습니다. 우리는 아직 그를 신문하지 않았습니다. 신문도 안 하고 죄인으로 단정하는 것은 율법에 어긋납니다."
"니고데모……."
현장에 있었다는 서기관이 일어섰다.
"당신은 존경 받는 랍비입니다. 모세의 율법과 선지자들의 글을 제대로 아시는 분입니다. 하면 그 어디에 메시아가 갈릴리에서 나온다는 근거가 있는지요?"
다른 랍비가 그의 공격에 즉각 가세하였다.
"니고데모가 무식한 갈릴리인을 지지하는 모양인데, 안타깝습니다. 여기 누구 또 나사렛 예수를 지지하는 사람 있으면 용감하게 나서 보시지요."
거룩하고 위엄 있고 온 백성의 지지를 받는 유대교의 최고 지도자들은 사실상 그 민족의 최고 지도자들이지만 그 날의 회의는 분노와 증오와 비난과 저주가 판치는 살벌한 무질서였다.
"내 의견을 말씀드리죠."
뜻밖에도 라반 가말리엘이 점잖게 말했다.
"설마 저 어른이 예수를 지지하지는 않겠지?"
누군가가 염려스러운 듯 옆 사람에게 속삭였다.
"갈릴리에서 온 예수가 메시아인지 선지자인지, 아니면 보통 사람보다 조금 또는 많이 특별한지 나도 아직은 판단이 서지 않습니다. 그런데 지금 우리가 자중지란을 일으키면 혼란만 가중됩니다. 체포 명령이 내려진 걸 알면서도 성전에 두 번이나 나타나 군중을 향해 가르친 걸 보면 죽음이 두려워 숨을 위인은 아닌 것 같으니 좀 더 면밀히 그에 대해 조사해 보고 논의해야 되겠지요. 우린 하나님의 백성을 잘 인도해야 할 막중한 책임을 위임받았으므로 메시아나 선지자를 박해해서는 안 되며 이단자를 방치해서도 안 됩니다. 그러니 경솔하진 말아야 합니다."

대제사장과 그들 모두는, 라반 가말리엘의 경륜과 지적(知的) 권위에 도전하는 모양새를 보이는 걸 꺼려하였으므로 분위기는 바뀌었다. 대제사장은 우리 가운데, 특히 바리새파 안에서 의견이 상충되면 일이 복잡해진다는 사실을 간과할 수 없으니 신중하게 다시 생각해 봐야겠다고, 그러나 나사렛 예수는 절대 묵과할 수 없다고 생각하였다.

가야바는 폐회를 선언하고 측근 몇 명만 따로 불러 감정적인 독백처럼 말했다.

"예수를 지지하는 자들이 우리 가운데 몇몇 있는 것 같군. 체포 명령을 그가 알고 있다는 라반의 말이 그 증거지요. 아무튼 중요한 건 오늘이 초막절의 끝 날입니다. 그 자가 오늘 예루살렘을 떠날지도 모르지. 그렇다면 다음 기회는 내년 유월절이 되겠군. 반년이나 더 남았는데……. 그러니 그 자가 예루살렘을 떠나기 전에 어떻게든 올무를 씌워야지요. 잡아야 됩니다. 유월절까지 방치하면 산헤드린 회원 몇몇이 그의 편에 설 것 같소. 권위와 명예의 산헤드린 공회원 가운데 특히 니고데모가 그를 지지한다는 건 굉장한 영향력과 설득력을 지닌단 말입니다. 라반 가말리엘도 눈치가 심상치 않아요. 우리 백성들은 누구도 가말리엘이나 우리 공회원들이 실수한다고 생각하지 않는단 말이오. 오래 지체되면 걷잡지 못할 상황이 올 것이오. 그 이단자를 서둘러 잡아야 할 이유를 아시겠소?"

"말씀하신 대로 우리 가운데 배신자가 있긴 있습니다. 혹시 니고데모?"
 누군가의 물음에 즉각 반응이 나왔다
 "그는 늘 신중하니까 그런 발언이 가능하다고 봅니다."
 "최선의 방법은……."
 대제사장은 오직 한 가지 생각에 골몰해 눈을 감은 채 조용히 말했다.
 "성전경비대를 동원하지 말고, 불필요한 충돌은 없어야 하니까. 예수의 제자들 가운데 열심당원들이 몇 있어서 그들이 배후에서 보호하는지도 모르오. 조용히 잡아야지요."
 그래 놓고 그는 경비병들의 호위를 받으며 시온산의 저택으로 돌아갔다.
 "그럼 우리보고 어쩌라는 거지?"
 랍비가 투덜거렸다.
 "예수를 잡긴 잡아야 해. 가급적 빨리. 다음 유월절까지 가면 아마 왕으로 행세할지도 몰라. 열심당이 그의 신변을 은밀히 보호한다면 지혜롭게 전략을 세워야겠지."

 그 밤은 고요했다. 절기는 끝났고 사람들은 지친 몸을 눕혔다. 제자들도 끼리끼리 그들의 초막에 잠들었다. 늘 관심 가져주는 시온 산의 과부 마리아 소유의 올리브 농장에 달빛이 교교히 흘렀다. 올리브기름 짜는 틀이 죽은 듯 누워 있다. 절기 시작 직전에 올리브유를 짠 듯 아직도 올리브향이 미풍에 날린다.
 저 아래 기드론 골짜기 건너 예루살렘 성전의 한 모퉁이에서 대제사장과 그 측근들의 음모가 있던 시간에 예수는 바위에 엎드려 자기를 이 땅에 보내신 하나님께 기도하였다. 다수의 음모 소리와 예수의 웅얼거리는 기도소리가 골짜기를 사이에 두고 밤을 깊어가게 하였다.
다음 날 아침 예수는 홀로 골짜기를 건너 성전으로 올라갔다. 제자들이 아침 식사를 하려고 베다니로 간 직후였다. 그는 외로운 투사처럼 자기를 해치려는 음모자들의 손바닥으로 등장하였다.
그 아침에도 성전 광장과 행각에는 많은 유대인들이 귀향 전에 다음 유월절에나 다시 올 아쉬움인 듯 삼삼오오 둘러보고 있었다. 예수가 홀로 광장에 들어서자 그들이 기다렸다는 듯 몰려왔다. 그러나 예수는 성전경비병 하나가 급히 멀어져 가는 뒷모습을 쓸쓸하게 지켜보았다. 레위인 경비병은 즉각 대제사장에게 달려가 예수가 홀로 성전 광장에 나타났다고 보고하였다.
"어제 잡아둔 죄인을 데려오너라."
당직 제사장은 지체 없이 대제사장의 측근 바리새인에게 이 사실을 알렸다. 그렇지 않아도 잔뜩 흥분해서 대기하고 있던 한 패의 바리새인들은 경비병이 데리고 온 죄인을 앞세우고 예수가 있는 광장으로 갔다.
"예상보다 일이 쉽게 풀리는군. 그 자가 혼자 우리 손바닥으로 들어오다니……."
흔쾌한 랍비에게 서기관이 말했다.
"예수가 제아무리 지혜롭기로서니 이 함정에서 벗어나진 못할 걸요. 하하하."
"하나님이 우릴 도우심이지. 우리 하나님은 의인의 편이니까."
그 죄인은 어제 늦은 밤에 초막에서 간음하다가 현행범으로 체포된 젊은 여인이다. 예수를 잡기 위해 모의하던 그들에게 뜻밖의 수확이다. 모두 쾌재를 불렀다. 니고데모의 말대로 죄를 특정한 후 체포한다면 누구도 이의제기를 못할 터이다.
사내는 현장에서 벌거벗을 채 신속히 어둠 속으로 도주하였다. 혹독한 신문을 받은 여인은 약혼자가 있는 처녀였다. 이 더러운 현행범을 예수 앞에 내세우면 그를 기소하는데 필요한 구체적인 증거를 확보할 수 있다고 그들은 신바람이 났다.

예수를 에워싸고 있던 유대인들이 경비병들의 출현에 슬금슬금 뒷걸음질을 쳤지만 그들은 목격자가 되고 싶었다. 놀랍게도 예수는 마치 이 상황을 기다리기라도 한 것처럼 태연하였다. 그러나 여인이 가까이 오자 얼굴을 숙였다. 찢긴 속옷으로 드러난 여인의 속살은, 두려움으로 성전 감옥에서 밤을 지샌 충혈된 그 눈은, 땅바닥에 꿇어앉은 지치고 초라한 그 모습은, 그녀의 수치심과 두려움이 넉넉히 밴 좌절이었다. 율법대로라면 여인은 돌로 쳐 죽여야 된다. 그 가혹한 법을 모르는 유대인 성인은 없다. 예수는 그녀를 보는 것만으로도 고통을 느꼈다.

여인의 뒤로 포위하듯 둘러선 존경받는 바리새인들은 당연한 결론을 예상하듯, 아니면 예수가 다른 판단을 하더라도 법대로 돌로 쳐 죽이면 되므로 이미 무장되어 있었다. 그들 손에 율법대로 사형을 집행할 돌이나 몽둥이가 들려 있었다.

여인이 느끼는 아픔보다 갑절이나 큰 아픔을 예수의 가슴은 느꼈다. 사형집행을 준비한 그들의 내면에 가득 찬 죄악이 예수의 눈에 다 보였다. 예수는 그들에게 관심 없는 듯 땅만 내려다보았다.

"이 여자를 보시오."

위엄과 증오가 혼합된 굵은 목소리였다.

"간음 현행범이오. 모세의 율법은 이런 여자를 돌로 쳐 죽이도록 규정하고 있소. 당신의 의견은 어떤지 그걸 듣고 싶소."

함정일 뿐이므로 정답은 없다. 율법대로 하라면 일곱 번씩 일흔 번이라도 용서하라고 공개적으로 가르친 예수는, 원수도 사랑하라고 가르친 예수는, 오른쪽 뺨을 맞으면 왼쪽 뺨도 대 주라고 가르친 예수는, 하나님을 사랑하고 네 이웃을 네 몸과 같이 사랑하라고 가르친 예수는, 오직 사랑을 주제로 가르친 예수의 핵심 메시지를 스스로 파기하는 것이다. 그렇다고 처형하지 말라고 한다면 1천5백여 년간 불변의 절대적인 법으로 지켜온, 심지어 일점일획의 가감도 허용을 금한다는 단서까지 붙은 모세의 율법을 정면으로 거부하는 게 된다. 그렇게 되면 예수를 산헤드린 법정에 세울 충분한 증거가 된다.

바리새인들은 그들의 행운으로 실현된 함정이 완벽하다고 여겨 여유롭게 죄인과 예수를 바라보았다. 득의만면이다.

'예수도 별수 없나 보군. 유구무언이니……'

그렇다. 예수는 보지도 않고 말하지도 않았다. 다만 고개를 숙인 채 땅바닥에 손가락으로 낙서하듯 글씨를 쓰고 있었다.

예수는 기다리고 있었다. 초조와 불안과 수치심으로 떨고 있는 여인을 바라보면 금방 질식할 것 같아 기다렸다. 시간은 때로 가장 효과적인 치료제이기에 기다렸다. 못 본 채 모른 채가 미덕일 때는 바로 이런 때다. 그런가 하면 지식과 권세는 가졌으나 여인 못지않게 불쌍할 뿐인 도전자들의 칼날 같은 증오가 가라앉기를 기다렸다.

"당신은 랍비보다 더 잘 가르친다는 소문이 자자한데, 율법 해석에도 비상하다는 소문이던데 왜 말이 없으신지……."

"우리에겐 당신만한 인내력이 없소. 당신을 위해서라도 대답은 빠를수록 좋을 거요. 사람들이 잔뜩 몰려오면 당신에 대한 백성들의 존경심이 상처를 받을 테니 말이오."

그들의 오만과 증오의 공격에 반응이 없자 가장 나이 든 랍비가 앞으로 한 발 다가서며 땅바닥에 손가락으로 쓰는 글씨를 바라보았다. 몇 개의 단어가 반복된 낙서인 듯하였다.

- 죄 없는 자는 없다, 죄 없는 자는 없다, 마음에 음욕을 품은 자마다

이미 간음하였느니라 -

　늙은 랍비는 슬며시 제자리로 물러섰다. 그러자 예수가 입을 열었다. 누구나 똑똑히 알아듣도록 정확한 발음의 큰 소리였다.

　"죄 없는 사람이 먼저 이 여자에게 돌을 던지시오!"

　예수는 다시 땅바닥에 낙서하듯 무엇을 썼다. 느닷없이 쇠망치로 뒤통수를 얻어맞은 것 같은 바리새인들은 입을 열지 못한 채 예수의 손끝을 주목하였다.

　- 마음에 음욕을 품었으면 이미 간음이다 -

　늙은 바리새인은 심장에 미세한 경련을 느꼈다. 문득 지나간 수십 년 세월의 한 시점이 전광석화처럼 선명하게 떠올라 얼굴이 붉어졌다. 랍비 교육을 받던 젊은 날에 그 늙은 스승의 젊고 육감적인 아내와 은밀하고 음탕하게 욕정을 불사르던 그 은폐된 현장이 고스란히 되살아났다. 그뿐만 아니었다. 그리스의 고린도 항구에서 왔다는 유대인 순례자의 아내를 겁탈하려다가 실패한, 그때 채우지 못한 욕정이 지금 그의 늙은 몸속에 끈끈하게 남아 있음을 그는 느꼈다. 나이와 무관하게 도사리고 있는 욕정이 거리와 시장과 심지어 성전에서조차 젊은 여인들을 향해 무차별로 끈끈하게 달라붙는 천박함에 치를 떠는 그였다.

　- 마음에 음욕을 품은 자마다 이미 간음하였느니라 -

　- 죄 없는 사람이 먼저 이 여자에게 돌을 던지시오 -

　늙은 랍비는 더 이상 그 자리에 돌을 든 채 서 있을 수 없었다. 자기 손의 그 돌로 자기 머리를 먼저 쳐야만 된다는 걸 그는 안다. 그는 슬며시 돌을 떨어뜨리고 아주 천천히 몸을 돌려 경비병들 사이를 지나갔다. 서기관은 이때다 싶어 천천히 그의 뒤를 따랐다. 늙은이도 중년의 바리새인도 하나 둘 돌과 뭉치를 놓고 그 자리에서 빠져나갔다. 마치 간음하다 들킨 사람처럼 아주 슬며시.

　그다지 긴 시간은 아니었다. 그들이 살기등등한 얼굴로 왔다가 죄인처럼 묵묵히 사라지기까지는.

　남은 사람은 무릎 꿇어 엎드린 여인과 무릎을 세우고 앉은 예수뿐이었다. 구경꾼들이 약간의 거리를 두고 두 사람을 지켜보았다.

　예수의 인내는 끝났다. 그는 일어섰다. 그리고 비로소 여인을 주목하였다. 여인은 어깨를 들먹이며 소리 죽여 울고 있었다. 지난 밤 늦도록 약혼자가 아닌 이웃 남자와 육체적 쾌락에 젖어 있던 여인, 죽음에 직면한 두려움과 수치심으로 덜덜 떨기만 하던 그 여인은 소문만으로 이름을 기억하는 나사렛 예수 앞에서 참회의 눈물을 흘릴 뿐이다.

　"일어나 가시오. 다시는 죄를 짓지 마시오."

　예수는 여인의 초라한 모습이 멀어지도록 그 자리에서 지켜보다가 갑자기 급한 용무가 생각난 듯 빠른 걸음으로 성전을 떠났다.

　그날 예수의 일행은 베다니를 떠나 여리고를 향해 동쪽 길로 들어섰다. 제자들 외에 마리아의 아들 마가가 끼어 있었다. 예수의 발걸음은 경쾌하였다.

　'사지를 벗어나니 신나겠지.'

　유다는 개운치 않았다. 위험을 피해 도망가는 기분이다. 그러나 곧 생각을 바꾸어야 했다. 여리고로 내려가다가 합류된 순례자의 입에서 그날 아침 성전 광장에서 발생한 여인의 사건을 들었기 때문이다.

　'무서운 사람. 사자 굴에 혼자 뛰어들었다니.'

　다른 제자들은 간음한 여인 사건의 전말을 듣고 스승의 통쾌한 승리에 환호하였다.

머나먼 왕국의 밀사

 이른 비가 대지를 적시고 있었다. 말을 타고 서해안의 샤론 평야를 달리기에는 지중해의 서북풍이 차가웠다. 초막절이 지난 후 시작된 오는 듯 마는 듯한 이른 비가 수전절(修殿節)을 지나니 강수량을 늘렸다. 평야의 관목들이 흠뻑 젖었다. 그 우중충한 평야에 로마군 기병대가 예루살렘을 출발하여 가이사랴로 이동하는 중이었다.
 초막절이 시작되기 전부터 수전절이 끝난 후까지 거의 석 달 가까이 예루살렘에 머물면서 예수와 그의 제자들을 지켜본 고넬료가 십부장 마리누스와 말쿠스를 불렀다. 예수가 있는 곳엔 그들도 거기에 있었다.
 "나사렛 예수, 그의 용기가 놀랍지 않은가? 사자 굴로 들어간 사슴이나 마찬가진데 오히려 당당했어. 간음한 여자를 끌고 온 똑똑한 바리새인들 앞에서 보인 지혜는 내 표현이 적절한지 모르지만 숭고했어."
 "감탄을 금할 수 없었습니다. 유대인들이 최고의 지혜자로 꼽는 솔로몬도 그런 지혜는 짜내기 쉽지 않았을 겁니다."
 "그게 인간의 지혜일까? 딱 말 한마디로 살기등등한 율법학자 등 오만한 바리새인들을 완전 제압하다니 원……."
 초막절의 중간에 등장한 예수는 대제사장도 열심당도 그리고 그를 늘 주목하는 총독도 긴장하였다. 그랬는데 위기를 가볍게 넘긴 예수는 수전절(修殿節)에 또다시 나타나서 여드레 동안이나 고넬료를 긴장시켰다. 대제사장이 예수의 체포에 현상금을 걸었다는 정보가 있다. 그리하여 수전절은 시리아의 셀류코스 지배 하에서 그들의 절대가치인 종교가 최악의 가혹한 박해를 종식시킨 날이다. 유다스 마카비우스가 무장 민중을 이끌고 싸워서 압제자를 물리치고 우상으로 더럽혀진 성전을 온전하게 하나님의 성전으로 회복시킨, 그야말로 자랑스럽고 감격이 벅찬 축제다. 따라서 수전절은 로마의 입장에서도 제2의 유다스 마카비우스에 의한 반란을 심각하게 대비하지 않으면 안 되는 초긴장의 절기다.

예수는 축제의 첫날부터 제자들을 데리고 대제사장의 안마당 같은 예루살렘 성전에 모습을 나타냈다.

"자신의 미래를 마치 과거처럼 정확히 알고 있는 게 분명해."

"저도 동감입니다. 그는 초막절에 무사하였듯 수전절에도 무사할 것을 알고 있었던 것 같습니다. 실제로 무사했잖아요. 그게 저는 기뻤습니다."

마치 예수의 비호세력이거나 그 지지자들의 대화 같다. 사실 고넬료는 예수를 처음 본 순간부터 저 선량한 사람을 보호하고 싶은 충동을 느꼈다. 엄청난 군중을 모으는 능력과 그가 하고자 하는 것은 무엇이든지 할 수 있는 무한의 능력 때문에 로마의 가장 위험한 적이 될 수 있다는 가정이 없다면, 그렇다면 그의 제자가 되고 싶은 그였다.

수전절의 예수가 실로암 연못에서 소경을 고친 장면은 감동이었다. 그 소경은 예루살렘 시민이나 원근에서 오는 순례자들도 다 알고 있을 만큼 유명하다. 출생 때부터 소경인 그의 생계수단은 성전의 남문에서 서문으로 연결되는 대로의 네거리에서 30여년이나 줄곧 행인들에게 구걸하는 것이었다. 소경 요셉은 예루살렘 성전을 출입하는 모든 사람에게 가장 잘 알려진 두 사람 중 하나다. 성전의 이방인의 광장과 여인의 광장을 연결하는 그리스 식 디자인과 문양으로 아름다운, 그래서 미문(美門)으로 불리는 그곳에서 언제나 볼 수 있는 나면서부터 앉은뱅이인 거지와 함께. 고넬료도 한 해에 두어 차례 그 소경과 그 앉은뱅이에게 청동화폐 앗사리온을 적선하였다.
"그가 일으키는 기적들이 그의 신분이겠지."
"솔직히 말씀하시면 그는 신이다 그거죠?"
고넬료의 마음을 안다고 자부하는 마리누스는 덤덤하게 대꾸하였다.
"사람으로서는 절대 불가능한 걸 그는 척척 해냈습니다."
"그러니까 사람이 아니란 말이야."
"그러나 틀림없는 사람입니다."
"자네들도 그가 솔로몬 행각에서 말하는 걸 들었지? 자기가 하나님의 아들이라고 했어. 그 말 때문에 바리새인들에게 돌에 맞아 죽을 뻔했는데 태연하게 또 말했어. 도대체 그를 어떻게 이해하지?"
마리누스에겐 신도 우상도 없다. 유대인의 하나님도 부정한다. 정말 그들의 신이 위대하다면 그 위대한 신이 준 안식일 율법 때문에 나라를 잃는 비참한 결과를 가져온 게 된다. 결국 그들이 두려워하는 여호와 하나님이라는 신은 없다가 정답이라고 그는 확신하였다.
"지중해 하늘이 검군. 또 한 차례 비가 오겠어. 가이사랴까지 단숨에 달려간다."
말을 달리면서도 고넬료는 예수의 모습을 떨쳐버리지 못하였다. 예수와 열심당이 전혀 무관하지 않다는 증거가 보였기 때문이다. 예수의 제자들 중 몇이 열심당의 바라바와 만나는 것을 확인한 것이다. 그렇다면 어쩌면 제2의 모세거나, 200여 년 전 지배자 셀류코스 왕국으로부터 민족을 해방시키고 유대인의 독립왕국을 건설한 유다스 마카비우스의 계승자가 될 가능성을 배제할 수 없다. 그렇다면 그는 모세 같은 능력자이긴 해도 신은 아닐 터이다.

닷새 전이다. 메소포타미아의 조그마한 왕국 에뎃사에서 수전절 순례자로 위장한 아그바루스 왕의 신하가 성전에 나타났다. 유대인의 평범한 복장이었으나 품위 있고 부티 나는 기름진 얼굴이었고, 더구나 세 명의 건장한 남자들이 호위하듯 그를 따르는 게 수상쩍었다. 고넬료의 예리한 감각이 대번에 그를 포착하였다. 미행을 붙이니 그가 예수의 제자를 은밀하게 만나는 모습이 확인되었고, 베다니 나사로의 집으로 가서 장시간에 걸쳐 예수와 단독 면담한 사실이 확인되었다. 의구심은 증폭되었다. 로마의 지배권 밖에 있는 그 왕국의 밀사가 예수를 만난 이유를 확인하지 않을 수 없었다. 마리누스와 말쿠스와 고넬료가 이 문제를 심도 있게 의논하였다.

예수의 제자들 중 몇이 열심당의 행동대장인 바라바와 빈번하게 접촉한다. 그 접촉이, 그리고 그들을 제자로 선택한 게 예수의 선택이라면 예수와 열심당은 하나의 목적을 위한 협력관계다. 예수가 열심당의 감추어진 지도자일 가능성을 배제할 수 없다. 예수에 대한 대제사장의 체포를 열심당이 막아내고 있을 수 있다. 그렇다면 신분 미확인의 그 수상쩍은 남자는 그들의 배후에서 거사 자금을 지원하는 노출되지 않은 어떤 세력의 특사일지도 모른다. 속히 그 자의 신분과 면담 내용을 알아내야만 된다. 비상한 관심이 쏠렸다.

고넬료가 천부장 휘하의 병력과 함께 두 절기의 예루살렘 경비를 위해 파견되었다가 고넬료의 백인부대만 수전절까지 잔류한 특별한 이유는 예수와 그 주변에 대해 철저히 조사하라는 총독의 특명 때문이었다. 그리하여 그는 교육 받은 정보병들에게 열심당과 접촉하는 예수의 제자들을 조사시켰다. 유다와 시몬과 다대오의 신분이 노출되었다.

* 유다가 바라바에게 액수 미상의 돈을 은밀히 건네주었음
* 시몬은 열심당 패거리들과 자주 접촉한다. 특히 대제사장의 측근 경

비병인 백부장과 가깝다. 체포명령 같은 정보가 새는 통로 같다.
* 그들의 접촉이나 자금 지원이 예수의 지시나 승인에 근거한다는 증거는 아직 없다.

보고를 받을 때마다 고넬료는 이상하게도 예수가 열심당의 은닉된 지도자라는 추측이 빗나가기를 바랐다. 그가 지금까지 살핀 예수는 폭도의 두목이 아니라 숭고한 이념을 지닌 거룩한 인격자, 아니 그 이상의, 적절한 어휘가 생각나지 않다가 죄인의 대칭개념인 의인(義人)이라는 단어가 불쑥 솟아나왔다. 그래, 예수는 의인이지, 거룩한 의인. 그런데 예수는 왜 그들 일행의 공동경비를 유다에게 맡겼을까. 그 돈이 열심당으로 흘러가는데. 사람의 마음속 생각까지 알고 불가능이 없는 사람이 왜? 머리를 써 보아도, 정보만으로도, 그 까닭은 오리무중이다.

"비용 조달은 어떻게 이루어지나?"

"후원금이죠. 기적으로 치유된 많은 사람들이 은인에게 거액을 후원하죠. 일행 중에 공동체를 위해 헌신하는 사람들, 시온산의 마리아, 가버나움의 헤롯 안디바 왕의 재무장관 구사와 그의 아내 등, 심지어 막달라의 창녀였던 마리아는 몸 판 돈 모아둔 걸 몽땅 기부했답니다. 아, 베다니의 부자 나사로, 또 그 누이 마르다도 문둥이가 된 자기 남편을 완전 치유시킨 고마움으로 정성 다해 후원하고 그 일행을 집으로 초대해 숙식을 제공하며……"

"됐어."

실은 의문부호가 자꾸만 커졌다. 그런 돈을 열심당에게 준다? 바리새파의 종교적 신념상 수전절의 유래가 말해주듯 열심당과 뜻을 같이한다? 그렇다면 바리새파는 왜 예수를 증오하지?

관계의 은폐를 위한 위장전략? 체포한다는 건 위장전술? 아니야. 예수의 얼굴에도 말에도 권모술수 따윈 가당찮아. 위장전술, 속임수 따윈 예수에게 어울리지 않아.

 본디오 빌라도의 부임 후 첫 번째 유월절에 성전에서 목격한 예수가 생각나자 고넬료는 한층 그의 순수성을 확신하였다. 예수는 바로 그 유월절에 유대인 사회에 혜성처럼 등장하였다.

 그가 연출한 성전에서의 그 소란은 대제사장은 물론 바리새파 사람들의 격노를 샀다. 그들과 예수는 첫 만남에서 숙명적으로 증오와 경계의 관계일 수밖에 없는 터이다.

 예수는 열심당과 바리새파가 고도의 전략으로 비호하는 그들 최고의 지도자거나, 달리 보면 열심당에게 이용당하면서 바리새파에게 배척받는 건 아닐까. 아니면 그들은 전혀 무관할지도 몰라. 그렇다면 유다가 예수를 배신하는 건가? 돈을 빼돌리고 있으니 말이야.

 생각이 복잡한 고넬료가 마리누스와 말쿠스에게 명령하였다.

 "유다, 그 자를 잡아와. 아무도 눈치 못 채게. 체포가 아니라 납치다."

 수전절 마지막 날 부하들에게 납치되어 온 유다와의 첫 대면에서 그가 강직한 면과 교활한 면을 동시에 지닌 매우 묘한 인간으로 느꼈다.

 "당신들은 도대체 누구요?"

 어둠이 덮인 기드론 골짜기 동쪽 올리브 농원이었다. 제법 완강한 목소리였다.

 "당신의 정체부터 밝혀야겠군."

 고넬료의 부드럽고 낮은 대꾸에 유다가 즉각 거칠게 반응하였다.

 "지금 날 희롱하시오? 내가 누군지도 모르면서 납치했단 말이오?"

 "당신의 껍데기만 알고 속을 몰라. 나사렛 예수의 제자이고 열심당원이라는 것만……."

 "잘못 아는군요. 난 열심당에 친구가 있을 뿐이오. 그게 잘못인가요?"

유대인 남자라면 모두 열심당이나 마찬가지구요."
 "그건 별로 관심 없으니까 그 정도의 거짓말엔 화가 안 나."
 유대인 복장의 고넬료가 워낙 부드럽게 대하니까 유다의 마음이 조금씩 안정되는 듯하였다.
 "유대인은 거의 열심당이니까 문제를 일으키지 않는 한 감옥에 가두지는 않아."
 "로마 군인이오?"
 유대사회의 일상어인 고넬료의 유창한 헬라어에 전혀 짐작도 못했던 모양이다.
 "내 제안을 수락하기 바라오."
 유다의 긴장을 심장마비로 이어 줄 제안을 위협적으로 내놓기 시작하였다.
 "우린 가룟 출신의 유다, 당신에 대해 소상히 알고 있소. 열심당의 중요 인물, 동시에 예수와 그 일행의 재정 관리자. 예수의 허락 없이 그 돈을 열심당 자금으로 유용하는 것……."
 유다가 약간 머뭇거리며 말했다.
 "열심당에 있는 친구가 불행한 일을 당해 조금 도와주었을 뿐이지 그건 훔친 게 아니오."
 "그럼 당신 스승이 허락했소?"
 유다의 표정을 살피고 싶었으나 어둠이 장애였다.
 "그건 아니지만, 그 정도의 융통성은……."
 "우리는 당신 스승에게 물어볼 통로가 있다는 걸 유의하시오."
 그래놓고 즉각 말을 이었다.
 "훔친 거야."
 "……."

그가 반응하지 않자 고넬료가 말을 이었다.
"우리의 제안은……."
유다는 주눅 든 듯 묵묵히 들었다.
"당신 선생과 베다니의 나사로 집에서 장시간 독대한 그 귀족 같은 사람의 정체요?"
"—믿어줄지 그게 의문이군요."
유다는 짧게 한숨을 내쉬고 쉽게 입을 열었다.
"에뎃사 왕국의 아그바루스 왕이 보낸 사신입니다. 왕이 우리 선생님을 왕국으로 초청하는 친서를 가지고 왔습니다."
"은밀히 초청한 이유가 있을게요."
"로마가 문제 삼을 만한 정치성이 없습니다. 전혀."
"판단은 내가 하오."
"병을 고쳐달라는 간절한 요청입니다."
유다는 별거 아니라는 듯 말을 이었다.
"아시겠지만 우리 민족은 거듭되는 대국들의 잦은 침략으로 여러 나라에 흩어져 삽니다. 유월절에는 그들이 가급적 예루살렘에 옵니다. 에뎃사에도 우리 선생님이 무슨 병이든 다 고친다는 순례자들의 소문이 퍼졌답니다. 아그바루스 왕이 중병이라 합니다. 자기를 고쳐만 주면 에뎃사 왕국에서 한평생 부귀영화를 누리며 편안하게 살게 해 주겠다는 제안입니다."
믿어지기는커녕 만약의 경우를 대비하여 충분히 연습해둔 거짓말 같았다.
"한 나라의 왕이 당신네 선생을 감언이설로 초청한다?"
"그래서 내가 말했잖소. 믿어줄지 의문이라고."
의심 가는 정보는 증거를 찾으라는 천부장의 말이 생각났다.

"그 신하가 가져온 초청장을 보여주시오."

유다는 쳐다보지도 않았다. 로마 군인에게 코를 꿰어 끌려 다니는 신세가 화났다.

"내일 이맘때 여기서 기다리겠소. 상응하는 대가를 지불하겠소. 도둑질보다는 수고의 대가로 돈을 벌어 친구를 도우면 보람도 있고 당당하지요."

"어차피 난 도둑이오. 왕의 친서를 훔쳐야 하니까."

노골적으로 불쾌감을 털어놓고 유다는 자리를 황망히 떠났다.

고넬료의 백인부대가 가이사랴에 도착한 것은 가랑비가 뿌리기 시작한 해질녘이다. 북서풍에 밀려온 파도가 7백 미터의 인공방파제를 부서뜨릴 기세로 사납게 때렸다. 초막절이 끝나자 곧장 돌아온 천부장이 석 달 만에 만난 고넬료를 반갑게 맞아 주었다.

"초막절과 수전절 모두 예루살렘이 평화로웠다지?"

"아마 그건 유대인들의 신의 뜻이겠죠."

"그들의 형상도 없는 신? 내가 그들의 신 노릇을 해도 이보다는 잘 할 거야. 없는 신을 있다고 믿는 어리석은 민족이니 수난의 역사로 채워질 수밖에. 어서 집으로 가게. 오늘 낮에 자네 부인을 봤어. 눈초리가 곱지 않더군."

"죄송합니다. 아내의 무례를……."

"농담이야. 오늘 밤 아내를 즐겁게 해주게. 하하하."

그러나 그 밤 고넬료는 아내를 즐겁게 해주기는커녕 제대로 잠도 못 잤다. 보고서를 써야 하기 때문이다.

- 수전절(修殿節) 예루살렘 상황과 나사렛 예수에 대한 관찰보고서 -

존경하는 총독 각하

황제 폐하와 총독 각하의 뜻대로 수전절의 예루살렘은 평온하였습니다. 수전절은 유월절보다 순례자가 적다는 한 가지 유리한 점이 있을 뿐, 위험과 긴장감이 많다는 단점이 있습니다. 2백여 년 전에 유다스 마카비우스가 정복자 시리아 셀류코스 왕국에 반란을 일으켜 성공한 자극적인 사건을 기념하는, 달리 말하면 유대인의 자존심 회복을 축하하는 기념행사라서 그렇습니다.

각하의 부임 이후, 우연스럽게도 세례 요한과 나사렛 예수의 출현 등 유대 사회가 전에 없던 해방의 열기로 고조되고 있습니다. 그럼에도 열심당이 행동하지 않는 이유가 그 윤곽을 드러냈다고 봅니다.

첫째, 총독 각하께서 유대인을 자극하지 않아 어떤 빌미도 주지 않은 현명한 통치

둘째, 나사렛 예수에게 제2의 모세를 기대하는 묵시적 희망에 의한 차분한 기대감

셋째, 사두개파나 바리새파나 열심당 등의 종파들은 성격은 달라도 로마를 가장 증오한다는 점에서는 일치합니다. 열심당은 예수의 능력에 군침을 흘리지만 바리새파는 그의 능력도 설교도 악마의 소위로 매도합니다. 그러나 로마를 상대로 싸운다면 유대인은 종파를 떠나 하나로 결속될 것입니다.

넷째, 반년이 채 안 남은 다음 유월절을 충분히 대비해야 합니다. 열심당 / 예수의 능력을 그들의 반로마 항쟁에 활용하려는 공작이 은밀하게 진행 중입니다.

민중 / 대체적으로 예수를 메시아로 인정하거나, 메시아이기를 기대합니다. 그의 무제한적 능력과 설교의 탁월성 때문이지만, 이는 무지한 민중의 단순성이 반영되는 현상일 수 있다는 판단입니다. 그들의 메시아

개념은 민족의 해방과 유다 왕국의 재건으로 영원한 평화를 구현시킬 구원자를 의미합니다.

　예수 / 그는 확인된 게 아무 것도 없습니다. 그러므로 로마의 잠재적 위험인물 1호일 수 있습니다. 반면에 그는 로마의 지배를 현실로 인정하고 순응하는 태도라서 우리에게 고무적이기도 합니다. 그는 가이사의 것은 가이사에게 주라고, 로마에 대한 세금을 공개적으로 인정한 최초의 유대인 지도자입니다. 저로서는 그의 인격과 인품과 고상한 윤리도덕 및 그 전능성 등을 근거로 그 발언이 진심이라고 확신합니다. 어떤 이유로든 군중 앞에서 진심이 아닌 발언을 할 위인이 아닙니다. 제자 등 측근들의 출세 종용에도 무관심합니다. 그러므로 나사렛 예수는 어떤 판단도 예측도 허락되지 않는 베일 속 인물이며 동시에 신비한 사람입니다.

　과거의 실패한 메시아들, 갈릴리 세포리스의 유다를 비롯한 시몬과 아트롱 같은 자칭 메시아들은 절망과 분노가 쌓인 민중을 선동하였으나 우리가 주목하는 예수는 전혀 그들의 유형과 다릅니다. 그는 선동자가 아니라 침착하고 온유하며, 고통 받는 병자들과 불구자들을 기꺼이 온전케 합니다. 가장 두드러진 특징은 모세나 그들이 존경해 마지않는 많은 선지자들이 하지 못한 한 가지를 더합니다.

　'네 죄 사함을 받았다'고, 죄를 용서하는 특권을 행사합니다. 그런 발언을 하는 사람은 오직 나사렛 사람 예수뿐이어서 랍비 등 그들의 율법학자들로부터 공격을 받고 있습니다. 그들의 신 여호와 하나님만 죄를 사하여 주는 권세가 있다고 그들은 믿기 때문입니다.

　예수는 과연 누구일까. 그의 관심사, 그의 궁극적 목적은 그의 설교에 의하면 하나님 나라, 천국, 나를 믿으면 천국에 간다 등, 확인되지 않는, 확인할 수 없는, 형이상학적 가르침이어서 아직은 수긍이 안 됩니다만, 그가 그렇게 가르치면 이해는 못하지만 다 맞는 말일 거라고 믿어야 된다는 확신 없는, 확인이 아니므로 공무상의 보고서에 언급할 가치가 없음을 알지만 설명할 길이 없어 참고로 기술합니다.

마지막으로 일곱 개의 등불이 밝혀졌던 수전절 마지막 밤에 베다니에 나타났던 에뎃사 왕의 밀사에 대한 보고입니다. 수전절 순례자로 위장한 아그바루스 왕의 특사가 왕의 친서를 예수에게 전달하였습니다. 구두로 전해들은 내용은 이렇습니다.

— 에뎃사 왕 아그바루스는 예루살렘 변경의 탁월한 구세주 예수에게 문안합니다. 나는 당신이 어떤 약도 사용하지 않고 어떤 병이든 고쳤다는 소문을 들었습니다. 눈 먼 자를 보게 하였고, 저는 자를 바르게 걷게 하였고, 문둥이를 깨끗케 하였으며, 심지어 죽은 사람을 살렸다고 들었습니다. 예루살렘에 갔다 온 사람들에 의해 당신에 대한 이런 소문을 듣고 나는 마음속으로 생각하였습니다. 당신은 하나님이시며, 하늘에서 내려오셨다고. 그렇지 않다면 하나님의 아들일 것입니다. 제우스신의 아들이 다섯이라는데 유대인의 신 여호와의 아들은 유일하게 당신일 것으로 나는 생각됩니다. 해마다 예루살렘을 다녀오는 유대인들 중 다수가 그렇게 생각한다는 소문을 들었습니다. 당신은 여호와 신의 성전을 가리켜 '내 아버지의 집'이라고 군중 앞에서 선언하였다는 확실한 증언들이 있습니다.
나의 부탁은 당신이 나를 방문하여 오랜 세월 나를 괴롭히는 병을 고쳐주시기를 간청하는 바입니다. 나는 유대인들이 당신에게 불평을 터뜨리며 심지어 당신을 해치려고 음모를 꾸민다는 정보도 있습니다. 나는 작은 나라의 왕이지만 우리 두 사람을 위해서는 모든 것이 충분합니다 —

이에 대한 답신입니다.

아그바루스 왕이여, 먼 곳에서 나를 보지도 않고 믿는 당신에게 복이 있습니다. 우리의 선지자들 글에 '나를 본 자는 나를 믿지 않을 것이며, 나를 보지 못한 자가 나를 믿고 생명을 얻을 것'이라고 하였습니다.

당신의 왕국을 방문해 달라는 초청에 감사하면서 이에 대해 말씀드리겠습니다. 나는 이곳에서 반드시 이루어야 할 중요한 일이 있습니다. 나는 그 일을 이루고 나를 보내신 하나님의 나라로 올라갈 것입니다.

아그바루스 왕이여, 그 후에 나는 내 제자 한 사람을 보내드리겠다고 약속합니다. 나의 제자가 당신의 병을 고쳐주고 당신 및 당신과 함께 있는 사람들에게 영생을 선물할 것입니다.

예수의 답신에 그가 이 땅에서 반드시 이루어야 할 일의 중요성 때문에 초청에 응할 수 없다는 것인데 그것이 무엇인지 우리는 반드시 밝혀내야만 합니다. 그것은 제자들도 모릅니다. 예루살렘에서 죽임을 당하고 사흘 만에 다시 살아난다는 예수의 예고와 관련 있을지도 모른다는 확증 없는 추측이 현재로서는 전부입니다.

끝으로 믿을 수 있는 증거가 전혀 없는, 그래서 절대로 믿어지지 않는, 그러나 예수의 일이라면 안 믿을 수 없는, 그래서 문서상으로 보고할 수 없는 그의 출생에 대한 내용은 직접 구두 보고하겠습니다.

고넬료는 날이 샐 무렵에야 보고서를 끝냈다.
"그가 말하는 그의 일은 그의 죽음이 아닐까요?"
언제부터 등 뒤에서 지켜보고 있었는지 소피아가 조심스레 말했다.
"당신 안 자고……."

"예수, 그 사람의 죽음은 모든 사람의 죽음과 다른 의미 있는 죽음이 겠군요. 죽은 후에 다시 살아날 뿐만 아니라 하나님 나라로 올라간다고 하였으니."

고넬료는 무거운 마음으로 아내를 바라보며 나직이 물었다.

"그의 답신을 문자적으로 해석하는 건 무리 아닐까? 하늘나라가 어디 있소? 그건 그들 종교의 소재일 뿐 실체 확인이 불가능하니……?"

"내 생각은 달라요. 우리가 아는 것과 경험한 것이 세상의 전부는 아닐 거예요. 지극히 일부분이죠. 그렇다면 우리가 모르는 일들이 얼마든지 일어날 수 있어요. 유대인들은 그들이 선조들 가운데서 몇 사람이 죽지 않고 하늘로 올라갔다는 기록을 갖고 있어요. 에녹이라는 사람과 엘리야라는 그들이 존경하는 선지자가 산 채로 하늘로 올라갔다는 기록이요. 그렇다면 하나님이 계시는 하늘나라가 틀림없이 있다는 증거예요. 세라가……."

"유대인 하녀의 말을 믿는다?"

고넬료는 지친 나머지 앉은 채 잠들고 싶었다. 그러나 예수가 하려는 일이 무엇인지 보고서에 적시할 수 없어 머리가 아팠다.

"당신이 유대인의 율법 책과 역사책과 선지자들의 글을 수집해 읽은 것도 세라가 부추긴 것이지 아마?"

소피아는 설득력에 있어 고넬료를 능가한다. 그녀는 집요하리만큼 자기의 신념을 주입시켰다. 그럴 때마다 고넬료는 아내의 집요함에 감탄하였다. 그래서 소피아는 정보장교의 아내가 아니라 정부장교여야 한다는 농담도 했었다.

"세라가 예수에 대해 어떤 말을 했소?"

"당신이 말해준 기적들, 갈릴리 호수의 심한 풍랑을 꾸짖어 잔잔케 한 기적, 도시락 하나로 5천 명이 넘는 사람들을 배불리 먹인 이야기, 나인

성 과부의 아들과 가버나움 회당장의 딸을 살려낸 일 등. 유대인이라면 그런 내용을 모르는 사람이 없어요. 소경이든 귀머거리든. 그 애도 당신이 확인한 그런 기적들을 내게 얘기해 주었어요. 그렇다면 자기가 죽어도 스스로 다시 살아난다는 걸 믿을 수밖에요. 모든 사람이 못하지만 예수만 해낸 그 많은 기적들은 전부가 헛소문이 아님을 당신은 직접 현장 조사해서 보고한 사람이잖아요."

"급한 건, 내가 당면한 문제요. 예수가 반드시 해야 할 일, 그게 뭔지 알아야 하는데. 당신도 좀 생각해 봐요."

아내가 나가자 고넬료는 의자에 앉은 채 잠들었다.

다음 날 점심 먹기 직전에 고넬료는 충혈된 눈으로 총독의 집무실로 불려갔다. 아침에 천부장을 통해 올린 보고서를 손에 든 채 총독은 서쪽 창가에 서 있었다.

"고넬료, 이건 마치 감상문 같군. 예수의 능력은 빠짐없이 다 확인된 것이겠지?"

"—이번에 소경이었던 요셉이라는 사람을 예루살렘 네거리 한 복판에서 고쳤습니다. 제가 그 현장에 있었습니다."

"그럼 백부장은 그를 어떻게 생각하나?"

"저에게는 그만한 판단능력이 없습니다만 다수의 유대인들이 메시아로 보는 건 사실입니다."

"메시아, 메시아라. 유대인들의 일상어가 헬라어지. 그렇다면 헬라어로 그리스도라 해야 되잖아. 그런데 그들은 왜 그들의 사라진 언어 히브리어로 메시아라 부르나? 종교에 미친 광신자 집단이 천오백년 한 결 같이 형상도 없는 신에게 미쳐 살아왔다는 건 도무지 불가사의야. 그들 역사 전체가 짓밟히고 빼앗기고 포로로 잡혀가기였어. 메시아? 그런 건 없어. 로마의 위대한 힘 앞에 유대인의 해방자가 정말 나타날 수 있다고 생각하나? 유다스 마카비우스도 메시아는 아니었어. 유대인의 신은 그들을 지배한 로마 제국이다."

그러면서도 총독은 마음이 개운치 못한지 툴툴거렸다.

"전임 총독 코포니우스로부터 바벨리우스 크라투스의 재임까지 이십여 년 동안 없던 메시아가 왜 하필 나의 부임과 거의 동시에 나타났느냐 말이야. 내가 부임 초기부터 유대 놈들의 기를 꺾지 않고 유화정책을 썼더니 날 허깨비로 알고 기고만장인가?"

빌라도는 부임 초기의 사건이 후회스러운 모양이다. 역대 총독이 시도하지 못했던 과감한 결단으로 유대인의 숨통을 조이려고 가이사랴의 병력을 예루살렘으로 대거 이동시키면서 황제의 상징인 독수리 깃발을 앞세웠었다. 어떤 형상도 우상으로 간주, 심히 혐오하고 분노하는 유대인의 종교를 알면서 자행한 모험이었다. 그랬는데 그들의 거친 항의에 깃발을 내린 걸 그는 두고두고 후회하였다.

"나의 전임자들이 모두 놈들의 폭동으로 유대 총독을 관직의 마지막으로 장식했어. 나는 그런 전철을 밟고 싶지 않아. 나는 집정관을 거쳐 원로원에 진출하는 꿈을 지녔어. 나의 꿈을 유대 놈들이 막을 순 없어. 유대 왕국 회복? 그게 메시아의 일인가? 난 어떤 대가를 치러도 놈들의 그런 야무진 꿈을 헛되게 할 거야."

"각하, 예수는 그들의 독립 국가를 세우고 왕이 되려는 야심을 갖고 있지 않다고 봅니다. 그는 자칭 메시아가 아니라 그의 능력에 매료된 군중들이 그를 왕으로 삼으려 하지만, 그건 동상이몽입니다."

총독이 큰소리는 치지만 고넬료가 듣기에는 예수를 은근히 두려워한다고 느꼈다.

"에뎃사 왕에게 보낸 답신에서 예수는 자신의 죽음을 확고하게 언급하였습니다. 뿐만 아니라 그는 제자들에게도 두 번이나 예루살렘에서 죽는 다고 말했습니다. 로마에 의해서가 아니라 대제사장과 동족들에 의해…….”

"왜? 어떻게? 무엇을 했기에?"

꽤나 성급하게 다그친다.

"그 답만 찾으면 모든 답이 나옵니다. 분명한 것은 그가 죽는다는 것입니다. 우리가 우려하는 대로 그가 유월절에 유대인의 폭동을 진두지휘해도 반드시 죽는 결과가 나와 있습니다."

"그의 실패?"

듣기만 하던 천부장이 끼어들었다. 총독의 눈이 빛났다.

"그건 곧 우리의 승리, 진압한다는 뜻이군. 나도 그런 결과를 믿는다. 가이사랴와 예루살렘의 우리 군대는 오합지졸의 민병대가 아니다. 황제 근위대 일부가 우리에게 있다. 세계 최강의 정예부대. 그러나 천부장, 귀관은 유월절까지 폭동에 대비한 훈련을 강화하고, 백부장 자넨 예수가 있는 곳으로 간다. 지금까지 그랬던 것처럼 거기가 어디든 자넨 예수가 있는 그곳에 반드시 있어야 한다. 그와 그 일행의 일거수일투족, 그의 숨소리까지 파악해야 된다. 필요하면 정보요원을 증원해."

고넬료는 겨우 이틀의 휴가를 아내와의 토론으로 피곤하게 보내고 갈릴리로 떠났다. 유대인 차림의 일행은 인적이 없는 비에 젖은 길을 따라 동북으로 향했다. 고넬료의 머리에 아내의 당부가 맴돌았다.

"로마인에게 세계를 정복한 강한 군대가 있다면 유대인에겐 누구에게도 꺾이지 않는 그들만의 확고한 신앙이 있어요. 로마인이 이 땅을 지배하고 있지만 그들의 종교와 신앙을 지배하지 못해요. 앞으로도 마찬가지죠. 그들의 종교와 신앙을 간섭하거나 자극하면 그건 로마의 실수예요."

소피아는 남편의 임무가 예수에게 초점이 맞추어진 사실이 불안한 모양이다.
"어떤 경우에도 유대인의 메시아를 해치는 일엔 가담하지 마세요."
마치 유대인이 된, 아니, 예수의 추종자 같은 아내에게 은근히 화가 났다.
"그가 메시아라는 증거는 아직 없소. 일반 대중의 생각이고 희망이지. 반대로 유력한 인사들, 대제사장과 랍비 등 지식층과 지도자들에게 예수는 이단자요. 과연 어떤 판정이 날까? 시간이 가면 그 답이 나오겠지."
"민중은 우매하지만 순수해요. 권력자들은 탐욕적이고 지식인들은 편견과 아집에 사로잡히기 일쑤지요. 무식해도 순수한 가슴에 진실이 담겨요."
아내의 거침없는 대꾸에 고넬료는 가뜩이나 혼란스러운 머리가 어지러울 지경이었다.
"여보, 당신의 요구가 뭐요? 설마 임무를 포기하고 반역세력을 도우라는 건 아닐 테지?"
"예수는 로마의 반역자는 아니고, 유대인의 선동자도 아니지요. 다만 자기네 백성의 아픔에 사랑과 연민으로 천국 가는 길을 가르치는 훌륭하고 의롭고 착한 분이죠."
예루살렘에 머물고 있던 긴 시간에 아내는 유대인의 영웅을 열렬히 지지하게 된 게 분명해 보였다.
"누가 당신에게 예수에 대한 정보를 주었소? 누가 당신을 현혹시켰지? 세라요?"
소피아는 여전히 침착하게 하고 싶은 말을 하였다.
"갈릴리에 가시면 먼저 가버나움 수비대의 백부장 안토니오를 만나세요. 당신의 친구잖아요. 그가 가이사랴에 업무 보고 차 왔을 때 우리 집에 들렀어요. 그가 예수에 대해 소상히 알고 있더군요. 그를 신뢰하지요?"

"세라가 아니라 안토니오? 그를 만나는 건 당연하지. 가버나움 사령관이니까. 그러나 당신에게 충고 하겠소. 소피아, 누구에게도 당신이 예수의 지지자인 것처럼 말하지는 말아요. 군중에게 영향력을 가진 사람이면 그가 누구든 로마의 경계 인물이오. 예수는 더구나 현실적으로 우리가 가장 주목하는 인물이잖소."

작은 언덕을 넘어서자 콧노래를 흥얼거리던 말쿠스가 큰소리로 말했다.

"백부장님, 그 잘난 예수도 숨 쉴 날이 얼마 안 남은 것 같습니다."

"자네 언제부터 예언자가 되었나."

"예언자가 따로 있습니까? 예수의 단명은 요르단 사막에서 떠오른 태양이 지중해로 지는 것처럼 뻔합니다. 대제사장이 죽이려 하고 우리도 그를 감시하고 있잖습니까."

말쿠스의 생각 없이 한 그 말대로 될지도 모른다는 생각이 드는 고넬료였다.

"그러나 말쿠스, 예수는 누가 죽이지 못한다. 그 자신이 죽음을 선택하지 않는 한……."

"그는 자살 따위를 할 위인이 아닙니다. 내기를 걸어도 좋습니다."

마리누스가 자신 있게 끼어들었다.

"유다라는 제자 말이야, 의외로 허점 많은 그 자는 자꾸 닦달하면 아마 자살해 버릴지도 몰라. 꾀가 많은 사람이 의외로 단순하거든."

"그만들 해. 입으로 힘 빼지 말고 부지런히 걸어. 내일 이맘때 가버나움에 도착한다."

그건 쓸데없는 소리를 멈추게 하려는 말뿐이었다. 그들이 이스르엘 평야를 서쪽에서 동쪽으로 횡단, 나인성과 헤롯 안디바의 갈릴리 수도 디베랴를 경유하여 가버나움에 도착한 건 다음 날 해 질녘이었다. 안개비가 내리고 있었다. 가버나움은 거대한 갈릴리 호수처럼 고요했다. 그들은 지체 없이 호수가 한 눈에 내려다보이는 로마군 수비대로 갔다.

"아니, 이 친구 얼마만인가? 정말 반갑네. 그런데 갑자기 가버나움엔 왜?"

"얘긴 나중에 하고 우선 음식과 잠자릴 부탁하네."

지친 세 사람이 털썩 주저앉았다.

"안토니오, 나사렛 사람 숨 쉴 날이 얼마 남지 않은 것 같아."

"자네가 예언하나?"

"빤해. 대제사장과 바리새파가 죽이려 하고 로마도 그를 특 위험인물로 주목하고, 열심당의 작전에도 관련될 수 있고……."

"고넬료, 예수는 누가 죽이려 해서 죽지는 않아. 그 자신이 죽음을 선택하기 전에는. 그의 능력이 전능한 걸 지금도 못 믿나. 그는 하나님이거나 하나님의 아들이야."

확신에 찬 발언에 고넬료가 즉각 반응하였다.

"신에 관한 한 물증이 없으면 과장이거나 날조야. 주피터 등 헬라의 많은 신들은 신비를 덧씌운 만들어진 신이잖아. 하나님? 하나님의 아들? 그런 걸 증명할 수 있나? 그건 아니라도 예수의 출생 신비를 어떻게 증명할 텐가? 난 지난 수전절에 비로소 그의 모친 마리아에게서 직접 들었다는 두 사람으로부터 베들레헴의 출생 신비를 들었어. 예수는 남자와 전혀 관계없이 태어난 아들이라는 거 생물학적으로 불가능해. 그래서 총독에게 구두로 보고하려다가 확실한 증거를 확보한 후에 상세 보고하겠다고 시간을 벌었어. 나 예수의 기적을 다 믿어. 나도 직접 목격하였고, 나인성 과부의 아들 살린 것도 다 현장조사 했고, 회당장의 딸 살릴 때는 나와 내 부하들이 그 군중 속에 있었어. 12년간 피를 흘리는 더러운 병에 걸린 그 여자가 말 한 마디로 깨끗이 치료된 그 장면은 바로 뒤에서 목격했어. 다 믿어. 그 소년의 초라한 도시락 하나로 5천 명이 넘는 사람을 다 배불리 먹이고 잔뜩 남은 그 현장에서 나와 내 부하 두 명도 그걸 먹었다니까. 그러니까 다 믿어. 예수는 과연 전능해. 그걸 나도 믿어. 그런데 30년도 전에 남자와 관계없이, 생명이 될 남자의 정액 없이 아들이 태어난다? 자넨 증거 없는 그런 걸 정말 믿나?"

고넬료는 침착한 사람이다. 그런데 이토록 공격적으로 화난 듯 떠드는 걸 처음 본 안토니오는 예수의 불가사의한 행적을 다 믿고, 자기가 부탁한 하인의 중풍병을 그 즉시 완치시켜준 직접 경험자로서 예수는 결코 인간이 아니며, 그러므로 그 입으로 직접 말하였다는 하나님의 아들의 신분이며, 물증이 없어도 예수와 관련된 기적이라면 그 어머니의 경험이라도 그는 다 믿어졌다. 믿어지는 걸 어쩌나.

"고넬료, 가버나움의 유대인 회당 건축비를 내가 기부했네. 나는 유대인의 신을 믿어. 여호와 하나님, 그 신의 존재가 없다면 오늘날 유대인은 이 땅에 없어. 이집트 탈출에서부터 천오백여 년 현재까지의 유대인의 역사가 그들의 신을 증명해. 그리고 내가 존경하는 나사렛 사람의 주거지에 주둔한 수비대 대장으로서 내 부하들을 풀어 조사하고 내 자신이 직접 그분을 경험한 모든 것이 인간의 한계로는 상상초월이야. 그분은 분명 신이야. 그분이 하나님을 아버지라 부르니 그분이 하나님의 아들이야. 그분은 늘 천국에 대해 가르쳐. 나를 믿으라고 끊임없이 강조해. 논리적이거나 물리적이거나 경험적 합리성 범주 안에서는 믿으라는 강조가 필요치 않아. 하나에 하나를 더하면 둘이라는 걸 믿으라고 하겠나? 예수님은 하나님 나라 원리를 따르라는 거야. 이 세상 물리적인 것들을 초월하는 세계를 이 세상에 제시하는 거야. 에녹과 엘리야가 산 채로 하늘로 올라간, 그들이 간 그곳이 하나님 나라라는 거야. 다시 말해 예수님은 이 세상 사람들에게 이 세상 이야기를 하고 있는 게 아니야. 그러니 하나님의 영 성령으로 예수님이 태어났다는 애길 자네처럼 물증이 뭐냐고 따지게 된다 이거야. 나는 예수님이 이 세상을 구원하러 오신 하나님의 아들이라고 확신해. 난 자네에게 믿으라고 설득할 능력이 없어. 그러니 예수님에 대해서 직접 듣고 보고 그리고 믿게 되기를 나는 바라네. 그를 믿는 건 로마 군인에게 불법이 아냐. 로마의 군법에 신에 대한 규정은 없어."

잠시 침묵하던 고넬료가 안토니오를 배신자 바라보듯 쳐다보더니 침착하게 물었다.

"나를 반역자가 되도록 설득하지 않는다는 건 내가 믿어. 그를 메시아라고들 해. 알고 있지? 유대인의 메시아는 로마로부터의 해방자이며 그들의 왕국 건설자라는 개념을 내포해. 내가 알기로는 말이야. 우리가 그를 믿고 따르다가 로마에 반란을 일으키면 우린 로마의 적이야. 그런 걸 생각해 보았나?"

"해방 자에 초점을 맞추면 자네 말이 일리 있어. 저 호수에 풍랑이 사나울 때 잔잔하라고 명령했지. 배고픈 군중에게 배부르게 음식을 먹게 했고. 호수나 빵은 유대인이 아니야. 메시아는 초월적 구세주 개념이야. 사람과 자연, 이 세상 모두, 현재인만 아닌 미래세계의 무한대의 사람들을 구원하는 존재를 의미하는 거야. 그분이 내 하인을 고쳐달랄 때 즉시 들어주셨어. 로마군 백부장의 부탁으로 이집트인 하인을 고친 거란 말이야. 난 그리고 내 하인 압둘라는 유대인이 아니야. 이 사람아. 메시아는 로마로부터 유대인을 해방시키는 제한된 일을 할 유대인의 지상적 구세주가 아니란 뜻이야. 제발 내 말을 알아들었으면 좋겠네."

끝없이 대화가 이어졌다. 밤이 깊어간다. 포도주를 몇 잔 씩 마셨다.

두 사람의 로마인 백부장은 여전히 갈증이 심했다.

"그분의 가르침에서 가장 빈도 높은 단어가 뭔지 아나? 사랑, 용서, 화평, 그리고 하늘나라, 하나님, 믿음이야. 나를 믿는 자는 죽어도 살겠고. 그런 거야. 폭력투쟁의 대장? 완전히 헛짚었어. 내가 그동안 지켜본 예수, 그분은 반로마 운동에 관심조차 없어. 그런 점에서 유대인답지 않은 유대인이야. 그러니 예수님을 따르면 로마의 적이 된다는 식의 유치한 생각은 버리게."

고넬료는 반론이 있지만 침묵하였다. 나는 그를 더 조사하는 입장이며 그의 모든 것을 파악할 것이다. 예수를 소재로 한 대화는 그 후에 하는 게 좋겠다는 생각을 하였다.

"여독을 풀어야겠어. 등잔불은 꺼지지 않게 해주게."

안토니오가 하인을 불러 등잔에 기름을 가득 채우는 동안 고넬료는 입이 찢어지도록 하품을 하고 중얼거렸다.

"그들이 지금 어디에 있지?"

"유대 땅 요단강으로 가 보게. 요한이 세례를 주던 곳 어디쯤에 있을 거야. 아니면 강 동편의 베레아로 가게."

고넬료가 다시 하품을 하고 말했다.

"자네의 관심은 가버나움의 치안에 있지 않고 예수의 안전에만 있군."

"날 과소평가 말게. 가버나움 일대의 동태는 어느 어부가 몇 마리의 고기를 잡은 것까지 다 아네. 이틀 전 예수의 모친과 세베대 여남은 명의 최측근들이 그곳으로 떠났어. 예수님을 만나거든 내 안부를 전해주게."

"무슨 소리? 내 신분을 노출시키라고?"

"하……. 그분은 자네 뱃속에 든 걸 다 알아. 자네 자신보다 정확하게 다 알고 있어. 속이거나 감출 생각 말아. 저 깊은 호수 물속 어디에 무슨 고기가 몇 마리 몰려 있는지 다 아시는 분이야."

"난 오늘 밤 진실만 말했네. 자네가 진지한 것처럼 나도 진지해. 어부 베드로 형제와 역시 어부 요한 형제가 예수님의 말씀대로 그물을 던졌더니 두 배가 순식간에 만선이었어. 목격자가 백여 명은 되었고, 내 부하도 두 명이 현장 목격자야. 이건 가버나움 사람 모두 아는 사실이야. 사실."

약간 화난 듯한 목소리가 부드럽게 바뀌었다.

"그분에게 마태라는 제자가 있어. 나의 친구야. 그가 세관에 앉아 통행세를 징수하면서 예수의 제자가 되고 싶다는 생각을 하고 있을 때 예수님이 밖에서 그를 불렀어. 내가 직접 마태에게 들은 얘기야."

일말의 두려움이 고넬료의 마음을 흔들었다. 침상에 누워서도 안토니오의 말에 거짓이 없다고 그는 느꼈다. 몸은 피곤한데 쉽게 잠들지 못하였다. 레바논 산맥과 헬몬산 골짜기를 스쳐 갈릴리 호수를 내리치는 바람 소리가 거칠었다.

한때 세례 요한이 열광적으로 존경 받던 요단 강 건너 베레아에 예수의 일행이 머물고 있었다. 수전절이 끝나자마자 예루살렘을 탈출하듯 떠나온 이후부터다. 갈릴리와 함께 헤롯 안디바의 통치구역인 베레아는 남쪽으로 요한의 목을 자른 마케루스와 가깝다. 헤롯 안디바 왕이 형제에게서 빼앗아 아내가 된 헤로디아와 의붓딸 살로메가 함께 머물고 있다.

"차라리 요단강 건너 여리고 쪽이 안전할 텐데요. 총독의 관할지역이니까요."

제자 하나가 조심스럽게 제안하였다.

"그건 사실입니다. 여긴 헤롯이 기병대를 우리에게 보내놓고 식탁에 앉으면 식사를 마치기도 전에 그들이 도착할 만큼 세례자 요한을 처형한 마케루스의 왕궁이 가깝습니다."

　세례 요한의 경우를 의식하여 칼을 두려워하는 제자들과 달리 예수는 태연하다. 예루살렘 밖에서는 선지자가 죽지 않는다는 옛 선지자들의 예언이 성취될 것이기 때문이다. 그는 예루살렘을 떠나면서부터 입속에서 맴도는 탄식이 이어지고 있었다.

　- 예루살렘아, 예루살렘아. 선지자들을 죽인 도시여. 하나님이 보낸 사람들을 돌로 친 도시여, 암탉이 병아리를 날개 아래 모으듯 내가 몇 번이나 내 자녀들을 모으려 하였던가. 그러나 너희는 응하지 않았도다. 그러므로 너 예루살렘은 버림받아 황폐해질 것이다 -

　예수는 미래를 보고 있다. 다윗 왕 이래 일천 번이 넘게 해가 바뀌면서 강대국들의 말발굽에 짓밟혔으나 존재의미를 상실하지 않던 거룩한 도성 예루살렘이 돌 위에 돌 하나 남지 않게 무너진 황폐한 성전의 잔해들을.

　예루살렘의 죽음을 위한 준비도 휴식도 아닌 예수는 그에게 허락된 마지막 한 계절을 갈릴리와 여타 지방에서 몰려온 친인척과 일단의 추종자들로 어수선한 베레아의 분위기가 싫지 않았다. 요한과 야고보와 그 부모 세베대와 살로메, 베드로의 아내 컨콜디아, 구사의 아내 요안나와 막달라의 마리아, 그의 도우미였던 세포리스 마리아, 세리 시절 축적한 돈을 싸들고 온 마태의 아내, 페니키아의 유스타와 그의 딸 페니케, 12년 혈루병자였던 베로니카, 수산나, 예수의 모친 마리아와, 제자들과 예수를 믿고 사랑하며 존경하는 여러 곳의 지지자들로 활기가 넘쳤다. 특히 여인들의 헌신은 오랜 떠돌이생활로 황폐해진 제자들의 가슴에 고향과 가정의 포근함을 느끼게 하였다.

　그 일행은 늘 그랬듯 날이 갈수록 불어났다. 소문을 듣고 긴장한 헤롯 안디바가 보낸 정탐꾼, 적의를 비수처럼 가슴에 품은 바리새인들, 돌과 몽둥이를 가슴에 숨긴 대제사장이 파송한 산헤드린의 조사원들, 민중의 집단행동에 긴장을 풀 수 없는 총독 본디오 빌라도의 스파이들, 농부들과 어부들과 관리들과 상인들과 병자들과 불구자들과 나그네 등 온갖 계층 온갖 신분, 아이들로부터 노인에 이르기까지 자꾸만 자꾸만 모여들었다.

정의로운 바리새인들의 불의한 음모

마케루스 왕궁의 헤로디아는 잰 걸음으로 왕에게 갔다. 그 걸음걸이와 표정만으로 헤롯 안디바는 조금 긴장되었다. 세례 요한의 참수형 이후 제거하기엔 아깝고 함께하기엔 부담스러운 특별한 매력을 지닌 형제의 아내였던 여인이다.

"예루살렘에서 심심찮게 파문을 일으킨 나사렛 예수가 우리 턱밑에 와 있어요."

"그게 어떻다는 거요? 그는 갈릴리 내 백성이니 내 영토에 들어온 건 문제되지 않고, 상세보고를 들었는데 예루살렘에서의 일들은 정치성이 없소."

"폐하."

그녀가 폐하로 호칭하는 경우는 몹시 불쾌하거나 중요한 말을 할 때 뿐이다.

"예수는 그런 방법으로 자기 왕국을 건설한다는 걸 생각하세요."

"그의 왕국 건설?"

"예, 그의 능력이 비상한 걸 천하가 알아요. 제자를 뽑아 훈련시켜요. 빈번하게 유대 지도층과 충돌, 아니 도전해요. 왜일까요? 그는 어리석지 않아요. 배고픈 이 백성에게 당신도 가이사 황제도 못하는 빵을 얼마든지 줄 수 있어요. 갈릴리 그 큰 호수의 고기를 마음만 먹으면 한꺼번에 다 잡을 수 있어요. 그는 이미 영웅이고, 다수의 백성은 그를 신으로 보고, 구세주로 부르기도 한다면서요? 그렇다면 그냥 그것으로 만족할까요? 그는 꿈꾸고 있어요. 그에게 왕이 될 마음이 없어도 백성들이 그를 왕으로 만들겠죠."

헤로디아는 그의 입김이 왕의 코에 들어갈 만큼 바짝 다가서며 속삭였다.

"그의 심장엔 당신의 왕관과 가이사랴 총독부가 들어 있어요. 다윗 지파라서 다윗 왕의 영광을 회복하려는 거예요. 옛 다윗 왕국의 영토였던 사마리아에, 두로와 시돈 그 페니키아 땅에, 북방 국경선이었던 단이 인접한 가이사랴 빌립보엔 왜 갔을까요? 여행이 취미는 아닐 터인데. 그가 안 간 곳은 남쪽 국경이던 브엘세바, 맞죠? 단에서 브엘세바, 그 안의 사마리아, 다윗 왕국의 완전한 회복이 그로서는 가능할 수 있다고 나는 생각하는데 당신이 동의할지 모르겠군요."

헤롯 안디바는 눈을 감고 생각하였다. 왕에겐 골치 아픈 일들이 너무 많다. 좀 편한 날이 없을까.

"폐하, 늙은 모세에게 대국 이집트의 파라오가 굴복하였습니다. 예수를 방치하면 모세의 이집트 대탈출을 능가하는 엄청난 일이 일어날 겁니다. 모세는 자기 백성을 탈출시켰지만, 예수는 총독과 당신을 이 땅에서 탈출하게 만들지도 모릅니다. 그는 가능하잖아요."

우유부단한 남편의 약점을 공격하는 그녀로 왕은 우울해졌다.

"최근 예루살렘에서 수로공사 문제로 폭동이 일어났을 때 총독이 병사들을 유대인 복장으로 위장시켜 군중 속에 끼워 넣고 옷 속에 숨긴 곤봉으로 다수를 살해했다죠? 실로암 망대를 무너뜨려 열여덟 명이 죽고요. 사망자 다수가 갈릴리 사람인 건 무슨 의미겠어요? 당신에 대한 총독의 경고예요."

"경고라니?"

"폭동을 정치적으로 이용한 거예요."

"총독은 날 밀어내지 못해요. 로마가 당신과 나의 아버지에게 준 지분이 이 왕국이오."

"그래요. 헤롯 대왕에게 준 지분이지요. 그런데 총독과 당신의 생각은 달라요. 그는 로마인이고, 우리 조상은 이두메인이고요. 개종해서 유대인으로 살아가고 있긴 하지만."

"총독의 경고라는 게 도대체 무엇이오?"

헤로디아는 모든 것을 다 안다는 표정으로 말했다.

"로마는 속국의 민심에 과민해요. 지엽적인 소규모 폭동조차 확대해석하고 과잉 반응하죠. 전에 요한의 처형을 요구한 것도 그가 세례를 주어서가 아니라 대중의 인기가 높아져서잖아요. 대중을 움직일 힘이 있는 사람은 로마에게 피를 요구하도록 예비된 잠재적 적인 걸요."

왕은 아내의 영악함에 일말의 두려움을 느꼈다.

"총독이 왜 갈릴리인들 만 선별해서 살해했는지 그걸 알아야 하오. 그들은 내 백성인데."

"나사렛 예수도 당신 백성입니다."

"헤로디아, 예루살렘의 그 사건과 예수는 전혀 무관하오. 당신 확대해석이 좀 지나치군. 예수가 여기 오기 전에 예루살렘에 머물렀잖소. 예수가 떠난 후에 예루살렘에서 생긴 사건이오. 그런데도 그 사건을 예수를 의식한 정치적 사건으로 보는 건 좀……."

요한의 목을 벤 후 악몽에 시달려온 그는 나는 결코 예수를 내 손으로 해치지 않겠다고 내심 다짐하고 있었다.

"예수를 과소평가 마세요. 그의 사촌 세례 요한을 마케루스에서 처형하였는데 그가 무리를 이끌고 우리 코앞에 와서 머물고 있어요. 그를 속히 제거하라는 총독의 경고가 예루살렘의 갈릴인들을 선별 살해한 사건이죠."

 헤로디아의 해석이 사실로 확인되면 신속하게 총독의 이번 예루살렘 만행을 황제에게 보고하여 그를 본국으로 소환하지 않으면 갈릴리인들의 대규모 폭동을 막을 길 없다고 설득해야겠다는 생각이 머리를 스쳤다.

 "폐하, 바리새인들이 접견을 요청합니다."

 집무실에 들어서자마자 들려오는 귀찮은 소리에 왕은 버럭 화를 냈다.

 "그 불청객들의 용건이 뭐야?"

 "나사렛 예수에 관한 것이라 합니다."

 왕은 잠시 그 자리에 우뚝 서더니 이내 신음소리처럼 말하였다.

 "그들을 만나겠다."

 예루살렘에서 바리새인들이 적극적으로 예수를 해치려 한다는 정보를 갖고 있는 그는 베레아의 바리새인들도 다르지 않겠기에 쐐기를 박아야겠다고 생각하였다. 베레아의 여러 성읍들에서 대표로 왔다는 완고하고 배타적인 바리새인들은 예상대로 예수를 제거해야 할 당위론을 들먹였다.

 "예수는 무지몽매한 백성들을 미혹하고 선동하는 위험인물이며 반 율법주의를 넘어 율법을 파괴하는 자입니다. 갈릴리와 유대를 휩쓴 그가 베레아에 들어와 이 백성을 위험에 빠뜨리고 있습니다."

 왕은 얌전한 소년처럼 입을 다문 채 턱을 고이고 경청하였다.

 "요한은 왕실을 모독하였으나 예수는 이 민족 전체와 모세까지 모독하고 있습니다. 종내는 왕 노릇까지 하려고……."

 "더 할 말이 있나요?"

 왕이 불편한 심기를 드러냈다.

 "―예수는 지극히 내숭스러워서 폐하에 대한 적의조차 숨기고 있습니다. 그 점이 요한과 다릅니다. 우리는 그가 왕이 되는 걸 원치 않습니다."

왕이 자리에서 일어나 바리새인들 앞으로 다가갔다.

"내게 온 목적을 간단명료하게 정리해주시오. 예수를 어떻게 해 달라는 것인지, 요한의 처형에 대한 때늦은 지지를 전하려는 것인지……."

눈치 빠른 바리새인이 지체 없이 대답하였다.

"노출된 것과 은폐된 것, 그 중 후자가 위험합니다. 예수는 후자에 속합니다. 그를 잘 처리하시면 총독은 물론 대제사장을 비롯한 우리 민족의 지도자들이 큰 지지를 보내올 것입니다."

"당신들의 충성심이 고맙구려. 허나 현재로서는 예수가 하는 일이 옳은지 당신들의 말이 옳은지 판단하기에 이르오. 그러니 시간을 갖고 신중하게 지켜봅시다."

왕은 그들에게 등을 돌리며 심술궂게 말했다.

"난 하나님이 보내신 선지자를 박해하고 싶지 않소."

"폐하, 예수는 선지자가 아닙니다. 모든 선지자는 율법의 절대성에 근거합니다. 그러므로 예수의 능력은 마귀 곧 바알세불에 근거합니다. 이는 랍비들과 서기관들의 조사 분석에 의한 결론입니다."

다급하게 이어진 왕의 말이 접견실에 크게 울렸다.

"내 귀는 둘이오. 한 귀로는 당신들의 말을 듣지만 한 귀로는 저 무지몽매한 백성들의 말을 듣고 있소. 그러니 설득으로 내 한쪽 귀를 막으면 그건 안 됩니다."

예상치 못한 거친 반응에 바리새인들은 당황하였다.

"나는 내 백성을 사랑하오. 사두개파든 바리새파든, 저 가난하고 무식한 민중이든……. 난 지금 총독에게 분노하고 있소. 내 백성 갈릴리인 다수를 죽였기 때문이오. 조만간 그에게 유감의 뜻을 전할 생각이오. 그러니 예수든 당신들이든 내가 내 백성을 사랑하도록 내버려 두시오. 내 백성을 해치는 일을 내게 건의하지 말아주시오. 당신들 입장이 저엉 불편하다면 가서 전하시오. 내 이름으로. 베레아에서 떠나라고. 그 이상은 없소. 떠나지 않으면 왕이 체포할지도 모른다고 말해도 좋소. 체포하겠다는 약속은 아니오."

바리새인들은 투덜거리며 왕궁을 떠났다.

"헤롯의 정서가 뒤죽박죽이군."

"백성이 선지자로 믿는 요한의 목을 자른 헤롯이 나는 선지자를 박해하지 않는다고? 모순덩어리 뻔뻔스런……."

그들은 왕궁 뜰을 벗어나며 경쟁적으로 왕에게 비난을 퍼부었다.

"그 자를 우리와 같은 유대인으로 보는 게 잘못이지. 이두메인의 피가 흐르는 헤롯인데."

"우리 손으로 잡는 건 무모하니까 예수가 우리 땅에서 떠나게 합시다. 왕의 이름으로."

누가 어디서 무슨 음모를 꾸미든 예수는 가르치고 병 고치는 일상적인 일만 하였다. 가룟 유다는 사람이면서 사람이 아닌 예수를 바라보며 그의 모친 마리아가 들려준 믿을 수 없는 신비를 믿지 않으면 안 된다는 생각을 하였다. 하나님의 아들, 하나님 나라, 아버지 하나님 등 예수의 가르침 속에 빈번하게 등장하는 이해불가의 그런 명칭은 그의 전능성을 근거로 하면 믿지 않을 수 없다. 남자의 정자 없이 태어난 예수, 천사가 임신 소식을 전해 주었다는 사실 등을 그는 어지간히 믿게 되었다.

그는 여인들이 불쾌해졌다. 예수의 주변에 몰려 있는 여자들, 예수의 모친을 비롯한 세 명의 마리아와, 살로메와 컨콜디아와 요안나와 수산나와 베로니카 등의 분주한 움직임이 못마땅하였다. 공동경비의 관리자인 자기에게 돈을 맡기지 않고 그녀들 마음대로 그녀들의 돈으로 식품을 사들이기 때문이다. 헤롯 안디바의 재무장관 구사의 아내가 중심에서 움직이니 뭐라고 말하기가 어려웠다. 막달라의 마리아가 그런다면 벌써 따끔하게 말해주었을 것이다.

그때 예루살렘에서 온 열심당 연락원이 베레아의 가룟 유다에게 보고하였다.

"빌라도가 진압 가능한 소규모 소란인데 갈릴리 사람 여럿을 살해하였습니다. 유월절이 다가오고 있어서 고의적으로 만행을 저지른……."

"우리에게 보내는 경고다."

"가이사랴의 총독이 예루살렘에 와서 진압지휘를 직접 했습니다."

예루살렘의 식수공급을 위한 수로공사에 대제사장을 압박하여 성전세로 비용을 지출토록 한 것이 화근이었다. 그 반대자들의 작은 소란에 로마군이 성전으로 침투하여 살해한 것, 실로암 망대를 고의로 무너뜨려 18명이나 사망한 사건 등등 열심당으로서는 의구심을 품을 만하였다.

"총독이 다음 유월절의 열심당 계획을 알아챈 거야. 그렇다면 우리 중에 내통자가 있을 수 있다?"

열심당 내부에는 로마와 내통할 배신자가 있을 수 없다는 게 그들의 확신이다. 왜냐하면 그들 조직에는 용병도 징병자도 희색분자도 없다. 우리가 하나님이 선택한 백성을 짓밟는 이방인의 압제에서 해방시키는 것이 하나님의 뜻임을 믿는 뜨거운 가슴들이 자발적으로 참여한 비밀결사이기 때문이다.

"다음 유월절 거사에는 반드시 나사렛 예수를 앞에 세워야 된다는 지도부의 다짐입니다."

유다가 천천히 고개를 흔들었다.

"예수를 잊으라고 해. 그에겐 그의 뜻과 그의 길이 있어."

"어떤 공식 발표라도 있었나요?"
"난 처음부터 그를 따라다녔어."
"그분도 유대인이잖아요. 유대인의 동질감은……."
"그래, 다윗의 후손이야. 갈릴리에서 자랐어. 그런데 투쟁은 싫은가 봐. 예루살렘에서 죽는다는군. 기적을 일으키는 능력을 로마인에게 쓸 뜻이 없는 건 확실해."
연락원은 무슨 뜻인지 모르겠다는 듯 먼 능선으로 시선을 옮겼다. 유다의 느린 독백이 그를 더욱 곤혹스럽게 하였다.
"예수는 나의 위대한 스승, 하나님의 아들, 하늘에서 온 사람, 죄인을 용서하는 권세가 있는 사람—, 그렇다네."
멍한 그에게 유다는 고민을 끝낸 사람처럼 웃음을 흘렸다.
"솔직히 말해서 난 그분에 대해 아무 것도 모르네. 우리와는 생각도 이상도 방법도 다르니 원."
연락원은 조롱당한 기분인 듯 벌떡 일어서며 거칠게 말했다.
"가겠습니다. 뭐라고 보고할까요?"
"—글쎄, 모두 달라. 우리 생각과 예수의 생각이. 더는 나도 몰라."

연락원이 떠난 후 유다는 예수의 추종자처럼 끼어든 낯선 얼굴에 시선이 쏠렸다. 초기 갈릴리에서부터 적의를 비수처럼 가슴에 품고 율법 위반 여부를 조사해 온 바리새인들, 헤롯 안디바의 정보원들, 돌과 뭉치를 마음에 지닌 대제사장의 조사원들, 민중의 집단행동에 예민한 총독의 정보원들이 늘 무리 속에 있음을 그는 안다.
유독 어떤 얼굴이 가룟 유다의 관심을 끈 것은 지나다가 들은 그의 낮은 목소리가 낯설지 않아서다. 유다는 눈을 가늘게 뜨고 그 목소리의 기억을 더듬었다. 그놈, 수전절이 끝날 무렵 나를 어둠의 기드론 골짜기로 납치해간 두 명의 괴한에게 명령하던 그 두목의 윽박지르며 협박하던 그 목소리?

'그들이 왜 여기에? 도둑질한 돈을 열심당 자금으로 주었다고 협박하던 그가 나를 감시하러 왔나? 아니면 우리 모두를? 그렇다면 총독의 정보원이겠지?'

유다는 불안감과 당혹감을 느꼈으나 이내 침착해졌다. 그들도 신분의 노출은 낭패. 그렇다면 내가 먼저 기습적으로 공격하는 게 유리하다는 생각에 이르자 그를 미행하기 시작하였다. 해질녘에야 그 사내는 홀로 산책길에 나선 듯하였다.

"날 모르겠소? 가룟 사람 유다요."

고넬료가 움찔했다. 그러나 이내 점령군의 오만을 과시하듯 태연하게 대답하였다.

"오랜만이오. 난 총독부의 백부장이오. 미리 충고하는데 나와 내 부하들 신변에 아주 소소한 위해라도 생기면 지체 없이 대대적인 역습을 받을 것이오."

"부하들?"

"그렇소. 베레아의 무리들 속에 내 부하들이 다수요."

"용건이 뭐죠? 아니, 임무가 뭐죠?"

흥정 투의 유다에게 부드러운 대답을 하였다.

"로마의 안전, 당신들 스승의 안전, 이 땅의 평화요."

유다가 냉소적으로 반응하였다.

"그렇다면 베레아를 떠나시오. 여긴 총독 통치지역이 아니오. 우리 선생님은 로마의 적이 아니고요. 더구나 선생님의 안전 운운, 그 소리는 가소롭습니다. 로마 군대의 보호 없이도 우리 선생님은 언제나 안전합니다."

"난 당신의 부하가 아니오."
"시간과 정보비 낭비가 없도록 충고하는 것이오."
"당신이 나를 비웃기에 나도 비웃겠소. 유대인에게 불이익을 주는 유대인이 더러 있듯 유대인을 돕는 로마인도 간혹 있는 것이오."
유다의 눈이 암중모색으로 빛났다.
"가버나움의 백부장 안토니오를 알 거요. 내 친구고 당신 동료들의 친구요. 난 내 상관의 명령과 친구의 충고를 따르고 있소. 그러니 내겐 신경 끄고 당신 일이나 하시오."
유다는 기골이 장대한 낯선 청년들이 자기를 쏘아보며 다가오자 슬그머니 그 자리를 떴다. 부하들이 이것저것 물었다.
"우리의 임무는 예수에 대한 정보수집, 안전 도모, 군중의 동태파악이야. 다 말해 주었어."
"안전 도모라구요? 왜 우리가……."
"총독 각하의 추가된 명령이다. 그럴만한 이유와 가치가 있어. 이건 극비다."
도무지 이해할 수 없다는 부하들의 표정을 읽으며 고넬료가 말을 이었다.
"세상엔 이해 못할 게 엄청 많지. 예수가 가장 불신해야 할 유다에게 돈주머니를 맡긴 것, 예수가 그의 무한대의 능력을 로마에 대한 적대행위에 사용하지 않는 것, 로마의 총독께서 그의 신변안전을 우려하는 것……."
말쿠스가 투덜거렸다.
"로마 군인에게 유대인을 보호하라니……."
"말쿠스, 넌 예수가 신비롭지 않으냐?"
마리누스의 그 말에 말쿠스는 성질부리듯 말했다.

"신비고 뭐고 난 유대인이 생리적으로 싫어. 계명이니 율법이니, 하나님이 선택한 민족이라느니. 선택? 신의 선택? 그런데 이 모양이야? 속국이고 가난하고. 남녀관계에 너무 엄격해. 간혹 바람도 피울 수 있는 건데 돌로 쳐 죽이는 형벌을 준다? 와! 이건 남자와 여자만 인정하고 남성과 여성을 부정하는 거나 마찬가지지. 돌로 때려죽이다니? 이게 사람 사는 사회야?"

"조용해라 말쿠스."

고넬료가 점잖게 꾸짖었다.

"우리의 힘에 눌린 민족이지만 유대인의 종교는 비난거리가 아니다. 그들의 종교가 그들을 존재케 한다. 그런데 예수는 그들의 종교보다 위대한 것 같다. 솔직히 난……."

고넬료는 입을 닫았다. 하마터면 요즘 그의 제자가 되고 싶기도 하다고 말할 뻔하였다.

해가 노을을 뿌리며 유대 땅 저 멀리 남북으로 가로지른 중앙고지대 너머로 모습을 숨기려는 때였다. 어느 마을의 회당 지붕에서 핫짠이 부는 뿔피리소리가 안식일의 시작을 알렸다.

흐린 안식일이다. 회당장은 문제의 유명한 인물 나사렛 사람 예수가 회당에 온다면 그에게 설교를 부탁할까 말까를 생각하느라 잠이 부족한 상태로 아침을 맞았다. 워낙 유명해서 그의 설교를 들을 수 있는 단 한 번의 기회일지 모르는데 그를 미워하는 바리새인들이 악평하는 인물이라 갈등이 컸다. 그는 아침 식탁에서 겨우 결정하였다. 다시없을 기회를 회당장의 고유 권한으로 결단한 것이다. 예수의 인기와 능력이 실감되는 분위기다.

회당은 그가 회당장으로 18년을 지내오는 동안 처음으로 초만원이었다. 예수의 일행과 원근각지에서 미리 와 있던 온갖 병자들의 집결소가 되었다. 그의 불안감은 증폭되어 갔다. 안식일이니 병은 고치지 말라고 단단히 일러둘 걸.

회당장의 불안감을 여자석 앞자리의 잔뜩 꼬부라진 중년 여인이 한결 부추겼다. 회당장이 되던 해에 허리가 꼬부라져 18년간 한 번도 펴보지 못한 채 불편하게 살고 있는 그 여인을 볼 때마다 회당장은 행운과 저주라는 단어가 떠올랐다. 그러나 예수, 오늘만은 불법을 저지르지 마시오라고 그는 속으로 하나님께 애원하였다. 그러나 그의 뜻은 하나님의 뜻과 달랐다.

"여인이여!"

예수는 설교를 마치자 곧장 그 여인에게 갔다. 상황의 추이를 주시하는 회당장은 목이 오그라들 정도로 긴장하였다.

"당신의 병이 나았습니다."

회당장이 잿빛 얼굴로 벌떡 일어섰다. 예수의 손이 여인에게 살짝 스치듯 하며 던진 그 한 마디에 여인이 서서히 일어서는 것이었다.

"저걸 봐. 허리가 펴지고 있어!"

옆자리 노파가 소리쳤다. 소년들은 그 여인이 똑바로 서 있는 모습을 본 적이 없다. 중년이 넘은 사람들은 그녀의 허리가 꼬부라진 것이 20여 년쯤 되었다고 기억한다. 회당장과 그녀의 친구들과 친지들은 그 고약한 병이 18년째인 것을 알고 있다. 그 긴 질곡에서 자유로워진 여인은 목청껏 소리쳤다.

"주님 감사합니다. 당신은 나의 주님이십니다!!"

순식간에 회당은 어수선한 장터처럼 혼란스러워졌다.

갈릴리 호숫가에서 만선의 두 배를 이끌고 나온 베드로가 무릎 꿇고 고백한 그대로의 정경이다. 여인의 감격의 눈물은 엄숙해야 할 회당을 순식간에 술렁이게 하였다. 함께 감격하며 환성을 터뜨린 사람들이 하나님께 영광을 돌렸다.
"조용하시오. 조용히 하세요. 여긴 회당이오."
늙은 회당장은 처음으로 안식일에 회당 안에서 분노를 터뜨렸다.
"이건 옳지 않소. 한 주간에 일하는 날이 엿새나 있는데, 엿새 동안에 얼마든지 와서 병을 고쳐도 좋은데, 그러나 안식일에는 안 되는 게 율법인 걸 모르시오 덜?"
그러는 그는 감히 예수를 바라보지 못하였다. 그를 화나게 하면 자기의 허리를 꼬부라지게 할지도 모른다는 생각이 순간적으로 엄습해와서다.
"그건 위선이오."
예수의 우람한 목소리가 술렁이던 청중을 대번에 진정시켰다.
"안식일에도 가축을 끌고 가서 물을 먹이면서 18년간 사탄에게 매어 허리를 못 펴던 사람을 자유롭게 한 것이 왜 나쁘단 말이오?"
고넬료 일행도 회당 안에 흩어져 있었다. 그의 시선은 예수의 일거수일투족을 한 순간도 놓치지 않았다. 그는 회당장이 제도를 사랑하는 것과 달리 예수는 사람을 사랑한다고 느꼈다. 율법의 준수에 가치를 두는 제도권에 예수가 도전하는 현장을 또 한 번 목격한 것이다.
'예수의 적은 로마가 아니라 율법이야. 그래서 바리새파 사람들이 죽이고 싶을 만큼 미워하는 군.'
사람들이 술렁거리며 흩어져 나가기 시작하였다. 그러나 방금 치유된 여인을 세 종류의 사람들이 에워쌌다. 기뻐하며 축하하는 이들과 경이로운 기적에 감동한 구경꾼들과 치유의 진실성 여부를 의심하는 바리새인들이다. 고넬료도 그 여인에게 접근하였다. 도무지 믿기지 않았다.
"정말 18년 동안 허리가 구부러져 있었습니까?"

어떤 늙수그레한 남자가 여전히 감격과 기쁨의 눈물을 흘리는 주인공에게 물었다. 그 옆이 노파가 냉큼 대답하였다.
"그럼요. 난 30년째 그를 알아요. 열일곱 때 꼽추처럼 꼬부라지더니 지금껏 그랬다구요."
"도무지 믿어지지 않아."
늙수그레한 남자의 혼잣말에 방금 대꾸해준 노파가 빈정거렸다.
"똑똑히 보고도 못 믿으면 이 세상에 믿을 거라고는 하나도 없으시겠네요. 딱하기도 하셔라."
고넬료는 수전절에 예루살렘의 실로암 못에서 고쳐진 소경은 고치는 현장을 목격하지는 못하였으나 그가 통행인이 많은 네거리에서 구걸하던 모습과 눈을 뜨고 기뻐서 뛰는 모습을 보았다. 그의 늙은 부모들조차 출생 때부터 소경이었던 아들이 갑자기 눈을 뜨고 기뻐하는 모습에 어리둥절해하던 그 현장에 그가 있었다.
'의심의 여지가 없어. 소피아가 알고 있는 예수에 대한 정보가 확실한 거야.'
고넬료는 아내의 말이 생각났다. 예수는 로마에 반역하지 않고 유대인을 선동하지도 않고 오직 고통 받는 사람들을 도와주며 사랑의 메시지를 전하며 천국 가는 길을 가르쳐주는 훌륭하신 분이라는 그 소리가.
일부는 흩어져 돌아갔고 다수는 그대로 남았다. 예수는 흩어지기를 거부하는 사람들에게 천국에 대해 가르쳤다. 그러나 비유로 일관된 천국의 실체는 깨달아지지 않았다.
"여러분은 아래에서 났으며 나는 위에서 났고, 여러분은 이 세상에 속하였고 나는 이 세상에 속하지 않았습니다. 당신들은 당신들의 죄 가운데서 죽습니다. 당신들이 나를 믿지 않으면 당신들의 죄 가운데서 죽는단 말입니다. 아브라함이 나기 전부터 내가 있었습니다. 무릇 자기를 높이는 자는 낮아지고 자기를 낮추는 자는 높아집니다."
 설교는 여러 비유와 함께 계속되었다. 처음 만난 사람들에게 가급적 많이 가르치려는 욕심이 보였다. 기회 곧, 시간 부족이 안타까운 마음이리라. 예수는 말을 끝내려다가 다시 이었다.
 "사랑해주는 사람을 사랑하는 건 미덕이 아닙니다. 원수를 사랑하세요. 어떤 경우에도 폭력으로 대응하면 안 됩니다. 누가 한쪽 뺨을 때리면 다른 뺨도 대 주세요. 용서는 무제한이어야 합니다. 하루 일곱 번씩 일흔 번 이라도."
 "갈릴리에서도 똑같은 말을 했는데……."
 말쿠스였다.
 "중요하니까. 여기 사람들은 처음 듣는 거고."
 고넬료가 부드럽게 말했다.
 결론은 이 세상에 없는 하늘나라를 이 세상 나라의 말로 가르치니 지금은 깨닫지 못해도 때가 되면 깨닫게 된다고 맺었다.
 예수는 다음 날도 베레아의 여러 성읍을 순회하며 온갖 병자와 불구자를 치료하고 가르쳤다. 많은 사람들이 예수의 뒤를 따랐다. 그들 가운데 왕을 면담한 서너 명의 바리새인이 큰 용기를 내어 예수에게 면담을 요청하였다. 직접 보고 들은 확인된 예수의 권세와 능력이 두렵기 때문이다. 아마 헤롯왕의 말을 가감 없이 전하면 즉각 헤롯 궁으로 찾아가서 왕을 제자로 만들 능력이 충분히 있다고 그들은 생각하였다.
 "베레아를 떠나라고 하시오. 떠나지 않으면 체포한다고 하시오. 체포하겠다는 약속은 아니오."
 왕의 말을 떠올리며 그들은 비웃었다.
 "쳇, 겁쟁이 왕이 예수를 두려워 해."
 그러자 그들 중 연장자가 내 생각은 다르다며 말을 이었다.

"왕은 교활하오. 세례 요한을 처형할 때 자기의 뜻이 아닌 양 의붓딸을 시켜서 수작을 꾸몄소. 그런 왕의 말을 고지식하게 받아들이면 안 되지요."

"그러니까 왕의 속내는 예수를 잡아들이고 싶다 그건가요?"

"아마도. 민중의 인기를 한 몸에 모은 영웅을 왕이 어찌 달갑게 여기겠소."

그때 예수는 긴 머리를 미풍에 날리며 훤칠한 몸을 드러냈다. 신하를 맞이하는 왕 같은 위엄에 그들은 헤롯 안디바에게서 느끼지 못한 불안을 느꼈다. 그들 중 연장자가 다소곳이 입을 열었다.

"당신이 우리 고장에 와서 많은 사람의 고통을 덜어준 데 대해 심심한 사의를 표하는 바입니다."

제법 예의를 갖추었으나 이어진 말은 달랐다.

"그러나 안식일 규례 등 몇 가지 우리의 전통과 율법에 거스르는 부분은 유감입니다. 당신은 지혜나 능력에 있어 당대의 최고 수준이며, 따라서 모든 사람의 존경을 받을 것입니다."

예수는 물론 함께 있던 제자들조차 바리새인들이 진심을 숨긴 교활성을 감지하였다. 예수는 시간의 낭비를 줄이려고 용건부터 물었다.

"내게 하고 싶은 말씀을 하시지요."

"우린 헤롯 안디바 왕을 만나고 왔습니다."

마치 왕의 사자라도 되는 듯 목에 힘을 주었다. 그러나 그가 예수에게 전한 메시지는 적당히 윤색된 것이었다.

"당신은 젊습니다. 베레아를 떠나시오. 헤롯왕이 당신을 죽이려 하기 때문이오."

그 마지막 말이 약간 떨렸다. 예수가 진실을 간파한 듯 똑바로 자기를 주목하기 때문이다. 그러면서도 예수를 무척이나 존경하고 아끼는 것처럼 말하였으므로 나쁠 건 없다고 늙은이는 생각하였다. 예수는 거짓말에 익숙하지 못한 바리새인의 서투른 수작이 가소로웠으나 짐짓 화난 표정을 지었다.

"헤롯 안디바……, 가서 그에게 전해주시지요. 나는 여기서 귀신을 쫓아내고 고통 받는 사람들을 돕는 일을 계속할 것이라고요."

늙은 바리새인은 젊은 예수의 당당함에 할 말을 잃었다.

"헤롯의 영토라서 내 안전을 염려할 이유는 없습니다. 나는 여기서도 헤롯에 의해서도 죽지 않습니다. 예루살렘에서 당신들이 나를 죽일 것입니다."

"우리가 당신을?"

예수는 그 말을 던져놓고 부지런히 떠났다. 많은 사람들이 그 뒤를 따랐다. 방향은 헤롯이 머무르고 있는 마케루스 쪽이다. 그 주변 마을들을 순회하며 예수는 하던 일을 계속하였다.

고넬료는 말쿠스를 가이사랴로 보냈다. 헤롯왕 안디바가 예수를 해칠지도 모른다는 내용에 곁들여 바리새인들의 박해가 점증한다는 보고를 하였다.

예루살렘 마리아의 아들 마가는 처음 겪는 나그네 생활이 너무 힘들어서 빨리 유월절이 와 편안하게 저택에서 어머니와 함께 살게 되기를 기다리느라 지루하였다. 여인들 모두는 심지어 예수의 모친 마리아까지도 헌신적 봉사를 즐거워하는데 왜 나는……?"

북부 갈릴리와 남부 유다와 그 사이의 사마리아와 저 멀리 북서 해안지방 두로와 시돈 곧 페니키아와 갈릴리 북부의 가이사랴 빌립보와 요단강 동편의 이곳 베레아까지 예수는 그의 제자들과 함께 멀고 긴 여행을 하며 예수의 표현대로 하나님의 아들인 그가 하나님 나라의 복음 곧 천국복음을 전하였다.

 헤롯 안디바와 그 지역 바리새인들의 증오와 긴장과 달리 가난하고 병들고 불구된 많은 서민들은 하루하루가 희망이며 기쁨이며 감사였다. 제자들과 헌신자들은 그러나 왜 베레아에 두어 달이 지나도록 머무는지 알지 못하였다. 묻지도 않았다. 그러던 어느 날 남자 한 명이 지친 걸음으로 예수를 찾아왔다. 예수의 일행에게 낯익은 나사로의 하인이다. 예루살렘과 여리고를 잇는 경사가 심한 산길에 빈번하게 출몰하는 강도의 위험을 무릅쓰고 혼자 달려온 것만으로도 그의 용건이 중요하고 긴급하다는 짐작이 갔다. 때는 이미 늦은 비 계절로 접어들고 있었다.

 "어제 베레아에 왔지만 수소문해서 찾느라 또 하루가 늦어지고 말았습니다."

 그는 잔뜩 울상을 했다.

 "제 주인 나사로가 중태입니다. 선생님이 오시면 오빠가 죽지 않을 거라고 마르다와 마리아가 급히 저를 보냈습니다."

 제자들과 마가와 여인들은 전혀 동요가 없는 예수를 의아하게 바라보았다. 절기를 지키려고 예루살렘에 갈 때마다 나사로의 집에서 먹고 자며 형제같이 깊은 우정을 나누는 친구가 죽어간다는데 아무렇지도 않은 표정이라니, 믿어지지 않았다.

 '친구 살리려 베다니에 갔다가 자신이 붙잡혀 죽을지도 모르지.'

 유다는 예수의 마음을 읽기라도 한 듯 냉소적이다.

 '가지 마시오. 당신은 유월절까지는 예루살렘에 얼씬도 마시오. 당신이 원치 않아도 우리의 오랫동안 준비한 유월절 거사에 당신 몫의 역할을 당신에게 주어야 하오. 나는 그 일을 위해 그 때까지 당신 곁에 있겠소.'

 압제받는 이 민족을 위하여 목숨을 걸기로 마음이 확정된 열심당원 유다의 비장한 얼굴이 침묵하는 예수를 외면하였다. 예수가 입을 연 것은 그 때였다.

"나사로는 죽을병이 아니오. 하나님의 영광을 위한 것이오. 그로 인해 내가 영광을 받을 것이오."

예수가 죽지 않는다면 죽지 않는다고 그 자리의 모든 사람은 안도하였다. 베다니를 떠나면서 다시는 살아 있는 주인을 볼 수 없을지도 모른다고 염려한 하인도 마음이 놓여 수전절 이후의 예루살렘 분위기를 전하였다.

"아주 험악합니다. 선생님이 나타나기만 하면 체포하거나 돌로 칠겁니다. 선생님은 어떤 경우에도 예루살렘에 들어가시면 안 됩니다. 대제사장이 은화 30세겔의 현상금을 걸었다는 소문이 있습니다."

"삼십 세겔?"

마태가 어이없는지 불쑥 나섰다.

"그건 고작 노예 하나의 몸값에 불과한데 우리 주님을 겨우 그런 값으로 쳐?"

유다는 속으로 중얼거렸다.

'그럼, 노예 백 명 천 명과도 바꿀 수 없지, 암.'

그러면서도 내심 30세겔의 은화에 마른침을 삼켰다. 여인들은 두려워 떨었다. 현상금까지 걸고 체포하려 들다니. 로마의 총독부가 아닌 유대인 종교권력이. 그러나 제자들은 예루살렘에서의 죽음에 대해 몇 차례 들은 터여서 위험을 실감하지 못하였다.

베다니의 하인은 다시 돌아갔다. 죽지 않는다는 말을 빨리 전해주고 싶어서다. 가버나움 구사의 아들처럼 내가 베다니에 도착하면 맛있게 음식을 먹는 주인을 보게 될지도 모른다고 생각하니 걸음이 가벼웠다.

그 이틀 후 예수는 느닷없이 여기를 떠난다고 하였다.

"갈릴리로 가십니까?"

헤롯 안디바의 침묵을 예수에 대한 호의로 생각한 베드로가 아쉬운 듯 물었다.

"유대로 갑시다."

유대 땅으로?

제자들은 귀를 의심하였다.

"베다니로 가야 하오."

"주님, 거긴 위험합니다. 나사로도 죽지 않는다 하셨잖아요?"

요한의 걱정스러운 질문에 이어 그의 형 야고보도 거들었다.

"거긴 가지 마십시오, 선생님."

"친구 나사로가 잠들었소. 내가 가서 깨워야 하오."

'저렇다니까. 친구의 잠을 왜 깨우며, 잠 깨우는데 하나뿐인 목숨을 걸어? 가장 지혜로운 사람이 때론 가장 어리석다니까.'

유다는 화가 났다. 다가오는 유월절은 앞으로 불과 한 달도 안 남았다. 그때까지는 예수가 안전하기를 유다는 간절한 마음으로 하나님께 기도하였다.

"그럼 잠들었다는 게 혹시……?"

유다의 볼멘소리다.

"나사로가 죽었소."

잠들었다더니?

"내가 베다니에 있지 않은 것은 당신들을 위해서요. 나사로의 일로 당신들이 믿음을 갖게 될 것이오."

예수의 베다니 행은 확고하였다. 그렇다면 나사로가 죽기를 기다리느라 이틀을 지체한 셈이다. 이에 생각이 이르자 도마가 나섰다.

"우리도 가겠습니다. 주님과 함께 죽으러 가겠습니다."

다분히 우울한 포기의 결단이다. 그리하여 즉각 여행이 시작되었다. 예수는 요한의 아버지 세베대를 보호자 삼아 부녀자들을 베레아에 남겨둔 채 제자들과 마가를 데리고 떠났다. 고넬료도 후미에 붙었다. 침묵의 행진이다. 나사로를 살리러 간다는 흥분과 예루살렘의 위험을 의식하는 불안한 침묵이다. 제자들의 고향 갈릴리에서 흘러내리는 물살이 빠른 요단강 하류를 건너며 모두의 입은 굳어 있었다.

예수는 발걸음을 빨리하였다. 여리고 들판을 푸르게 덮은 대추야자 숲과 무화과 밭 사이를 지나며 오늘 노정의 종착지를 생각하였다. 언젠가 참된 이웃 사랑이 어떤 것인지 가르칠 때 강도 만난 사람과 그를 적극 도운 사마리아인의 예화의 무대로 삼았던 가파른 길가의 여관이다. 그래야만 내일 해 지기 전에, 곧 안식일이 시작되기 전에 베다니 도착이 가능하기 때문이다.

다음 날 침울한 베다니 마을은 원근각지에서 조문객들이 끊이지 않았다. 특히 올리브산 너머의 예루살렘에서 유력한 사람들이 많이 찾아와 고인의 자매를 위로하였다. 관습대로 나사로의 시신은 사망 당일 언덕에 판 굴 무덤에 넣고 큰 돌로 막았으나 7일간 계속되는 문상 기간이 중반을 넘겼어도 구슬픈 곡소리와 함께 피리소리가 마을을 슬프게 가라앉혔다. 마르다는 이어지는 조문객들과 의례적인 인사를 나누느라 눈물 흘릴 여유도 없었다. 몸은 천근만근이다.

"예수님이 오십니다."

베레아에 갔다 온 하인이 뛰어 들어오며 소리쳤다.

마르다는 지체 없이 달려 나갔다. 여리고쪽에서 오는 길은 마을 아래로 하나뿐이다. 하인은 그녀의 뒷모습을 바라보며 중얼거렸다.

"반가울 게 뭐람. 안 죽는다더니 시체가 이미 썩기 시작하였을 텐데……."

그는 예수에게 속은 게 불쾌하였다. 죽지 않는다는 말을 철석같이 믿고 돌아오니 마침 나사로의 시신을 무덤으로 옮기는 중이었다. 잘난 예수도 죽지 않는다던 나사로가 무덤에서 썩기 시작한 걸 보면 바퀴벌레 씹은 표정일 테지.

그의 냉소와는 달리 단숨에 예수에게 달려 내려간 마르다는 왈칵 서러움이 북받쳐 빗물처럼 눈물이 흘러내렸다. 문둥병에 걸려 마을 밖으로 쫓겨났던 남편 시몬을 고쳐준 예수가 왜 오빠의 문둥병에 비할 바 없는 병을 고쳐주지 않았는지 이해되지 않았다.

"주님이 베다니에 계셨다면 오빠가 죽지 않았을 겁니다."

이틀의 오르막길 여로에 피로한 예수와 그 일행 앞에 선 마르다는 슬픔으로 잠시 말을 끊었다가 이었다.

"그러나 주님, 지금도 늦지 않을 것입니다. 주님이 기도하시면 하나님께서 오빠를 살려주실 줄 믿습니다."

"마르다, 나사로가 다시 살아날 것이다."

예수의 낮고 부드러운 목소리에 마르다는 아무 위로도 받지 못한 듯 감정의 변화가 없다.

"그럼요. 마지막 날에 모든 사람이 살아난다고 말씀하셨죠. 오빠도 그때 살아나겠죠."

"아니다. 나를 믿으면 죽어도 다시 산다. 마르다, 내 말을 믿느냐?"

마르다는 잠시 예수의 투명한 눈을 응시하다가 대답하였다.

"네, 주님. 주님은 우리가 기다리던 메시아임을, 하나님의 아들이심을 믿습니다."

"네 말이 맞다. 가서 마리아를 데려오너라."

그 즈음 마리아는 예루살렘에서 온 바리새인과 제사장과 산헤드린 공회의 재판관 등 나사로의 유수한 지인들에게 둘러싸여 무성한 위로의 말을 듣고 있었다. 마르다는 그들에게 예수의 출현을 알리지 않으려고 나직이 동생을 불렀다.

"마리아."

오빠를 사랑하면서 오빠의 갈릴리 친구를 미워하는 그들에게서 마리아가 살그머니 빠져나오자 귓속말을 했다.

"주님이 오셨어. 동구 밖에서 기다리셔."

자매는 총총걸음으로 동구를 향했다. 그러자 손님들은 그녀들이 무덤으로 가는 줄 알고 우리도 무덤으로 가자면서 따라나섰다. 마리아는 예수를 만나자 그 발 앞에 무릎을 꿇고 오열하였다. 마르다와 똑같은 말을 하면서.

"주님이 여기 계셨으면 오빠가 죽지 않았을 겁니다."

예루살렘의 조문객들도 따라와 저만치에 비감에 젖어 있다. 길목의 바위도 젖었다. 예수도 이슬 맺힌 눈으로 침울하게 물었다.

"나사로를 어디 두었느냐?"

그 눈시울을 본 조문객이 친구에게 속삭였다.

"나사로와 무척 가까운 친구였나 봐."

마리아는 일어서서 무덤을 향해 갔다. 예수와 마르다와 조문객들이 그 뒤를 따랐다. 예루살렘 친구들은 지난번 수전절에 예수가 소경의 눈을 뜨게 한 사실을 기억하며 수군거렸다.

무덤은 가까운 언덕에 있었다.

"돌을 옮겨라."

마르다가 눈을 동그랗게 뜨며 얼른 예수 앞으로 나섰다.

"부패가 시작되어 냄새가 납니다. 죽은 지 벌써 나흘인 걸요."

"네가 믿으면 하나님의 영광을 보게 된다고 내가 말하지 않았느냐."

더 이상 그 누구도 입을 열지 않았다. 무덤에서의 나흘은 늦은 비 계절 특유의 높은 습도와 현재의 기온이면 의심의 여지없이 시신의 부패가 진행되고 있음이 자명하다. 그러나 예수는 돌문이 열리기를 기다렸다. 요지부동이다. 베드로는 문득 깊은 데로 가서 그물을 내려 고기를 잡으라는 말에 "말씀대로 고기를 잡겠습니다." 하고 순종하였다가 배 두 척이 만선을 이루었던 그 장면이 뇌를 스쳤다.

"주님이 말씀하셨으니 자, 돌을 옮기자구."

베드로가 나섰다. 도마도 성큼 나섰다. 그는 썩고 있는 시신이 살아나는 건 절대 불가능하다고 믿었다. 그래서 서둘러 그 결과를 확인하고 싶었다. 마태도 나섰다. 세 명의 장정이 돌을 옮겼다. 시신 썩는 냄새로 그 세 사람의 후각은 괴로웠다.

예수는 열린 무덤 앞에 섰다. 그는 잠시 무덤 속의 어둠을 응시하다가 하늘을 우러러 기도하였다. 그를 에워싼 모든 사람이 알아들을 큰 소리였다.

"아버지, 제 청을 들어주신 것을 감사합니다. 언제나 제 청을 들어주신 아버지께 재삼 이런 말씀을 드리는 것은 여기 있는 사람들에게 아버지께서 저를 보내신 것을 믿게 하려는 것입니다."

모든 사람이 예측불허의 드라마에 잔뜩 간정되어 예수와 무덤을 번갈아 바라보았다. 예수는 짧은 기도를 마치자 무덤을 향해 특유의 우람한 목소리로 명령하였다.

"나사로야!"

예수의 기적에 가장 익숙한 제자들조차 호흡곤란을 느낄 지경으로 긴장되었다. 전대미문, 기상천외, 더 어떤 수식이 필요할까. 예루살렘의 문상객들은 넋이 나갈 지경이었다.

"나사로야, 나오라!"

모두의 시선이 무덤 속의 어둠에 집중되어 숨이 막히려는 그때 나사로가 그 모습을 드러냈다.
구경꾼들은 찔끔하며 한 발씩 물러섰다. 유령이 걸어 나오고 있다. 예루살렘의 문상객들에게는 태연한 예수조차 유령으로 보여 비명을 질러 댈 지경이었다.
"나사로를 풀어 주어 다니게 하시오."

베다니는 그 날 소요가 일어난 듯 소란스러웠다. 나흘 전부터 베다니를 우울하게 덮고 있던 애통의 먹구름이 말끔히 가시고 환희와 감격이 넘쳐흘렀다. 베다니의 그 엄청난 사건은 즉시 예루살렘에 퍼져 이미 다녀간 문상객들조차 살아난 나사로를 보기 위해 다시 찾아왔다. 부활현장을 목격한 예루살렘에서 온 유수한 문상객들은 예수를 하나님의 아들로 믿게 되었다. 그가 하나님을 아버지로 부른 그 소리가 이명처럼 귓가에서 떠나지 않았다.
대제사장 가야바는 잔뜩 침울한 얼굴로 베다니의 사건을 보고받았다. 3년 가까이 대표적 위험인물로 간주해 오던 예수가 급기야 예루살렘 인근 마을에서 화려하게 영광을 독점한 사실이 불쾌감과 불안감을 한꺼번에 안겨주었다. 그는 도무지 이해할 수 없어 정신 나간 사람 같다. 유대교의 최고 지도자인 최고 권위의 대제사장은 온 백성을 대표하여 하나님이 임재하시는 지성소에 들어가는 단 한 사람이다. 그런데 저 멀리 나사렛 촌구석에서 온 예수는 도대체 누구인가?
"두렵군."
신음소리 같은 독백이다. 그러나 워낙 낮은 소리여서 아무도 듣지 못하였다.
"이건 처절한 비극의 전주곡이오. 예루살렘이 로마의 보복을 받게 될 것 같소. 예수가 큰 사고를 칠 게 뻔합니다. 나사로의 부활이 사실이라면 말입니다."

"목격자가 많은 분명한 사실입니다. 그는 분명히 죽었고, 나흘 만에 분명히 다시 살아났습니다."

보고자인 제사장에게 대제사장이 힘없이 말했다.

"그래서 걱정이오."

"걱정이라니요?"

말귀를 알아듣지 못하는 제사장에게 가야바가 화를 냈다.

"그 자가 그런 능력을 썩히겠는가 그 말이오. 유월절이 가까운데. 예루살렘에 나타나면 수전절을 탄생시켜 하스몬 왕조를 일으킨 유다스 마카비우스가 예루살렘에 입성하였을 때처럼 온 백성으로부터 열광적인 환영을 받을 것이며, 그래서 영웅이 될 테지. 그 시골뜨기는 자기가 왕이라도 된 듯 착각할 테고. 그럼 어떤 일이 벌어질지 상상이 안 되시오?"

"총독이 우려하는 사태가……."

"그래요. 유대인 영웅의 탄생은 총독이 유다스 마카비우스를 떠올릴 첫째 조건이란 말이오. 더구나 이번 유월절은 열심당이 세포리스 같은 폭동을 준비하는 것 같다고 우려하는 총독이오. 하긴 유월절마다 그렇긴 하지만. 아무튼 예루살렘이 터질 듯 몰려온 유대인들, 영웅의 등장, 열심당의 심상치 않은 동태는 내가 총독이라도 좌시하지 않을 상황이오. 우리 백성이 걱정이오."

가야바는 답답한 듯 자기 가슴을 주먹으로 두어 번 툭툭 치고 혼잣말처럼 중얼거렸다.

"산헤드린을 지금 당장 소집해야겠군."

촌구석의 목수 출신 예수의 신비한 돌출행위에 불쾌하던 가야바는 베다니의 나사로 사건을 계기로 잔뜩 긴장하며 종교권력에 대한 두려운 도전자로, 아울러 민족적 재앙을 초래할 대표적 위험인물로 그를 확정하는 데 망설임이 없었다.

"나는 확신합니다."

긴급 소집된 산헤드린 공회원들을 향해 대제사장은 침울한 얼굴로 입을 열었다.

"지난 수전절 후의 실로암 수로공사와 관련된 소규모 폭동으로 다수의 희생자가 발생하였을 때 특히 갈릴리인들 희생자가 많아 과격한 그들 가슴에 로마를 향한 터질 것 같은 증오심을 품게 하였소. 언제고 폭발할 수 있는 열심당이 이번 유월절을 조용히 넘기지 않을 가능성이 그래서 고조되었답니다."

대제사장은 상상만으로도 소름 끼치는 참상을 예견하는 듯 얼른 말을 잇지 못하였다.

"문제는 나사렛 예수, 바로 그 자요. 베다니에서 꾸며낸 일은 이번 유월절에 자기 목적을 이루는 기회로 삼으려는 야심을 드러낸 것입니다."

나사로의 친구 제사장이 벌떡 일어섰다.

"나사로 부활은 꾸며낸 일이 아닙니다. 내가 현장 목격자입니다."

니고데모가 일어섰다.

"니고데모도 증인이오?"

대제사장이 노골적으로 불쾌감을 드러냈다. 지난번 회의 때도 예수를 편들어 산헤드린을 자극한 기억이 되살아서였다.

"우리 회원 중 두 명이 현장에 있었다고 들었습니다. 나도 오늘 새벽에 베다니에 가서 무덤에서 살아난 나사로를 만나고 왔습니다. 이 사건은 기적의 극치로서 우리를 경이롭게 할 뿐 어떤 정치적 목적이나 야심이 동기는 아니라고 봅니다."

"니고데모……."

가야바는 그의 앞에 똑바로 서서 뚫어지게 응시하며 침착하게 말했다.

"당신이 개인적으로 나사렛 사람을 좋아하는 건 당신 자유지만 그러나 우리가 누구요? 우리 민족 전체를, 우리의 조상 아브라함 때부터 이어져 오는 고상하고 확고한 종교의 대표적 지도자들이며, 모세의 율법 수호를 위해 구성된 70인의 최고 재판관들이오. 우리는 율법의 잣대로만 그를 보아야 해요. 나도 그의 능력을 전면 부인하지는 않지만 우리가 중심을 잃고 그의 인기에 부화뇌동하면 그건 안 되지요. 지금 우리가 어떤 국면인지 냉정하게 생각해 봅시다. 온 백성이 그를 따르도록 방치하면 로마가 위기의식을 가져요. 총독은 방관자가 될 입장이 절대 아니잖소. 우리가 로마의 지배 하에서 누리는 종교적 자유를 빼앗길 수 있단 말이오. 우리 민족이 나사렛 예수 한 사람 때문에 중대한 위기에 빠질 수 있어요."

여기저기서 웅성거렸다. 신앙과 산헤드린의 특권, 그 어느 하나도 포기할 수 없는 가치이기 때문이다. 나사렛 예수 한 사람 때문에 그 두 가지 절대가치를 잃는 것은 그들 누구도 동의할 수 없기 때문이다.

"자, 조용히 하시오. 조용히……."

대제사장은 그런 분위기가 자기의 발언에 대한 절대적 지지라고 믿었다.

"우린 우리 운명을 우리가 결정할 특권과 이런 기회를 주신 하나님께 감사해야 합니다."

그는 잠시 좌중을 둘러보고 예언자라도 된 듯 턱을 앞으로 빼며 다분히 강조하는 목소리로 또박또박 말했다.

"우리 온 민족이 망하는 것과 나사렛 사람 하나가 온 백성을 대신하여 죽는 것, 어떤 것이 우리의 선택이어야 되겠는지 우리는 결정해야 합니다."

대제사장은 침묵의 의미를 기뻐하며 오만한 표정으로 사족을 달았다.
"우리 민족은 이에서 더 망할 순 없소이다."
고개를 끄덕이며 웅성거리는 소리를 뚫고 카랑카랑한 그의 목소리가 다시 회중을 덮었다.
"그러므로 지금부터 그 자로 우리를 대신하여 죽게 하는 구체적 방법을 논의해 봅시다. 하나님께서 우리에게 지혜 주시기를……."
니고데모는 회의장을 빠져나왔다. 정오의 태양이 구름 사이로 얼굴을 내밀고 자기를 빤히 지켜보는 것 같았다.
'우리를 대신해 예수를 죽이자? 죽은 자를 살린 예수를 어떻게 죽여? 그가 허락하지 않는 한 아무도 그를 어쩌지 못해. 만약 그가 죽는다면 그건 그가 죽음을 선택해야지만 되는 거야.'
그는 총총걸음으로 성을 빠져 나와 기드론 골짜기로 내려갔다. 예수의 능력을 절대 신뢰하나 불안감을 완전히 떨쳐버리지 못하였다. 그는 단숨에 겟세마네의 올리브 농원을 지나 베다니로 가는 비탈길을 올랐다. 숨이 찼다. 산마루에 오르자 베다니가 한 눈에 들어왔다. 기쁨이 넘치는 가장 행복한 사람들의 마을이다. 대제사장의 의도대로 된다면 저 마을이 얼마나 큰 애통으로 덮일까.
마을에 들어선 니고데모가 처음 만난 사람은 유다였다. 그는 나사로의 집 앞에서 모두의 기쁨과 무관한 사람처럼 생각에 잠겨 있었다. 썩어가는 시체를 살려낸 예수의 능력을 어떤 방법으로 민족 해방에 활용하느냐의 과제라서 기쁨을 누릴 때가 아니었다. 그러다가 랍비 니고데모를 만났다.
"안녕하십니까 랍비님."
"누구신지?"
"랍비께서 찾으시는 분의 제자입니다."

"반갑소. 나를 그분에게 안내해 주시오. 급한 용무요."
산헤드린의 배신자로 느껴지는 니고데모에게 유다는 능청을 떨었다.
"바리새인들, 특히 랍비들, 더구나 산헤드린 재판관 나리들은 우리 선생님께 적대감정이 많다는 걸 난 알고 있습니다."
"난 그 반대요."
"알고 있습니다. 유명한 랍비 니고데모, 산헤드린 재판관님. 그러나 용건을 알아야 합니다."
니고데모는 불쾌감을 숨기며 낮게 말했다.
"당신의 스승이 위험하오."
"어떻게요?"
니고데모의 말이 채 끝나기도 전에 유다가 다그쳤다.
"죽이기로 결정되었으니 피신해야 되겠소."
"죽일 이유가 뭐죠?"
"지금쯤 성전 경비대가 성전을 나설지도 모르오."
유다는 니고데모를 의심하지 않았다. 그러나 부패가 시작되어 냄새가 나는 시체를 살린 예수의 능력 또한 의심하지 않았으므로 위기의식이 없다.
"죽일 명분, 말하자면 죄명이 무엇인지 그게 궁금합니다, 랍비님."
'죄명은 아직 없소. 명분이 있을 뿐이오.'
니고데모는 마른침을 삼켰다.
"우리 민족을 대신하는 죽음이오."
"하하하, 민족을 대신한 죽음? 아주 거창하군요."
"그렇소. 그러나 농담이 아니오."
"나의 스승이 죽지 않으면 우리 민족이 멸망한답니까? 허 참, 산헤드린이 돌아버렸군."

"돌아버렸든 제 정신이든 당신의 스승을 죽인다는 결론은 진실이오."
 그는 유다를 무시하고 성큼성큼 마을로 들어갔다. 유다는 그의 뒷모습을 바라보다가 문득 예수의 말이 떠올랐다.
 '유월절에 대제사장과 장로들과 율법학자들이 나를 괴롭힐 것이오. 그리고 끝내 죽일 것이오.'
 유월절은 채 한 달도 남지 않았다. 지금쯤 체포하여 성전경비대 감옥에 넣어 두었다가 유월절을 기해 처형할지도 모른다는 생각이 밀려왔다. 그는 니고데모의 뒤를 따라가며 중얼거렸다.
 "하나님, 모세를 보내 이집트의 압제에서 우리 민족을 구해내신 하나님, 우리의 스승 예수님을 앞세워 로마의 압제에서 이 민족을 구원하여 주소서."

왕관인가 무덤인가

베다니를 떠난 예수의 일행은 마가와 나사로와 그의 친구들이 포함된 스무 명 남짓이다. 우기는 아직 끝나지 않았지만 기온은 온화하고 약간의 이슬비만 오는 둥 마는 둥이다. 예수의 뒤를 따르는 일행은 비에 젖은 지명수배자의 뒷모습이다. 메시아의 권위와 영광은커녕 초라한 도피자만 보였다. 다윗이 지은 많은 노래들은 사울 왕의 마수를 피해 10년 동안이나 유랑과 망명으로 보내던 시절의 아픔을 담고 있다. 그러나 도피자 예수는 지극히 태연하다. 매우 정상이다. 그들은 이스르엘 평원에서 허리가 끊긴 중앙 고지대를 따라 북상하다가 갈림길에 이르자 에브라임으로 가는 동쪽 길로 들어섰다.

"예루살렘에서 죽는다고 말씀하신 그대로 될지도 모른다는 꺼림칙한 예감이 너무 강하게 들어."

예수를 만나도록 고리 역할을 한 빌립에게 나다나엘이 낮게 말했다.

"우리 선생님이 말씀하신 그대로 되는 건 지극히 정상이잖아."

"내 말은 왜 죽어야 하느냐 그거야. 선생님의 죽음은 우리들의 종말일 텐데. 3년 가까이 세상을 놀라게 한 그 많은 기적들, 그 위대한 행적이 한낱 전설처럼 이 입에서 저 입으로 오르내리다가 우리 세대가 가기도 전에 다 잊힐 테지."

"그렇겠군. 근데 말이야 한 달도 채 안 남은 유월절에 자신이 죽는다는 걸 아시는 선생님은 어떻겠어? 그런데 저리도 태평하시니 원."

그들의 뒤쪽에 쳐진 유다가 두어 걸음 뒤의 마가에게 낮게 물었다.
"부잣집 도련님께선 시온산 저택이 편안하고 좋을 텐데……. 아주 대견하군. 이봐 마가, 장차 우리의 왕이 되실 선생님의 도피여행에 따라나선 소감이 어떤가?"

마가는 의외로 밝게 웃어 보이며 당돌하게 대꾸하였다.
"천 년의 세월이 흘렀어도 우리 민족은 존경하는 다윗 왕을 기억하고 있습니다. 헤브론에서 왕이 되기까지 황무지의 동굴들을 전전했고, 적국 블레셋에 망명까지 했었지만 그 도피생활은 초라한 것도 비겁한 것도 아니었습니다. 위대한 꿈이 있었죠. 사울 왕의 칼날을 피해 다녀야 할 죄도 없었던 다윗입니다. 우리 선생님은 다윗 왕보다 위대하십니다. 물론 범죄자도 아니고요. 선생님이 허락하지 않으시면 대제사장의 칼날이 우리 선생님을 해치지 못한다고 나는 확신합니다."

'녀석, 제법이군.'
"여행 소감을 물으셨죠? 난 예루살렘에서만 살아서 이렇게 돌아다니는 게 무척 신납니다. 조금 힘들기는 하지만요."

당돌한 녀석에게 신경질이 나서 유다는 그를 무시하느라 말없이 앞질러 갔다.
"날 젖먹이로 봤나?"

그 뒤쪽의 베드로가 요한에게 물었다.
"베레아의 식구들과 합치면 우리 일행이 서른 명도 넘는 대가족인데 비용엔 문제가 없을지 걱정이군."
"베드로, 유다의 돈주머니가 묵직해. 마가의 모친과 나사로가 거액을 후원했어. 지금 베레아에 계신 내 아버지도 넉넉한 분이고, 요안나도 있고……."
"우린 안 해도 될 걱정을 늘 하는 거야. 임박한 유월절을 생각하면 또 걱정이야. 선생님을 해치려는 대제사장의 의지가 확고하다니……."
 "당사자인 우리 주님이 태연하신데 뭘 걱정하나? 썩는 냄새가 나는 나사로를 살리신 분이야. 대제사장의 의지 따윈 우리 주님의 머리카락 한 올만도 못해. 난 이번 유월절에 우리 주님이 왕으로 등극하는 장면을 보게 될 것만 같다니까. 주님이 왕이 되시면 우리의 끊임없는 유랑, 동굴이나 숲속에서 잠을 자고, 땀에 찌든 옷, 딱딱한 빵조각, 비 오는 날의 불편한 도피, 그 모든 것이 자랑스러운 무용담처럼 회자되겠지."

 이틀 후 일행은 사마리아와 갈릴리의 접경지대를 따라 남쪽으로 방향을 잡았다. 작은 마을 하나가 구릉 아래 나무숲에 잠든 듯 고요하다. 그 어귀에서 열 명이나 되는 문둥이가 목청껏 소리치는 것이었다.
 "나사렛 예수님, 우리를 불쌍히 여겨 주십시오. 우리는 선생님의 소문을 들었습니다."
 가족과 마을로부터 단절된 그들의 애절한 호소가 예수의 가슴을 파고들었다. 사회로부터 완전히 소외되고 율법상 가장 저주받은 문둥이 집단을 향해 예수가 큰 소리로 즉시 응답하였다.
 "제사장에게 가서 당신들의 몸을 보여주시오."
 문둥병 판정권자인 제사장의 완치 선언을 받아야만 마을과 가정으로 돌아갈 수 있는 율법에 따른 조치다. 그러므로 모두들 기가 찼다. 소리쳐야만 소통되는 거리를 두고 열 명의 문둥이가 동시에 깨끗하게 된다면, 이 역시 설명이 안 되는, 현장 목격자가 아니면 그 누구도 믿지 못할 기적이 아닌가. 도대체 저분에게 한계란 없는가. 그렇다면 자기의 뜻을 이루는 건 오늘이라도 가능하겠건만 왜 이렇게 고생고생하며 도피하는 패잔병처럼 고달픈 나그네여야 하는가. 유다는 그래서 점점 화가 났다.
 마을을 향해 앞 다투어 가던 문둥이 한 명이 뱀을 보고 놀란 듯 멈추더니 환희의 비명을 지른 것은 잠시 후였다.
"나았어! 나 깨끗해. 봐, 나 깨끗해!"
그는 걷어 올린 팔을 바라보며 눈물을 글썽거렸다. 다른 아홉 명도 걸음을 멈추고 자기 몸을 확인하더니 몇 분 전의 호소하던 그 입에서 넘치는 환희의 탄성이 봇물처럼 터져 나왔다. 예수의 일행은 멀리서 그 소리를 들었다. 그들의 시선이 일제히 소리를 좇아갔다. 문둥이 열 명이 기쁨을 감당하지 못하여 미치다시피 광란하는 모습이었다.
"세상에, 열 명이 한꺼번에 다 나았나 봐!"
기적에 익숙한 제자들도, 처음 따라 나선 나사로의 친구들도 감격하였다. 자기네 마을 베다니에서도 마르다의 남편 시몬의 문둥병을 고쳐 준 예수이긴 하지만.
잠시 후 예수의 일행이 산굽이를 돌아서자 남루한 남자가 헐레벌떡 좇아와서 예수 앞에 넓죽 엎드렸다.
"우린 사마리아 사람입니다. 이렇게 깨끗하게 고쳐주신 은혜가 너무너무 감사하여 감사의 인사가 우선이라 생각되어 이렇게 감사의 인사를 올립니다. 죽도록 이 은혜 잊지 않겠습니다. 감사합니다!"
"열 사람 모두 깨끗해졌을 텐데 다른 아홉은 어디 있소?"
책망쪼다. 인간의 보편적 악덕 중 하나인 배은망덕을 나무라는 소리다.
"우리는 아직 제사장님의 완치 판정을 받기 전입니다. 마음이 급해 급히 달려갔습니다. 저도 따라가야겠습니다. 감사합니다."
유다는 예수의 시선이 자기를 향하자 움찔하였다. 민족 해방이라는 절대가치에 몰입되어 선생님이 자꾸만 미워지고 야속해지는 마음을 들킨 느낌이다. 그러나 다음 순간 나의 배은망덕으로 민족의 해방을 성취할 수 있다면 백 번이라도 배은망덕 그 이상의 짓이라도 나는 할 수 있다고 스스로 다짐하였다.
 그의 황토색 탁류처럼 어둡고 거친 얼굴은 그 날 내내 일행의 맨 뒤에 처져 베레아의 한 성읍까지 이르렀다. 어머니를 비롯한 헌신적인 갈릴리 사람들과의 기쁜 재회가 마치 고향에 돌아온 듯 포근하였다.

 그날부터 예수의 앞에 많은 사람이 모여들었다. 온갖 병자들은 물론 거룩한 모양새를 갖춘 그러나 부패한 가슴으로 율법적 정의를 과장되게 드러내는 바리새인들도 많이 왔다. 그날따라 그들의 표정에 의지적 결단이 도사리고 있음을 예수는 직시하였다.
 "나는 많은 고난을 당하고 이 세대 사람들에게 버림받을 것입니다."
 예수는 무리를 향해 어느 때보다 엄숙한 표정으로 말하였다.
 "나는 아버지께로 가지만, 다시 옵니다."
 그에게 허락된 많지 않은 시간들을 이 세상의 심판과 천국과 재림에 대하여 집중적으로 가르칠 계획인 듯 말을 이어갔다.
 "노아의 시대를 생각해 보세요. 사람들은 노아가 방주에 들어가는 날까지 먹고 마시고 장가가고 시집가다가 대홍수가 나자 모두 멸망하였습니다. 내가 다시 올 때도 그럴 것입니다."
 그는 약간 격양된 목소리로 악의 파도에 부유하며 죄를 물마시듯 하는 세상을 질타하였다.
 "자칭 의인들이여!"
 율법적으로나 도덕적으로 흠 없다고 자가 진단하는 그 자칭 의인들의 표면적 위선에 가려진 내면을 예수는 직설로 질타하였다. 율법에의 과도한 충실로 경직된 바리새인들의 비인간화를 규탄하였다. 이방인으로 태어나지 않은 것과 하층민이 아닌 것과 여자로 태어나지 않은 것을 감사하다고 기도하는 바리새인들을 규탄하였다.

"독사의 자식들이여, 당신들은 하나님의 심판을 피할 수 없습니다."
라고 거칠게 토해 냈다. 토색이나 간음이나 불의한 행위 없는 윤리적 정결함, 한 주간에 이틀씩 금식하는 철저한 전통주의, 소득의 1할을 꼬박꼬박 헌금하는 완벽주의를 자랑하며 하루 세 번씩 감사의 기도를 하는 바리새인들을 심한 말로 질책하였다.
"그러나 여러분, 세리가 기도하는 모습을 보았나요? 세리는 성전에 가까이 가는 것조차 두려워합니다. 감히 하늘을 우러러보지도 못하고 가슴을 치며 기도하기를 하나님, 이 죄 많은 자를 불쌍히 여기소서. 자랑거리뿐인 바리새인과 애통만 있을 뿐인 세리, 과연 누가 더 의인일까요?"
마태는 가버나움 세관에 앉아 있던 과거의 자기 모습을 떠올리며 눈물을 글썽거렸다.
"잘 들으세요. 누구든지 자기를 높이는 자는 낮아지고 자기를 낮추는 자는 하나님이 높이십니다."
"저 자는 틀림없이 악마야."
청중 속의 바리새인이 인내의 한계를 느낀 듯 주변 사람들이 들릴 만큼의 음량으로 중얼거렸다.
"이런 모욕은 참을 수 없어."
설교가 끝나자 흩어진 바리새인들이 핏발선 관자놀이가 꿈틀거릴 지경으로 성토하였다.
"내 생애 최악의 공개 모욕이오. 율법준수를 최고의 가치로 알고 준수하느라 최선을 다하며 살아가는 우리 바리새인들을 세리와 비교하여 악평하다니. 그러나 누가 그의 면전에서 그에게 따졌소? 그를 어떻게 처단하겠소? 우리끼리 분노할 게 아니라 예루살렘의 산헤드린도 어쩌지 못했다는 걸 염두에 두고 차분하게 지혜롭게 대처합시다."
베레아의 여러 성읍에서 모여든 바리새인들은 장시간의 토론 끝에 대표단을 꾸려 예수에게 보냈다. 참을성의 대가로 얻은 지혜를 앞세워.

"당신은 이혼을 허락하는지요? 물론 율법이 정한 정당한 사유에 해당 된다면 말이오."

그들의 땅 베레아에서 세례 요한은 왕이 이혼하고 동생의 아내와 결혼한 사실을 공개적으로 성토한 이유로 참수형을 당하였다. 예수로 하여금 세례 요한의 전철을 밟게 하려는 함정이다.

'감히 우리를 모욕한 자여, 너에게 요한이 간 길을 가게 하리라.'

더 있다. 모세는 정당한 이혼사유가 있을 때 이혼증서를 써 주는 조건으로 이혼을 허락하였는데 정당한 사유란 아내가 수치스러운 일을 저지른 경우다. 문제는 수치스러운 일은 구체적으로 무엇이며 그 적용 범위는 어디까지인가였다. 그 문제를 놓고 바리새인의 엄격한 샴마이 학파와 대비되는 힐넬 학파 간에 치열한 논쟁이 일고 있어서 예수는 답변이 난감할 수밖에 없을 것이다.

예수는 잠시 침묵하였다. 갈등은 아니다. 그동안 일관되게 가르쳐온 율법보다 차원 높은 윤리도덕이 긍정적 대답으로 무너진다는 염려 또한 없다. 부정적인 대답이 헤롯 안디바를 자극하고 동시에 두 학파의 논쟁에 말려드는 무모함이라고 생각해 보지도 않았다.

예수는 다만 슬프다. 그들이 말하는 의로움이 무엇인가. 타락한 인간의 악함 때문에 부득이 허락된 이혼을 악용해서 소유물 내지 종속물로 간주하는 아내를 내어버릴 구실이나 확보하려는 교활성이 가증스러워 구토가 날 지경이다. 그런 미숙한 계략으로 메시아에게 올무를 씌우려는 우매함과 무모함이 어이없고 가련하여 그 잘난 인간들에게 깊은 연민을 느꼈다.

"하나님은 처음에 한 남자와 한 여자를 창조하셨지요. 그들이 한 몸이 되게 하셨습니다. 그것이 결혼입니다. 둘이 한 몸이 되는 그것 말입니다. 하나님이 하나 되게 한 것을 사람이 나눌 순 없습니다."
　그는 덧붙여 간음한 아내와 이혼하고 다른 여자와 결혼하면 율법 상 합당하지만 하나님은 근본적으로 이혼을 인정하지 않는다고 확고하게 쐐기를 박았다.
　"그렇다면 모세의 율법이 하나님의 뜻에 반한단 말이오?"
　"사람이 하도 악하니까 그런 이혼 법을 주었을 뿐입니다."
　바리새인들은 함정에 빠져들지 않는 예수로 인하여 씩씩거리며 벌레 씹은 얼굴로 돌아갔다.
　"그렇다면 차라리 결혼하지 않는 편이 더 낫겠습니다."
　제자가 묻자 예수는 이제 얼마 후면 제자들이 세계 각처로 흩어져 하나님의 뜻에 기초한 인생을 살아가도록 가르쳐야 되는데 그 인생이라는 게 부부중심의 가정이 차지하는 비중이 매우 크므로 부부관계에 대해 확고한 교훈을 주었다.
　"독신생활은 아무나 하는 게 아니오. 선천성 고자라든가 성불구가 된 사람, 또는 천국을 위해 스스로 결혼을 포기한 사람이나 할 일이오."
　그동안 예수는 기회 있을 때마다 이 세상이 추구하는 가치와 하나님 나라의 가치가 어떻게 다른지 가르쳐 왔다. 마음이 청결한 자는 복이 있다, 화평케 하는 자가 복이 있다, 구제할 때에 오른손이 하는 걸 왼손이 모르게 하라, 형제의 눈 속에 있는 티는 보면서 네 눈 속의 들보를 보지 못하느냐, 죄를 용서하는 권세가 내게 있다, 나를 믿는 자는 영생을 얻으리라, 너희가 믿은 대로 되리라, 너희는 아래에서 났으며 나는 위에서 났으며 너희는 이 세상에 속하였고 나는 이 세상에 속하지 아니 하였느니라, 너희가 너희 죄 가운데서 죽으리라, 사람이 내 말을 지키면 영원히 죽지 아니하리라, 아브라함이 나기 전부터 내가 있었다, 무릇 자기를 높이는 자는 낮아지고 자기를 낮추는 자는 높아지리라, 하나님이 아들을 세상에 보내신 것은 세상을 심판하려 하심이 아니라 그로 말미암아 세상이 구원을 받게 하려 하심이라, 하나님이 세상을 이처럼 사랑하사 독생자를 주셨으니 이는 그를 믿는 자마다 멸망하지 않고 영생을 얻게 하려 하심이니라…….

두려움과 평안이, 걱정과 기쁨이, 원망과 감사가 예수의 가르침을 듣는 무리들의 마음에 일렁거리는 가운데 유월절이 다가오고 있다. 세배대가 앞장 선 예수의 일행은 요단강을 서쪽으로 끼고 베레아의 대로를 따라 예루살렘을 향해 여행길에 나섰다. 이때쯤이면 민족의 대이동으로 모든 길을 메우기 시작한다. 동서사방에서 예루살렘으로, 예루살렘으로.

멀리 메소포타미아 지역에서 오는 유대인들도 갈릴리 호수 동편의 낮은 산을 넘어 갈릴리 사람들의 행렬에 합류되고, 아라비아 반도의 유대인들은 요단강을 건너 여리고를 거친다. 베레아인들도 한 무리를 이루어 이동하기 시작하였다.

예수는 열흘도 채 안 남은 유월절에 예루살렘에서 고난 받고 죽을 자신의 모습을 선명하게 바라보며 잠시 걸음을 멈추었다. 그는 제자들만 대추야자수 그늘로 따로 불렀다. 어딘가 심상치 않은 표정 같아 중대발표를 예상케 하였다.

"나는 이번 유월절에 예루살렘에서 대제사장들과 율법학자들 손에 넘겨질 것이오. 그들이 내게 사형을 선고하고 이방인들의 손에 넘겨주어 조롱받게 하고 채찍질 할 것이오……."

유대 광야의 여리고 인근 지역이다. 태양이 따갑게 내리비쳤다. 예수는 남달리 갈증을 느끼는 듯 말을 끊고 마른 침을 삼켰다.

"―그들이 나를 십자가에 못 박을 것이오."

그 건조한 입술의 소름끼치는 예고는 이번이 세 번째다. 그러나 무슨 까닭으로 살인강도나 노예 흉악범이나 내란 등 반국가사범에게나 해당되는 가장 고통스럽고 처절한 십자가형인지 아무도 이해할 수 없다. 길가 언덕에 우뚝 세운 십자가의 죄수는 언제나 조롱과 저주의 대상이다. 그리하여 십자가 형상은 그 죄수가 누구든, 죄의 대소나 유무를 가리지 않고 절대로 연민을 자아내지 못하였다.

'말이 안 돼. 선생님이 저주를 받으시다니. 조롱받으시다니. 늘 좋은 일만 하셨는데.'

베드로는 강한 의지로 항의하고 싶은데 입이 열리지 않았다. 가이사랴 빌립보에서 처음으로 죽음을 예고한 주님에게 '안 됩니다. 그런 불행이 주님께 생기다니요. 결코 그럴 수 없습니다.'라고 핏발선 반응을 보였다가 '사탄아, 내 뒤로 물러가라'는 호된 질책을 받은 기억이 새롭기 때문이다. 사탄이라 하였잖은가.

예수는 침울한 제자들을 둘러보았다. 의혹으로 갸우뚱해진 유다, 심한 갈증을 느끼게 하는 요한의 눈물줄기, 연민 또는 회의와 좌절감과 두려움이 팽배한 이 얼굴 저 얼굴들이 그의 인성(人性)을 무너뜨릴 것 같다.

"그러나 나는…… 죽었다가 사흘 만에 다시 살아납니다."

유다는 돌연 3년 전 유월절에 예루살렘 성전에 혜성처럼 나타나 성난 목소리로 '이 성전을 허시오. 내가 사흘 동안에 다시 세우리니'한 이해불가의 큰소리가 문득 상기되었다.

'그때의 그 말과 같은 맥락이면?'

유다의 그런 해석은 감당하기 어려운 놀라움이다. 그는 잔뜩 미간을 찌푸리고 차근차근 정리해 보았다.

'예수의 말대로라면 코앞으로 다가온 이번 유월절에 예루살렘에서 대제사장의 뜻대로 체포되고 산헤드린 법정에 세워져 사형이 선고된다. 이어서 로마 총독의 손에 넘겨져 채찍을 맞고 조롱당한다. 로마인이 어떤 결론을 내리든 유대인들은 십자가 처형을 요구한다. 결국 십자가에 처형된다?'

생각이 이에 이르자 죽은 후 다시 살아나리라는 말은 그의 기억장치에서 탈출하였고, 분노와 낭패감이 침투, 점령하였다.

'안 돼, 방향을 바꾸어야 해. 모세를 따르는 기분으로 삼 년 가까이 따랐는데 허망하게 끝나다니. 나의, 이 민족의 희망, 염원을 꺾지 마시오. 소경과 문둥이의 희망과 비교될 수 없는 고귀한 가치를 당신이 모를 리 없소. 오, 예수 나의 선생님, 당신을 경외합니다. 이 압제 받는 백성을 로마의 손에서 구원하소서!'

그의 붉어진 눈에서 눈물이 흘렀다. 입술이 가늘게 경련하였다. 그때 그의 심경을 대변하듯 두 사람이 동시에 고함치는 소리가 들려왔다. 여리고성의 남동쪽 진입로였다.

"다윗의 자손 예수여, 우리를 불쌍히 여기소서!"

길가에 앉아 구걸하던 소경 두 명이었다. 그들은 많은 사람이 지나는 소리를 듣고 무슨 일이냐고 물었고, 한 사람이 나사렛 예수와 함께 유월절을 지키기 위해 예루살렘으로 가는 길이라고 설명했던 것이다. 소경들에게 예수의 이름은 그 자체만으로 구원이었다. 여러 명의 소경을 고쳤다는 소리를 들었기 때문이다. 그들에겐 세상이 암흑이라서 예수를 찾아갈 수 없지만 지금 우리 앞을 지나고 있다니 이 행운의 기회를 잃을 수 없다. 두 소경이 계속해서 악을 썼다.

"우리를 구원해 주소서, 나사렛 예수여!"

"너무 시끄럽소."

소경들의 호소는 차라리 비명이며 절규였다. 예수가 발걸음을 멈추었다. 죽으러 간다면서 무슨 연민인가 싶어 제자들조차 소경들을 귀찮게 여기고 있었다.
"내가 예수요. 무엇을 원하시오?"
"제발 우리 눈을 뜨게 해주십시오."
어수선해졌다. 거의 유월절 순례자들인 행인들이 바짝 앞으로 밀려들어서다. 소문으로만 듣던 기적의 현장을 목격하기 위해서다. 예수는 잠시 두 소경을 바라보다가 가볍게 두 소경의 눈을 만졌다. 상처를 어루만지는 연민의 온유를 보는 이들이 충분히 느꼈다. 다음 순간 두 소경이 눈을 떴다. 그들은 시야에 들어오는 생소한 세계에 놀라 당황하다가 그들이 경험할 수 있는 최고의 기쁨과 감격으로 환성을 터뜨렸다. 베레아를 출발하여 요단강을 건너 여리고성에 이르도록 무겁던 분위기를 일거에 쇄신시켰다.

같은 시간, 성 안의 세관에는 세리장 삭개오가 그의 집무실 의자에 편안히 기대 앉아 오수를 즐기고 있었다. 그는 비몽사몽간에 나사렛 예수가 우리 성에 들어왔다는 소리를 들었다. 삭개오는 소문으로만 듣던 그의 등장에 벌떡 일어났다. 꿈이 아니었다.

"예수님이 우리 눈을 뜨게 해 주셨습니다. 예수님이 우리 성 안으로 들어오고 계십니다."

열린 격자문 밖으로 흥분한 디메오의 아들과 그와 늘 짝이 되어 적선을 구하는 거지 소경이 보였다. 그러나 소경이 아니다. 이 무슨 해괴한 일인가. 두 소경 거지가 성을 발칵 뒤집는 중이었다.

'소문 그대로?! 가버나움의 세리 마태를 제자로 삼았다는 나사렛 사람이……!'

어느 새 사람들이 거리로 몰려나왔다. 십여 년이 흐르도록 이렇다 할 구경거리가 없던 그들에게 그들이 다 잘 아는 성문 밖의 두 거지 소경이 외치는 소리는 죽었다가도 깨어날 놀라운 소식이기 때문이다.

삭개오는 일찍이 예수의 탁월한 비범성을 넘치는 소문으로 알고 있었다. 유대인 모두로부터 소외되고 거부당하고 멸시받는 세리를 제자로 삼았다면 그것만으로도 파격 중의 파격이 아닌가. 그에게 예수는 꼭 한 번 만나서 이야기를 나누고 싶은 유일한 유대인이다. 그는 여리고 세관의 저주 받는 세리장이라는 신분을 망각하고 거리로 나섰다. 그가 군중 속에 끼어든다는 것은 무모한 모험이다. 누구든지 그를 보면 외면하고 피한다. 그러나 순식간에 거리를 메운 사람들에게 삭개오는 눈에 들어오지도 않았다. 그의 키가 너무 작아서 사람들 속에 묻힌 것 같지만 그보다는 예수와 소경이었던 두 사람에게 모두의 시선이 집중되어서다.

"저거 삭개오 아냐?"

누군가가 혐오스럽게 말했다.

"아니 저 재수 없는 죄인이······."

모두의 시선이 그에게 쏠렸다. 사람들의 뒤통수만 보이는 작은 키로 예수를 본다는 게 불가능하다는 판단으로 삭개오는 분별력을 잃고 길가의 뽕나무에 올라가 있었다. 여기저기서 야유와 비난의 화살이 그를 향했다. 누군가가 그에게 돌이라도 던지면 순식간에 무덤이 생길 험악한 분위기였다. 회당 출입조차 금지당한 세리장이 그들의 머리 위에서 내려다보는데 자극받은 상태였다. 마침 예수가 그 밑을 지나다가 난처한 위기에 직면한 삭개오를 보고 걸음을 멈추었다. 예수만이 그를 도울 수 있었다.

"삭개오, 내려오시오. 오늘은 당신 집에서 머물고 싶소."

두려움으로 잿빛이던 삭개오의 얼굴이 순식간에 밝아지면서 떨어지듯 나무에서 내려왔다. 군중은 예수의 파격적 행동이 삭개오의 신분을 모르기 때문이라고 생각하였다. 그런데 저 악명 높은 세리장의 이름을 안다? 그러나 의문부호를 가려주는 깡마른 노인의 노발대발이 관심을 끌었다.

"저 자가 누군지 모르는 모양이군. 죄인의 집에 머물겠다니……. 저 자는 세리장 삭개오요."

"의인과 죄인을 혼동하는가 봐."

격양되어 가는 수군거림이다. 그러나 예수는 그런 분위기를 간과하고 삭개오를 앞세웠다. 마태가 잰 걸음으로 다가가 삭개오의 어깨에 손을 얹었다.

"난 세리였소, 가버나움의 마태요"

제자 중 하나가 악의 없이 중얼거렸다.

"가재는 게 편이라더니……."

여리고 사람들은 감히 예수의 생각을 번복시킬 수 없다고 판단한 듯 조용히 그 뒤를 따랐다.

그날 여리고의 부호 삭개오의 저택에서 보기 드물게 큰 잔치가 벌어졌다. 수전절 예루살렘 마리아의 집에서도 맛보지 못한 기름진 음식들이 식탁에 즐비하였다. 손님은 제자들과 예수의 모친 등 갈릴리 여인들까지 서른 명쯤이다.

실로 오랜만에 잔뜩 먹고 마시느라 정신이 없던 손님들의 동작이 둔해질 무렵 키 작은 주인은 계면쩍은 얼굴로 주변을 둘러보며 슬며시 일어섰다. 곤란한 부탁이라도 하려는가 보다.

"주님!"

그가 어렵게 입을 열었다. 심장과 위장이 그 어떤 유대인보다 크고 강한 세리장답지 않은 매우 겸손한 자세다.

"저는 오늘의 감격과 이 영광을 결코 잊지 못합니다. 그래서 제가 결심하였습니다."

너무 진지해서 주위가 조용해졌다.

"제 재산의 절반을 가난한 사람들에게 나누어주겠습니다."

누군가의 입에서 경탄이 새어나왔다.
"그리고 제가 세금을 과다하게 징수한 게 발견되면 네 배로 갚겠습니다."
예수는 그의 진심과 실천력을 위심하지 않았다.
"오늘 이 집이 구원을 받았습니다. 나는 이와 같은 영혼을 찾아 구원하러 왔습니다."
인간을 가장 괴롭히는 죄의식, 갈등, 소외, 고뇌가 말끔히 사라진 그날 삭개오와 그 가족은 비로소 평화로운 단잠을 잘 수 있었다. 세리가 된 이후 행복감을 느낀 첫 밤이다.

다음날은 안식일 하루 전, 유월절을 이레 앞둔 유대력 니산월 6일이다. 예수의 일행은 안식일이 시작되는 내일 해 지기 전에 베다니에 도착할 계획으로 해 뜨기 전에 삭개오의 집을 떠났다. 오늘과 내일, 이틀 동안은 강행군이다. 예루살렘까지의 30여km는 표고 차 1,200여m여서 매우 가파르다. 일행은 여리고의 합류자로 50명이 넘는다. 양쪽의 제자들 틈에 끼인 살로메는 어제부터의 흥분이 가라앉지 않은 표정으로 두 아들 요한과 야고보에게 나직이 말했다.
"굉장하구나. 저 앞에 가는 너희들 이종사촌 형 예수를 봐라. 예루살렘에서 대관식이 기다리는 것 같지 않니?"
"어머니, 선생님은 죽으러 가신댔어요. 믿어지진 않지만."
야고보의 조금은 짜증스런 말투다.
"맞아요. 작년 초막절에도 수전절에도, 나사로를 살리기 위해 베다니에 갔을 때도 예루살렘은 무덤처럼 입을 벌렸어요."
요한도 형을 거들었다. 그러나 살로메는 조카 예수를 가장 잘 안다는 듯 단호하게 말했다.

"난 달리 본다. 서른 셋 젊은 나이에 장가도 안 간 내 조카가 지금 죽기 위해 이 힘든 언덕길을 오르고 있다면 저렇게 여유 있고 당당한 모습이 가능하겠니? 도살장에 끌려가는 양처럼 기죽은 모습이 아니잖니. 무덤을 원하는 젊은이가 이 세상 천지에 없단다."

"그럼 왜 자꾸 예루살렘에서 죽는다고 말씀하죠?"

"요한, 대관식은 굉장한 거란다. 그 사실이 미리 알려지면 일이 복잡해지고 훼방꾼이 많아진다. 너희들의 사촌 형 예수는 현명한 사람이다."

살로메가 자신 있게 말을 이어갔다.

"생각해 봐라. 한 자리 얻으려는 기회주의자들이 구름떼처럼 몰려들 거구, 헤롯 안디바 왕과 총독은 군대를 보내 잡아 죽이려 할 거구……. 아직은 다스릴 영토가 없지만 일찍이 갈릴리에서 너희들 이종사촌 형을 왕으로 추대하려는 운동이 있었고, 왕이 될 능력을 갖추었고, 이제 때가 된 거 아니겠니?"

유다도 비슷한 생각에 잠겨 터벅터벅 따르고 있었다. 왕이 되는 것과 죽는 것, 그 양자택일을 만천하에 묻는다면 답은 하나다. 대제사장 등 상류층 종교권력이 예수를 제거하려 설치기 시작한 것은 지난해의 초막절부터 본격화되었다. 그런데도 예루살렘으로 올라가는 무모함을 사려 깊게 생각하던 유다는 마침내 희망적 결론을 얻어냈다.

죽음이 기다리는 건 사실이지. 허나 예수는 죽음을 선택하지 않을 거야. 그렇지 않고서는 저토록 여유 만만한 모습일 수 없어. 저 모습은 왕관을 쓰러 가는 승리자의 활력이고 늠름함이고 기쁨이야. 죽음 운운은 철저한 위장일지도 몰라. 저분은 매우 현명해.

그는 뒤쪽에서 소경이었다가 눈을 뜬 디매오의 아들과 여리고 사람들에게 거품을 물어가며 예수의 기적들을 자랑하는 시몬이 다가오기를 기다려 눈짓으로 불렀다.

"우린 성공할 거야."

신념이 담긴 유다의 말에 시몬은 조금 어리둥절해졌다.

"유월절의 거사가?"

"성공?"

"그래. 난 장담해."

믿지 않는 시몬에게 유다가 으르렁거렸다.

"이 멍청아, 하나님의 선민(選民)이 당하는 고난에 연민을 느끼지 않는 어떤 사람도 하나님은 탐탁하게 여기지 않으셔."

"성공에 대해 말해 봐. 그 근거를."

"단순하다는 건 머리가 돌아가지 않는다는 뜻이기도 해. 우리 선생님이 한 일이 태산보다 많은데 죽음을 선택해? 저 당당한 모습을 봐. 무덤으로 가는 사람 같아? 네가 무덤을 향해 간다면 이 오르막길이 얼마나 힘들겠어. 문둥이 거지나 소경거지나 세리 장 따위가 눈에 띄겠어? 저렇게 앞장서서 가시겠냐구?"

시몬이 고개를 끄덕였다.

"베레아를 떠나기 전에 내가 선생님께 다 말씀드렸어. 열심당의 유월절 계획을……"

"그래? 뭐라 시던가?"

"선생님만 나서 주시면 성공이라고 했어. 왕국 건설, 왕에 대해서도 얘기 했고……"

"왕?"

"그래, 바벨론에게 나라를 빼앗긴 후 페르시아에게, 마케도니아의 알렉산더에게, 이집트의 포톨레미오에게, 시리아의 셀류코스에게, 그리고 지금까지 67년을 로마에게 주권을 빼앗기고 짓밟혀 왔어. 우리 민족을 주권국가로 회복시키는 데는 선생님이 나서는 길밖엔 없어. 절대로. 이건 사실이니까. 체포되거나 죽는 것보다는 다윗과 솔로몬의 영광을 재현시키는 일, 왕관을 쓰는 유월절로 만들자고 눈물로 호소하며 설득했어. 내 한 몸 영달을 위해서가 아님을, 선생님이 내 진심을 아실 거야. 난 믿어."

누구보다 유다를 잘 아는 시몬이 그의 어깨에 손을 얹었다.

"자네가 거짓말을 위해 눈물을 흘리지 못한다는 걸 난 알아. 문제는 선생님의 반응이지."

"뭐랬는지 알아? 열심당이 하려는 일은 열심당이 하고, 나는 내가 하려는 일을 해야 된다고 했어."

"......?"

"해석하기 나름이야. 반로마 폭동이 일어나면 선생님이 외면하지 않을 거야. 일 년 중 예루살렘에 최대의 인파가 운집하는 유월절이야. 이집트의 기나긴 압제로부터 해방된 가슴 벅찬 감격의 날에 로마를 몰아내려는 열심당의 투지……. 유월절을 지키러 온 유대인으로서 누가 반대할까. 누가 방관자가 될까. 우리 선생님도 유대인이야."

어차피 유월절은 이레 앞으로, 열심당의 거사일은 닷새 앞으로 일찍이 확정되었다.

건조기에 접어든 햇볕이 등 뒤에 작열, 가파른 오르막길이 한결 힘겨워졌을 때 그들은 그늘도 없는 길가에 앉아 준비해온 빵으로 공복을 채웠다. 예수도 모친이 가져다준 빵과 이모 살로메가 가져온 가죽부대의 물을 받아 한 모금 마셨다. 살로메의 뒤로 야고보와 요한이 따라붙었다.

"이 길은 언제나 힘들구나. 전에 들려준 예루살렘을 떠나 여리고로 가다가 강도 만난 사람을 헌신적으로 도운 착한 사마리아인, 여기 오면 그 설교가 생각나는구나."

예수가 말없이 가볍게 머리를 끄덕이자 살로메는 주변의 눈치를 살펴며 낮게 말했다.

"부탁이 있구나. 네가 왕국을 세우거든 내 두 아들, 네 사촌 형제들을 하나는 오른편에 하나는 왼편에 앉게 해다우. 든든한 조력자가 가까이 있어야 한다."

어딘가 서먹해 보이는 사촌 형제들과 이모의 탐욕 어린 시선을 예수는 연민 때문에 외면한 채 물었다.

"이모님의 부탁이 무슨 뜻인지 알고 계신가요?"

그러나 살로메의 대답이 나오기 전에 두 사촌을 향해 물었다.

"요한, 야고보……."

예수는 채 한 모금이나 될 미지근한 물을 내려다보았다.

"내가 곧 마시게 될 쓴잔을 요한과 야고보도 마실 수 있을까?"

그들은 예수의 손에 들려 있는 물이 쓰지 않다는 것은 알았지만 혹 그 속에 짐승의 쓸개즙이 한 방울 들어 있어 맛이 쓰다 해도 왕 다음 가는 최고의 벼슬을 확보하기 위해서라면 마다 할 이유가 없다.

"그럼요, 마실 수 있습니다."

"그렇다면……."

예수는 그 남은 한 모금을 마신 후 말을 이었다.

"그렇다면 정녕 내가 마신 잔을 마시게 될 것이다. 그러나 내 오른편과 왼편 자리에 앉을 사람은 내 권한으로 정하지 못한다. 내 아버지 하나님께서 이미 정해 놓으셨으니."

쓴잔의 의미를 그들은 모르고 있으나 예수는 야고보가 제자들 가운데 첫 고난의 잔을, 요한이 마지막 고난의 잔을 마시게 된다는 사실을 말해 주고 싶었으나 참았다. 고난의 잔이 순교라는 사실을 그들이 어찌 이해할 수 있을까.

그들의 은밀한 청탁을 어떻게 알아챘는지 제자들 가운데 물의가 일어났다. 예수는 아직도 어린아이 수준인 제자들에게 엄숙하게 지침 하나를 주었다.

"높은 자리에 앉기를 원한다면 먼저 섬기는 사람이 되어야 하오. 으뜸이 되기를 원한다면 반드시 종이 되어야 하오. 나 역시 섬기기 위하여 이 세상에 왔고, 많은 사람의 죄 값을 치르기 위해 내 목숨을 주려고 왔소."

그리고는 묵시적으로 제자들의 침묵을 명령하듯 침묵을 시작하였다. 그렇지 않아도 가파른 언덕길의 하오는 이마와 등에 땀이 흘러 누구도 말하고 싶지 않아 그 일행은 무거운 침묵으로 발걸음이 한결 무거웠다.

중앙 고지대의 예루살렘 너머로 해가 지가 전에 그들 일행은 예정대로 베다니에 도착하였다. 회당의 지붕에서 안식일의 시작을 알리는 핫짠의 뿔 나팔 소리는 그들이 다리를 뻗고 조금 쉬고 있을 때 들렸다. 땀에 찌들고 더럽혀진 옷, 흙먼지로 덮인 발, 햇볕에 그을린 깡마른 얼굴들, 유대인 최고의 명절인 유월절을 위한 긴 여로에 지친 나그네들의 최초의 안식처는 시몬의 집이었다. 시몬은 한동안 문둥병에 걸려 율법에 따라 격리되었다가 예수에 의해 깨끗이 완치되어 건강한 삶을 살고 있는 나사로의 친구이며 마르다의 남편이다. 시몬과 마르다는 대제사장의 위협으로 베다니를 떠난 예수와 그 일행이 어쩌면 다시 돌아오지 못하리라 생각하고 있었다. 그러는 한편 유월절이 임박하니 돌아올지도 모른다는 일말의 기대를 품고 많은 음식을 준비하고 있었다. 초막절과 수전절의 위험에도 나사로를 살리기 위해 다시 찾아왔던 그 대담성을 생각하였기 때문이다.

오빠와 남편의 최고의 은인 예수와 그 일행은 풍성한 식탁에서 긴 여로의 피로를 풀 수 있었다. 그러나 예상을 넘는 손님 때문에 안주인 마르다는 음식을 만드느라 숨 돌릴 틈조차 없었다. 동생 마리아가 도와주어야 마땅한데 오빠 나사로와 함께 식탁에 앉아 있다. 마치 손님 같다.
'저 앤 언제 철이 들지?'

알밉다. 전에 나사로의 집에서 예수와 그 일행을 대접할 때도 나사로와 마리아는 주인임에도 주빈처럼 예수 곁에 턱을 고이고 앉아 있던 모습이 떠올랐다. 마르다는 잠시 일손을 놓고 한숨을 내쉬었다. 힘에 부치는 많은 일에 지쳤다. 바로 그때 마르다는 집안 가득 진동하는 향내에 어리둥절했다. 일손을 돕던 이웃 부인도 코를 벌렁거리며 일손을 멈추었다. 그 향내는 주빈 예수의 발에서 풍기고 있었다. 마리아가 가지고 온 이집트 산 설화석고(雪花石膏)의 목이 긴 옥합을 깨트려 그 안에 가득했던 인도산 나토스타키 자타만시의 뿌리에서 채취한 매우 고가품인 향유 원액을 그 발에 부었던 것이다. 부엌에서 뛰어나온 마르다는 물론 그 집안의 모든 사람들이 기상천외의 현장에 어리둥절하였다.

막달라 마리아는 콧등이 시큰해지면서 눈물이 핑 돌았다. 그녀가 가버나움 바리새인 시몬의 집에서 식사중인 예수의 발을 비 오듯 흘러내리는 눈물로 적시고 향유를 바르던 그 감격의 순간이 재현되고 있었다. 그녀의 재산목록 1호의 지참금일 텐데 그 향유 부은 발을 머리털로 닦는 저 여인이 자기와 같은 이름의 마리아여서 더욱 감격이 컸다. 그러나 유다는 은근히 화가 치밀어 올랐다. 그가 베다니에 도착하자마자 바라바가 보낸 두 명의 열심당원이 긴급을 요하는 거사지금을 요구했다.

"자금 부족으로 계획대로 집행하는 데 차질이 우려되고 있어."

그러나 묵직하던 돈주머니는 에브라임 이후 갑자기 불어난 일행의 비용으로 거의 바닥이 난 상태였다. 여리고의 세리장 삭개오는 융숭한 대접만 하고 후원금을 내놓지 않았다. 이럴 때 저 향유가 내 손에 있다면 빼앗긴 주권을 회복하는데 유용하게 쓰련만. 어림잡아 건강한 노동자의 일 년 품삯을 발에 부어 낭비하는 어리석음이라니……. 향기에 취한 듯 조용한 식탁을 유다가 흔들어 깨웠다.
"삼백 데나리온은 되겠군요. 그걸 팔아서 가난한 사람들을 도와주면 오죽 좋을까."
예수는 그의 생애 마지막을 장식하는 사치스러운 대접을 방해 받고 싶지 않았다.
"내버려두시오. 이는 마리아가 내 장례를 미리 준비는 것이오."
마르다는 귀를 의심하였다. 장례라니, 예수님이 죽으신다니? 향유의 용도 중 하나가 시체에 바르는 것을 그녀는 생각하였다.
향기 속에서 만찬은 끝났다. 예루살렘에는 이미 예수의 베다니 도착 소문이 퍼졌다. 대제사장도 그 소식을 들었다.
'겁 없는 이단자가 코앞에 있군. 네 용기가 너를 죽게 하리라. 나사로 때문에 네 인기가 절정이니 나사로도 제거해야 되겠군.'
순례자들이 모여들기 시작한 예루살렘의 밤은 어수선하였으나 베다니의 밤은 고요했다. 대제사장의 가슴에는 비수가 번쩍이고 예수의 가슴에는 죄인을 위하여 죽어야 하는 한 마리 어린 희생양이 대기하고 있다.

바라바 –민족의 영웅으로

　안식 후 첫날 미명의 예루살렘은 고요하다. 올리브 산 능선에 그날따라 눈부시게 햇살을 뿌리며 솟아오른 태양은 성 안의 구석구석에 웅크리고 있던 어둠을 말끔히 씻어냈다. 사흘 전 가이사랴에서 온 총독 본디오 빌라도가 일찍부터 병력 전체를 요새의 마당에 소집하였다.
　"이 작은 땅, 이 적은 인구, 소출도 별로 없는 이 나라에 대한 황제 폐하의 관심은 그 어느 속국들보다 크시다. 아프리카와 유럽과 아시아를 잇는 지정학적 전략 요충지라는 특성 때문이다. 그런데 유대인은 가장 민족의식이 강하다. 형상조차 없는 여호와라는 신을 숭배하는 세계에 유례가 없는 독특한 종교는 신앙을 지키는 데 머뭇거림 없이 생명도 바친다. 그래서 약하지만 강한 민족이다. 오죽하면 유대인만 지배하면 어느 민족도 지배할 수 있다고 로마에서 회자된다. 유대 땅 주둔군인 우리에겐 부담이다. 더구나 유월절의 성격상 우리는 해마다 이 고약한 명절의 화약고 같은 도시에서 전전긍긍하는 게 사실이다. 이번 유월절은 특히 어느 유월절보다 폭동 가능성이 높다는 정보 분석이 나왔다. 그래서 가이사랴에서 가장 정예의 이탈리아 부대와 기병대와 황제 폐하의 근위대까지 출동하였다. 안토니아 요새의 수비대를 합쳐 1천8백 명의 막강한 로마 군대가 이번 유월절의 예루살렘을 안전케 한다. 열심당은 의욕은 강하나 전투훈련이 거의 없는 오합지졸에 무장도 아이들 병정놀이 수준이다. 두어 달 전 그놈의 수로공사 문제로 시끄러울 때 예루살렘 수비대가 보여준 기민하고 적절했던 진압실력을 이번에도 발휘해야 된다. 만의 하나 우리가 예루살렘을 그들에게 내어주게 된다면, 만약이라 했다, 로마가 다스리는 시리아, 아프리카와 유럽과 동서사방에서 연쇄반응으로 폭동이 일어날 것이다. 카이사르 티베리우스 황제 폐하를 실망시키는 건 용납되지 않는다. 그러므로 성전 광장이 피로 물들고 기드론 골짜기에 시체가 쌓여도 우린 폭도들을 제압해야 된다. 귀관들의 책임이 막중하다."

잠시 숨을 돌린 총독이 다짐하듯 말을 이었다.

"귀관들은 예루살렘을 지키는 게 아니라 로마가 다스리는 모든 나라를 지키는 것이다. 긍지를 가져라."

병력을 해산하고 백부장 이상의 장교들만 남자 예루살렘 수비대의 천부장이 최근의 열심당 동향을 보고하였다.

"간과해서는 안 될 위험스런 조짐들이 포착되었습니다. 총독 각하께서 부임해 오신 직후의 유월절을 열심당은 좋은 기회로 판단하여 봉기를 일으킬 계획이었으나 우리 군대의 철통같은 경비태세와 갈릴리에서 왔다는 예수라는 낯선 청년이 성전에서 소란을 일으켜 우리 군대가 신속하게 성전으로 진입하자 포기하였습니다. 그때는 열심당 세 파의 연합작전이었으나 이번엔 갈릴리 므나헴 파가 작전을 주도합니다. 시몬 바기오라 파와 이두메 파가 관망적 자세로 대기하다가 결정적 순간에 합세한다는, 말하자면 명분 세우기에 불과합니다. 아마 므나헴 파의 행동대장 격인 바라바의 독주에 대한 불만이 아닌가 생각됩니다. 바라바, 갈릴리의 디베랴 폭동에 실패한 그 자가 좀 성급하고 치밀하지 못한 건 사실입니다. 이번 유월절의 이틀 전인 니산월 11일의 마지막 기도시간인 제9시(오후 3시에 해당)가 작전개시라는 정봅니다. 그들은 반드시 실패합니다."

"사흘 후군."

총독이 중얼거렸다.
"열심당의 동원 숫자와 당일 작전계획은 정확히 모릅니다. 정보의 누설을 염려한 열심당 수뇌부가 작전 개시와 동시에 점조직을 통해 명령할 것입니다."
"그렇다면……."
가이사랴의 보병대장이 물었다.
"정보 제공자가 열심당원인 모양인데 그 자의 정보를 신뢰해도 될까요?"
"물론이다. 어디에나 개인의 욕망을 위해 비겁한 배신자가 있기 마련이니까."
수비대장의 여유 있는 답변.
"제9시 기도시간은 하루 세 번 모이는 기도시간의 마지막입니다. 해 지기 세 시간쯤 전입니다. 그들이 우리를 이기는 유일한 방법은 그들에겐 난공불락인 이 안토니아 요새를 점령하는 것입니다."
수비대장은 매끈한 포석(鋪石)으로 덮은 22미터가 넘는 바위와 해자(垓字), 그 위로 18미터 높이의 성벽으로 둘려 싸인 요새가 든든해서 자신감에 차 있다.
"요새의 서쪽 골짜기는 깊고 북쪽은 베세다 언덕과의 사이에 깊은 계곡입니다. 동쪽 역시 기드론 골짜기가 깊습니다. 유대인의 요새 공격은 서쪽의 성문이거나 성전으로 연결된 계단 통로뿐입니다."
요새에서 성전으로 연결된 계단 통로는 서쪽과 북쪽 성벽까지 뻗어 있다. 유대인들이 그 통로로 밀고 들어오지 않고는 안토니아 요새로 진입할 수 없다는 지형적 구조적 조건에 대한 자신감이다.
"복도와 계단의 구조상 우리는 방어에 용이하고 침입자들은 희생에 유리합니다. 서쪽 성문은 철통 수비합니다."

"그렇다면……."

수비대장의 자만이 불만인 듯 가이사랴의 보병대장이 입맛을 다시고 말했다.

"그렇다면 그들이 실패를 위한 도전을 하는 셈인데, 무모하게도. 그렇게 허술한 작전은 좀 이해가 안 됩니다. 열심당은 그들 나름의 가능성이 있겠지요. 우리가 그 작전을 모르면 허를 찔릴지도 모릅니다."

"나도 동감입니다."

기병대장이 거들었다.

"우리 요새에 비상통로가 하나 있습니다."

수비대장이다.

"요새에서 곧장 성전 유대인의 광장으로 통하는 비밀 통로죠. 그들은 어떤 작전과 전술로도 이 요새를 점령하지 못하면 패배합니다. 그들이 이방인의 광장으로 통하는 통로로 공격해 오면 그들의 피가 그 통로에 냇물처럼 흐를 것을 각오해야 됩니다. 더구나 우리는 그들이 절대로 모르는 비상통로로 그들의 배후를 기습 공격할 수 있습니다."

"우린 긴장할 이유도 없는 셈이군."

수비대장의 장담에도 가이사랴의 천부장은 석연찮은 듯 미간을 찌푸렸다.

"나사렛 예수에 대한 정보는 특별한 게 없나요?"

기병대장이다.

"그 사람에 대해서는 적절한 설명이 용이하지 않습니다. 워낙 많은 기적들, 있을 수 없고 믿을 수 없는 다양한 많은 기적을 일으켜서요. 그건 속임수나 과장이거나 날조가 아닙니다. 그는 예루살렘에서도 민중의 영웅입니다. 하지만 산헤드린을 비롯한 유대교의 지도층과 율법학자들은 그를 적대시합니다. 다행인 것은 그는 정치에는 전혀 관심을 보이지 않았습니다."

듣기만 하던 총독이 백부장 고넬료의 말에 신뢰를 보냈다.

"예수는 로마의 적은 아닌 것 같다."

고넬료가 덧붙였다.

"나사렛 예수가 예루살렘에 오는 것은 종교적 목적뿐입니다."

"백부장의 그 견해를 뒷받침할 만한 구체적 증거가 필요하군."

수비대장의 희망을 고넬료가 대변한 셈이다.

"고의든 우연이든 3년 전의 유월절 열심당 계획을 무산시킨 건 나사렛 예수가 맞습니다. 성전 난동사건 말입니다. 그로부터 그는 일관되게 천국에 대해 가르쳐 왔습니다. 그의 가르침이 유대교의 권력층과 마찰을 빚는 것도 종교문제 곧 율법과 관계된 것들입니다. 어떻게 보면 그는 이 세상에 관심이 없습니다. 그의 말에 의하면 하나님 나라 곧 천국은 존재하는 공간이며, 중요한 것은 거기에 들어가는 것입니다. 만약 그가 지상 왕국 건설에 목적을 두었다면 백성을 선동할 것이며, 일찍이 로마의 적으로 부상하였을 것입니다. 그는 헤롯 안디바 왕이 처형한 세례자 요한과 별로 다르지 않은 탁월한 종교가라고 자신 있게 말씀드립니다."

"그렇다면 열심당이 뭘 믿고 행동에 나서는지, 떼죽음을 위해 로마에 도전한단 말이오?"

기병대장은 수비대장에게 묻고 나서 총독을 향했다.

"각하, 그들이 기적을 일으키는 능력을 지닌 예수를 활용할지도 모른다는 가정은 가능합니다."

"그들이 믿는 건 그들이 로마의 지배를 받도록 허락한 그들의 신이겠지. 난 예수에 대한 백부장 고넬료의 견해를 신뢰한다."

작전회의는 요새의 병사들이 아침식사를 마칠 때까지 계속되었다. 총독도 끝까지 자리를 지키는 참을성을 보였다. 불행한 사태라도 발생한다면 본디오 빌라도의 최종 관직은 3급 행정관인 유대 땅 총독일 것이며, 사태의 결과에 따라서는 초대 총독이었던 헤롯 대왕의 아들 아켈라오 처럼 타국으로 유배되거나 처형까지도 각오해야 된다. 그러나 총독 임무를 잘 수행하면 2급 행정장관으로 승진되어 밤빌리아나 갈라디아나 루기아 또는 이집트 땅 어느 한 곳의 총독을 거쳐 시리아를 통치하는 집정관 자리까지 희망을 품을 수 있다. 막힘없는 승승장구를 확신한다면 그 다음 단계는 제국의 수도에서 황실을 하시라도 출입할 수 있는 원로원 의원이라는 최고의 명예를 획득할 것이다.

안토니아 요새의 방어 작전회의가 진행되는 시간에 다메섹 문 근처의 한 열심당원 집에서도 바라바가 주재하는 작전회의가 진행되고 있었다.
"나의 가장 큰 관심은 나사렛 예수의 거취다. 그가 지금 베다니에 있다는데……"
쉰 목소리다.
"그는 예측불가야. 우리에게 관심을 보인 적이 없어. 어떤 암시도 주지 않았어. 온 유대인이 그를 아는데 우리 입장에서 그는 베일에 가려졌어. 그는 모든 게 불확실해."
"그가 유월절에 예루살렘에 나타나지 않을 거라는 모두의 예측도 빗나갔어."
생명을 건 작전을 앞둔 긴장과 흥분으로 정서가 불안정한 그들이었다.
"내가 유다를 만났다."
바라바였다.
"예수는 그가 무덤에서 살려낸 나사로 집에 머물고 있어."
"유다가 뭐라든가?"
깡마른 사내의 살기등등한 눈빛이 바라바를 쏘아보았다.

"베레아에서 눈물로 설득하고 호소했다더군. 우린 모세를 믿듯 당신을 믿는다고. 바벨론에게 패망한 때로부터 636년인데 여기서 더 인내하는 게 과연 우리 민족에 대한 하나님의 뜻이겠냐고. 당신은 모세를 능가하는 영웅이니 이 민족을 구원해 달라고……."

"그가 모세의 역할을 해 준다면 난 기꺼이 그를 왕으로 추대하겠어."

털북숭이의 괄괄한 목소리.

"그랬더니?"

"열심당이 하려는 일은 열심당이 하고, 나는 내가 하려는 일을 하겠다고 말했다는군."

"그게 무슨 뜻이지? 우리 거사 계획을 알려 주었나?"

"그렇다네. 유다의 해석은 일단 우리가 행동에 나서면 예수는 그의 방법으로 우리의 거사를 도울 거 같다더군."

바라바의 침착한 설명이 석연치 못한 듯 깡마른 사내가 침울하게 말했다.

"그건 예수의 약속이 아니라 유다의 해석이잖아. 예수가 우리의 거사를 방해하지 않겠다는 의사 표시는 분명해 보이는데 그러나 우리를 직접 돕겠다는 건 아닌 것 같아. 도대체 그가 하려는 일이 뭘까? 그 능력을 무엇에 쓰려는 거지? 그의 목적이 뭐야? 우리 힘으로 안토니아 요새를 점령하는 건 가능하지 않아."

"유다가 애쓰고 있어. 우리의 거사와 관련해 예수가 개입하도록 상황을 연출해 내겠다고 약속 했어."

그러나 바라바의 긍정적 설명이 누구에게도 기대감을 주지 못한 것 같다.

"상황 연출? 그게 구체적으로 뭐지?"

"그건 나도 유다도 몰라. 알아도 극비야."

"말도 안 돼. 실패하면 우리가 십자가에 처형되는 거야. 세포리스의 2천 개 십자가를 잊었어? 지금쯤은 모든 계획이 구체적이어야 해."

성공의 확신보다 실패의 불안감이 짙은 분위기다.

"예수에 대해서는 유다가 잘 알아. 미리 알고자 하지 말자. 유다를 돕기 위해 산헤드린의 제사장 여호야킴을 만나도록 주선해 두었어. 그는 성전경비대장 엘르아살과 친분이 두터워. 이 정도의 암시만 해 두겠다. 자, 각자 자기의 임무를 위해 나간다. 때가 때니만큼 각별히 조심하고. 거리마다 로마군의 투구와 창검이 번쩍여. 내일 이맘때 여기서 다시 모인다. 여호와 하나님의 도우심을 믿자. 샬롬."

동지들이 흩어진 후 바라바는 이상하리만큼 허전한 가슴을 스스로 위로할 수 없었다. 그는 표범처럼 사납고 잽싼 연락원 시므온을 데리고 거리로 나섰다. 용맹과 무술을 자랑하는 잘 훈련된 점령군이 오만한 모습으로 거리마다 누비고 있었다. 로마군의 비상경계다.

"냄새를 맡은 게 분명해."

바라바가 신음소리처럼 중얼거렸다.

"시므온, 사냥 나온 표범처럼 눈알을 굴리지 말고 죽은 지 나흘 지난 들개처럼 기를 죽여. 미친놈처럼 히죽거리며 웃기라도 해."

바라바야말로 얼간이처럼 히죽거렸다. 로마군은 바라바의 이름은 알지만 실물을 모른다는 사실을 그들은 알고 있었다.

"요새의 서쪽 성벽 네 개의 문으로 진입한다. 총지휘는 아모스에게 맡기고 가세스, 요나단, 다르곤, 그리고 셀라가 각 성문 하나씩을 맡아 공격한다."

두 사람은 다메섹 문에서 가까운 요새의 서쪽 성문으로 접근하였다. 먼 시골에서 이제 막 도착한 순례자처럼 초라하고 지친 모습으로 위장하였다.

"이틀 후, 공격 개시는 제9시 기도시간 시작과 동시에."
표정은 바보 같으나 그의 지시는 엄숙하다.
"성전으로 가자. 내 지시사항은 당사자들에게만 은밀히 전한다."
성전 서쪽 벽을 끼고 남쪽으로 이동하면서 순례자들과 섞여 있는 동지들과 시선이 마주쳤으나 서로 아는 체하지 않았다. 그 둘이 성전으로 들어서자 맞은편 쪽에서 함성이 들려왔다.
"무슨 소리지?"
의외의 함성에 긴장한 바라바가 걸음을 재촉하여 성전 서문으로 들어가 베다니로 통하는 동문으로 급히 갔다. 사람들이 그쪽으로 몰려가고 있었기 때문이다.
"저건! 예수잖아?"
나귀새끼를 타고 성전 동문으로 들어오는 사람, 그는 분명 나사렛 예수였다. 그 새끼의 어미로 보이는 나귀 한 마리가 어떤 제자의 손에 끌려오고 있었다. 기이한 광경이다. 군중이 예수를 에워싸고 뒤따랐다. 그들 손에 대추야자의 긴 잎이 들려 있었다.

호산나 호산나, 다윗의 자손 예수께 호산나!
주의 이름으로 오시는 이여 우리를 구원하소서
하나님을 찬양하라, 온 인류의 왕이시여 호산나 호산나 만세!

함성이다. 열광적 환호다.
"호산나라구? 예수가 왜 저러는 거야?"
베다니에 온 것만으로도 위험해진 예수가 대제사장의 손바닥으로 자진출두라니, 그것도 예루살렘 성전을 발칵 뒤집힐 정도로 요란스럽게……

'도무지 이해 못할 사람이군!'

바라바가 머리를 절레절레 흔들었다. 사람들은 구름떼처럼 모여들고 '구원해 주소서'라는 뜻을 지닌 〈호산나〉를 크게 외쳐댔다. 어떤 이는 겉옷을 벗어 나귀새끼 앞에 깔았다. 이는 개선장군을 넘어 마치 왕의 입성을 방불케 하는 예우다.

"저게 뭔가?"

안토니아 요새의 가장 높은 제4탑에서 성전을 내려다보던 고넬료와 요새의 백부장 페트로니우스도 그 어이없는 진풍경을 목격하였다.

"군대를 동원시킬 상황은 아니지?"

고넬료가 조금 지켜보자는 뜻으로 은근하게 물었다.

"소요는 아니군."

곧 이어 페트로니우스가 나귀에 탄 주인공을 알아보았다.

"아침 내내 화제의 중심이었던 나사렛의 예수야. 틀림없어."

고넬료도 그를 알아보았으나 입을 열지 않았다.

"왕이 되는 예행연습인가? 유치하긴……."

어느새 나타난 수비대의 천부장이다.

"시리아의 안티오커스를 예루살렘에서 몰아낸 유다스 마카비우스가 저 문으로 저런 식으로 개선했다지? 그 자의 흉내를 낸다?"

천부장의 비아냥거림에 그 뒤의 백부장이 응수하였다.

"상징하는 바가 심상치 않습니다. 체포해야 되지 않을까요?"

"무슨 소릴? 왕이 되었다는, 아니면 왕이 된다는 과대망상에 사로잡힌 촌놈의 광대놀이를 자극해서 시끄럽게 만들 필요가 없다. 지켜보자."

그러나 나귀에 탄 예수는 장난이 아니다. 그는 5백여 년 전의 선지자였던 스가랴의 예언대로 전투용이 아닌 사람이 타보지 않은 나귀새끼를 타고 마치 왕이라도 된 듯 어릿광대노릇을 하는 모양새다. 제자들과 베다니에서부터 앞서거니 뒤서거니 따르고 있는 무리들의 예수에 대한 예우는 명백하게 왕에 준한 것이며, 그들의 구호는 메시아에 대한 환영과 구원의 호소였다.

그 아침의 해 뜨는 데서부터 요란하게 입성한 예수는 예루살렘 시민들과 허다한 순례자들의 시선과 화제를 끌어 모으기에 충분하였다. 많은 사람들이 정말 왕관을 쓰는 대관식을 거행하기 위해 예루살렘에 들어왔다고 수군거릴 정도였다. 가룟 유다야말로 쾌재를 부르며 뒤따르고 있었다. 모세처럼 왕궁으로 찾아가 왕에게 면담을 요청하고 협상하는 정치적 방법이 아니라는 점, 열심당이 유일한 방법으로 채택한 무력항쟁도 아니라는 점이 그를 더욱 놀라게 하였다. 오직 예수만이 할 수 있는 전혀 예상 밖의 방법에 그는 크게 감격하고 고무되었다. 예루살렘을 메운 숫자 미상의 유대인 전체로부터 환영받는 이런 분위기라면 총독이라도 속수무책일 것을 생각하니 날아갈 듯 기뻤다.

'모세를 부르신 하나님이 우리 선생님을 부르시고 모세를 도우신 하나님이 우리 선생님을 도우시는 거야. 이스라엘 만세! 나사렛 예수 메시아 만세!'

유다의 판단은 한 가지는 맞고 한 가지는 틀렸다. 예수의 예루살렘 입성이 그가 원하며 기대했던 것과 본질적으로 다르다는 것을 그는 전혀 몰랐다. 그러나 성 안의 모든 유대인의 열광적 환성과 끓는 감정은 로마군의 무력으로 예수를 어떻게 해보려는 것조차 허용하지 않는다. 한 사람 예수를 건드리면 민중 봉기의 도화선에 불을 붙이는 결과를 초래할 것이다.

인산인해의 예루살렘은 유월절의 대표적 특징이다. 원근의 열강들로부터 끊임없이 침략을 당하고 패배함으로 만방에 흩어져 살아가는 유대인들이 성전을 찾아 멀고 먼 여행길을 마다하지 않고 모여들기 때문이다. 아프리카의 구레네에서 온 시몬과 그의 아들 루포는 소문으로만 듣던 예수를 직접 보기 위해 인파를 헤집느라 진땀을 흘렸다. 마태의 아버지 알패오와 베드로의 집 지붕을 뚫었던 그의 친구들, 나인성 과부의 죽었다가 살아난 아들 아비새, 베다니의 나사로와 그의 매부 시몬과 마르다와 마리아도 흥분으로 들떠 소리쳤다. 갈릴리의 여인들 역시 남자들 못지않게 나귀새끼를 뒤따르며 호산나를 외쳤다. 예수의 모친 마리아는 집을 떠나 유랑하던 아들의 늠름한 모습과 인파의 함성에 감격하여 눈물을 흘렸으며, 막달라 마리아와 세포리스 마리아는 서로 손을 꼭 잡은 채 대추야자의 긴 잎을 흔들며 호산나를 외쳐댔다. 멀리 두로에서 온 유스타와 귀신 들렸던 딸 페니게, 혈루병으로 12년이나 고생하던 가버나움의 베로니카도 거기 있었다. 가버나움 회당장 야이로와 그의 죽었던 딸도 호산나를 외쳐댔다.

유다가 남달리 기뻐하며 감격하는 것처럼 바라바 역시 발 돋음으로 예수를 바라보며 주먹을 불끈 쥐었다.

'역시 나사렛 예수, 그대는 위대하오. 기발하고. 내일모레 제9시요. 당신은 우리 민족의 메시아. 로마로부터 새 유월절을 만듭시다. 어린 양들은 충분하게 준비되어 있소. 당신이 이번 유월절의 모세요. 우리의 영웅이오. 진정 새 왕국의 왕, 유대인의 왕이시오!'

그는 콧등이 시큰거리더니 눈물이 그렁거렸다. 눈치 빠른 시므온이 눈치 못 채게 얼른 손등으로 눈물을 닦고 낮은 소리로 명령하였다.

"유다가 저기 있다. 데려와."

그는 예수의 행동을 부정적 시각으로 생각해 보지 않으면 안 되기 때문에 이내 침착해지면서 냉정을 되찾았다.

"바라바."

시므온을 따라온 유다의 붉게 상기된 희망찬 얼굴이 흥분을 숨기지 못하고 말을 이었다.

"드디어 우리 선생님이 나서주셨어. 이젠 된 거야."

"된 건지 망친 건지 아직 몰라."

화난 듯 퉁명스럽게 던져놓고 발걸음을 옮기자 두 사람이 따랐다. 요새의 제4탑에서 성전을 내려다보는 로마군 감시자들의 시선이 공격적이다. 세 사람은 솔로몬 행각의 길게 도열한 주랑과 주랑 사이로 갔다.

"남은 시간은 이틀뿐이야. 나도 예수의 황당한 등장에 처음엔 흥분했지만 달리 생각해 보니 오히려 불안해. 저런 선동적 행동이 로마 군인을 성전으로 끌어들이게 될지 몰라."

"내 생각은 달라. 선생님은 성전경비대의 수배자야. 저런 식으로 하지 않으면 예루살렘 입성조차 불가능해. 경비대장 엘르아살은 명예와 자존심을 걸고 체포에 나섰어. 그래서 난 선생님의 지혜에 경악을 금할 수 없어. 군중을 보호벽으로 활용하는 거잖아."

"이봐 유다, 그는 비폭력주의자야. 그렇게 일관되게 가르쳤다며? 그러나 우린 칼로 공격해. 유월절 희생양의 피보다 우리 피를 더 많이 흘릴 수 있다는 걸 모르나? 그런데 예수가 우릴 돕는다?"

"그럼 나보고 어쩌라는 거야? 직설적으로 말 해 봐."

유다의 찌푸린 미간을 보며 낮지만 힘주어 답을 주었다.

"자네의 임무는 우리의 거사 전에 훼방자를 제거하는 거야. 예수가 우리의 계획에 차질을 빚게 할 가능성이 겨우씨 하나만큼만 보여도 신속히 손을 써."

"어떻게? 누가 저분이 하는 일을 저지해. 대제사장도 손 못 대고 있는 저분을 내가 어떤 방법으로?"

"목소리 낮춰 유다. 자넨 언제부터 열심당의 명령을 거부하기로 했나?

우릴 배신해? 그것도 결정적인 이때?"

윽박지르는 바라바를 이해시키기 쉽지 않아서 유다는 한숨을 토했다.

"바라바, 베레아를 출발하기 전에 우리 계획을 미리 선생님께 말씀드렸고, 어제 밤 베다니에서 이번 민족적 거사에 모세 같은 역할을 요청했는데……."

"당신들의 일은 당신들이 하시오?"

"아주 정확하군. 날 감시해 왔나?"

"목소리 낮춰."

그가 주변을 둘러보고 말을 이었다.

"난 그걸 거절로 해석하지 않아. 우리의 방법을 인정하는 거야. 선생님은 단지 자기의 방법대로 하겠다는 거라고 봐. 그것이 바로 나귀 타고 등장하는 거 아니겠어? 우린 우리 계획대로 하면 되는 거지."

"한 목적을 위한 두 가지 전략?"

"그럴지도 모르지."

"유다, 확실하지 못한 건 믿으면 안 돼. 그를 믿겠거든 그의 입에서 확답을 들어와. 다시 말하지만 겨자씨만한 의심만 가도 제사장 여호야킴에게 정보를 주면 성전경비대가 처리해 줄 거야."

바라바와 헤어진 유다에게 흥분은 사라지고 고민이 깊어갔다. 왕관을 쓴 예수인가, 열심당의 봉기를 방해받지 않기 위해 성전경비대 감옥에 격리시켜야 할 예수인가. 헤어질 때 바라바가 한 마지막 말이 이명처럼 들려왔다

"예수의 3년 전 성전난동사건 때문에 3년이나 늦어졌어. 이번 유월절에도 예수 때문에 망칠 수는 없어. 네가 그의 제자가 된 것은 우리 민족을 사랑하시는 하나님께서 오늘을 위해 섭리하신 거야. 민족 해방이야말로 하나님의 뜻이니까."

예수를 잡는데 적극 동의한 산헤드린의 바리새파 회원 몇이 화난 얼굴로 대제사장 가야바의 저택에 나타난 것은 아직도 예수가 성전에 머물고 있을 때였다.

"무지몽매한 저 백성이 예수를 다윗 왕국을 재건할 왕이라고 소리치는가 하면 우리를 구원할 메시아라고 헛소리들을 외쳐댑니다. 우리가 보다 못해 그에게 항의했습니다. 왜 저 사람들을 꾸짖지 않느냐고요."

"그랬더니?"

가야바는 체통을 지키려고 감정을 노출하지 않았다.

"만일 그들이 잠잠하면 길에 있는 돌들이 대신 소리칠 거라고 했습니다. 세상에 이런 망발이……."

"그건 자신이 메시아라는 뜻입니다. 그 자를 방치해 두면 로마군과 큰 충돌이 빚어지고 많은 피를 흘리게 될 것입니다. 속히 손을 써야만 됩니다."

가야바는 지금의 상황보다 자기의 선견지명을 자랑하고 싶은 듯 점잖게 입을 열었다.

"내가 일찍이 말했잖소. 많은 사람을 위해 그 한 사람이 희생되는 편이 낫다고."

"문제는요……."

대제사장의 여유에 기분이 상한 바리새인이 볼멘소리를 했다.

"그를 잡는데 장애가 많습니다. 무식한 민중은 군중심리에 휩쓸려 그에게 열광합니다. 그를 왕이거나 메시아로 착각하고 있습니다. 물론 갈릴리 사람들의 조직적 선동이 있었겠지만 결과가 이 지경이니 함부로 건드렸다가는 낭패를 당할……."

"군중의 마음을 우리에게 돌려야 하오."

"인기가 천정부지로 치솟는데 어떻게 말입니까?"

"우리에겐 전능하신 하나님이 계십니다. 우매한 민중으로 하여금 그 자가 가짜 메시아라는 걸 깨닫게 하면 되지요. 그게 진실이니까. 그 대책을 논의해보시오. 난 총독을 만나러 가야겠소."

가야바는 곧 집을 나섰다. 성전경비병들이 그를 호위하였다. 거리마다 들끓는 유월절 인파와 유월절 전날 만찬용으로 잡을 어린 양과 그들의 배설물로 인종시장 겸 가축시장을 방불케 하는 거룩한 예루살렘성의 냄새가 후각을 괴롭혔다. 코를 막았다. 그는 성전 서쪽 벽을 따라 요새의 서문으로 직행하였다. 총독은 회의 중이라 하였다. 예수의 우스꽝스러운 등장과 군중의 열광에 대한 현장감시자들의 보고를 분석중이다. 대제사장의 예고 없는 방문이 그들의 관심사와 무관하지 않다고 생각한 총독은 잠시 회의실을 빠져나왔다. 정복자 이방인의 요새에 들어가기를 거부한 가야바는 문 밖에 서 있었다.

'이방인과 선민의 구별이라? 빌어먹을. 이방인의 지배를 받는 선민 주제에……'

총독은 불쾌하였으나 평안이라는 유익을 위해 늘 참아 왔다.

"안녕 하십니까 총독 각하."

"대제사장께서 찾아주시니 대단히 영광스럽소만 지금 평안하질 못하군요."

지배자의 오만이 역겨웠으나 가야바는 억지 미소까지 보이며 말했다.

"예고도 없이 찾아와서 실례인 줄 압니다만……"

"이런 실례는 얼마든지 받아들입니다만, 이 유월절이 좀 조용했으면 더 바랄 게 없겠소."

"바로 그 일로 각하를 방문하였습니다."

"당신들의 새로운 왕이 출현한 걸 대제사장께서는 어떻게 생각하시오? 그가 왕관을 쓰기 바라시오?"

그 비아냥거림을 가야바는 참았다.

"우린 이미 그 이단자를 체포하기로 결정한 지 오랩니다. 내가 찾아온 것은 그 갈릴리에서 온 자칭 왕이 우리의 왕이 아니라는 점을 분명히 밝히는 것과 그 과대망상에 빠진 젊은이와 그 측근자들의 행동에 각하께서 오해를 갖지 않도록 말씀드려야 할 필요 때문입니다."

"오해라고 했습니까?"

"그자에 대한 오해로 죄 없는 우리 백성이 희생되는 것을 원치 않습니다."

"나도 원하는 게 있습니다. 당신네 백성들이 조용히 유월절을 지키는 것이지요. 평화를 뜻하는 이 도시의 이름에 걸맞게 말입니다."

"우리 모두, 그리고 우리 하나님도 평화를 원하십니다."

총독은 가야바의 앞을 천천히 오가며 말했다.

"실상은 그 반대지요. 이미 매우 어수선해졌고, 열심당은 피비린내를 풍기려 하죠. 우리 군대는 전투경험이 풍부해서 피 냄새에 예민합니다."

지상에서 가장 자존심이 강한 민족을 대표하는 대제사장은 지배국의 3급 행정관에게 협박당하는 굴욕감을 참아내느라 입을 꾹 다물었다.

"로마는 당신들에게 종교적 영역에 관한 한 자치권을 허락하였소. 그런데 그 권한을 이용해서 로마를 향해 칼을 빼어든다면 허용된 자치권을 상실할 수 있음을 총독으로서 상기시켜드리는 게 맞다고 생각합니다."

가야바가 발끈하였다.

"각하, 오해 없기를 바랍니다. 자칭 왕 예수는 산헤드린 법정에 세울 것이니 그 자 때문에 불행한 사태가 생기지 않도록 조금 인내해 주시기를 부탁드립니다."

"난 저 우스꽝스러운 갈릴리 인에 대해서는 신경 쓰지 않습니다. 내 말은 대제사장인 당신이나 산헤드린 등 자치권을 행사하는 지도자들이 열심당의 폭동을 묵인했다는 증거가 나오면 종교행사에 관한 자치권을 계속 허용할 수 없음을 황제 폐하께 건의할 것입니다."

"각하!"

더는 못 참겠다는 듯 격양된 목소리가 이어졌다.

"한 가지 분명히 알고 계셔야 할 게 있습니다. 역대의 어느 총독께서도 우리의 고유한 종교에 대해서는 불간섭 정책을 훼손하지 않았습니다. 그것이 황제 폐하의 뜻이니까요. 만약 각하의 지금 그 발언을 실현시키려 하신다면 대단히 거북스러운 말씀입니다만 그것은 곧 각하께서 우리 땅을 떠나시게 되는 결정적 과오가 될 것입니다. 이 점을 장담할 수 있습니다."

총독의 얼굴이 붉어졌다. 그는 잡아먹을 듯 맹수처럼 가야바를 노려보았다. 너무 화가 나서 혈관이 터질 지경이었다.

"물론 나와 예루살렘 산헤드린, 그리고 각 지방의 산헤드린은 열심당의 어떤 계획에도 관여하지 않습니다. 결코. 열심당은 우리 종교의 바리새파, 사두개파, 그리고 저 유대 광야의 동굴 속에 소수의 에세네파처럼 하나님을 향한 열정으로 뭉쳐진 종파의 하나이긴 하지만 투쟁적 자생조직이라서 우리는 그들에 대해 어떤 결정권도 간섭권도 없습니다. 그리고 이해하셔야 할 것은 피압박민족은 시체가 아니라서 본능적으로 저항하는 생명체입니다. 산헤드린의 영향력이 미치지 못하는 지하조직 열심당에 대해 다 아시면서 그런 험한 말씀을 하시다니……."

"공식적으론 그렇고 비공식적으론 어떻소?"

흥분을 가라앉히려고 일부러 겸손히 물었다.

"산헤드린에도 열심당원이 있을 수 있겠지요. 비밀 지하조직이라 파악이 안 됩니다. 그런데 묵인만 해도 자치권 운운하시니 그 구체적 한계는 무엇입니까?"

총독은 그의 치켜든 염소수염 턱을 쥐어박고 싶었다.
"판단은 내가 할 것이오."
"각하, 말씀 드렸듯이 그것은 황제 폐하의 뜻과 다르다고 확신합니다. 총독 각하께서 개인 자격으로 홧김에 하신 말씀으로 알고 잊겠습니다."
'독한 유대놈들……'
총독은 겁을 주려고 과장해서 경고하였다가 역습을 당하자 몹시 불쾌해졌다.
"예수와 그 주변 사람들의 무모한 집단행동으로 우리 백성이 희생될 우려가 있어 불행한 사태를 예방하고자 찾아뵙고 말씀드렸으니 유념해 주시기 바랍니다."
재삼 방문 목적을 밝히고 총총걸음으로 요새를 떠난 가야바는 분별력 없는 우매한 백성의 마음을 돌이킬 전략이 우선이라고 생각하였다. 그렇지 않고는 예수의 체포가 불가능하기 때문이다. 그러나 총독은 대제사장이 떠난 자리에서 어금니를 악문 채 생각하였다.
'감히 나를 모욕해? 피지배국 대제사장과 지배국 총독이 동격이라도 되는 줄 아는 모양이지? 내 불원간 그 자에게 갑절로 갚아 주리라.'

안토니아 요새에서 총독이, 산헤드린에서 대제사장이 각각 사람 잡을 궁리에 몰두해 있던 그날 예수는 조용히 성을 빠져나가 베다니에 머물렀다. 예수가 아무 일 없었던 듯 침착하고 조용한 것과 달리 제자들을 비롯한 갈릴리와 베다니와 여리고와 베레아에서 함께 온 많은 사람들은 그날 내내 들뜬 가슴을 가라앉히지 못해 서성거리며 웅성거렸다. 왕관을 언제 쓰는지, 로마를 어떻게 몰아내는지가 그들의 은밀한 화제였다. 그런가 하면 극히 일부의 제자들, 늘 측근인 베드로와 야고보와 요한은 예수의 모친 마리아와 세베대와 그의 아내 살로메 등과 그 밤이 깊어가듯

근심도 깊어갔다. 예수가 그 거룩한 성에 들어가기 전에 눈물 흘리며 탄식한 내용이 심상치 않기 때문이다.

"적군들이 포위하고 사면에서 공격하여 예루살렘 사람들을 멸망시킬 날이 오고 있습니다. 그 적군들은 돌 하나도 돌 위에 남겨두지 않을 것입니다. 하나님께서 영원한 평화의 길을 주셨는데도 그들이 거절하였기 때문입니다."

야고보가 자기 부모와 예수의 모친에게 자기 생각을 말하고 싶어진 것은 밤이 깊어서다.

"대제사장에 의해 예루살렘에서 죽는다는 것, 오늘 눈물을 흘리며 예루살렘의 멸망을 탄식한 것, 그건 승리도 영광도 능력도 아니고 완전한 패배, 몰락, 종말이잖아요. 왕이 되는 것과 사형수가 되는 것, 승리와 멸망, 이 부조화를 어떻게 이해해야 될지 모르겠어요."

요한이 낮은 소리로 조심스럽게 반응하였다.

"그 상반되는 개념은 별개가 아니라 유기적 관계 아닐까요? 파종된 씨앗은 땅 속에 장사지낸 죽은 생명 같지만 다시 살아나 꽃을 피우고 열매를 맺습니다. 선생님은 죽는다고 하셨고 사흘 만에 다시 살아난다고 하셨어요. 땅 위에 높이 들려 죽는다고 죽는 방법까지 말씀하셨어요."

"그건 혹시 십자가?"

예수의 모친 마리아가 겁먹은 얼굴로 간신히 말했다.

"실은 저도 그 생각을 했습니다만."

요한이 이모의 어깨에 손을 얹으며 위로하듯 부드럽게 말했다.

"그런 불행한 사태를 예측한다면 난제가 풀리긴 풀리는군."

베드로의 침울한 탄식.

"죽은 사람 셋을 살렸으니 자신의 주검을 생명으로 부활시키는 게 충분히 가능하지."

살로메가 무언의 동의를 보냈다. 베드로가 덧붙였다.
"죽여도 다시 살아나면 그 누구도 다시는 어쩌지 못하지. 정말 그런 식으로 일이 전개될까? 아담 이후 이 세상에 한 번도 그런 경우는 없었는데……."
"예루살렘 멸망의 탄식과 왕국 회복, 앞뒤가 안 맞아."
야고보였다. 대답은 아버지 세배대가 했다.
"3년이나 함께 지내다시피 하며 보고 듣고 배웠는데 중요한 건 하나도 모르다니……."
"그럴 수밖에 없는 것이……."
베드로가 변명하였다.
"결국 죽음이니 멸망이니 부활이니 하는 미래의 일은 그런 일들이 과거가 될 때 우린 비로소 알게 되는 거죠."
모두들 동의하는 듯 고개를 끄덕였다.

다음 날 성전에 들어간 예수는 군중에게 에워싸여 요새의 높은 성전 감시탑을 바라보았다. 영광을 위한 참혹한 죽음이 저 요새에서 결론지어질 것을 아는 듯 가볍게 전율하며 얼른 얼굴을 돌렸다. 소년시절 나사렛 이웃 도시 세포리스의 도로 양편으로 길고 길게 세워졌던 그 참혹한 십자가 2천 개의 현장이 기습적으로 그의 시야에 나타났다. 그는 입술을 깨물며 눈을 감았다. 전신에 소름이 쫙 돋으며 진저리쳐지는 경직된 몸을 이완시키려고 깊은 숨을 몰아쉬었다. 마침 제자들을 통해 면담을 요청한 헬라인들이 그의 앞에 나타났다.
"밀알 하나가 땅에 떨어져 죽지 않으면 한 알 그대로고, 죽으면 많은 열매를 맺습니다."
요한은 자신의 생각이 적중하는 데 놀라 두려웠다.

'죽으면, 죽으면……. 정말 그렇게 되는가 봐. 나무에 달려, 땅에 떨어져 죽으면…….'

이틀 후의 유월절 만찬의 식탁에는 전통적으로 흠 없는 어린 양이 오른다. 그 양의 피가 200만이 넘는 그 민족의 조상들을 이집트의 430여 년 압제 하에서 해방시켰다. 조상들의 그 해방의 날을 1천5백여 년이나 되도록 그 후손들이 최고의 명절로 지켜오는 행사가 유월절이다. 그렇다면 나의 주님 예수, 그분의 이번 유월절 십자가 피가 70여 년이 다 되어가는 로마의 지배로부터 이 민족을 해방시킬까? 그러나 요한은 깊은 생각으로 이어갈 수 없었다. 성전이 희생 제물로 쓰일 양들의 울음소리와 장사치들과 환전 상인들의 혼잡을 더해주는 세속의 잡음으로 예수를 둘러싼 사람들에게 더는 가르칠 수 없었다.

"성전을 더럽히지 마시오. 거래를 중단하시오. 거룩한 내 아버지의 집을 시장터로 만들지 마시오."

우람한 목소리가 쩌렁쩌렁 울렸다. 3년 전 유월절의 성전 난동사건이 재현되고 있다.

"저분이 베다니에서 나사로를 살리신 예수다."

다른 목소리가 더해졌다.

"삼년 전과 똑같군. 그러면 뭘 해. 환전수수료는 언제나 다섯 배 이상이구, 흠 없는 양도 여전히 몇 갑절로 거래되는데."

"멀리서 온 우리의 억울한 손해를 대변해 주니 고맙지. 저분이 우리 왕이 되어야 하는데."

"그리 될 거야. 굉장하잖아. 어젠 온 백성이 저분에게 호산나를 외쳤어."

예수의 행동이 거칠어졌다. 환전상들의 탁자가 엎어지고 짐승들은 발길에 채이면서 성전광장을 혼란에 빠뜨렸다. 예수의 행동에 착취당한 순

제자들이 흥분하여 함성이 일어났다. 성전 광장은 순식간에 요새의 로마군을 끌어들일 소요사태로 발전할 분위기였다.

"출동이다. 광장을 포위하라. 그러나 피를 흘리지 말라. 유월절 피는 많은 피를 부른다. 사태가 악화되지 않도록 경계한다. 진압이 아니라 경계다 경계."

요새의 수비대장은 총독의 허락 없이 그 정도의 작전을 명령할 수 있었다. 군인들이 성전으로 연결된 통로로 밀물처럼 쏟아져 들어갔다. 고넬료와 그의 부하들은 신속히 소요의 진앙으로 접근해 갔다. 성난 예수를 열광적인 무리들이 둘러싸고 있다. 군대가 예수를 잡으러 온다고 생각한 모양이다. 전투복 차림의 고넬료는 예수가 시야에 들어오자 황금빛 투구를 벗어 예의를 갖추며 큰 소리로 말했다.

"우린 아무도 체포하지 않습니다. 사고 예방차원입니다."

"베레아에서 한때 우리와 함께 지내던 가이사랴의 백부장야. 틀림없어."

유다였다. 서서히 긴장감이 풀어지더니 이내 군중은 다시 술렁거렸다. 군인들은 천부장의 지시대로 광장의 요소요소에 신속하게 배치되었다. 성전 경비병들이 어정쩡하게 서성거렸다.

예수는 다시 바빠졌다. 어리석은 질문들이 그를 따라다녔다. 뿐만 아니라 병고와 불구에서 해방되는 것만이 유일의 희망인 소경과 절뚝발이와 각종 환자들이 몰려들어 옷자락을 잡았다. 때로는 질문을 무시할 수만 없는데다가 고통스러운 사람들도 외면할 수 없었다.

바라바와 그의 참모 몇 명은 솔로몬 행각의 그늘에 앉아 묵묵히 사태를 주시하다가 로마군이 개입하자 슬그머니 일어나 성전 밖으로 나갔다.

"우릴 망치게 하는 건지 이런 식으로 돕는 건지······."

바라바가 미간을 찌푸리고 중얼거렸다.

"예수는 광인이야. 해방자가 아니라 훼방자야. 로마군을 성전으로 끌어들였어. 예수를 먼저 제거하는 게 순서였어."

털북숭이가 조심스럽게 이견을 말했다.

"무모해. 그의 인기가 절정이야. 거기다가 썩어가는 송장을 살려낸 능력을 지녔잖아."

"난 그가 사람인 걸 믿어."

깡마른 사내다.

"그도 빵을 먹고 포도주를 마시며 밤이면 잠을 잔단 말이야. 그러니까 제거할 수 있겠지."

"어떻게?"

"이 뚱보야. 그건 우리 모두의 숙제야."

"어쩌면 최선의 방법은……."

바라바가 무겁게 말했다.

"예수가 군중을 벗어나 홀로 있을 때 성전 경비대가 몰려가서 단단히 결박하는 거지. 밤이 좋겠지."

"그 일이라면 유다가 나서야지."

"준비는 돼 있어. 예수가 우리에게 방해가 된다면 대제사장의 체포명령이 이루어지게 하는 거야. 그를 완전 제거하면 안 되고 자극하고 몰아붙여서 그의 능력을 우리 거사를 위해 발휘하지 않으면 안 되도록 상황을 연출하는 게 최종 목적이야. 그에 대한 우리의 기대가 충족되면 그가 왕이 되어도 좋아."

"그럼 유다가 출세하겠네."

"아니지. 난 바리새파의 견해에 동의해. 그의 능력은 귀신의 힘을 빌린 거야. 하나님의 능력으로 기적을 일으키는 것이라면 모세처럼 조국 해방에 그 힘을 써야 해. 옛날 사사들과 선지자들도 우리 백성을 위해 능력을 사용했어. 우린 하나님이 선택한 민족이니까. 그런데 예수는 고작 환자나 불구자를 고치러 다녀. 그것도 천오백 년 전통의 모세의 율법과 규례의 울타리를 자기 마음대로 벗어나면서……."

엇갈리는 의견과 격양된 감정으로 목소리가 높아지는 동지들에게 바라바가 대장의 위엄으로 명령하였다.

"그만하고 헤어진다. 각자의 책임을 다한다. 해가 진 후 다메섹 문 근처에서 만나자. 그리고 시므온……."

그는 연락 담당 시므온에게 귓속말로 지시하였다.

"유다에게 전해. 내일 중 제사장 여호야김을 만나서 예수의 체포에 관련된 모든 계획을 확실히 해 두라고. 실행 여부는 사태의 진전을 보고 결정한다고 해. 단 우리의 거사 전에 그에게 손을 대진 말라고 해. 언제라도 체포할 만반의 준비만 갖추라고."

그들이 떠나자 홀로된 바라바는 눈을 감았다. 마음이 편하지 못하였다. 이틀 후의 무력항쟁의 성공은 보장된 게 없다. 오히려 너무 소홀하게 준비된 것 같아 불안감마저 스멀스멀 올라온다. 조직이 허술한 것 같다. 작전은 단조롭지 않은가. 이게 우리의 한계인가.

'이젠 계획대로 해야겠지. 총독이 나를 십자가에 못 박아도 항쟁에 다시 불을 붙이는 의미는 있어. 우리의 패배로 예루살렘의 유월절을 동족의 피로 물들인다면 예수도 관망자가 되지는 못해. 나는 죽고 그가 왕이 되어도 좋아. 이 땅에서 이방인을 몰아내는 것만이 하나님이 주신 이 땅에 대한 우리의 책임이고, 충성이고, 이 백성에 대한 애정이며 사명이야. 내 사명은 조국의 해방이지 왕관이 아니야.'

그는 문득 5백여 년 전 그들을 지배했던 페르시아 제국의 수도 수산의 왕궁에서 은밀하게 준비된 유대인 몰살계획을 떠올렸다. 유대인을 극렬히 증오하는 국무총리 하만의 그 음모를 알게 된 유대인 왕비 에스더가 동족을 구하기 위해 죽으면 죽으리라는 각오로 왕 앞에 나갔던 그 장렬한 모습이 그림같이 떠올랐다.
 '나도 내 민족의 해방을 위해 죽을 각오가 충분히 되어 있어! 십자가라도 마다하지 않겠어!'

 다음 날 아침 예루살렘으로 향하던 예수는 어제까지도 싱싱하던 무화과나무 앞에 섰다. 그 푸르고 무성하던 잎들이 손만 대도 부서질 만큼 말라 있었다. 어제 아침 입성하면서 열매가 없다고 저주한 그 나무였다. 예수는 다시 걸음을 재촉하였다. 그러나 제자들은 유구무언이다. 움직일 줄 몰랐다. 유다는 어제의 말이 떠올라 가슴이 뛰었다.
 '내게 보낸 암시?'
 예수가 내일의 열심당 항쟁에 보내는 최종 메시지일지도 모른다는 불길한 생각이 들었다.
 '이 무모하고 어리석은 자들아, 너희 가슴에 품은 초라한 단검으로 백전백승의 로마군 정예부대와 싸워? 너희는 우리의 유월절이 수백만 우리 조상들의 조직화된 집단행동으로 쟁취한 승리의 영광이 아님을 잊었느냐. 40년간 미디안에서 망명생활 하던 팔십 세 노인 모세 한 사람이 하나님이 주신 능력을 힘입어 이룩한 해방의 날임을 기억하라. 모세를 믿는다면 나를 믿어라. 저 메마른 무화과나무를 보라!'
 유다는 오늘 중으로 제사장 여호야킴을 만나라는 지시를 받았다. 내일 거사 전에 예수를 체포해서는 안 된다는 메시지다.
 '바라바, 나의 위대한 스승께서 한마디만 하시면 안토니아 요새가 무너진다. 무장한 적군을 하룻밤 사이에 마른 뼈들로 만들 수 있다. 선지자 에스겔이 본 골짜기에 흩어진 뼈들처럼.'
 그는 멋대로의 해석에 흥분하여 의식하지 못한 채 걸음이 빨라졌다.

누군가가 옆 사람에게 말하는 소리가 들렸다.
"예루살렘의 멸망을 예고하셨는데 저 무화과나무처럼 된다는 뜻일 테지?"
예수가 성전에 들어서자 기다렸다는 듯 일단의 바리새인들이 에워싸며 질문공세를 폈다. 순식간에 군중이 둘러섰다.
"우린 당신이 삼 년 전의 유월절에 여기서 한 일을 잊지 않고 있소. 어제처럼 소란 피운 거 말이오. 희생제물의 판매나 성전세로 내는 세겔의 환전은 하나님 백성의 신성한 의무를 돕는 공인된 일이오. 그런데 당신이 무슨 권한으로 훼방하시오?"
랍비의 지나치게 큰 목소리는 질문의 의도가 다른 데 있음을 노출시켰다. 그것이 대제사장 등 측근들이 궁리해 낸 올무였다. 만일 예수가 하나님으로부터 위임 받은 권한 행사라 하면 권한과 행사의 괴리를 물고 늘어질 계획이다. 하나님의 일을 하나님 스스로 방해하는 모순을 예수가 어찌 설명할 수 있을까. 예수가 자기의 권한으로 그렇게 하였다면 종교가 절대우선인 그 사회에서 종교 활동을 훼방한 반종교주의자로 낙인찍을 수 있다고 그들은 계산하였다.
"나도 한 가지 묻겠소."
예수가 태연하게 천천히 말했다.
"내 질문에 답하면 나도 당신들의 질문에 대답하겠소."
오만한 얼굴들은 당황하였고, 긴장한 군중들은 호기심으로 눈이 빛났다.
"요한이 요단강에서 세례 준 게 하나님께 받은 권한이오? 아니면 사람에게서 받은 권한이오?"
그들은 얼른 대답을 못하고 서로의 얼굴을 바라보며 은밀하게 의견을 나누었다.

"난처해. 모든 사람이 요한을 선지자로 믿어. 그러니 요한의 권한으로 했다면 우리가 봉변을 당할 수도 있겠어."
"모른다고 말하는 게 어떨까?"
잠깐의 수군수군 결과를 첫 질문자가 대변하였다.
"산헤드린이 공식 견해를 밝힌 바 없기 때문에, 우린 잘 모르겠소."
"랍비도 별게 아니군."
군중 속에서 키득거리는 웃음소리가 들리자 질문자들의 얼굴이 떨떠름했다.
"그렇다면 나도 당신들의 질문에 대답하지 않겠소."
첫 질문자가 슬그머니 빠져나가자 두 번째 세 번째 질문자가 나섰다. 로마 황제에게 세금 내는 것이 옳은가, 가장 큰 계명은 무엇인가를 그들이 물었다.
"전에도 말하였듯 카이사르의 것은 카이사르에게, 하나님의 것은 하나님께 바치면 됩니다."
예수는 누구도 이의를 제기하지 못할 만큼 완벽한 대답을 해주었다.
"당신의 마음과 뜻과 정성을 다하여 주 하나님을 사랑하시오. 그리고 당신의 이웃을 당신 몸처럼 사랑하시오. 이것이 계명의 전부요."
올무를 던진 자들이 돌아가자 예수는 격양된 목소리로 군중에게 말했다.
"그들의 가르침은 다 지키되 그들의 행위는 본받지 마세요. 그들은 위선자요. 거드름 피우며 인사 받기를 좋아하고 초대 받으면 상석에 앉으려 하고, 섬기지 않고 섬김 받기만 바라는 사람들입니다. 누구든지 자기를 낮추는 사람은 높아지고 자기를 높이는 사람은 낮아집니다. 그러므로 바리새인들이나 종교 지도자들의 교만과 위선이 재앙을 초래할 것이오. 하루살이는 걸러내면서 낙타는 통째로 삼키는 위선자들에게 재앙이 있을 것입니다. 지옥의 형벌을 피하지 못합니다."
 가장 과격한 표현으로 지도자들과 지식인을 비난한 예수는 내일의 항쟁을 위한 마지막 준비로 기민하게 움직이는 열심당의 긴장과는 달리 군중을 향해 열심히 장시간 가르쳤다. 오늘이 마지막이라도 한 듯 성전에서, 그 밤에는 베다니에서 제자들을 가르쳤다. 그 밤은 특히 예루살렘과 이스라엘의 현재보다 참혹한 멸망과 인류의 종말을 예고하였다. 소름이 끼치도록 살벌한 어휘들이 간단없이 반복되었다. 그 자리에 유다는 없었다. 그가 그 밤의 긴 설교를 들었더라면 내일의 열심당 항쟁의 완전한 실패로 착각, 무슨 조치든 취하였을 것이다.

 유다는 그 밤에 바라바의 지시대로 제사장이며 산헤드린공회원인 여호야킴을 면담하고 있었다. 유다는 자기 생애에 가장 중요한 문제를 처리하고 있다는 생각으로 몹시 긴장되었다. 그의 한 마디 말과 발걸음 하나가 역사를 바꿀지도 모른다는 생각도 하였다. 그는 여호야킴이 거만스럽게 바라보는 시선에 저항하듯 거칠게 말하였다.
 "내 생각을 바꾸겠습니다."
 "그게 무슨 소린가? 바라바의 말과 다르군."
 여호야킴의 조금 당황한 목소리.
 "나는 누구의 말도 듣고 싶지 않습니다. 바라바 역시 내 역할의 중요성을 제대로 이해하지 못합니다."
 제사장은 못난 하층민에게 조롱당한 불쾌감으로 눈살을 찌푸렸다.
 "그래서 어쩌겠다는 건가, 유다."
 "내가 직접 대제사장님을 만나겠습니다. 대제사장 가야바와 안나스, 그 두 분을 함께 만나게 해주십시오."
 "뭘 모르는군. 안나스와 가야바가 어떤 어르신들인데 당신이 함부로 만나자는 건가?"
 천민의 면담 요구가 가소롭다는 표정이다.
 "문제의 중대성이 최고의 어른들을 만나게 할 뿐, 내가 대제사장님들을 보고 싶어서가 아니라는 점을 분명히 해둡니다."
 여호야킴이 '당돌한 놈!' 하고 생각하며,
 "아무튼 거절이오. 내게 말하면 다 전달되니까."
 그의 단호함에 유다도 단호하게 대응하였다.
 "그럼 가겠습니다. 모든 책임은 당신 몫입니다. 당신은 그것이 무엇을 뜻하는지 모르는 모양인데 나의 선생님이 득세하면 성전 귀족들이 먼저 멸망할 것입니다. 오늘 아침 성전에서 나의 선생님이 공개발언을 하셨으니 다 아시겠지만 사두개파와 랍비들 등 종교귀족들에게 재앙이 임한다고 하였습니다. 난 가겠습니다."
 "잠깐……."
 초라한 행색과 달리 건방지게 뻣뻣한 유다의 요구를 여호야킴이 수락하고 말았다.
 "난 내 책임이 아닌 걸 책임지는 건 질색이야. 두 분의 대제사장님 면담을 주선하지. 충고하는데 당신이 취할 수 있는 최상의 예의를 갖추게. 그 두 분은 우리 민족을 대표하는 분이시고 아울러 지성소에 들어가 하나님 면전에 서시는 분이시다."
 유다는 즉시 안나스의 저택으로 안내되었다. 그의 도착과 거의 동시에 긴급 연락을 받은 가야바도 장인의 저택에 나타났다.
 "이 밤중에 예수의 제자 하나 때문에 내가 움직여야 하다니……."
 가야바는 툴툴거리며 횃불을 밝혀주는 성전 경비병들의 호위를 받으며 장인 앞에 섰다.
 "이 자에게 우리 두 사람을 동시에 면담해야 할 만큼 중대한 용무가 있다는 군."

늙은 전직 대제사장 안나스가 염소수염을 만지작거리며 턱으로 유다를 가리켰다.

"자네가 가룟 출신 유다인가?"

가야바가 물었다.

"그렇습니다."

"너의 스승 예수를 배반하려고 여길 왔나?"

유다는 배석한 여호야킴의 충고를 무시한 채 가느다란 눈을 최대한 크게 뜨고 당돌하게 가야바를 응시하였다.

"저는 배신자도 밀고자도 아닙니다. 제 자신의 의지와 결단으로 중대한 역할을 수행할 뿐입니다. 우리 민족을 위해서입니다."

"의지, 결단, 민족을 위하여. 그런데 그게 도대체 뭔가?"

유다는 혀로 입술을 적셨다.

"제 선생님은 위대한 분입니다. 저는 그분을 지극히 존경하며 그분이 하는 일은 무엇이든 옳다고 믿습니다."

"그렇다면 자네가 여기 온 게 자네 스승의 심부름인가?"

늙은 안나스의 참을성 부족한 질문이다.

"제 스승께서는 잡히기를 원하십니다. 대제사장님들께서는 그를 잡기 원하시고요."

"허, 자넨 보기보다 더 교활한 게야."

역시 안나스였다.

"그분이 잡히는 것이 우리 민족에게 유익하다고 저는 생각합니다. 제가 두 분 대제사장님을 뵙고자한 것은 체포하시되 그분께 어떤 해도 끼치지 않겠다는 역속을 받기 위해서입니다."

"유다!"

아빠가 대제사장의 위엄을 풍기며 엄숙하게 말하였다.

"재판은 산헤드린이 한다. 덕망과 인격과 지성을 겸비한 우리 민족 최고의 지도자들이 모세의 율법에 근거하여 공의로운……."

"압니다. 그러나 제가 바라는 건 약속입니다. 그분을 해쳐서는 안 됩니다."

당돌한 천민을 한동안 묵묵히 바라보던 가야바가 안나스에게 시선을 옮겼다. 노인이 고개를 끄덕였다.

"좋다. 네 뜻이 가상하다. 현상금을 네게 주마."

여호야킴이 은화 30개가 든 주머니를 유다 앞에 던졌다.

"돈 때문이 아닙니다."

"안다. 자넨 하나님과 하나님의 선민을 사랑하는 유대인이다. 그러니 받아 둬라. 이건 우리가 내 건 현상금, 약속의 이행이다."

유월절에, 예루살렘이 잠든 시간에, 유다는 예수가 잠자는 곳을 알려 주기로 약속하고 안나스의 저택을 떠났다. 안나스와 가야바는 잠시 묵묵히 앉아 있었다. 아직 더위가 기승을 부리기에는 일렀으나 그날따라 그들은 더위를 느꼈다.

"장인어른."

골똘히 생각에 잠겨 있던 가야바가 먼저 입을 열었다.

"만일 예수에게 사형을 선고한다면……."

"사형이라고 했나? 쯧……. 나도 예수라는 자가 성전에서 감히 우릴 비난했다는 보고를 받았네. 그런 짓을 하다니. 우리가 할 일은 그 자의 입을 막든가 우리의 귀를 막든가 하는 거야. 어떤 쪽을 선택하려나?"

"알겠습니다. 문제는 그게 아니라 우리에게 재판권은 있으나 그 자에겐 십자가 처형이 필요합니다. 그건 로마의 권리라서. 십자가 처형이어야만 추종자들이 흩어집니다."

"여보게 사위, 언제까지 중대사를 이 늙은 장인에게 의존하려는가? 난 평생 중대한 일들을 처리하느라 이렇게 늙었네. 한 민족을 대표하는 건 중요한 일들을 판단하고 처리하는 거야. 자넬 대제사장 자리에 앉혔으니 이 늙은이가 안식할 수 있도록 이젠 날 좀 내버려 두게. 이번 일은 워낙 중대하니까 내가 돕겠지만……."

안나스는 턱을 세우고 충치 먹은 어금니가 드러나도록 크게 하품을 했다.

"유다의 말대로 밤에 조용히 잡아다가 신속하게 재판하게. 산헤드린을 긴급 소집해야겠지. 증인들을 제대로 확보해 두고. 성전을 모독했지? 모세의 율법을 범했고. 그런 죄는 산헤드린이 형벌을 정해야 되는데, 우리 율법엔 십자가형이 없으니 결국 총독 재판으로 가야되겠군. 그러려면 로마의 법을 범했어야 하네. 그걸 생각해 보았나?"

"예, 장인어른. 그 자는 자기가 왕이라고 선언하였습니다. 말뿐만 아니라 엊그제 왕처럼 동문으로 들어올 때 나귀새끼를 타고 격식엔 안 맞지만 왕의 흉내를 낸 건 분명합니다. 그가 왕이 된다고 하였으니 로마에 대한 반역죄가 성립됩니다. 로마엔 황제가 한 사람뿐입니다."

"잘 해보게."

"분부대로 하겠습니다."

"이 사람아, 분부가 아니라 자네의 일이야."

두 늙은이가 지친 몸으로 헤어지고 한참이 지난 후 날이 밝았다. 유월절을 이틀 앞둔 열심당 거사가 계획된 날이다.

그날따라 예수는 베다니를 벗어나지 않았다. 그의 생애 마지막 휴식이라도 하려는 듯 편히 쉬기만 하였다. 그러자 제자들이 성화였다. 낮에는 차라리 성전이 안전하니 예루살렘으로 들어가자고.

"누구도 나를 잡기 위해 여기에 오지 않을 것이오. 오늘과 그리고 내일은."

예수의 평온처럼 예루살렘도 표면상으로는 그 도성의 이름처럼 평화로웠다. 그러나 저 멀리 아프리카의 구레네와 알렉산드리아에서, 헬라의 고린도나 아테네, 마케도니아의 데살로니카와 빌립보에서, 로마를 비롯한 아털라아의 도시들과, 아시아의 여러 지방과 메소포타미아와 아라비아에서, 옛날 침략자들에게 포로로 잡혀가 흩어져 살던 유대인들의 후손들과 개종한 이방인들이 끊임없이 몰려들고 있었다. 그들이 타고 온 낙타와 나귀와 유월절 식탁용 양들이 아무데나 퍼질러 놓은 배설물들로 거룩한 성은 거대한 가축 방목장이며, 시장터며, 인종 전시장이며, 쓰레기장이었다. 삼엄한 로마군의 경비가 그 복잡한 도시에 위엄을 얹어 주었다.

유대인의 제9시(지금의 오후 세 시).

매일 반복되는 일상적인 그날의 세 번째 기도시간에 성전 광장은 입추의 여지없이 사람들로 메워졌다. 성전 경비병들은 압사 사고라도 생길 수 있어 질서유지에 진땀을 흘렸다.

그때, 북서쪽 가까운 곳에서 함성이 터졌다. 가세스와 요나단과 다르고노와 셀라가 각각 지휘하는 4개조의 열심당원들이 아모스의 신호에 따라 옷 속에 감추었던 단검을 빼어들고 요새의 서문 쪽으로 밀어닥쳤다.

바라바는 성전의 북쪽을 둘러싼 주랑 가까이에 있었다. 요새로 통하는 계단이 가까운 곳이다. 그 계단 위쪽에서 로마군이 방어태세를 갖추고 있었다. 바라바는 북서쪽의 함성을 신호로 계단 몇 개를 달려 올라갔다.

"하나님, 우리를 도우소서!"

그의 절규가 군중의 시선을 끌었다.

"로마를 우리의 거룩한 땅에서 몰아냅시다. 하나님의 백성들이여, 오늘 제 2의 유월절을 탄생시킵시다. 요새를 공격합시다. 로마군을 몰아냅시다!"

일제히 함성이 터졌다. 남자들이 계단을 달려 올라가기 시작하였다. 그러나 요새의 제4탑에서 성전을 감시하던 수비대장은 침착하였다. 바라바의 의도대로 군중이 선동되어 따르지 않는다는 판단이 섰기 때문이다. 성전광장의 저 많은 군중이 일제히 밀려오면 아무리 훈련되고 무장된 로마군이라도 절대의 중과부족은 약점이다. 군중은 일부 공격대열에 합류하였다. 그러나 많은 사람이 관망자로 그들의 위치에 서 있었다.

"서문으로 대기병 절반을 보내라. 이탈리아 부대는 전원 성전 통로를 방어한다. 근위대는 비밀통로에 대기한다."

병력의 발 빠른 이동과 계단 아래쪽에서의 충돌의 위험을 느낀 군중들을 흩어지게 하였다.

"저자의 작전이라는 게 군중을 선동해서 부족한 힘을 채우려는 거였군. 약간의 희생을 치르더라도 저 선동자는 반드시 생포하라."

천부장의 지시에 따라 직속의 백부장이 잽싸게 성전통로로 내려갔다. 생명을 포기한 듯 발악적으로 요새 진입을 시도하는 열심당원들과의 유혈충돌이 빚어졌다. 쌍방에 다수의 희생자가 생겼다. 그러나 해질녘쯤 소요사태는 막을 내렸다. 성전 광장의 인파는 현저하게 감소되었으며, 군중의 호응 없는 투쟁은 긴 긴장에 비해 너무 짧게 끝나 열심당 전사들의 가슴은 허탈하였다. 어둠과 함께 평화라는 이름의 도시를 무덤 같은 적막이 덮었다. 총독은 지휘관들을 모아 놓고 공로를 극찬한 후 덧붙였다.

"너무 싱겁군. 그러나 놈들이 배수진을 쳐 두었을지도 모르니 공격적

경비를 더욱 강화하라."
"각하, 선동을 위한 예비적 작전일 수 있다고 생각됩니다."
수비대장이 가슴을 한껏 펴고 말을 이었다.
"순찰 보고에 의하면 우리가 생포한 바라바가 나사렛 예수보다 유명해졌다고 합니다. 이구동성으로 바라바를 연호하는 무리들도 있습니다. 새로운 영웅의 탄생 같습니다."
"하하하, 바라바. 그 영웅을 유월절 기념으로 십자가에 처형하면 되겠군. 그는 더 유명해지고 동시에 경고도 되고."
승자들의 껄껄거리며 웃는 소리가 안토니아 요새의 어둠 속으로 흘러나갔다.

영원한 새 시대의 여명 - 카이사르 티베리우스 즉위 17년 4월의 그 날

　승산 없는 단조로운 작전이 실패로 끝난 그 다음 날은 흠 없는 1년 된 수양을 잡아 온 가족이 식탁에 둘러앉아 누룩 없는 빵과 함께 만찬을 한다. 이집트 430년의 마지막 만찬을 기념하는 날이다. 어제의 광풍은 멈추었고, 긴장감이 있는 고요한 하루였다.
　두 명의 제자가 예수의 지시대로 예루살렘에 들어가 양을 잡고 유월절 만찬을 준비하였다. 장소는 대제사장 가야바의 저택에서 가까운 마가의 모친 마리아의 저택 이층이며, 관례대로 구운 양고기와 누룩 없이 만든 빵, 쓴 나물과 양질의 포도주가 넉넉히 준비되었다. 마가의 모친 마리아의 헌신이다.
　해질녘에 예수를 중심으로 열두 제자가 식탁에 앉았다. 예수는 길지 않은 33년 생애의 여로에 마침표를 찍는 최후의 식탁을 앞에 두고 제자들의 면면을 살펴보았다. 그들 중 누구도 그 만찬이 예수의 생애 마지막 식사가 되리라고는 생각하지 못하였다.
　"내가 고난을 당하기 전에 여러분과 이 유월절 음식을 함께 나누기를 원하였소."
　제자들은 어이없게도 서로 예수의 곁에 앉고 싶어 은근히 다투고 있었다.
　"나는 섬기는 자로 여러분 가운데 있소."
　예수는 첫 잔을 들어 축복하고 자리에서 일어섰다. 낮음과 섬김의 본을 보여주기 위해서다. 그는 하녀를 부르지 않고 아래층으로 내려가 대야에 물을 떠 왔다. 겉옷을 벗었다. 허리춤에 수건을 찔렀다. 제자들 앞에 무릎을 꿇었다. 발을 씻기기 시작하였다. 그들은 당황하였지만 새로운 의식의 제정으로 생각하였는지, 또는 선생님의 하시는 일에 감히 반대할 수 없어서인지 모두들 엉겁결에 차례대로 발을 내밀었다. 그러나 베드로의 차례가 되자 그는 거절하였다.

"안 됩니다 주님. 제 발을 씻으시다니요."
"베드로, 지금은 무슨 뜻인지 몰라도 후에 알게 될 것이오."
"절대로 안 됩니다."

예수는 모두를 바라보며 말하였다.
"내가 씻어주지 않으면 나와 아무 상관이 없소."
"예? 그렇다면 주님 제 손과 머리까지 다 씻어주십시오."
"다 깨끗하니 발만 씻으면 되오. 그러나 여기 한 사람은 깨끗하지 못하오."

대수롭지 않은 말 같았으나 좌중은 한동안 무거운 침묵에 빠졌다.
"앞으로는 여러분도 서로 발을 씻어 주어야 하오."

그는 자리에 앉으며 구수한 냄새의 양고기를 먹었다.
"그러나 이 말은 모두에게 하는 것이 아니오. 다윗의 시편에 기록된 대로 내 빵을 먹는 사람이 나를 배반할 것이오."

제자들은 눈을 휘둥그렇게 뜨고 서로의 얼굴을 바라보다가 스스럼없이 물었다.
"저는 아니지요?"
"저도요."

유다는 예수의 오른편, 요한 다음에 앉아 있다. 모두들 자기는 그런 배반자가 아니라는 반응이다. 유다는 조용히 눈을 감았다. 나의 희망이 민족의 희망이며, 하나님의 뜻이며, 스승의 요구인 것을 그는 느끼고 있었다.

'무화과나무에게 했던 것처럼 안토니아 요새에게 해주시오. 당신이 나설 차례요. 바라바는 감옥으로 갔고 열심당은 힘을 잃었소. 지체하지 마시오. 약속은 없으나 당신은 충분히 암시하였소. 이 민족의 유일한 희망은 예수, 당신뿐인 것을 당신은 알고 있소.'

"나는 성경에 기록된 대로 죽음의 길로 가지만 나를 배반한 그 사람은 차라리 세상에 태어나지 않았으면 더 좋았을 걸."

예수의 왼편에 앉은 베드로가 오른편의 요한에게 눈짓을 보냈다. 그게 누군지 여쭈어 보라는 신호였다.

"주님, 그게 도대체 누굽니까?"

다른 제자들은 속삭임 수준의 질문을 듣지 못하였다. 예수 역시 요한만 알아들을 작은 소리로 말했다.

"내가 빵 한 조각을 찍어 주는 그 사람이오."

그는 한 입에 들어갈 크기로 누룩 없는 딱딱한 빵을 떼어 향료가 섞인 소스를 찍어서 유다에게 주며 낮게 말하였다.

"당신이 할 일을 하시오."

유다가 엉거주춤 일어섰다. 제자들은 재정을 맡은 그에게 임무가 주어졌다고 생각하는 게 자연스러웠다. 그는 잠깐 스승을 주목하였다.

'당신이 드디어 나서 주시는군요. 내게 맡긴 역할을 거절하지 않겠습니다. 이렇게 될 줄 알고 미리 손을 써 놨습니다.'

그는 아래층으로 내려가는 실내 계단을 두고 바깥 층계로 나가기 위해 문을 열었다. 조용하고 어둡다. 그토록 시끄럽던 수를 헤아릴 수 없는 양들이 지금 식탁에 올라 있다. 로마 병사들의 강화된 경비가 어제의 비극적 항쟁을 증언할 뿐 도시는 거대한 무덤처럼 침묵한다. 그는 천천히 걸었다. 밤은 이제 시작되었고 그가 만나야 할 여호야킴도 대제사장들도 가족과 함께 양고기를 뜯어 먹는 시간이다. 그는 문득 예수가 자기를 지칭한 불쾌한 단어가 떠올랐다.
 '배반? 차라리 세상에 태어나지 않았으면 더 좋았을 사람? 난 결코 배반을 생각한 적이 없는데……'
 그는 힘없이 중얼거렸다. 그것은 그의 진심이다. 그는 3년 전 유월절에 예수의 난동을 성전에서 목격한 직후 그를 따르기로 결정하였다. 이유는 오직 하나, 예수의 그 범접하기 어려운 위엄과 그 대단한 용기와, 갈릴리에서 일으켰다는 그 기적들의 경이로운 능력을 민족 해방의 희망으로 확신하였기 때문이다. 배신자는 시몬과 다대오와 작은 야고보다. 3년이 지나는 사이 완전히 변질되어 어제의 투쟁에 관심조차 보이지 않았다.
 '모세를 통해 이집트에서 해방의 감격을 연출하신 하나님이 예수를 통해 로마로부터 해방시키리라 난 믿어. 의심의 여지없이.'
 그는 계속 자기의 정당성을 중얼거리며 다윗 왕의 궁전이 있던 언덕에 올라 성전을 바라보았다.
 '바라바, 낙심 말아. 잃는 게 있으면 얻는 것도 있어. 당신은 어제 하루 사이에 영웅이 되었어. 바라바가 총독에게 잡혔으나 나의 선생님은 대제사장에게 잡힐 거야. 사사시대의 삼손이 생각나지. 블레셋 군대가 그를 잡았어. 그러나 그는 블레셋 왕과 신하들과 많은 백성을 한 자리에서 떼죽음시켰지. 나의 선생님은 삼손보다 월등하게 위대해서, 전능하셔, 우리 민족의 새 역사가 시작될 거야.'
 유다가 좀 더 시간을 지체하다가 가야바의 저택으로 갔을 때는 이틀 전의 안나스의 저택과 전혀 다른 분위기여서 머뭇거려졌다. 그 넓은 마당에 칼과 몽둥이로 무장한 성전경비병들이 로마군의 병영을 방불케 하였다. 비무장의 낯선 얼굴들도 있었다.
"유다, 기다렸네."
여호야킴이 그에게 다가왔다.
"이 정도면 능히 예수를 잡을 테지."
유다가 비무장의 낯선 얼굴들을 바라보자 여호야킴이 말을 이었다.
"증인들도 준비되었네. 예수가 있는 곳으로 안내하시게."
"조금 이릅니다."

예수는 유다가 나간 후 빵 한 조각씩을 제자들에게 떼어 주며 이것은 내 살이라 했다. 이어서 포도주 한 잔씩 돌려주며 이것은 많은 사람을 위하여 흘리는 언약의 피라고 하였다.
살과 피?
제자들은 오늘따라 그 의미의 상징성 때문에 이해하지 못할 만큼 우둔하지 않았다. 선생님의 몸이 이 빵조각처럼 찢어지며, 선생님의 피가 찢겨진 살에서 흘러내릴 것을, 몇 차례나 예고한 죽음의 임박을 실감하며 전율하였다.
"내가 가는 곳에 당신들은 오지 못하오. 내가 같이 있을 시간도 잠시 뿐이오. 내가 새 계명을 주겠소. 내가 여러분을 사랑한 것처럼 여러분도 서로 사랑하시오. 그것을 보고 세상 사람들이 나의 제자라는 것을 알게 될 것이오."
"어디로 가시는데요?"
베드로가 초조한 듯 물었다.
"지금은 따라올 수 없지만 그러나 후에는 따라올 것이오."
"감옥에라도 따라가겠습니다. 주님을 위해서라면 제 목숨도 버리겠습니다."

"베드로……."
예수는 연민의 눈으로 그를 잠시 바라보다가 말했다.
"닭이 두 번 울기 전에 당신은 세 번이나 나를 모른다고 말할 것이오."
그 엄숙한 경고에도 베드로는 어이없어 머리를 절레절레 흔들며 흥분하였다.
"아닙니다. 주님과 함께 죽는 일이 있더라도 절대로 주님을 모른다고 하지 않습니다."
유월절 만찬 후 집안에서 보내는 게 관례였으나 예수는 제자들과 함께 마리아의 저택을 나섰다. 주인의 아들 마가도 따라나섰다. 베다니를 떠나기 전에 모친과 여러 갈릴리 사람들에게 말한 대로 그 밤을 지내기로 예정한 겟세마네로 행하였다. 유다도 물론 알고 있는 그곳은 그들에게 유월절 만찬을 제공한 마리아 소유의 올리브 농원 바로 옆이며, 올리브기름 짜는 틀이 놓여 있는 착유장(搾油場)이다. 일행은 예루살렘으로 들어가던 길을 거슬러 성전 동쪽의 기드론 골짜기를 지났고, 올리브산 기슭에서 베다니 길을 벗어나 샛길로 접어들었다.
교교한 달빛이다. 풀벌레들의 조용한 오케스트라만 연주되고 있다. 예수는 전에도 그랬듯이 제자들을 올리브 농장 옆에 머물게 하고 베드로와 요한과 야고보만 데리고 착유장 근처로 갔다.
"내 마음이 심히 괴롭소. 여기서 나를 위해 기도해 주어야겠소."
예수는 돌을 던지면 떨어질 만한 거리의 착유장 옆 바위 곁에 무릎을 꿇었다. 얼굴을 땅에 묻다시피 하였다. 한참을 그런 자세로 기도하였다. 자기의 몸을 비틀어 기름을 짜는 절규의 기도였다. 팔과 다리에 경련이 일어났다. 그는 깊은 갈등과 고민과 그 몸으로 감당해야 할 인간의 언어로 수식될 수 없는 질식할 육체적 고통으로부터 도피하고 싶어 호소하였다.

"아버지, 나의 아버지, 이 쓴잔을 피하게 해주십시오. 십자가의 고통은 상상만으로도 경련이 일어납니다. 세포리스의 그 십자가, 그 십자가를 제가 어찌 감당합니까. 그러나, 그러나……."

그는 천명(天命)을 받았고, 그 입으로 여러 번 천명(闡明)한 바 있는, 태어날 때부터 예정된, 죄악 중에 태어나서 죄악 속에 살다가 죄인으로 죽어 지옥에 가게 될 인류의 구원을 위해 이 땅에 온 사명을 다하려 하지만, 당연히 그래야 하지만, 세포리스의 그 십자가, 그 십자가가, 그 십자가를 어찌 감당할 수 있으랴. 그리하여 밤이 깊어가는 줄도 모르고 간절하게 호소를 거듭하지만…….

"그러나 제 뜻대로 마시고 아버지의 뜻대로 하소서."

그는 통곡을 억제한다. 자기 방법으로 이 운명을 바꿀 수 있다. 그러나 하나님의 뜻대로 되어야만 하겠기에 밤새워 엎드린 채 호소하고 탄식하였다. 거부하며 몸부림쳤다. 그러나 번복하였다. 예정된 길로, 내가 가야 할 그 길로 가겠습니다. 내 뜻대로 마시고 아버지의 뜻대로 하옵소서!

그는 자신의 육신이 모든 사람과 하등 다르지 않은 그 연약함에 절규하고 자책하고 호소하기를 반복하였다. 죽음 그 자체보다 십자가의 고통을 바라보는 두려움이 컸다. 그러나 흑암의 세력은 더 가까이 접근해오고 있었다. 그는 세 번째의 몸부림치는 기도를 마치고 사랑하는 세 명의 제자들에게 갔다. 하늘을 가득 메운 별빛이 오늘따라 유별나게 현란하다.

"아직도 자고 있다니……. 때가 되었소. 나를 팔아넘긴 사람이 가까이 왔소."

아래쪽에서 여러 개의 횃불이 다가오고 있었다. 둔탁한 발자국 소리들이 그 수를 짐작케 하였다. 그들에게 겁먹은 아래쪽에 머물던 제자들이 자다 깬 얼굴로 올라와 합류하였다. 두려움에 짓눌려 있다. 본능적으로 예수를 에워싼 제자들 앞에 드디어 횃불들이 접근하였다. 무장한 성전 경비병들이다. 그 앞에 유다의 얼굴이 드러났다. 제자들이 어리둥절했다.

"어둡다. 가서 입 맞춰라, 유다."

어둠 속에서 예수의 얼굴을 찾기가 불가능할 것을 예견하고 군호를 짠 그들이다. 머뭇거리는 유다의 가슴에 뒤에 바짝 붙은 성전 경비대 백부장 말고의 압박하는 속삭임이 약속을 상기시켰다. 그는 마음이 조급해졌다. 유다는 약속대로 성큼 앞으로 나가 사랑과 우정을 나타내는 관습대로 예수의 뺨에 입 맞추었다.

"저 자를 체포하라."

말고가 위엄 있게 명령하였다. 그러나 선뜻 앞으로 나서는 자가 없었다. 예수는 물론 그의 제자들조차 미동 없이 서 있기 때문이다. 예수의 절대의 능력을 아는 그들은 두려웠다. 예수의 입에서 나오는 한 마디의 저주로 경비병력 백 명쯤은 마른 막대기처럼 굳어버릴 것이다. 칼과 창이 자신들의 안전에 전혀 도움이 되지 않을 것을 그들은 알고 있었다. 처음 입을 연 사람은 예수였다.

"친구여, 당신이 하려는 일을 어서 하시오."

유다가 얼른 말고를 돌아보았다.

"자, 그가 허락했소. 왜 꾸물거리시오? 저 분이 허락할 때 신속히 체포하시오."

저항 없이 잡혀주겠다는 의사표시가 있자 백부장 말고가 선뜻 한 발 나서며 예수의 옷자락을 움켜잡았다.

"이 자를 묶어라."

그의 지휘관다운 용기에 못지않게 용감한 베드로가 허리춤에서 단검을 빼더니 잽싸게 덤벼들었다. 백부장의 머리를 겨냥한 공격이었다. 그러나 피습당한 자의 오른쪽 귀만 잘려 나갔다.

"베드로, 칼을 칼집에 넣으시오!"

더 이상의 사태 악화를 막으려는 듯 예수는 두 팔을 벌리며 앞으로 나섰다.

"칼을 쓰는 자는 다 칼로 망하오."

대장이 피습 당하자 움찔하며 물러서던 자들과 공격 자세를 취하던 모두가 일단 주춤하였다. 그 사이 예수는 땅에 떨어진 핏덩어리 귀를 집어 베어낸 그 자리에 대어주었다. 놀랍게도 완벽한 원상회복이었다.

"베드로, 내가 지금이라도 내 아버지께 구하여 열두 군단 더 되는 천사를 보내시게 할 수 없는 줄로 아시오? 내가 그리하지 않는 것은 성경에 기록된 하나님의 뜻이 이루어짐을 위함이오."

경비병들은 예수를 잡으려하지 않았다. 말고도 떨어져 나갔던 귀만 신기한 듯 만지며 멍청하게 서 있었다. 무장해제나 마찬가지 상황이다. 말고는 생각했다.

'열두 군단? 7천2백 명의 천사 동원?!'

겁이 덜컥 났다. 충분히 가능하다는 판단에 이르기까지는 짧은 시간도 소요되지 않았다.

"나를 잡으시오. 당신들이 찾는 건 나요. 이 사람들은 가게 내버려 두시오."

예수의 여유로운 그 한 마디가 말고와 그의 부하들을 살렸다.

"체포하라!"

그래도 선뜻 나서는 경비병이 없었다. 예수가 서서히 그들 앞으로 다가섰다. 그물 망 속으로 들어오는 한 마리 새처럼. 그러자 예수의 제자들은 약속이라도 한 듯 슬금슬금 뒷걸음으로 도망치기 시작하였다.

그들 중 겁먹은 젊은이 하나가 미처 도망치지 못한 채 머무적거리다가 한 병사의 손에 옷자락이 잡혔다. 그는 화들짝 놀라 도망치가 시작하였다. 걸치고 있던 겉옷을 그 병사의 손에 남긴 채 벌거숭이로 어머니의 올리브나무 사이로 사라졌다.

범법자들이 달빛조차 피해 다니며 악한 일을 도모하는 죽은 듯 고요한 그 깊은 적막의 밤에 예수는 오랏줄에 결박되어 대제사장의 장인 안나스의 저택으로 호송되었다.

단잠을 깬 늙은 안나스는 입이 찢어지도록 하품을 하며 마당으로 나갔다. 메시아 참칭자 예수가 어떻게 생겨먹은 촌놈인지 얼굴이나 보아두자는 호기심이다. 백 명이나 되는 무장한 경비병들이 둘러싼 결박당한 젊은이의 얼굴이 치켜든 횃불 아래 드러났다. 갈릴리인 특유의 어깨까지 내려온 부드러운 머리, 근심도 두려움도 분노도 없는 편안한 눈빛, 흠 없는 이목구비, 턱을 덮은 수염, 평균치보다 두 뼘은 더 큰 키, 떡 벌어진 가슴과 어깨, 그것이 선잠이 깬 늙은이가 본 예수다.

'흠 잡을 데 없는 건장한 젊은이군.'

그에게 이 사나이에 관한 그동안의 많은 보고들이 떠올랐다. 기억력의 쇠퇴로 대충 생각나는 것은 이 멀쩡하게 생긴 젊은이가 율법에 도전적이며, 그럼에도 대중의 인기가 대단하다는 불가사의다. 기존의 권위와 질서체계를 심각하게 훼손시키는 것은 절대로 용납될 수 없는 범죄다. 그러나 그는 곤하게 잠잘 시간에 이런 귀찮은 재판에 간여할 만큼 젊지 못하였다.

"가야바에게 데려가라."

전직 대제사장이지만 사실상 대제사장의 권한을 행사하는 그는 다시 한 번 죄수의 큰 키를 아래위로 훑어보고 침실로 향했다.

백 명의 경비병에게 에워싸인 예수는 결박이 강화된 채 현직 대제사장 저택으로 호송되었다. 걸음이 불편할 만큼 묶였고 경비병들의 행보가 빨라 예수는 두 번이나 넘어졌다. 한쪽 무릎에서 피가 흘렀다. 호송병들은 예수의 능력이 소멸된 듯 약해 보이자 거칠게 다루기 시작하였다. 어떤 자는 빨리 가라고 발길질을, 어떤 자는 몽둥이로 허리를 쿡쿡 찔러댔다. 학대가 점점 심해져 갔다.

예수가 가야바의 저택 테라스를 떠받친 돌기둥에 묶였을 때는 새벽 공기가 하인들과 경비병들의 몸을 움츠리게 할 만큼 기온이 낮아졌다.

"모닥불을 피워. 잠자기는 다 틀렸다."

하인들에 이어 경비병들도 불을 피웠다. 그들이 두 개의 모닥불을 둘러쌌다. 그때 한 젊은이가 저택의 문을 지키는 중년의 하녀에게 다가와 낮게 말했다.

"가버나움 요한이오. 세배대의 아들……. 문 좀 열어요."

중간상인 없이 갈릴리의 특산물인 민물고기와 양질의 과일을 직거래로 납품하는 세배대와 그 아들 요한은 대제사장과 먼 친척벌이기도 해서 출입 제한을 받지 않았다. 요한을 확인한 하인이 문을 열자 낯선 사내가 뒤따라 들어갔다.

"내 친구요."

도망쳤던 요한과 베드로는 어둠의 동산에서 한동안 불안에 떨다가 용기를 내어 내려왔다. 체포 명령자에게 데려갔을 가능성이 높아 대제사장 저택으로 곧장 온 것이다. 그들은 가급적 경비병의 눈에 뜨이지 않으려고 하인들의 모닥불로 갔다. 베드로는 잔뜩 웅크린 채 테라스 돌기둥에 묶여 있는 예수를 바라보았다. 나약하고 초라하고 지친 모습이다.

경비병 하나가 지루해서 못 견디겠는지 모닥불에서 벗어나 예수에게 갔다. 죄수의 모습일 뿐인 예수에게서 기적의 소문은 상기되지 않고, 성전에서의 당당하던 난동자도 연상되지 않았다. 말고의 귀를 다시 붙여준 마술적 재능조차 엿보이지 않았다. 만약 그런 위엄의 지극히 일부만 남아 있어도 예수의 얼굴에 침을 뱉을 용기는 없었으리라.

새로운 구경거리가 생긴 셈이다. 죄수의 뺨에서 병사가 퉤 뱉은 침이 흘러내리자 그의 동료들 서너 명이 에워쌌다. 병사 하나가 손으로 예수의 눈을 가렸다. 다른 사내가 킬킬거리며 뺨을 때렸다.

"위대하신 메시아, 누가 때렸는지 알겠느냐?"

베드로는 주먹을 불끈 쥐었다. 그 경이로운 능력이 포승줄에 묶여 소멸되었을까. 헬몬산에서의 눈부시게 빛나던 그 황홀한 모습은 어디로 숨었는가. 나귀를 타고 입성하던 며칠 전의 왕 같던 위엄이 흔적도 없다니……

"이 사람도 나사렛 예수와 같이 있었어요. 내가 성전에서 봤어요."

조롱당하는 주님을 차마 바라볼 수 없어 눈을 감았던 베드로가 여인의 목소리에 놀라 눈을 번쩍 떴다. 하녀였다. 그녀가 수염으로 덮인 베드로를 똑바로 쳐다보고 있다.

"무슨 소리요? 난 저 사람을 모르오."

그는 모닥불 빛으로부터 얼굴을 피하기 위해 슬그머니 일어서며 하인의 어깨 너머로 예수를 훔쳐보았다. 그 무기력한 스승이 연민 가득한 눈빛으로 자기를 바라보는 것 같았다. 그는 어둠이 지배한 문 쪽으로 물러났다. 그러자 아까부터 그를 뜯어보던 다른 하인이 슬금슬금 접근해 왔다.

"당신, 당신이 귀를 자른 경비대 말고가 내 친척이오. 나도 그 현장에 갔었거든."

베드로는 심장이 마비될 지경으로 놀라고 겁에 질려 필사적으로 외쳤다.

"맹세코 난 저 사람을 모르오. 그를 모르오."

가까운 곳에서 첫 닭이 울었다. 그는 요한을 따라 적의 소굴에 들어온 것을 후회하였다. 요한조차 어디로 슬며시 숨어버렸는지 보이지 않았다. 베드로는 이대로 안 되겠다 싶어 차라리 밖으로 나가려 하였다.

"당신 말투가 갈릴리 사람인데……?"

베드로는 충분히 연습해둔 대사처럼 즉각 변명하였다.

"아니오. 당신 말이 맞는다면 내가 저주를 받을 것이오. 맹세해도 좋소. 난 정말 저 사람을 모른단 말이오."

또 한 번 닭 우는 소리가 들려왔다. 베드로는 그 소리에 정신이 번쩍 들었다. 여러 시간 전의 만찬석상에서 닭이 두 번 울기 전에 당신이 나를 세 번 모른다고 할 것이라고 예수가 예언하지 않았던가. 얼른 예수를 바라보았다. 네 명의 경비병이 예수를 집안으로 데리고 들어가는 중이었다. 그는 털썩 주저앉고 싶었다. 오열이 북받쳐 견딜 수 없었다. 예수의 모습이 집안으로 사라지는 것과 동시에 베드로는 급히 그 집에서 나와 희끗희끗 밝아오는 거리로 내달렸다. 두 손으로 얼굴을 감싼 채 아무데나 털썩 주저앉은 그는 어린아이처럼 엉엉 소리 내어 통곡하기 시작하였다. 이 세상에 태어나서 지금까지 흘린 모든 눈물보다 훨씬 많은 눈물을 베드로는 그 새벽의 길가에 쏟아냈다.

같은 시간에 가야바는 넓은 홀 가운데 초라하게 서 있는 메시아 참칭자를 바라보다가 출석한 공회원들을 눈으로 헤아렸다. 70명 회원 중 23명이 출석하면 재판이 성립된다.

'충분하군.'

30명이다. 초막절부터 예수의 체포를 주장하던 측근들이다. 그가 만족스러운 얼굴로 개회선언을 위하여 자리에서 일어설 때 두 사람이 숨

가쁘게 들어왔다. 니고데모와 아리마대에 사는 요셉이다. 가야바는 흐뭇한 표정이다. 그 두 재판관원이 예수를 지지하는 입장인 것은 산헤드린에서 알 만한 사람은 다 안다.

'오 하나님, 이 재판을 기뻐하시는군요. 만장일치는 무효니까 저 둘을 예비하셨군요.'

성전 안에 공공의 법정이 있는데도 자기 저택에서, 그것도 새벽에 소집한 재판의 불법성을 희석시키기 위해 가야바는 호화로운 대제사장복을 입고 있었다. 황금으로 장식된 푸른 모자, 열두 지파를 상징하는 열두 개의 보석이 빛나는 흉패, 푸른 색 장삼에 금실과 자주실과 붉은 실로 수놓은 아름다운 띠, 주홍빛 석류를 수놓은 긴 장삼 아랫단이 발을 덮은, 지상에 오직 한 벌뿐인 최고의 영광스러운 대제사장 제복은 그 자체가 종교적 권위와 영광을 상징하는 조건들을 두루 갖추고 있다.

"이른 시간에 재판을 하게 된 점을 유감으로 생각합니다. 바라바 사건으로 긴장이 고조된 데다가 유월절이라서 나의 거룩한 직무수행으로 바쁜 하루가 기다리고 있으며, 고발된 피고의 혐의 내용이 워낙 심각하고, 또 하필이면 한밤중에 잡혀 왔기에 이리 되었으니 양해를 부탁합니다."

재판 개정에 따른 기도에 이어 제법 공손하게 인사를 마친 가야바가 피고에게 시선을 돌렸다.

'저 자는 어디 한 군데 호감이 가지 않는군.'

이마와 뺨에 약간의 피가 말라붙어 있고, 옷소매와 허리께와 찢어진 무릎에도 핏자국이 있다. 발로 채이고 몽둥이로 밀쳐진 흰옷이 그를 더욱 초라하게 만들었다. 대제사장의 복장과 극명하게 대조적인 그 모습을 재판관들 역시 눈살을 찌푸린 채 주목하고 있다.

"저 자는 신성 모독죄로 기소되었습니다. 혐의가 입증되면 우리 시대의 가장 가증스러운 인간을 재판하는 셈이 됩니다. 이제부터 절차에 따라 증인들을 환문하겠습니다."
 첫째 증인과 둘째 증인은 가야바를 노엽게 하였다. 증언이 약간씩 엇갈렸을 뿐만 아니라 유죄로 단정할 만한 내용으로 미흡하였다.
 '저런 엉터리들을 돈 주고 데려오다니.'
 로마에 세금을 내지 말라고 가르쳤다는 증언은 가야바가 듣기에도 앞뒤가 맞지 않는다. 율법은 최소한 두 명의 증인이 유죄를 입증할 일치하는 증언을 해야만 죄가 성립된다고 명시하였다. 재판관들이 잠이 부족한 데다가 니고데모의 예리한 비판과 라반 가말리엘의 해박한 율법 해석은 재판관 모두의 피로감을 가중시켰다.
 '이러다가는 유죄판결은커녕 폐회 동의가 먼저 나오겠군. 저 멍청한 여호야킴을 믿었다니……'
 화가 난 가야바가 서둘러 다음 증인을 불렀다. 새 증인은 유대인 열 명에 한 명 꼴이 되는 요셉이라는 이름의 퀭한 눈이다. 가야바는 선서를 마친 요셉에게 다른 증인들에게처럼 증언의 책임을 알려주었다.
 "증인은 금전관계 재판의 증언과 생명에 관계된 증언의 차이를 잊어서는 안 된다. 금전관계 증언의 과오는 금전으로 보상하면 되지만 생명에 관계된 증언에서의 실수든 고의든 위증이 발견되면 피고와 그 자손의 피가 영원히 증인의 집을 떠나지 않으리라."
 그는 유효 증언을 기대하며 틀에 박힌 질문을 던졌다.
 "증인은 이 피고가 죄를 범하는 현장을 보았는가?"
 "그럼요."
 "본 대로 들은 대로 증언하라."
 "저는 성전 솔로몬 행각에 있었습니다. 그때 저 사람이 난동을 부렸다는 건 세상이 다 압니다. 거기서 저 사람이 큰 소리로 말했습니다. 손으로 지은 이 성전을 내가 헐고 손으로 짓지 않은 다른 성전을 사흘에 짓겠다고요."
　재판관들이 조용히 웅성거렸다.
"예수, 이 증인의 말을 인정하는가?"
　예수는 입을 열지 않았다. 이렇게 전개되기로 예정된 것을 다 아는 듯 정당한 변호조차 포기한 표정이다.
"내 말 듣고 있나? 너는 불리한 증언에 대해 변명할 권리가 있다."
　가야바는 어느 정도 신비하게 생각해 오던 예수의 멍텅구리 같은 침묵에 실망한 듯 큰 소리로 다음 증인을 불렀다.
'이 자가 요셉과 일치하는 증언을 하면 만족한 재판이 되겠군.'
　선서를 마친 베다니 사람 베냐민이 자신 있게 말했다.
"저 사람이 거룩한 성전을 가리키면서 너무 심한 소리를 해서 저는 그 후 저 사람 근처에 가는 것도 꺼려했습니다."
　쉰 살쯤의 잔뜩 야윈 농부에게 가야바가 주의를 주었다.
"개인의 감정이나 정황은 말하지 않아도 된다."
"예, 죄송합니다. 저 사람이 분명히 말했습니다. 저 성전을 허시오. 내가 사흘에 다시 세우겠소. 예, 그랬습니다. 대제사장님."
　가야바가 재판관들을 둘러보며 물었다."
"두 증인의 증언이 일치하면 채택됩니다."
"아닙니다."
　니고데모가 일어섰다. 그는 이미 예수의 제자로 치부되는 처지여서 꺼릴 것 없다는 당당한 태도였다. 더구나 재판이 장소와 시간에 있어 불법이 확실한데다가 사형을 전제로 한 재판이라는 정황을 피부로 느꼈으므로 차라리 원인무효를 주장하고 싶었으나 우선 정의를 위해 따지고 싶었다.
'니고데모가 끝까지 방해하는 저의가 무엇일까?'

가야바야말로 끓어오르는 증오를 감추느라 괴로웠다.
"첫 증인은 헐고 짓는 주체가 자기 자신입니다. 두 번째 증인은 허는 자와 짓는 자가 다릅니다. 명백한 불일치입니다. 아울러 성전과 다른 성전, 손으로 지은 성전과 손으로 짓지 않은 다른 성전의 개념이 명확하지 않습니다. 신중한 해석이 선행되어야 합니다."
가야바는 분노와 당혹감으로 아랫입술을 깨물었으나 침착하게 말하였다.
"손으로 지은 성전, 손으로 짓지 않은 성전? 손으로 지은 성전은 해석 대상이 아니오. 손으로 짓지 않은 성전은 짓지 않았으므로 존재하지 않아요. 존재하지 않는 것은 여기서 언급할 이유가 없지요. 지금은 재판중입니다."
"일단 재판을 종결지읍시다."
누군가가 말하였고, 몇몇이 동의를 나타냈다.
"증인이 한 사람 더 있습니다. 다음 증인을 들여보내."
경비병이 데리고 들어온 새 증인은 가야바의 마음을 대변하듯 거친 말투였다.
"요점은 이것입니다. 나는 성전을 헐 수 있으며 사흘 안에 다시 세울 수 있다. 그건 말도 안 됩니다. 46년에 걸쳐 연인원 수십만이 동원된 대건축물인데, 헐어서도 안 되고 헐 수도 없는 거룩한 성전인데……."
"그만. 너는 재판관이 아니다."
사전에 충분히 사주 받은 듯 열정적으로 증언하던 곡물상은 대제사장의 발언중지가 아쉬운 모양이다.
"내가 말하겠습니다."
라반 가말리엘이 그 인격에 맞는 품위로 점잖게 발언하였다.
"나는 이 자리가 피의자를 조사하는 자리로 듣고 왔지, 재판하는 자리로 들은 바 없습니다."

두세 사람이 헛기침을 했다.

"우리에게 성전 안에 법정이 따로 있고 이런 시간에 재판하지도 않습니다. 이런 불법성을 차치하고라도 세 사람의 증언 모두 상당 부분 일치하면서 불일치합니다. 마지막 증인은 피고의 자만심 내지 우월감에 근거한 협박적 발언이 잘못된 것이라고 지적한 것입니다."

가야바는 인내력이 한계에 다다랐다. 자기 측근들은 다수이면서 침묵하고 소수의 적들은 공격해 오고 있지 않은가. 더구나 라반 가말리엘의 영향력은 크게 우려하지 않을 수 없다.

"내 견해는 다릅니다. 성전을 헌다, 사흘 안에 다시 짓는다, 그 핵심은 세 증언이 일치합니다."

가야바의 억지로 가라앉힌 목소리에 니고데모가 즉각 반박하였다.

"그렇다면 저 거대한 성전을 헐지 않고는 사흘 안에 다시 짓는다는 말을 입증할 수 없습니다. 피고가 거짓 선지자거나 자칭 메시아라는 점을 입증하려면, 그리고 그의 말이 거짓인지 과장인지 진실인지 가려내려면 일단 저 성전을 헐어야 합니다. 입증의 개념은 그런 것 아니겠습니까."

가야바는 산헤드린에서 이토록 궁지에 몰린 경험이 없다. 이토록 화난 경험도 없다. 그는 마침내 자제력을 잃고 스스로 증인이 되고자 선서하였다. 그 현란한 대제사장 복장이 무색해졌다. 그는 오른손을 높이 들고 선서를 마치자 피고를 향해 똑바로 섰다.

"예수, 내가 살아계신 하나님의 이름으로 네게 묻는다. 네가 하나님의 아들 그리스도냐?"

장내는 숨소리도 없는 무덤처럼 고요해졌다. 가야바의 거친 숨소리만 가까이 앉은 재판관에게 간신히 들렸다.

"그렇소."

모두가 놀라기에 충분한 대답이다. 귀를 의심하는 사람도 있다.

"다시 묻는다. 네가 그리스도 곧 메시아냐?"

예수도 가야바처럼 똑똑히 대답했다.

"당신이 말한 대로요."

죽음을 부르는 멍청한 대답에 어리둥절해 하는 재판관들에게 예수는 똑똑한 발음으로 덧붙였다.

"앞으로 내가 하나님 우편에 앉아 있는 것과 구름을 타고 다시 오는 것을 당신들이 보게 될 것이오."

가야바는 자기 옷을 찢었다. 극도의 분노 표출이며 동시에 신성 모독의 죄가 입증될 때 법관이 취하도록 정해진 규례다. 그는 최상급의 비애와 격한 분노를 참을 수 없어 부들부들 떨었다.

"존경해 마지않는 산헤드린 공회원 여러분, 이런 모독을 들어본 적 있습니까? 하나님을 극도로 모독하였습니다. 다들 들으셨지요? 그래도 이의가 있습니까?"

"사형에 해당합니다."

누군가가 포효했다. 그러자 이구동성으로 분노가 터져 나왔다.

"하나님을 공개적으로 저렇게 모독하는 자를 본 적도 들은 적도 없습니다. 시간 낭비 맙시다. 나사렛 예수에겐 사형뿐입니다."

"옳습니다. 직접 말했으니 더 증거가 필요치 않습니다."

가야바는 득의만면해서 위엄있게 중앙으로 나섰다.

"그럼 규례대로 가부를 밝혀주시기 바랍니다."

사형에 해당하는 재판규정대로 가장 나이가 적은 사람부터 흑백 중 하나를 선택해 나갔다. 만장일치의 무효규정은 걱정거리가 아니었다. 니고데모와 아리마대 요셉이 예상대로 반대의사를 표명, 예수의 신성 모독죄에 대한 사형판결이 확정되었다. 라반 가말리엘의 찬성은 몇 사람에게는 의외였고, 다수에겐 위로였다.
 "여기서 끝나면 안 됩니다. 피고는 스스로 유대인의 왕이라 하였습니다."
 가야바는 예수 앞으로 다가서며 말을 이었다.
 "이 사실도 피고의 입이 직접 증언할 것입니다. 사실대로 말하라 피고. 이미 소문이 파다하다. 증인은 얼마든지 있다."
 가야바의 의도를 아는 측근들은 사전에 예정된 로마에 대한 반역죄를 추가하는 데 적극적이었다.
 "나는 왕이오. 그러나 내 나라는……."
 "됐다. 죄수는 입을 다물라. 피고가 스스로 자백하였으니 더 이상 들을 게 없지요?"

 서른 세 살의 청년 예수, 예루살렘의 외곽 베들레헴에서 태어나 헤롯대왕의 영아학살을 모면한 후 나사렛에서 성장하고 갈릴리에서 활동하다가 예루살렘의 대제사장 저택에서 닭 울음소리에 이어 개정된 재판에서 사형이 선고된 비폭력 박애주의자는 전혀 놀라거나 슬퍼하지 않으며 피고석에 묵묵히 서 있을 뿐이다. 라반도 예수처럼 묵묵히 사형수를 바라보았다. 왜? 왜? 예수는 스스로 사형선고를 유도하였을까. 골똘히 생각해도 답을 얻지 못하였다. 더구나 십자가형에 해당하는 로마에 대한 반역을 거침없이 자백하다니.
 재판이 끝난 후 임시 법정은 시장터처럼 웅성거렸다. 대제사장은 예수 앞으로 뚜벅뚜벅 다가서더니 그 얼굴에 침을 뱉었다. 의지로 끌어올린 미끈거리는 가래침을.
 "이건 대단한 행운인 걸. 메시아가 조롱당하는 꼴을 보다니……."
 어떤 사두개인은 깔깔대며 웃고 나서 예수의 뺨을, 그것도 그의 힘을 다해 때렸다. 어떤 이는 주먹으로 턱을 쳤다.

"무능한 메시아, 얌전한 메시아. 내 이름을 대보시지? 메시아라면 그쯤은 다 알 테지."

무슨 생각에선지 가야바가 그들을 말렸다.

"그만들 합시다. 난 한 잠도 못 잤습니다. 오늘 하루는 대단히 분주한 날입니다. 여러분도 피곤하실 거구. 이 자에 대한 3년여 동안의 활동내용이 여기 이렇게 많습니다. 율법을 파괴, 거역하고 반대하고 직접 어기고, 나아가 성전을 모독하고……. 다 열거하려면 오늘 온종일 걸릴 겁니다. 그래서 본 법정은 피고 나사렛의 예수에게 사형을 선고합니다. 반대하면 손을 드시오. 저기 니고데모와 아리마대 요셉이 반대군요. 그럼 사형판결은 확정입니다. 그런데 재판은 여기서 끝나지 않습니다."

가야바는 좌중을 천천히 둘러보며 말을 이어 갔다.

"예수는 로마에 대한 반역죄를 저지른 자라서 총독의 법정으로 보내야 합니다. 공개적으로 자기가 왕이라 하였습니다. 로마 제국에 왕관은 카이사르 황제의 머리에 있는 단 하나뿐입니다. 제국에 대한 반역은 우리 민족의 피를 부르므로 반역자를 총독에게 넘기는 게 우리 민족의 평화와 안전을 위한 절대필요조치입니다."

사형수는 즉각 안토니아 요새로 호송되었다. 구름 한 점 없이 청명한 하늘이 마침 올리브산 위로 솟아오르기 시작한 태양빛으로 붉으래했다. 그 이른 죄수 호송 행렬이 안토니아 요새에 도착하였을 무렵 가룟 유다는 몹시 놀란 듯 급하게 가야바의 저택으로 달려갔다.

예수가 잡혀가고 제자들이 어둠 속으로 자취를 감추자 유다는 그 현장에 한 그루 올리브나무처럼 한없이 서 있기만 하였다. 그는 자신의 소위가 무엇을 의미하며 어떤 가치인지 잊은 채다. 가슴 뜨겁던 사명감이니 민족 해방이니 하는 대의명분조차 망각의 피안으로 도주해 버렸는지 가슴이 텅 비었다. 한동안 서 있던 그는 밑동 썩은 고목처럼 그 자리에 쓰러져 움직이지 않았다. 울고 싶은데 눈은 건조하고, 절규하고 싶으나 그럴 힘이 없었다.

태양이 떠오를 무렵, 곧 예수에게 사형이 선고되던 무렵, 방향을 알 수 없는 미풍이 불어와 올리브 잎들을 흔들었다. 그 소리가 귀신들의 합창처럼 그에게 두려움을 안기는가 하면 비웃는 소리로, 비난의 소리로 들리기도 하였다. 호된 질책으로도 들려왔다. 그는 몸을 벌떡 일으켜 나뭇잎을 주시하였다. 그래도 소리는 커지기만 하였다. 그 소리가 하나의 뜻을 그에게 전달하였다. 바라바의 면담 요청을 거절하고 예수님을 따라 가버나움을 떠나던 무렵의 예수의 의미심장한 그 한 마디였다.

"당신들 가운데 한 사람은 마귀요."

어젯밤 유월절 만찬에서도 스승은 말하였다.

"당신들 가운데 한 사람은 마귀요."

"나는 성경에 기록된 대로 죽음의 길로 가지만 나를 배반한 그 사람은 차라리 세상에 태어나지 않았으면 더 좋을 뻔하였소."

내 행위가 배신인가? 그러나 그는 인정할 수 없어 머리를 흔들었다. 그러나 다음 순간 그는 마치 미친 사람처럼 기드론 골짜기로 달려 내려가는 자기를 발견하였다. 배신이든 애국이든 자기 탓으로 잡혀간 스승의 신변이 궁금하였다. 최고의 실권자 안나스와 가야바가 예수를 해치지 않기로 한 약속을 잊지 않을 테지만, 그분들의 지위와 인격과 신분과 덕망이 약속을 버리지 않으리라 믿지만, 이상하게 마음은 급하고 불안하였다.

'나와의 약속을 지키시오. 약속은 반드시 지켜야 하오. 당신들은 대제

사장이오.'

숨을 헐떡이며 가야바의 저택에 도착한 그는 가로막는 문지기를 밀쳐 버리고 안으로 들어갔다. 다른 하인이 테라스에서 그를 잡았으나 마침 안에서 나오던 여호야킴이 아는 체를 했다.

"오, 애국자가 오셨군. 혹시 백부장 말고의 귀를 자른 자가 누군지 말해 주게."

"어떻게 되었습니까? 나의 스승님이 어디 계십니까?"

우글거리던 무장경비병들이 말끔히 사라진 넓은 마당이 그의 마음을 더욱 불안하게 했다.

"그 자는 지금쯤 총독의 감옥에 갇혀 있겠지. 산헤드린은 사형을 선고하고 총독에게 넘겼으니까."

고의적으로 자극을 주려는 듯 조금도 거리낌 없이 여호야킴이 뱉어냈다.

"뭐라고요? 그건 약속 위반입니다. 해치지 않기로 두 분 대제사장님이 약속하였습니다. 여호야킴, 당신이 증인입니다. 그런데 사형이라니? 대제사장님을 만나야겠습니다."

흥분한 유다를 경비병들이 붙잡았다. 대제사장들에게 배신당한 천민의 애국심은 오열을 터뜨렸다.

"그분에겐 죄가 없습니다. 사형은 말도 안 됩니다."

"당장 나가라."

경비병과 몸싸움이 벌어질 만큼 유다는 거칠었다.

"그 자를 놔 줘라."

여호야킴이 명령하였다. 유다는 울분의 통곡을 계속하였다.

"유다, 어서 가시게. 더 지체하면 당신도 총독에게 넘기게 될 테니까. 우린 당신이 바라바의 동지로서 이번 폭동에 중요한 역할을 담당하였다는 증거를 갖고 있네."

유다는 갑자기 통곡을 멈추었다. 그의 가느다란 눈이 증오와 경멸로 충만했다. 입술이 경련을 일으켰다. 그는 아랫입술을 피가 나게 깨물었다. 분노로 떨리는 손이 현상금으로 받은 허리춤의 은화 30세겔이 들어 있는 돈주머니를 거칠게 꺼내더니 힘껏 현관으로 던졌다.

그로부터 불과 두어 시간쯤 후, 총독은 예수를 심문하려고 돌로 포장된 요새의 뜰 의자에 앉았다. 같은 시간에 분노와 번민과 비애의 고통으로 몸부림치던 유다는 성의 남쪽 힌놈의 골짜기가 내려다보이는 제법 큰 무화과나무가지에 스스로 목을 매달았다. 그러나 그의 체중을 감당할 수 없는 가지가 찢어지면서 그의 몸은 비탈진 땅바닥으로 곤두박질쳤다. 뾰족한 나무 그루터기가 그의 배를 찔렀다. 창자가 터져 나왔다. 여호야킴의 명령으로 거리를 두고 유다를 따르던 하인의 보고를 받은 대제사장은 남의 일처럼 중얼거렸다.

"그 자에게 주었던 돈으로 그 자가 죽은 땅을 사서 나그네의 묘지로 써야겠다. 더러운 돈은 성전금고에 넣을 수 없음이니."

가롯 유다가 미친 사람처럼 징징 울면서 목매달아 죽은 그 시간에 본디오 빌라도는 매우 골치 아픈 죄수를 멀찍이서 바라보며 고민하고 있었다. 안나스와 가야바가 그들의 산헤드린 재판관들과 흥분한 바리새파 사람들, 사두개파와 그 외에도 많은 백성들과 함께 보내온 나사렛 사람 예수는 보기에도 참혹했다. 얼굴의 폭행당한 흔적과 말라붙은 가래침, 무릎의 심하게 넘어졌던 핏자국, 한 잠도 못 자 피로가 덕지덕지 엉겨 붙은 젊은 죄수를 측은히 바라보며 총독은 실로 오랜만에 한 인간을 향해 깊은 연민을 느끼고 있었다.

그 자신도 잠을 설쳤다. 어제 안나스가 찾아와 예수의 반역죄를 들먹이며 산헤드린 재판 후에 그 자를 넘길 테니 엄중히 다루는 게 황제에 대한 충성이라고 은근히 압박하였을 때 불쾌감이 컸으나 황제 운운에 입을 다물고 억지로 참은 그였다. 안나스가 돌아가자 총독은 한동안 화가 나서 안절부절못했다. 밉지만 유대사회의 최고 권위를 지닌 그들 종교의 대표자다. 그를 건드리면 황제가 침묵할 리 없다. 총독의 대표적 임무는 정복지의 안정을 유지하는 것이다. 바라바가 난리를 쳐서 그 결과보고서를 황제에게 써 보내야 하는 일이 가장 큰 걱정거리인데 유대사회를 자극할 대제사장과의 충돌까지 빚어내면, 아, 그건 안 되지, 난 참아야 해. 참자, 참자. 그래서 단잠을 못 잤다. 더하여 미모와 지혜를 겸비한 그의 아내 클라우디아 프로쿨라도 불면의 밤을 안기는데 한 몫 하였다.

그녀는 초저녁잠에서 식은땀을 흘리며 깨어나더니 꿈에 나사렛 예수를 보았다며 도무지 잠을 이루지 못하였다. 무슨 까닭인지 그녀는 꿈 이야기를 꺼렸다. 단지 그 사람에게 해를 끼쳐서는 안 된다고 당부가 아닌 애원을 하였다.

"순전히 꿈에 그를 만났기 때문이오? 그를 한 번도 만난 적도 없는 당신이 왜 그를 두둔하는지……?"

"그분은 훌륭해요. 그가 유대인이기 때문에 로마인에게 평가 절하되는 건 부당해요. ―여보, 의인을 죽이면 재앙이 온다는 걸 모르세요?"

총독은 자기도 아내에게 숨기는 게 있어 캐묻지 않았다. 고넬료의 보고서로 예수의 모든 것을 거의 소상히 파악하고 있는 총독은 최근에 그가 가버나움에서 보내온 보고서와 백부장 안토니오의 편지를 받고 이 훌륭한 젊은이를 은밀히 가이사랴 총독부로 초청해 직접 만나고 싶었다. 그 후 총독은 베레아로 간 고넬료에게 밀서를 보내 유대인의 박해로부터 예수를 보호하되 그가 원한다면 가이사랴 총독부의 관저나 예루살렘의 안토니아 요새를 피난처로 제공할 수 있다는 뜻을 전하기도 했었다. 요새보다는 가이사랴가 훨씬 낫다고 부연하는 걸 잊지 않았다.

'등잔 밑이 어둡다더니, 천오백여 년 전의 율법은 다 알면서 한 공간의 인물을 도무지 알아보지 못하다니……'

안나스와 가야바는 더욱 미워졌고, 그들이 넘겨준 죄수는 더욱 곤혹스러운 존재였다.

'그 자들의 속셈이 뻔해. 저 죄수에 대해 관대하면 황제폐하께 나에 대한 악의적인 밀서를 보내겠지. 이틀 전 참패한 열심당을 자극하여 폭동을 일으킬지도 몰라. 그럼 난, 원로원 꿈이 물 건너가는군. 놈들의 비위를 맞춰야 하다니, 그럴 수는 없는데. 내 식민지 백성의 눈치를 살피면서.'

거대한 지중해를 로마의 호수라고 할 만큼 거대한 제국 로마는 사실상 당대의 패권국가다. 그런데 속국의 종교지도자라는 교활한 두 늙은이의 하수인 노릇이나 해야 되는 그 이른 아침의 법정의 재판이 총독으로서는 참기 어려운 모욕이다.

그러나 안나스와 가야바는 재판 결과를 확실하게 예상하는 여유가 있어 의기양양하다. 요새의 성문에서 석회암과 화강암 박석(薄石)의 광장에 금빛 의자를 놓고 앉아 있는 이방인 지배자를 활짝 열린 문밖에서 물끄러미 바라보고 있다. 이 거룩한 유월절에 이방인의 건물에 들어가지 않고도 재판을 지켜보며 압력을 넣을 수 있다는 사실에 내심 쾌재를 부르는 매우 만족한 오만이 그 늙은 얼굴의 표피에 그려져 있었다. 두 명의 대제사장 뒤로 산헤드린 재판관들과 많은 바리새인과 서기관들과, 이단자의 제거 비용이라는 명목으로 성전 금고에서 지출된 돈으로 매수된 다수의 건달들, 순식간에 퍼진 소문에 의해 몰려들고 있는 군중의 무슨 일인가를 묻는 수군거림이 예사롭지 않다. 이에 더하여 이틀 전의 바라바가 지휘하는 열심당의 거사가 완전히 실패하여 안토니아 요새의 감옥에 수감된 바라바의 십자가 처형이 명백하다는 사실을 너무도 잘 아는 그 조직이 증오가 끓어 오르는 핏발 선 눈으로 총 동원되다시피 하였음은 불문가지다. 아니 유대인의 모든 혈기 있는 남자들은 기회만 있으면 열심당원이다. 자칫 이틀 전의 반란이 한결 거칠게 재현될 가능성을 요새의 로마인은 누구나 우려할 수밖에 없다.

예수의 소문은 빠르게 번졌다. 가야바의 저택에서 안토니아 요새까지 도시의 남에서 북으로 이어진 긴 호송 행렬 때문이다. 도시는 이미 유월절 순례자들로 꽉 차 있었으므로 요새의 서문 밖과 성전 광장과 주변 길목들이 초만원이다. 그러나 제자들의 얼굴은 어디에서도 찾아볼 수 없었다. 요한이 그의 아버지 세베대와 함께 서문 밖 군중 속에 주눅 든 모습으로 끼어 있었다. 예수의 모친을 비롯한 갈릴리 여인들이 베다니로부터 달려와 조용히 눈물짓고 있다.

재판이 시작되기도 전에 재판 분위기는 공정하지 못하였다. 가혹하게 취급당해 뺨과 눈가에 타박상이 현저한 예수를 향해 유대인들은 심하게 욕설과 저주를 퍼부어댔다. 총독은 그런 분위기가 교활한 두 늙은이의 사주에 의한 것임을 간파하고 있었다. 그러나 총독은 이미 저 군중이 언제라도 폭도로 변할 수 있다는 판단을 하고 있는 터여서 신중하였다. 그들의 입에서 요새의 지하 감옥에 수감한 폭도의 두목 바라바의 이름이 흘러나오기 때문이다.

"바라바! 바라바! 바라바!"

그는 아내의 애원하던 얼굴이 떠올랐다. 그는 선량하고 대단히 유능한 청년이 유대인 지도층의 시기심으로 희생되는 일에 결정적 역할을 수행하게 된 현실이 불쾌하였다. 그래서 더욱 공정한 재판을 해야 된다고 마음을 단단히 사려본다. 그러나 저 자들이 바라바를 들먹이는 이유가 오늘 예수가 도착하는 것과 동시에 고넬료의 긴급 보고내용을 상기시켰다.

"예수는 그들의 율법을 어겼을 뿐만 아니라 민족의 반역자가 되었습니다. 바라바가 폭동을 일으킨 날 예수는 예루살렘에 얼씬도 않고 온 종일 베다니에 숨어 있었다고 어제 보고 드렸습니다만, 물론 숨어 있었다는 표현은 열심당의 입장입니다만, 그로 인하여 그들은 예수를 민족의 배신자로 규탄합니다. 그래서 바라바를 죽이면 대규모 폭동을 일으키고 예수를 죽이면 각하에게 찬사를 보내야 된다는 심상찮은 여론이 급속하게 번지고 있습니다."

"개자식들이야. 재판을 시작해야겠군."

유대인들을 향해 침을 뱉고 싶었으나 억지로 참고 예수를 신문하기 시작하였다. 정해진 틀에 따라 신원확인 절차를 밟고 기소내용의 사실 확인에 들어갔다.

"이 사람에 대해 송사하는 것이 무엇입니까?"

대제사장에게 큰 소리를 물었다.

"우리의 율법적인 죄는 차치하고, 저 자는 자칭 유대인의 왕이라고 하였습니다. 말뿐인 왕이 아니라 왕으로 행세하였습니다. 우리가 다 증인입니다. 각하의 부하들도 증인입니다. 예루살렘이 떠들썩하도록 임금 노릇을 하였습니다. 요새에서 목격한 그대로 왕처럼 요란하게 성전 동문으로 입성하였습니다. 정확하게 194년 전에 시리아 셀류코스 왕조의 압제에 반기를 들었던 유다스 마카비우스처럼 말입니다. 그가 하스몬 왕조의 시조입니다. 총독께서 그 역사를 모를 리 없습니다."

거침없는 협박이다. 총독은 얼굴이 시뻘겋게 분노가 치솟아 올랐으나 예수를 바라보면 일단 참아야 했다. 앞에 묶여 있는 초라한 청년에게서 왕의 권위는 물론 권력에의 탐욕은 발견할 수 없다. 그는 대제사장의 오만스러운 꼬락서니를 꺾기 위해서라도 심술을 부리고 싶었다.

"율법적인 죄가 많은가 보군요. 그럼 당신네들 율법대로 하시지요."

안나스의 예비신문과 가야바 저택에서의 재판 내용을 소상히 보고 받은 총독은 이 청년의 죄가 순전히 그들의 율법 문제라는 사실을 충분히 알고 있었다.

"우리에게 사형집행권이 없다는 것을 아시지요?"

"무슨 소리요? 당신들의 율법에 의해 사형이 결정되면 당신들이 집행하지 않소?"

"그건 그렇습니다만 그건 율법 상의 죄에 한정됩니다. 저 피고는 로마의 법을 범하였습니다. 저 피고는 독립왕국을 만들어 왕관을 쓰려고 하였습니다. 명백하게 로마 황제에 대한 반역입니다."

'로마의 법으로 죽여 달라?'

총독은 대제사장의 재판권 침해에 화가 났고, 가야바는 뜬눈으로 밤을 새우며 재판이라기보다 고소장 정도를 작성하는 데 그친 예비 신문권만 행사한 꼴이라서 화가 났다.

총독은 재판장의 양심에 따라 선고할 결심을 하며 예수에게 물었다.

"네가 유대인의 왕이냐?"

어린 아이 장난 같은 질문을 던지며 총독은 백부장과 호위병들이 웃지나 않을까 둘러보았다.

"그 질문은 대제사장의……."

끝까지 말을 잇지 않아도 의사전달에는 문제가 없었다. 너무나 침착하고 부드러운 목소리에 총독은 잠시 그를 주목하였다. 분명 신비로운 얼굴이다. 특히 그 눈빛이 압도해 왔다.

"나는 유대인이 아니다. 네 동족들이 너를 내게 넘긴 것이다. 도대체 무슨 일을 했기에, 아니 왕이라고 했다니……. 그게 사실인가?"

예수는 이번에도 지체 없이 부드럽게 대답하였다.

"당신의 말대로 나는 왕입니다. 그러나 내 왕국은 이 지상에 없습니다. 만일 내 왕국이 이 세상에 있다면 싸워서 잡히지 않았습니다."

'그거 참 묘한 대답이군. 아니 그 말이 맞을지도 몰라. 무제한의 기적을 일으킬 능력이 있으니까.'

"그러니까 네가 왕이다?"

"그렇습니다. 나는 왕입니다. 나는 진리를 증언하는 왕으로 이 세상에 왔습니다. 누구든지 진리의 편에 선 사람은 내 말을 귀 기울여 듣습니다."

"진리? 그게 뭐냐?"

이미 총독은 죄수를 신문한다고 생각하지 않았다. 유대인의 종교는 로마가 인정하였고, 이런 종교적 광신자를 다룰 근거가 로마의 법에 없기 때문이다. 유대 지도자들의 살의는 이 똑똑한 광신자에 대한 질투에 다름 아닌 것은 고넬료의 보고서에도 적시되어 있다.

"이렇게 말하는 나 자신이 곧 진리입니다."

광신자라기엔 너무 진지하고 온유해 보이는 예수를 총독은 한동안 물끄러미 바라보았다.

'이 사람은 위험인물이 아니야. 바라바같이 난폭한 인간이 아니야. 예수를 돕고 싶은데 방법이 뭐람. 이 하찮은 사건이 나를 파멸시킬 수 있겠어. ―가만 있자, 나사렛 사람이라 했지?'

문득 갈릴리의 왕 헤롯 안디바가 떠올랐다. 유월절이라 그 자가 그의 아비 헤롯대왕이 지은 예루살렘의 헤롯 궁에 머물고 있다고 했다? 수로공사 문제로 갈릴리인 다수가 희생되어 관계가 나빠져 있긴 하지만 그의 통치지역 백성을 그에게 보내면 이 곤혹스러운 재판에서 벗어날 뿐만 아니라 헤롯과의 관계도 회복될 수 있으리라 생각되자 얼른 백부장을 불렀다.

"이 죄수를 갈릴리 왕 헤롯에게 보내라. 그의 왕국 백성이다."

예수를 십자가에 못 박고 우리의 영웅을 석방하라

　마침 헤롯 안디바는 유월절을 지키기 위해 예루살렘 중심부에서 조금 서쪽에 위치한 헤롯 궁에 가족과 함께 머물고 있으면서 본디오 빌라도가 바라바의 폭동사건으로 본국에 소환되어 황제로부터 문책 당하고 파면되기를 기도하고 있었다.
　"폐하, 나사렛 예수가 왔습니다."
　왕은 깜짝 놀라 눈을 떴다. 꿈이려니 했다.
　"총독께서 예수가 갈릴리 사람이라는 이유로 재판권을 넘긴다고 호송해 왔습니다."
　잠시 어리둥절하던 왕은 위엄을 갖추고 명령하였다.
　"당장 데리고 와라."
　'총독, 당신의 호의, 아니 당신의 분별력이 당신을 향한 내 증오를 제거하였소. 명절 끝난 후에 건배라도 합시다. 내가 내 백성 중에서 유일하게 보고 싶은 예수를 보내주니 이건 참 고맙소이다!'
　유쾌한 왕은 몇몇 신하들과 근위대 장교들에게 둘러싸인 위엄 있는 분위기 속에서 초라한 예수를 만났다.
　'저런, 불행한 몰골이군.'
　그는 예수의 초췌한 모습을 이윽히 바라보다가 인내력 없이 질문의 화살을 던졌다. 궁금한 게 너무 많아서다. 특히 그의 기적들에 대하여, 랍비들과의 논쟁에 대하여, 참수형으로 제거된 세례 요한과의 관계에 대하여, 랍비들과 다른 특색의 그의 설교에 대하여.

그는 한때 예수가 죽은 요한의 화신일지도 모른다는 생각을 가졌었다. 그러나 예수는 이것저것 묻는 왕의 질문에 아무 반응도 없다. 일찍이 헤롯 안디바를 가리켜 여우라고 불렀던 그는 지금도 황금빛 번쩍이는 옥좌와 왕관과 비단 옷으로 위장한 여우를 바라보는 듯 침묵으로 일관하였다.

'좋아. 말하기 싫다면 마술 한두 가지 보여주면 되겠는데.'

재판의 최종 결과에 예민해 헤롯 궁까지 따라온 대제사장과 그 일행은 왕의 체면이 무너지는 현장을 보면서 저 분별력 없는 왕이 곧 무섭게 폭발할 것을 기대하는 눈치다.

"폐하, 저 자가 대답하지 않는 까닭은 자기도 왕이라고 생각하기 때문입니다. 자기가 메시아라고 하였답니다. 공공연히 율법을 범하는 자니 메시아가 아닌 건 확실합니다만······."

"왕?"

신하의 말을 귓가에 흘리며 헤롯 안디바는 벌떡 일어나 죄수 앞으로 다가 갔다.

"왕? 왕이라면 이건 너무 초라하군. 왕이시여, 당신의 영토는 어디이며, 왕관은 어디 있소? 당신을 여기까지 수행한 신하들은 모두 어디 있소?"

심술궂은 조롱에 유대인들과 헤롯의 장교들이 킬킬거렸다. 헤롯도 조금은 분노가 식는지 여유 있게 죄수를 찬찬히 살피며 빙 돌았다.

"옷은 너무 더럽고 발은 먼지투성이구나. 이쪽 눈두덩은 멍들었네, 입술도 찢어질 뻔했어. 쯧쯧쯧, 관자놀이엔 가래침이 말라붙었어. 누가 왕에게 이런 무례한 짓을 했지?"

'나를 보라. 내가 너의 왕이다. 왕은 이렇게 입고 왕관을 쓴다. 감히

'왕의 질문에 침묵하다니……'

당장이라도 진노를 터뜨릴 듯하던 왕은 가까이 있는 시종을 불러 귓속말을 했다. 그가 즉시 안으로 들어갔다. 왕은 흥미진진한 연극을 기다리는 관객처럼 조금은 흥분한 표정이다. 잠시 후에 시종이 나왔다. 현란할 정도로 빨간 망토를 두 손으로 받쳐 들고 왕 앞에 섰다. 왕이 짓궂게 웃으며 뭐라고 말하자 그 시종이 망토를 예수의 어깨에 걸치고 빨간 끈을 턱밑에서 묶었다.

'— 어릿광대가 따로 없군.'

예수는 누구도 구경한 적이 없는 우스꽝스런 모습으로 다시 총독에게 보내졌다. 여러 시간째 서 있거나 걷기만 한 예수는 너무 지친 나머지 주저앉을 지경이다. 왕과 총독을 화해시킨 매개체인 예수는 로마 군인들과 왕의 근위대가 호송하였고, 그 행렬 뒤로 대제사장을 비롯한 산헤드린공회원들과 호기심 많은 유대인들이 줄을 이었다.

다시 죄수를 받은 총독은 큰 부담을 느꼈다. 예수가 어릿광대의 모습으로 돌아왔다는 소식을 접한 크라우디아 프로쿨라가 파피루스에 그녀 전용의 거위 깃털 펜으로 짤막하게 쓴 메시지를 보내온 것도 총독에게 부담을 가중시켰다. 해치지 말고 관용을 베풀라는, 침상에서 들은 그 내용 그대로였다. 아내의 관용이란 유죄라도 그를 해치지 말라는 의미임을 그는 안다. 그런데 용서할 죄조차 예수에게서 찾지 못한 총독이다. 문제는 으르렁거리는 대제사장과 그에게 동조하는 유대인들을 어떻게 설득하느냐에 달려 있음을 그는 안다.

"각하, 유월절마다 백성이 원하는 죄수 한 명을 사면하는 관례가 있지 않습니까?"

"나도 그 생각을 했네. 그러나 분위기를 보게. 과연 예수를 원할까?"

"그의 제자들과 열광적인 지지자들이 허다합니다. 목소리가 숨어 있을 뿐입니다. 그 숨은 목소리들이 터져 나올 기회를 주시면 될 것 같습니다."

천부장의 제안은 총독에게 복음이다. 총독은 집무실 밖 광장으로 나가 유대인 무리를 향해 진지하게 말했다.

"나는 이 사람에게서 아무 죄도 찾지 못했소. 갈릴리의 왕도 마찬가지였소. 총독의 명예를 걸고 다시 말하거니와 이 사람에겐 죄가 없소. 그래서 유월절 관례에 따라 이 사람, 당신들의 왕을 석방하겠소."

"안 됩니다."

침묵하는 지지자들의 소리를 기대한 그에게 즉각 터져 나온 반응은 격한 목소리였다. 그 소리의 다급함은 환영의 목소리를 차단하려는 의도도 있으리라. 이어서 함성이 터져 나왔다. 분명히 사전에 준비되고 약속된 반응이다.

"바라바를 석방하시오. 바라바, 바라바!"

'바라바를?'

그의 칼에 나의 병사가 죽었는데, 살상을 자행한 반로마 항쟁의 주동자인데, 그를 오늘 중 십자가에 처형할 터인데 그를 사면하라니. 상습적 살인강도범 두 명과 함께 골고다 언덕에서 바라바를 십자가에 처형할 터인데. 그리하여 명절기간 내내 로마를 향해 반란행위를 시도하지 못하도록 위협할 생각인데, 그를 사면하라?

총독은 자기의 뜻을 좌절시키려는 대제사장과 유대교 지도자들에게 열 배로 보복하겠다고 다짐하며 다시 집무실로 들어갔다.

"죄 없는 죄수, 유대인의 왕······."

그는 중얼거리며 넓은 집무실을 오락가락 하였다. 밖에서는 조직적인 함성이 들려왔다.

"바라바, 바라바, 바라바."

'그 살인자를? 로마를 공격한 그 폭도를? 어림 반 푼어치도 없다. 나는 죄 없는 죄수를 석방시키겠다!'

그러나 방법은 없다. 포기할 의사도 없다. 그는 열어둔 문 바깥 광장의 빨간 망토를 걸친 채 묶여 있는 예수를 물끄러미 바라보다가 무슨 생각을 하였는지 근위병을 불렀다.

"죄수에게 매를 쳐라. 사십에 한 대 감하는 매를……."

즉흥적 태형 명령이다. 서른아홉 번의 채찍질은 사형에 준하는 형벌이다. 죄 없는 자에게 그토록 가혹한 벌을 주면 아무리 완악한 유대인이라도 더 이상의 형벌을 요구하지 못할 것이라고 총독은 생각하였다. 연민을, 연민을 유발하는 거야 연민을……. 그가 중얼거렸다.

수비대 병사들이 요새의 뒤뜰로 죄수를 끌고 갔다. 능숙하게 상반신을 발가벗겼다. 손목을 가죽 끈으로 기둥에 묶었다. 나무 손잡이에 세 갈래로 늘어진 채찍을 가져왔다. 암소가죽 두 줄기에 나귀가죽 한 줄기로 엮은 끝부분에 각각 두세 개 씩의 작은 납덩어리가 달린 흉기로서의 채찍이다. 유대인들은 그 채찍으로 가슴에 열세 번, 등에 스물여섯 번을 때렸다. 그러나 로마 군인들은 때리는 병사 마음대로다. 혹 매질이 심했거나 죄수의 체력이 허약하여 사망에 이르러도 서른아홉 번만 넘기지 않으면 문제되지 않는다.

예수의 몸에 채찍질이 가해질 때마다 입에서는 목이 찢어지는 비명이, 몸에서는 핏줄기가 터져 나왔다. 잠깐 사이에 그 온유한 사랑의 육체는 찢어지고 터져 핏덩어리로 변하였다. 헤롯 안디바가 입혀준 새빨간 망토가 무색할 지경이다. 그의 단말마적 비명과 신음소리는 총독 집무실과 요새의 마당을 지나 문 밖을 가득 메운 유대인들에게까지 소름끼치게 들려왔다.

"차라리 기절해 버리지. 그럼 중단될 텐데……."
나이 어린 로마 병사가 귀를 막으며 외면하였다.
"서른일곱, 서른여덟, 서른아홉……."
병사의 마지막을 알리는 큰소리가 멎는 것과 동시에 채찍질도 멎었다. 기둥에 묶인 핏덩어리 죄수는 주검처럼 축 늘어졌다.
"죽진 않았지?"
한 병사가 예수의 머리채를 움켜잡고 얼굴을 들여다보았다.
"왕이 쉽게 죽겠어?"
"왕을 왕답게 예우해야지."
병사들은 자기들 손에 맡겨진 유대인의 왕을 조롱하기 시작하였다. 평생에 한 번도 경험할 수 없는 기회를 그냥 지나칠 수 없다는 듯.
"그 망토를 다시 입혀."
"왕관이 있어야지."
빨간 망토가 어깨에 걸쳐지고 모닥불 불쏘시개로 쌓아 둔 나무더미에서 가려낸 가느다란 가시나무를 둥글게 말아서 머리에 씌웠다. 그 병사의 난폭한 힘으로 가시관은 이마에 네 개의 깊은 상처를 냈고, 이내 피가 흘러내렸다.
"왕에게 홀을 주라구. 하하하……."
역시 불쏘시개 나무더미에서 골라낸 마른 갈대줄기가 홀처럼 예수의 손에 쥐어졌다.
"오, 폐하! 만수무강 하옵소서."
한 병사가 그 앞에 넙죽 엎드렸다.
"유대인의 왕이여, 눈을 떠서 신하들의 문안을 받으소서. 하하하."
눈을 뜨거나 조롱소리를 들을만한 힘도 예수에겐 없었다. 한 병사가 힘껏 뺨을 때렸다.

"폐하, 누굽니까? 감히 폐하의 뺨을 때린 무례한 신하가……."
"으하하하하……."
다른 병사가 목구멍에서 끌어올린 침을 그 얼굴에 뱉었다. 뒤이어 무수한 주먹과 손바닥이 그 참혹한 얼굴을 때렸는가 하면, 세 치의 혀와 누런 이빨들이 실컷 조롱하며 킬킬댔다.
"자, 그만. 그를 죽이라 하지 않았다. 각하께 데리고 가라."
태형 지휘를 맡은 백부장의 지시로 예수는 요새의 뒤뜰에서 앞뜰의 피고석으로 끌려갔다. 총독은 조금 전에 재판장의 의자에 앉아 문 밖의 표정을 살피고 있다가 예수의 당장 쓰러질 것만 같은 피투성이를 보자 할 말을 잃었다. 참혹하여 섬뜩할 뿐이다.
'오, 사람의 모습인가!'
총독은 눈을 감았다. 그의 의도대로 유대인의 연민을 자아내기에 충분하다는 생각이 들었다. 핏덩어리 상반신에 걸쳐진 핏빛 망토와 얼굴에 덕지덕지 붙어 흘러내리는 더러운 가래침과 이마에 깊게 찔린 가시관과 몇 줄기 선혈, 헝클어진 머리카락, 눈을 못 뜨는 탈진……. 본디오 빌라도는 인간이 더 이상 참혹해질 수 없다고 비명을 질러대고 싶은 충동을 느꼈으나 입술을 악물어 자신을 통제하였다.
"됐어. 이 지경이면 저 독한 유대 놈들도……!"
석방 가능성이 보였다. 그는 비로소 예수에 대해 민망했던 마음이 가라앉았다. 유대인의 박해로부터 예수를 보호하기 위해 가이사랴의 총독부나 안토니아 요새를 은신처로 제공하겠다고 써 보낸 밀서가 그의 마음에 부담스러운데 그러나 책임질 문제는 아니었다. 예수가 그의 제안을 받아들여 찾아온 게 아니기 때문이다. 총독은 목불인견의 예수에게서 시선을 돌렸다. 그는 자기 마음을 이해하기 어려웠다. 전쟁터의 지휘관으로 수많은 생명의 죽음을 지켜본 그였다. 그런데 세상에 태어나서 처음으로 한 초면의 인간, 그것도 속국의 가난한 촌마을 출신 목수에게 무한의 연민을 느끼고 있기 때문이다. 항의나 변명 한 마디 하지 않는 저 사람, 결코 해를 받아서는 안 될 사람이라고 그는 단정하였다.

'여보, 프로쿨라. 나도 당신과 한 마음이오.'

총독은 시체에 다름 아닌 예수를 앞세우고 문 가까이 갔다. 총독의 예상은 적중하였다. 유대인들 모두가, 심지어 죽이라고 아우성치던 얼굴들조차 미간을 찌푸리며 외면하거나 눈을 감았다. 그들의 충격과 연민을 간파한 총독은 이때다 싶어 예수를 손가락으로 가리키며 말했다.

"이 사람을 보시오."

잠시 잠잠했다. 그러나 다음 순간 거친 목소리가 들렸다.

"그를 십자가에 못 박으시오."

순간 총독은 울컥 분노가 치밀어 올랐다. 예수가 느껴야 할 배신감을 그가 느끼고 있었다.

예수에게 은혜 입은 자들이 많다더니 그들은 모두 어디에 있지? 귀머거리와 소경과 문둥이와 온갖 병자들을 고쳤다던데. 제자라는 자들은 어디로 숨었지? 시체를 살려낸 경우도 세 번이나 있다더니 은혜 입은 그들은 왜 목숨 걸고 나서지 않는가. 그들의 존경심과 그들이 받은 헤아릴 수 없이 큰 은혜가 핏덩어리 처절한 저 사람을 저버리는가. 어찌하여 용감하게 나서는 놈이 없을까. 더러운 유대 놈들, 네놈들에게 예수가 받은 고난이 백 배, 천 배, 아니 그 이상으로 임하리라!

"이 사람에겐 죽일 죄가 없소."

총독의 분노의 소리였다.

"바라바, 바라바, 바라바!"

"예수를 십자가에 못 박으시오. 십자가에……"

군중의 연호가 거칠다. 조직적 함성이다. 그들 가운데 예수의 제자가 있다 해도 감히 용기를 내기는 틀려먹은 분위기다. 실패한 열심당 패거리들이 잔뜩 몰려 있을 터이다.
'이럴 줄 알았으면 채찍질을 안 하는 건데……'
그는 극도의 분노와 자괴감으로 정서가 뒤흔들려 버럭 소리쳤다.
"나는 이미 말하였소. 나는 이 사람에게서 아무 죄도 찾지 못하였다고. 도대체 이러는 이유가 뭐요? 이 사람은 무죄란 말이오."
그때 대제사장의 사주를 받은 여호아킴이 불쑥 한 발 앞으로 나섰다. 주위가 갑자기 조용해졌다.
"우리에게도 법이 있습니다. 저 자는 자기가 하나님의 아들이라 하였으니 그것만으로도 대죄라서 마땅히 사형입니다."
터져 나오는 욕설을 참느라 애쓰는 총독에게 급히 다가선 천부장이 귓속말을 하였다.
"자극하면 폭동이 일어날 수 있습니다. 잠시 안으로 들어가십시오."
"나는 무죄를 선고하였다. 그런데……"
허탈감과 분노로 말을 잇지 못하다가 예수를 바라보며 물었다.
"예수, 너는 도대체 어디서 왔느냐?"
제사장 복장의 여호아킴이 하나님의 아들이라고 한 말을 생각하며 진지하게 물었다.
"……"
예수의 침묵이 총독을 더욱 초조하게 만들었다.
"잘 들어라. 나는 너를 석방할 권한도 있고, 네 동족들의 요구대로 십자가에 못 박을 권한도 있다."
총독은 잠시 말을 끊었다가 달래는 투로 이었다.
"그러니까 내게 말해라."
애원에 가깝다. 예수는 간신히 눈을 떴다가 다시 감으며 힘없이 말했다.
 "총독께서 하나님으로부터 권한을 받지 않았던들 나를 어떻게 할 수 없습니다. 그러므로 나를 총독에게 넘겨준 자들의 죄가 심히 큽니다."
 '그럴지도 모르지.'
 총독은 문 밖의 군중에게 몸을 돌려 한 발 접근하며 결연히 말하려 하였다. 마지막 노력의 의지가 확고했다. 그러나 먼저 입을 연 건 여호야킴이다.
 "각하, 만약 예수를 석방하면 각하께서 카이사르 티베리우스 황제 폐하께 반역하는 신하가 됩니다. 황제 폐하의 지배 하에서 누구든지 자기를 왕이라 하는 자는 황제를 거역하는 반역자인 게 명백하지 않습니까. 각하께서 우리에게 직접 하신 말씀으로 기억합니다."
 "각하!"
 수비대 천부장이 귓속말을 했다.
 "시간이 갈수록 사태가 험악해집니다. 제 의견을 말씀드려도 될까요?"
 "지금 말하고 있지 않은가?"
 "저 죄수의 처리에 대해서 말씀입니다."
 "유대인과 같은 견해를 말인가?"
 천부장은 총독의 의중을 파악하고 있었으므로 조심스럽게 말하였다.
 "한 사람의 희생으로 이번 유월절이 조용해질 수 있습니다."
 "그럴 테지. 그를 희생양으로……."
 "바라바는 영웅이 되고 예수는 미족의 배신자가 된 셈입니다. 분위기가!"
 총독은 의지의 관철을 포기한 듯 힘없이 황금빛 의자로 돌아가 앉으며 말했다.
 "예수를 데려오라."

선택의 여지가 없는 최종선고를 위해 재판관 자리에 앉은 그의 옆에 쓰러질 듯 나약한 모습으로 예수가 두 병사의 부축을 받으며 왔다.

"자, 여기 당신들의 왕이 있소."

총독이 예수를 손가락으로 가리키자 모욕감에 치를 떨며 랍비가 소리쳤다.

"그는 우리의 왕이 아니오. 그를 십자가에 처형하시오."

그의 말이 채 끝나기도 전에 대제사장 앞의 산헤드린 재판관이 선동하듯 크게 소리쳤다.

"십자가에 못 박으시오!"

"당신들의 왕을 나보고 죽여 달라니……."

총독의 말이 채 끝나기도 전에 다른 목소리가 크게 들려왔다.

"우리의 왕은 카이사르 티베리우스뿐입니다."

의지를 포기할 만큼 권한의 무력감을 느낀 총독은 그러나 폭동만은 어떤 경우라도 막아야 했다. 이틀 전의 바라바 폭동만으로도 황제로부터 책망과 경고가 예비 되어 있지 않은가. 그렇다면 방법은 처형뿐이다. 포기다. 내 의지의 포기, 내 판결의 포기.

'내 책임은 아니지!'

그는 내면의 완강한 거부를 무마하기 위해 법률적으로 책임을 뚜렷하게 하는, 그러나 한낱 상징에 불과한 무대를 연출하지 않으면 안 되었다. 그것은 무리들 앞에서 손을 씻어 책임을 면제 받고 그 책임을 유대인들에게 전가시키는 발언으로 완결될 것이었다. 총독은 즉시 대야에 물을 떠오게 하였다. 아내의 호소가 이명처럼 들려 왔다.

물 대야가 앞에 놓이자 그는 보란 듯 동작을 크게 해서 손을 씻었다.

'너희 놈들에게 재앙이 임하리라!'

그는 손을 씻고 일어서서 유대인들을 향해 큰소리로 최종선고를 던졌다.
"나는 이 의인의 피에 대해 아무 책임도 없소. 그는 무죄요. 당신들의 책임이오."

대제사장 가야바가 즉각 응수하였다.

"염려 마시지요 각하. 그 사람의 피에 대한 책임은 우리와 우리 자손들이 지겠습니다."

"저런 멍청한 악당. 자손들까지 물고 들어가는 화상이라니!"

그러나 입 안에서 웅얼거린 혼잣말이다. 총독은 말없이 그 미운 얼굴들을 노려보았다. 예수를 향하던 연민이 한껏 확대되면서 그들에게 쏠렸다.

"그리 되기를 바라오. 그리 될 것이오. 반드시 그렇게 되어야 하오."

그의 독백은 차라리 신음이면서 저주였다. 그는 꼭 그렇게 되리라는 확신이 들었다.

"천부장, 그 혁명가를 석방하라. 예수는 십자가에 못 박고."

그 마지막 한 마디를 광장에 남겨두고 본디오 빌라도는 총총걸음으로 집무실로 사라졌다.

그날 사형이 집행될 죄수는 혁명 투사 바라바와 농민 출신의 직업적 강도범 디스마스와 그의 공범이다. 감옥에 있던 두 강도가 먼저 자신들이 처형될 다듬지 않은 나무 십자가를 어깨에 메고 요새의 서쪽 성문을 빠져 나갔다.

같은 시간에 바라바는 동지들과 백성들의 열광적 환영을 받으며 춤추듯 거리로 달려 나갔다.

같은 시간에 빨강 망토가 벗겨지고 원래의 흰옷으로 갈아입혀진 예수의 어깨에 세 번째 십자가 형틀이 얹혀졌다. 바라바가 메고 갈 바로 그

형틀이다. 그의 체력은 소진되어 사형수에게 부과된, 자기 십자가를 형장까지 운반하는 마지막 의무를 감당할 수 없을 만큼 지쳐 있었다. 처형장이 멀지 않지만 완만한 경사로다. 그 마지막은 가파르다. 등고선(等高線)이 해골 모양인 서쪽 성 밖의 형장에는 언제나 해골이 몇 개씩 방치되어 있다. 인류의 조상 아담의 해골이 그곳에서 발견되었다는 전설도 있다. 이런저런 이유로 그곳의 이름은 해골을 의미하는 골고다 언덕으로 불려졌다. 사형수의 십자가 운반 의무는 그곳에서 해제된다.

예루살렘의 열광적 환영을 받으며 왕의 권위로 동문에 입성했던 예수의 영광은 닷새만인 그 아침에 바라바에게 옮겨갔다. 그리하여 영웅이 된 바라바는 석방의 기쁨으로 춤추며 그의 동지들과 몰려다녔고, 예수는 흉악범의 모습으로 증오와 멸시와 저주를 받으며 골고다로 오르는 길에 들어섰다. 환영 받는 바라바의 영웅적 의기양양과 극적인 대조를 이룬 언덕 길 한 구석에서 몇몇 여인들이 흐느끼는 소리가 들려왔다. 예수는 그들을 쳐다보지도 않았다. 그는 어제의 만찬 이후 열두 시간 이상 한 모금의 물도 마시지 않았고, 눈을 감고 누워보지 않았으며, 두 명의 대제사장과 한 명의 왕과 한 명의 이방인에게 오가며 재판을 받았다. 체포된 순간부터 묶인 채 도시 한 복판을 끌려 다녔고, 서 있었고, 조롱당하였고, 40번을 때리면 죽을지도 모른다는 위험성을 고려해서 한 대를 감해주는 서른아홉 번의 채찍에 맞아 상반신이 갈기갈기 찢기고 파여 피투성이다. 자기 몸을 가누기에도 벅찬 그에게 다듬지도 않은 십자가 형틀은 너무 벅찬 무게로 짓눌렀다. 그를 에워싼 혐오와 소수의 비탄과 잠시의 멈춤도 용납하지 않으려고 얼씬거리는 로마 병사의 채찍은 가혹하다. 예수는 현기증을 느끼며 쓰러졌다. 겨우 계단을 내려 선 출발에 불과한데. 십자가의 충격이 그의 어깨에 큰 피멍을 만들었다.

"멈추는 건 허락되지 않는다. 일어나라."

일어설 힘이 없는 예수의 등을 병사의 채찍이 내리쳤다. 두 번, 또 두 번, 그리고 한 번 더.

다섯 번을 때리고 나서야 일어서기 틀렸다고 판단한 병사가 그를 강제로 일으켜 세웠다. 그러나 몇 걸음 못 가서 또 쓰러졌고, 병사는 그를 때리지 않았다. 언덕을 오르기도 전에, 십자가에 못 박기 전에, 그가 죽을 것 같아서다.

"이봐, 당신 이리 와."

형 집행 지휘를 맡은 수비대의 백부장 패트로니우스가 맨 뒤에서 따르다가 운집한 구경꾼 속에서 건장한 사내를 지목하였다.

"이 죄수를 돕는 게 좋겠군. 안 그러면 길에서 죽을 거 같아서."

허다한 구경꾼 속의 그 한 남자, 알렉산더와 루포라는 두 아들을 데리고 아프리카 북부 지중해안의 유대인 밀집지역 구레네에서 유월절을 지키기 위해 예루살렘에 온 시몬이다. 한 달이 넘는 긴 여행에 그들 일행은 지쳐 있었다. 그러나 유월절 순례자들에 의해 구레네까지 소문이 자자한 예수의 고난을 가슴 아파하던 그는 선뜻 백부장 앞으로 나섰다.

그는 쓰러진 예수를 짓누르고 있는 십자가를 번쩍 들어 자기 어깨에 메었다. 짐을 던 예수가 느릿느릿 시몬의 뒤를 따랐다. 사형수가 넷 같은 십자가 행렬은 병사들의 호위를 받으며 언덕을 오르고 있다. 예수는 빈 몸인데도 한 번 더 넘어졌다.

종교권력자들과 거칠게 처형을 요구하던 배신감으로 충만한 열심당원들, 매수된 하수인들, 해방자 메시아의 기대감이 실종된 허탈감과 배신감이 뒤엉킨, 그렇지만 죽은 자를 살린 전무후무한 그의 능력이 어느 순간 상황을 반전시킬지도 모른다는 일말의 기대감으로 그 언덕길은 긴장과 침묵이다. 쓰러져 있는 주검 같은 예수가 죽은 자가 살아나듯 벌떡 몸을 일으킬지도 모른다는 기대감으로 빛나는 시선도 있기는 하다. 백부장 페트로니우스와 채찍질하던 병사도 약간의 연민어린 시선으로 대책 없이 바라볼 뿐이다.

그때 한 여인이 쓰러진 예수에게 다가갔다. 13년 긴 세월을 지긋지긋한 출혈 병으로 고생하던 갈릴리의 베로니카였다. 그녀는 은인이며 영웅이던 예수에게 죄가 있다는 게 절대로 믿어지지 않았다. 절대의인이 절대죄인으로 매도되어 고난당하는 모습에 가슴이 터질 지경이었다. 그녀는 쓰러진 예수의 얼굴에서 피와 땀과 더럽게 말라붙은 침을 닦아내며 비 오듯 눈물을 흘렸다. 베로니카의 용기가 갈릴리 여인들을 자극하였다. 뒷전에서 안타깝게 눈물 흘리며 묵묵히 따르던 여인들이 대거 앞쪽으로 나왔다. 아들의 영광을 알고 있었으나 그 아들의 굴욕과 고난을 몰랐던 그의 모친 마리아, 사랑하는 두 제자 요한과 야고보의 모친이며 죄수의 이모 살로메, 유월절 만찬을 제공한 마가의 어머니 마리아, 막달라의 마리아와 베다니의 자매 마르다와 마리아, 헤롯 안디바의 장관 구사의 아내 요안나, 페니키아의 페니게와 유스타, 수산나, 베드로의 아내 컨콜디아, 그리고 다수의 갈릴리 남자들이 제자 요한의 얼굴과 함께 거기 있었다.

그 비통의 언덕길에서 여인들은 한결 소리 높여 오열하였다. 그러나 예수는 체력의 고갈로 의식이 한계에 이르렀는지 그들에게, 어머니에게조차 아무 관심도 보이지 않았다. 여인들의 슬픔은 증폭되었다. 어쩌면 예수의 시야에 그들이 들어오지 않을지도 모른다. 그 좁은 길은 병사들과 구경꾼으로 그 길이 생긴 이래 가장 많은 사람이 몰려왔기 때문이다. 그러나 그렇지 않았다. 다시 일어나 시몬의 뒤를 따르는 예수에게는 본디오 빌라도가 의인의 피에 대한 책임을 면제받을 길 없는 그들과 그들의 자손들이 보였다. 그는 가파르게 치솟은 골고다 정상을 바라보며 혼신의 힘을 다해 입을 열었다.

"나를 위하여 울지 마시오. 당신들과 당신들의 자녀들을 위하여 우시오."

죽음의 행진은 곧 형장에 도착하였다. 잠시 후면 피 냄새를 맡은 독수리가 먹이를 찾아 날아들 그 언덕에 세 개의 구덩이가 파지는 사이 나란히 뉘인 세 개의 십자가에 세 명의 사형수가 옷을 발가벗겨져 뉘어졌다.

땅바닥에 뉘인 나무 십자가에 사형수를 뉘어놓고 대못질의 고통으로 몸부림치는 방해를 예방하느라 손목과 발목을 십자가에 단단히 묶었다. 그러고도 묶인 다리에 한 명이, 한쪽 팔을 한 명이 짓누르고, 한 병사는 머리를 움직이지 못하도록 한 움큼의 머리채를 뒤쪽으로 바짝 당겼다. 못 박는 손을 다른 병사가 펴서 누른 후 4인 1조의 대못 질이 시작되었다.

망치소리와 함께 그 병사와 못 박는 병사의 손에 피가 흥건해졌다. 대못을 쾅쾅 박는 그 망치소리보다 죄수의 극통의 비명소리가 땅과 하늘과 초목에게, 보이지 않지만 대기에 가득한 숨 쉬게 하는 공기를 흔들어대며 호소하였다. 어쩌다 눈에 띄는 몇 그루의 초라한 야생화가 목불인견에 고개를 숙였다. 청명한 하늘 아래 띄엄띄엄 산재해 있던 부드럽고 예쁜 하얀 구름이 죄수들의 그 고통을 감싸주려는 듯 골고다 언덕 그 참혹한 처형장 위로 집결하고 있었다.

두 개의 예수 십자가

죄는 이토록 수치스러워 죄 지은 나만의 은밀한 비밀로 깊게 더 깊게, 절대 노출이 불가능하도록 은폐되어야 함에도 하늘과 땅과 산천초목과 그곳을 지나는 모든 행인과 처형을 집행하는 로마군 백부장을 비롯한 그의 부하들과 그를 낳은 어머니와 그를 극도로 존경하고 믿고 따르는 사랑하는 최측근들에게 죄의 수치를 강제로 공개당하는 저 치욕의 형벌은, 죄가 그토록 수치스러움을 극명하게 드러낸 저 십자가는, 죄의 상징, 그 죄에 상응하는 당연한 형벌의 상징임을 막달라 마리아는 주목한다. 내가 저기에 저렇게 저런 모습으로 발가벗겨져 수치를 당해야 마땅함을 그녀는 절절하게 경험하고 있다. 저 십자가는 내 죄의 상징이며 내 죄의 형벌이라고 느끼기에 그녀는 주저앉아 통곡하고 싶다.

막달라 마리아에게 가운데 세워진 예수의 십자가는 두 개로 보였다. 내 죄로 내가 죽어야 할 십자가와, 죄 없으신 주님이 나 대신 못 박히신 십자가. 그녀가 주변의 일행에게 숨기려는 신음소리는 낮았으나 깊었다. 주님의 십자가 고통이 자기 몸으로 고스란히 느껴져 심장이 정지되는 비길 데 없는 아픔을 경험하였다.

관객이 된 모든 사람들은 가운데 십자가를 주목하였다. 죄수가 아니라 죄수의 머리 위 종목(從木)의 맨 위쪽에 붙어 있는 죄패를 쏘아보았다. 죄패는 작았다. 그러나 당시 그 지역에서 일상적으로 통용되는 세

나라 문자로 쓰여 있다. 유대인과 헬라인과 로마인의 문자다.
 〈유대인의 왕 나사렛 예수〉

 안토니아 요새에서 예수가 십자가를 메고 골고다로 출발한 즉시 저택으로 돌아와 쉬고 있던 대제사장 가야바는 죄패의 내용을 보고받자 불쾌감과 배신감과 모욕감으로 치를 떨며 피곤하여 쉬고 싶었으나 지체 없이 총독에게 달려갔다.
 '우릴 조롱하다니. 신성 모독자를 우리의 왕이라고?'
 비탄에 젖은 아내 때문에 늦은 조반도 제대로 못 먹고 식탁에서 일어서던 총독은 다시 아내를 바라보았다. 위로할 말이 없었다. 아니야, 위로받고 싶은 사람은 총독 본디오 빌라도야 라고 그는 아내에게 소리치고 싶었다.
 "각하, 대제사장이 긴급 면담을 요청합니다."
 부하의 보고가 어색한 분위기에서 그를 구하였다.
 "그 자가 또 무슨 용건인가?"
 역정을 내면서도 총독은 곧장 접견실로 갔다. 그러나 대제사장은 재판 때와 마찬가지로 문 밖에서 기다리고 있었다. 명절에 이방인의 집 출입을 금한 율법 때문이다. 총독은 대제사장을 접견실로 불러들이려다가 가야바에게 갔다. 그는 자신의 인내력에 스스로 경탄하였다.
 "우리를 모욕하는 처사이십니다. 백성들이 격분하고 있습니다."
 인사조차 생략된 공격이다. 하기야 해 뜬 직후부터 보았으니 새삼스럽게 무슨 인사가 필요할까.
 "모욕당한 건 당신들의 왕 예수요. 그리고 나 총독이요. 나를 더 모욕하고 싶소?"
 총독의 신경질적 반응에 가야바는 잠시 마음을 진정시키고 제법 겸손하게 말하였다.
"오해이십니다. 우리가 불쾌한 건 예수의 죄명입니다. 그가 우리의 왕이 아니라는 건 잘 아시잖습니까."
"그래서 어쩌자는 거요?"
"그건 사실이 아닙니다."
"그럼 사실을 말해 보시오. 대제사장께서."
가야바는 능청을 떠는 총독이 미웠으나 목적을 관철시키기 위해 가급적 부드럽게 말했다.
"예, 각하. 그는 자칭 유대인의 왕입니다. 죄패를 '자칭 유대인의 왕'이라 써 주십시오."
"그래요? 나는 말은 번복하지만 글로 쓴 걸 번복하지 않습니다."
그는 헤롯 안디바가 마케루스 요새에서 세례 요한을 죽이고 느낀 그런 기분으로 중얼거렸다.
"나야말로 당신들의 신을 모독한 기분이오."
그러나 가야바는 그 말을 제대로 알아듣지 못하였다. 총독은 지금쯤 십자가에 못 박혀 신음하고 있을 예수의 모습을 떠올렸다. 그러나 아직도 조롱이 빗발치고 있으리라는 생각은 못하였다.

"죽은 사람을 살렸으면서 자기는 못 살리다니……."
예수가 죽은 사람을 살렸다는 소문을 들은 어떤 사람이 벌거숭이의 수치스러운 사형수를 바라보며 주변 사람들에게 들릴 정도의 큰소리로 비웃었다.
"저 자가 우리의 왕이라니……."
"재수 없는 소리 그만두게. 저건 최악의 수치와 고통이지 왕의 영광이 아닐세."

"메시아라면서 저렇게 매달려 있다니……. 십자가에서 내려와 보시지. 그럼 우리가 왕으로, 메시아로 다 인정하지."

"하……. 성전을 헐고 사흘에 다시 짓는다고? 십자가에서 내려와 네 목숨이나 건져라."

유대인들의 조롱에 무관심한 듯 예수를 십자가에 못 박은 네 명의 로마 병사가 그 십자가 바로 밑에서 그의 겉옷을 네 조각으로 나누어 가졌다. 그러나 통으로 된 속옷을 소유하기 위해서는 게임을 벌여야 했다. 주사위가 던져졌다. 그들을 내려다보던 예수가 간신히 입을 열었다.

"아버지여, 저 사람들은 자기들이 하는 일을 알지 못합니다. 저들을 용서해 주십시오."

십자가에 가까이 있는 사람만 간신히 알아들었다. 함께 못 박혀 십자가에 매달린 옆의 죄수는 똑똑히 들었다.

"당신이 메시아라는 소문은 나도 들었지. 그렇다면 당신도 살고 같은 운명인 우리도 살리시오. 메시아가 십자가에서 죽다니?"

아직도 가장 힘이 많이 남은 죄수를 그보다 현저하게 체력이 약한 공범이 낮지만 분명한 소리로 꾸짖었다.

"너는 죽어가면서도 하나님이 두렵지 않니? 우린 우리가 저지른 죄로 마땅히 형벌을 받지만, 이분은 나쁜 짓한 게 아무것도 없어."

그는 예수에게 강도짓이라도 한 듯 미안한 눈빛으로 바라보았다.

"예수여, 당신의 나라에 들어갈 때 나를 기억해 주십시오."

예수는 한쪽으로 꺾인 얼굴을 들어 그를 바라보고 싶었으나 그럴 기력조차 없다. 그러나 마지막으로 은총을 베풀 기회가 기쁜 듯 낮지만 천천히 대답하였다.

"약속하오. 당신은 오늘 나와 함께 천국에 있을 것이오."

일생 동안 저지른 죄악의 짐이 십자가보다 아프고 무겁게 느껴지던 그의 가슴에 그 나이가 되도록 체험해 보지 못한 평안이 밀려들어왔다.
"물……, 목마르다."
창을 든 병사가 신음하는 예수를 바라보다가 값싼 신 포도주에 쓰디쓴 몰약을 탄 마취제를 해융(海絨)에 적셔 갈대에 꿰어 높이 쳐들었다. 그러나 예수는 그 시고 쓴 맛보다 갈증을 택하였다.
얼마를 기다려야 할까. 태양은 머리 위에서 작열하고 피투성이 육신은 대못에 박혀 찢어지고 있었다. 얼굴로부터 어깨와 가슴으로 핏기가 사라지고 있었다. 그 목마른 시간의 느린 진행이 죄수들을 극도로 괴롭혔다.
메시아 참칭자의 참혹한 최후를 관람하는 유대인들도 지쳤다. 병사들 또한 그 언덕의 햇볕이 지겹다. 시간은 그들 모두를 역겨워하는 듯 죽음처럼 정지해 있다.
십자가에서 세 시간쯤 지났을 무렵 같은 이름의 세 여인이 바위 뒤쪽에서 몸을 일으켜 조심스럽게 십자가로 접근하였다. 예수의 모친 마리아와 작은 야고보의 모친 마리아와 예수의 십자가와 자기가 졌어야 할 십자가를 동시에 본 막달라 마리아다. 그들의 몇 걸음 뒤를 제자 요한이 따랐다. 이미 눈물샘이 말라버린 건조한 얼굴들이다.
"어머니!"
예수는 발아래 모친에게 신음소리로 말했다.
"— 아들입니다."
불효의 자책이 아닌 자랑스러운 애정이 그 짧은 한마디에 듬뿍 배어 나왔다.
"요한……."
열둘 중 유일하게 골고다 언덕까지 따라온 제자에게 예수는 비로소 인간적인 부탁을 하였다.

"당신 어머니요."

요한이 염려하지 말하는 듯 고개를 끄덕였다.

눈부신 태양이 머리 위에 머문 정오다.

갑자기 사방에서 먹장구름이 골고다 언덕을 기습 공격하듯 덮여왔다. 계절풍도 돌풍도 없었다. 구름떼 같은 적군이 골고다를 포위하고 죄어오는 것 같은 불안을 느끼기에 충분했다. 곧이어 멀리서부터 점점 가깝게 천둥소리가 들렸다. 성난 하늘의 예고 없는 공격이다.

거대한 무대 위에서 연출되는 인위적인 절정을 초월한다. 세상의 빛으로 보낸 하나님의 아들에게 죄 많은 인간이 겪을 수 있는 최대한의 모욕과 고통을 가하는 잔악하고 추악하고 비열하며 교만한 죄인들에게 예비 된 장계를 연출하는 무대를 방불케 한다.

조금 지나자 이번에는 땅이 흔들렸다. 바위가 움직이는가 하면 땅이 갈라져 입을 벌렸다. 그 지진은 예루살렘 외곽의 무덤들 일부의 돌문이 열리게 하였다.

죄 없어 보이는 죄인들은 두려워 떨었다. 슬픈 여인들도, 조롱하던 유대인들도, 군인들도 잿빛이다. 어둠은 계속되었다. 진노한 신이 마치 이 땅에서 빛을 몰수해간 것처럼.

"엘리- 엘리-."

어둠에 싸인 십자가에서 예수의 절규를 방불케 하는 기도소리가 모두의 귀에 들렸다. 완악한 유대인이 동료에게 중얼거렸다.

"엘리야를 부르잖아?"

"글쎄. 어디 두고 보자. 혹시 아나? 선지자가 구하러 올지……."

두려움을 극복해 보려는 얄팍한 속삭임이 끝나기도 전에 십자가의 절규가 이어졌다.

"-라 마 사박다니-!"

유대인 다수가 가끔 사용하는 아람어를 아는 사람이면 누구나 그 절규의 내용을 알아들었다. 그것은 '나의 하나님, 나의 하나님, 어찌하여 나를 버리시나이까'라는, 더는 견딜 수 없는 극통의 최종적 호소였다.

어둠은 더욱 짙어졌다. 간단없는 천둥소리, 괜찮다 싶을 때면 흔들리는 대지, 그리고 사람들의 주검 같은 침묵 속에서 십자가의 고통을 외면한 시간은 정지된 듯 느릿느릿 기어가고 있었다. 그리하여 어둠이 시작된 지 세 시간 후, 십자가에 못 박힌 지 여섯 시간 후, 그 가장 긴 시간의 종말을 알리려는 듯 천둥소리가 멎고 요동치던 땅이 정지되었다. 그 고요 속에 예수의 독백이 흘러나왔다.

"아버지여, 내 영혼을 아버지 손에 맡기나이다!"

모두의 청각이 그의 목소리에 집중되었을 그때 그들이 이해하지 못한 가냘픈 마지막 한 마디가 들려왔다.

"다 이루었다!"

예수의 머리가 앞으로 떨구어졌다.

서른세 해를 살아온 나사렛 사람 예수의 죽음은 땅과 하늘이 미증유의 기상이변을 정지시켰다. 세상은 다시 세 시간 이전의 원상으로 신속히 복원되었다.

이제 한 토막의, 그러나 장중했던 연극의 막이 내린 무대처럼 골고다 언덕은 조용히 그리고 서서히 사람들의 움직임이 시작되었다. 처형장 지휘관인 예루살렘 수비대의 백부장 페트로니우스가 처음 입을 열었다.

"이 사람은 진정 하나님의 아들이었어!"

그의 폐부에서 후회와 탄식과 경이가 뒤범벅되어 흘러나온 고백은 병사들과 비웃던 관람객 다수와 몇몇 행인의 가슴에 뜨거운 파문을 안겨주었다.

그 시간에 대제사장 가야바는 당직 제사장의 급보를 받고 성전으로 달려 올라갔다. 놀랍다 못해 주검의 잿빛으로 변한 그 얼굴은 고약한 주인의 성난 호출을 받은 노예처럼 겁에 질려 있었다. 최고의 품위를 유지해야 할 대제사장의 최저 수준의 품위조차 훼손된 모습이지만 그는 지금 품위 따위를 신경 쓸 겨를이 없다.

그는 대제사장인 자기 한 사람만 일 년에 단 한 번의 대 속죄일에 자신을 포함한 온 백성의 죄를 속죄받기 위하여 들어가는 지성소(至聖所)의 이변 소식에 기절할 지경이다. 팔다리가 후들후들 떨린다. 네 개의 조각목(皂角木) 기둥에 갈고리로 드리워져 있는 청색 자색 홍색의 실과 가늘게 꼰 베실로 정교하게 짜서 만든 휘장의 한 가운데가 위로부터 아리로 갈라져 완전히 분리되어 있었다. 모세 이래 1천5백여 년 성전사(聖殿史) 초유의 이변이다. 그 휘장의 두께는 어른 손바닥보다 더 두꺼워 참수형 집행관의 예리한 칼로도 단번에 분리시킬 수 없는 세상에 둘도 없는 견고하고 아름다운 직조휘장(織造揮帳)이다.

"오, 하나님……."

그는 너무 두려워 덜덜 떨면서 그 자리에 고꾸라지듯 무릎을 꿇었다. 그러나 두려움의 극대화로 그가 찾는 하나님이 그의 마음에 들려주는 음성을 듣지 못하였다.

"네가 내 이름으로 나를 모독하였다."

예수가 죽는 순간까지 공포에 눌려 지성인의 양심을 숨기고 있던 니고데모는 곧장 집으로 갔다. 이제부터 그가 할 수 있는 일은 시체에 바를 유향과 몰약을 가져다가 시체에 발라 장사하는 일이다. 같은 시간에 그와 함께 침묵하던 아리마대 사람 요셉은 안토니아 요새로 달려가 총독 면담을 요청하였다. 그는 자신이 산헤드린 재판관이라고 신분을 밝힌 후 처형된 예수를 지극히 존경한다고 덧붙였다. 총독이 그를 만나 주었다.
"나도 방금 보고를 받았소. 그가 죽었다는……."
총독은 아직도 방금까지 지속된 기상이변의 두려움에서 벗어나지 못하고 있었다.
"처형장 근처에 나와 내 가족을 위해 준비해둔 새 무덤이 있습니다. 각하께서 허락하시면 그 새 무덤에 그분을 장사하고 싶습니다."
"허락하겠소."
다분히 신경질이 묻어 나왔다.
"당신들은 요구가 참 많구려. 죽여달래서 죽였더니 이번엔 곧장 치워달라고 요청해 왔소. 두세 시간 후에 안식일이 시작되니까 그 전에 치워야 한다나. 그뿐인 줄 아시오? 대제사장은 사흘 동안 무덤을 경비해 달라는군요. 제자들이 시체를 훔쳐가고 살아났다는 거짓말로 혹세미문 세상을 어지럽힌다는군요. 다음 요구가 뻔해요. 시체가 없어졌으니 찾아주시오? 아마 그럴 테지."
요셉은 총독의 분노 속에 숨어 있는 슬픔을 읽을 수 있어 아무 대꾸도 하지 않았다. 그것은 곧 자신의 분노였고 슬픔이기 때문이다.
"그가 말했다지요? 죽은 지 사흘 만에 다시 살아난다고……. 그러기를 바라오. 가서 당신 하고 싶은 일을 하시오. 그 무덤의 위치를 정확히 알려주고. 우리 군대와 성전경비병들이 함께 지키게 하겠소. 우습지요? 무덤을 지키는 경비병들이라. 황제 폐하께서 이 보고를 받으시면 어리석은 나를 파면시킬지도 모르겠군. 하……."
총독의 김빠진 웃음소리를 뒤로하고 요셉은 부지런히 골고다로 갔다. 해 지는 시각은 두어 시간뿐이다. 매장은 그 전에 완료되어야 한다. 안식일 계명 때문이다.
다행스럽게도 그가 보낸 하인이 깨끗한 세마포를 넉넉히 준비해 왔고,

때를 같이하여 니고데모 역시 하인과 함께 시체에 바를 유향과 몰약(沒藥)을 준비해 왔다.

그 사이 로마의 병사들은 죄수들이 기절상태일 가능성을 염려한 가야바의 요청에 따라 사망 여부를 확인하였다. 예수의 사망은 확인되었다. 그 양편의 강도들은 가늘게 맥박이 뛰고 있는 가사상태였다. 병사들은 그 두 죄수가 의식이 회복되어도 도망치지 못하도록 다리를 꺾었다. 그러나 사망 진단이 내려진 예수의 다리는 꺾을 필요가 없어 창으로 옆구리를 찔렀다. 물과 피가 흘러나왔다.

산헤드린 공회원 아리마대 요셉과 니고데모의 하인들은 요한과 그의 아버지 알패오와 함께 갈릴리 여인들이 지켜보는 앞에서 예수의 시체를 몰약으로 닦고 유향을 발랐다. 일몰 직전이다. 침묵 속에 손놀림이 빨라졌다. 세마포로 시체를 싸서 요셉이 그 가족의 무덤으로 거액을 써서 바위를 파 만든 무덤에 안장하였다. 그 입구를 둥글고 큰 바위로 막았다. 대제사장의 요구와 총독의 허락으로 전대미문의 한 과정이 더해졌다. 돌문을 긴 밧줄로 묶고, 동굴과 돌문 틈은 흙을 개어 채웠다. 밧줄의 양 끝은 가까이 있는 나무에 단단히 묶고, 그 위에 초를 녹여 감쌌다. 마지막으로 총독의 관인이 찍힌 여러 장의 양피지가 요소요소에 붙었다. 무덤의 완전한 인봉(印封)이다.

시체는 누구도 훔쳐가지 못한다. 그리하여 가장 긴 하루는 드디어 일몰을 맞이하였다. 니고데모와 아리마대 요셉은 예수의 일행들과 말없이 인사를 나누었다. 세베대와 알패오가 지체 높은 두 사람의 산헤드린 재판관에게 깍듯이 고맙다는 인사를 하였다. 여인들은 무덤이 봉인된 돌문이 빤히 보이는 건너편 바위에 힘없이 걸터앉아 움직이지 않았다. 그러나 세베대와 알패오의 권유로 서서히 일어섰다.

여러 명의 무장한 로마 병사들과 성전 경비병들이 합동으로 무덤을 둘러섰다.
"우리도 내려가지."
니고데모의 힘없는 말에 아리마대 요셉이 힘없이 일어났다.
"성전을 헐라. 손으로 짓지 않은 성전, 사흘에 다시……."
독백처럼 중얼거리다가 점점 힘이 들어갔다.
"요셉, 손으로 짓지 않은 성전은 나사렛 예수, 자기 자신이야. 성전을 헐라, 나를 죽여라야. 내가 사흘 만에 다시 살아난다. 사흘, 사흘에 다시 살아난다고 이미 예고했잖아. 꼭 그리 될 거야! 사흘, 사흘."
그는 자신의 해석에 흥분하여 발걸음에 힘이 넘쳤다.
일몰이다. 어느 회당의 지붕 위에서 핫짠이 부는 뿔 나팔 소리가 바람결을 타고 들려왔다. 안식일의 시작이다.

총독 보고서

로마시 건설 793년 여름의 그 밤.

로마의 수호신 이름을 받든 265개의 네 거리와 일곱 개의 언덕을 연결한 거대하고 견고한 성벽, 6백 명의 원로원 의원, 2백 명의 기사 계급, 3백만이 넘는 시민과 수십만의 해방노예, 그리고 2백만에 달하는 노예 등 6백만 인구의 거대한 도시가 어둠에 잠겨 있다. 그 도시가 한 눈에 조망되는 캐피탈 언덕 조금 남쪽에 자리한 카이사르 티베리우스 황제의 궁전은 대낮처럼 밝았다. 제국의 최초의 로마 황제 카이사르 아우구스투스의 아내가 전 남편과의 사이에서 낳은 아들인 2대 황제 티베리우스는 3년 전부터 본디오 빌라도가 총독으로 가 있는 유대 땅으로부터 오는 늘 심상치 않은 보고서에 익숙해져 웬만한 내용에는 별로 놀라지 않았다.

그러나 오늘의 티베리우스 황제는 최소한 24만 데나리온 이상의 재산을 소유하고 행정장관직을 겸임하고 있는 우월감에 찌든 원로원 의원들을 초청한 만찬을 서둘러 끝낼 만큼 충격적인 보고서를 받았다. 보고서 작성 날짜는 열흘 전이다.

"좀더 일찍, 즉각적으로 이 보고서가 도착했어야지."

보고서를 단숨에 읽은 황제의 첫 마디다.

"로마의 영토가 땅 끝까지라서 멀고 먼 뱃길을 서둘러 와도 그렇습니다."

"그건 그렇고, 하지만 세자누스, 이 보고서에서 내가 느낀 것은 그 사건이 우리 제국의 운명과 무관하지 않을 거라는 긴장감인데……."

황제는 아직도 보고서를 손에 들고 있다.

"그 사건이 어떤 것인지요? 폐하."

원로원 의원이며 황제의 각별한 신임을 받는 절친한 친구 세자누스가 조심스럽게 물었다.

"예수의 십자가 처형, 그리고 그의 부활."

세자누스는 넋 빠진 사람의 독백을 들은 듯 아무 분별도 할 수 없었다.

"밤도 늦었는데 돌아가시오. 난 이 보고서를 다시 검토해야겠소. 세자누스는 내일 원로원을 소집하도록 일러주시오. 원로원에 내 의견을 말해야겠소."

세자누스가 물러가자 황제는 집무실 의자에 기대앉은 채 본디오 빌라도가 떨리는 손으로 직접 쓴 게 분명한 양피지(羊皮紙) 보고서를 다시 펼쳤다. 총독의 보고서는 처음부터 심각하였다.

발레리우스 크라투스의 뒤를 이어 유대와 사마리아 총독으로 부임한 그 해부터 이 땅에서는 그 어디에서도 경험할 수 없는 독특하면서도 신비하고, 그러나 우려하지 않을 수 없는 일들이 이어져 왔습니다. 로마의 속국에서 일어나는 모든 일들이 보고되어야 한다는 원칙에 충실한 제가 이미 수차례 보고 드린 그대로 세례를 베푸는 요한의(그는 이미 헤롯 안디바에 의해 처형되었습니다) 후계자라도 되는 듯 그 뒤를 이어 출현한 예수라는 30세 목수의 이상적 교훈과 불가사의한 행적들이 그것입니다.

유능한 정보장교가 예수에 대해 낱낱이 조사한 결과 그 사람은 로마의 보호를 받아야 할 가치가 있다고 판단하였습니다. 확인된 바에 의하면 그는 배를 타지 않은 채 거대하고 깊은 갈릴리 호수 위를 걸었으며, 거센 풍랑에게 명령하여 잔잔하게 하였고, 죽은 사람을 세 명이나 살려 냈습니다. 이는 제 부하들이 현장 확인한 명백한 전대미문의 사실들입니다.

그는 다섯 개의 작은 보리빵과 두 마리의 저린 생선으로 5천이 훨씬 넘는 군중을 배불리 먹이고 잔뜩 남게 한 일도 있습니다. 그는 유대인들이 가장 혐오하는 문둥이를 여러 명 고쳤는가 하면, 각양각색의 불치병자들과 불구자들을 단지 말 한마디로 척척 고쳐주었습니다. 약물이나 의료도구를 전혀 사용하지 않았습니다. 그에게 은혜 입은 자들 가운데 다수의 소경과 앉은뱅이들도 있습니다.

그의 교훈은 알아듣기에 쉬우나 심오하며, 인간의 근원적 문제들에 대해 소크라테스나 플라톤 또는 아리스톨보다 명쾌하게 접근하고 해석하였습니다. 한 개인이 지닌 그런 능력은 그가 마음먹기에 따라서는 유대 땅에 주둔해 있는 우리 군대를 단번에 무력화시키는 게 가능하다는 생각이 듭니다(유대인의 역사에는 작은 소년이 블레셋의 거인 장수를 조약돌 하나로 제거한 기록이 있습니다. 그가 훗날 유대 왕국의 시조 다윗입니다). 그러나 예수는 그의 비길 데 없는 능력을 가난한 자와 병든 자와 불구자와, 심지어 죄의식으로 좌절한 창녀나 세리들에게 베풀어 희망과 기쁨을 안겨주는 데 사용할 뿐, 한 번도 로마에 대한 적대감조차 드러내지 않았습니다.

로마의 큰 유익이 될 가치를 지닌 그의 신변을 은밀하게 보호하고자 언제라도 가이사랴의 총독부와 예루살렘의 안토니아 요새를 피난처로 제공하겠다는 뜻을 은밀하게 전한 바 있으나 그는 전혀 반응하지 않았습니다. 동족의 기득권자들, 즉 세계에 그들만의 독특한 종교의 중심에 있는 상류층 종교권력자들로부터 박해를 받으면서도 그는 꿋꿋하게 그의 이상을 따라 소신껏 행동하였습니다. 그에 대한 유대 사회의 시각은 세 갈래입니다.

　첫째, 빈민대중은 그의 능력과 사랑과 온유에 감동하여 그들이 대망하던 메시아, 곧 구세주로 보고, 그들의 왕으로 추대할 분위기였습니다.
　둘째, 독립 왕국을 재건하려는 폭력적 반항집단 열심당은 그들의 대로마 항쟁에 예수의 능력을 활용하려고 적극적으로 시도하였습니다. 그러나 그는 무관심으로 일관하였습니다.
　셋째, 유대사회의 기득권층, 곧 종교 권력자들은 예수를 그들이 누리고 있는 특권에 대한 도전자로 간주, 그들 종교의 기존의 질서와 체제를 전복시키려는 그의 능력이 사탄에게 속한 것이라고 일관되게 주장하면서 로마보다 그를 더 증오하였습니다. 그에 대한 저의 은밀한 보호 제의는 인간적 가치 외에 정략적 이유도 있었습니다. 30대의 그 젊은이는 보기 드문 인내력으로 유대사회의 갈등을 극복하며 비폭력, 무저항, 박애정신을 실천하는데 특권층의 방해를 넘는 압박을 받았습니다. 유대사회의 특권층은 지난 유월절에 예수를 체포하여 그들의 종교법 절차까지 무시해 가면서 사형을 확정한 후 그 집행을 저에게 요청해 왔습니다. 그들의 종교법에 사형집행권이 있음에도 그를 저에게 넘긴 것은 그가 왕을 사칭하였다는 근거로 로마에 대한 반역죄가 성립된다는 논리였습니다. 그 형벌은 십자가 처형이며, 그의 지지자들을 일거에 흩을 수 있다는 계산이었습니다.

존경하는 카이사르 티베리우스 황제 폐하

　폐하께 충성하는 신하 본디오 빌라도는 유대인의 입을 빌자면 하나님의 섭리요, 로마식으로 하면 운명의 도구로, 로마법에 의해 처형할 근거가 없는 예수의 처형에 슬프게도 결정적 역할을 맡아야만 하였습니다.
　저는 일단 최고재판관으로서 냉정하고 객관적인 입장에서 예수를 신문하였습니다. 그러나 죄 없다는 확인이 소득이었을 뿐 유대의 지도자들이 주장하는 십자가 처형에 해당하는 죄를 발견하지 못하였습니다.
　총독의 입장은 곧 로마의 입장임을 상기시켜 드리고 싶습니다. 왜냐하면 간과할 수 없는 정치적 이유가 이 사건의 배후에 도사리고 있었기 때문입니다. 이미 대제사장과 그의 측근 세력들은 나중에 조사된 바에 의하면 성전 금고에서 부당하게 자금을 유출하면서까지 상당수의 민중을 매수하였고, 항쟁에 실패한 열심당은 예수에게 느낀 배신감을 민족의 배신으로 확대, 백성을 자극하고 충동하여 그들의 요구를 관철시키려고 격렬하게 함성을 질러대었습니다. 열심당으로서는 그 이틀 전의 실패한 무력항쟁으로 그들의 두목이 요새의 감옥에 수감되었으므로 적극적일 수밖에 없었습니다. 대규모 민중폭동이 가능한 예루살렘 상황이었습니다. 평소 종교적 교리와 이상이 맞지 않아 반목해 오던 종파들도 힘을 합쳤습니다. 독립항쟁의 지도자 바라바를 석방하고 예수를 십자가에 못 박으라는 그들의 요구를 수용하지 않으면 유월절의 그 많은 인파가 대규모의 폭동을 일으켜 로마에 의한 평화를 훼손하는 단초가 되면, 그 결과는 로마가 다스리는 여러 지역을 자극, 심각한 파장을 초래할 것입니다.
　이런 배경들, 즉 대규모 반로마 폭동이 일어날 분위기에서 저는 한 사람의 희생으로 로마의 이익을 도모해야 된다는 정략적 판단을 집행할 수밖에　없었습니다.

존경하는 카이사르 티베리우스 황제 폐하

　로마의 명문가 출신으로 프랑스의 까울 태생인 제 아내 클라우디아 프로쿨라도 예수를 해치면 로마 원로원과 황제께서 받을지도 모를 저주가 두렵다며 눈물로 애원한 바 있습니다. 아내는 제가 유대 총독으로 임명 받기 한 해 전에 유대 총독으로 가게 된다고 예언한 바 있으며, 재임 중 운명적 사건에 책임을 지는 결정을 하게 된다고 알려준 바 있습니다. 저는 로마의 법으로 예수를 처형하지 않으려고 마침 예루살렘에 머물고 있는 헤롯 안디바에게 재판을 넘겼으나 그는 로마의 유익에 무관심하였습니다. 그의 야비한 발뺌으로 저는 로마의 이름으로 가장 불행한 악역을 수행하게 되었습니다. 위대한 민족 가운데서 극히 드물게 배출될 수 있는 단순하면서도 장엄한 설교가요, 철학자요, 그 어떤 예술가도 그려내지 못한 유형의 영웅이며 신(神)으로밖에 달리 생각할 수 없는 예수에게 저는 끝까지 무죄를 선고하였습니다. 그러나 폭동의 전조가 뚜렷한 상황을 해소하는 게 로마의 유익이므로 그들의 뜻대로 죄 없는 그 죄수를 십자가에 처형할 수밖에 없었습니다.
　죄 없는 그 죄수를 살리려는 저의 최선의 노력은 유령이라도 감동 받을 것입니다. 저는 3회에 걸친 무죄선언, 유월절 특사 제의, 그것으로 안 되어 혹독한 채찍질로 연민을 유발시키려고 그의 몸에 피를 끼얹은 듯 유혈이 낭자하도록 가혹하게 매질하였으나, 모두 무위로 돌아가고 말았습니다.

카이사르 티베리우스 황제 폐하

　폐하께서는 이 의로운 사람의 죽음에 의한 로마의 불행을 방지하기 위해서라도 유대인에 대한 특혜 수준의 정책에 작은 변화를 주는 게 바람직하다는 소견을 올립니다. 어차피 그들은 그의 무죄한 피에 대하여 그들이 책임지겠다고 약속하였습니다. 오만하기 그지없는 족속을 감히 로마의 어떤 결정에도 항의하지 못하는 양같이 순한 민족으로 체질을 개선시키지 않는다면 로마는 앞으로 이들을 다루는데 계속적으로 난관에 부딪칠 것입니다. 저의 아내는 유대인이 전무후무한 재앙을 받는다고 예언하였습니다.

예수는 유대인의 뜻대로 십자가에 처형되었습니다. 그가 운명하기 전 세 시간 동안 예루살렘을 비롯한 유대 전역과 멀리 소아시아와 아프리카의 나일강 유역까지 온통 흑암으로 덮였고, 땅이 흔들렸고, 천둥과 번개가 그치지 않았습니다. 저는 예수가 아버지라 호칭한 신의 진노로 판단합니다. 제 생애에 한 번도 경험했거나 들어본 적 없는 엄청난 천재지변을 달리 해석할 수 없습니다.

처형장의 지휘를 맡았던 백부장 페트로니우스는, 예수는 진정 하나님의 아들이라고 보고해 왔습니다. 저도 그의 말을 인정하지 않을 수 없었습니다. 우주적 분노가 계속되는 가운데 십자가의 고통이 예수를 괴롭혔고, 안토니아 요새의 집무실에 있던 저 역시 같은 고통을 체험하였습니다. 이 사건 직후 제 아내는 여러 날 동안 음식을 전폐하였으며, 저 역시 매우 우울하였습니다. 감히 신을 최악의 극형에 처한 인간의 우울입니다.

한 가지 중요한 문제가 그의 죽음 후 우리를 긴장시키고 있습니다. 처형당한 예수는 생존 시 그의 제자들에게 나는 죽는다, 그러나 사흘 만에 다시 살아난다고 공공연히 소위 부활을 천명하였습니다. 대제사장도 그 말을 기억하므로 우리 군대가 무덤을 지켜야 된다고 간청해 왔습니다. 예수의 제자들이 시체를 훔쳐가고 날조된 부활의 유언비어로 혹세무민

할 소지가 많다는 주장이었습니다. 오해의 소지를 없애기 위해 로마 병사들과 유대인 성전 경비병들이 합동으로 사흘 동안 그의 무덤을 지켰습니다. 이런 어처구니없는 사례는 전무후무할 것입니다.

사흘째의 미명, 예수의 시체가 증발하였습니다. 대제사장은 시체의 도난을 주장하면서 시체 수색작업을 명령해 달라고 요청해 왔습니다. 로마의 군대와 유대인 성전경비병들이 합동으로 시체수색에 나섰습니다. 저는 나름대로 시체의 증발에 대하여 면밀히 조사하였습니다. 그 결론은 다음과 같습니다.

사흘째의 미명, 무덤을 경비하던 로마의 병사들과 대제사장의 유대인 성전 경비병들은 한 차례의 가벼운 지진과 함께 천사를 보았다고 증언하였습니다. 예수를 추종하던 여인들이 예수의 시체에 향유를 바르기 위해 무덤에 오기 직전, 아직 미명입니다. 여인들에게 무덤의 돌문을 열어 주어야 하는데 어느 사이엔가 그 무거운 돌문이 이미 열려 있었다는 것입니다. 시체를 쌌던 세마포는 시체가 있던 자리에 고스란히 놓여 있었습니다. 함께 무덤을 지키던 성전 경비병의 황당한 보고에 놀란 대제사장은 나의 병사들까지 돈으로 매수, 제자들이 시체를 훔쳐갔다고 저에게 허위보고 하도록 조치하였음이 확인되었습니다. 예루살렘에는 순식간에 유언비어가 퍼졌습니다. 제자들이 예수의 시체를 훔쳐갔다고.

일단 시체 수색작전은 광범위하고 치밀하게 전개되었습니다. 로마인과 유대인이 이때처럼 마음이 하나가 된 적은 아직 한 번도 없었습니다.

존경하는 카이사르 티베리우스 황제 폐하

사건 발생으로부터 두 달이 지난 지금 이 보고서를 쓰는 것은 직무태만이 아니라, 설명할 길이 없는 이 신비한 사건의 이렇다 할 결말을 보지 않고는 결론 없는 보고서를 쓸 수 없었기 때문입니다. 저는 지난 열흘 동안, 그러니까 유월절의 예수 처형으로부터 50여 일이 경과한 후에 일어난 또 하나의 신비한 사건을 함께 보고함으로써 이 사건의 전말을 이해할 수 있겠기에 지각보고가 아님을 변명합니다.

예수의 체포와 처형은 그의 제자들이 경험한 경이로운 전능성을 근거할 때 전혀 이해될 수 없었음은 물론, 속수무책의 제자들로서는 두려움으로 은신할 수밖에 없었던 것 같습니다.

예수의 시체 도난 유언비어가 퍼다해진 직후 그가 다시 살아났다는 풍문이 심심찮게 떠돌았습니다. 목격자들이 나타나기도 하였습니다. 그러던 중 유월절로부터 50일이 되는 오순절(五旬節)이라는 유대인의 절기에 제자들과 다수의 부활을 목격한 사람들 120여 명이 예루살렘의 한 저택에 모였습니다. 그들 중에는 부활한 예수와 대화도 나누고 식사도 함께 하였다는 제자들도 있었습니다. 바로 그 날 그 장소에서 또 하나의 이변이 일어났습니다.

숨어 지내던 제자들이 갑자기 거리로 뛰쳐나와 군중들 앞에서 목청껏 연설을 시작하였습니다. 연설의 요지는 이구동성으로 우리는 우리가 보고 들은 바, 곧 나사렛 예수를 너희가 십자가에 못 박아 죽였으나 그가 말한 대로 사흘 만에 다시 살아나서 40일 동안 수차례 그들과 만나다가, 열흘 전에 올리브 산에서 수백 명이 지켜보는 가운데 천사들에 의해 하늘로 들려 올라갔다는 내용입니다. 승천한 예수는 다시 이 땅에 내려와서 산 자와 죽은 자를 심판할 것이니 모두들 회개하고 주 예수를 믿으라고, 두려움으로 숨어 지내던 제자들이 대담하게 군중 앞에서 목청껏 증언하였습니다. 더욱 놀라운 사실은 그들의 말을 들은 군중이 한꺼번에 수천 명씩 그들의 증언을 받아들이고 그들에게 합류, 모세 이후 유대교라는 단일 종교를 철저하게 신봉해 오던 그들 가운데서 새로운 종교, 이를테면 예수를 그리스도로 믿는 종교가 탄생하고 그야말로 급속히 성장한다는 사실입니다.

숨어 지내던 그들의 담대함의 근거는 그들의 주장대로 죽었으나 다시 살아난 그들의 지도자 예수입니다. 그들의 새 종교운동은 예수의 부활에 근거합니다. 두려워 숨어 지내던 그들이 목숨 따위는 안중에도 없을 만큼 변화된 사실을 달리 이해하기는 어렵습니다. 머지않아 이 신흥종교는 유대사회를 휩쓸고 로마 제국의 독수리 깃발도 위협할 것 같습니다.

분명한 것은 죽은 예수의 부활과 승천을 부인할 수 없는 증거들이 허다합니다. 이 신흥종교의 확산 또한 막을 길이 없을 것입니다. 진흙이 토기장이의 손에서 여러 모양과 용도로 빚어지듯 이 세상 모든 것, 심지어 인생이든 국가든 한 줌의 흙으로써 토기장이 예수의 손에 들려 있다고 저는 현장 경험자로서 믿을 수밖에 없습니다.

존경하는 카이사르 티베리우스 황제 폐하

저는 3년 전 유대인의 총독으로 부임한 직후 유대 상류층과의 화합을 위하여 큰 연회를 베풀고 대제사장을 비롯한 모든 기득권층 인사들을 초청한 바 있습니다. 그럼에도 단 한 명 참석하지 않았다면 폐하께서 믿으시겠습니까? 저는 그들의 완전한 불참을 황제 폐하와 로마제국에 대한 모독으로 간주할 수밖에 없었습니다.

다음 날 대제사장이 저를 찾아왔습니다.

"유대인은 이방인의 집에 들어가지 말며, 그들과 한 식탁에서 먹지 말라고 율법이 정하고 있습니다."

대제사장의 변명을 정략적으로 수용해준 그 날부터 저는 가급적 유대인들을 비정하고 난폭하게 다루어 왔습니다. 그들은 그들의 신에게 선택된 민족이라는 오만과 로마의 황제보다 모세의 율법이 우선하는 종교를 어떤 방법으로든 약화시키는 것이 로마의 유익이라는 신념 때문이었습니다. 그러나 두 달 전에 저는 제 생애 최초로 한 젊은 유대인에게 말할 수 없는 연민을 느끼면서 사실상 무죄한 그를 가장 가혹한 방법으로 처형하였습니다. 그의 죽음은 확인되었습니다. 그러나 그는 그의 말대로 사흘 만에 살아났음이 확인되었습니다. 그의 생명은 영원할 것입니다.

나사렛 예수는 백부장 페트로니우스의 말대로 하나님의 아들입니다. 하나님이 어느 정도의 신인지 그것은 잘 모르겠습니다만, 예수의 전능성을 근거로 한다면 아마 전능한 신이 아닐까 합니다. 저는 나사렛 예수와 관련된, 예루살렘과 온 유대 땅이 시끄러운 이 사건에 관한 한 사실대로 보고하였음을 맹세합니다.

저에 대해 늘 악평을 서슴지 않는 헤롯 안디바에게 재조사를 시키셔도 저는 당황하지 않습니다. 저는 폐하의 가장 충성스러운 신하이기 위해 살아가고 있습니다.

       로마 제국의 3급 행정관
       유대 총독 본디오 빌라도

황제는 보고서 내용에 허위나 과장이 없다고 인정하였다. 일개 행정장관이 황제에게 부분적으로나마 날조된 보고서를 쓰지 못한다는 사실을 알고 있기 때문이다.

36세에 황제로 즉위한 72세의 카이사르 티베리우스는 그의 궁전 집무실에서 북쪽으로 가깝게 보이는 웅장한 윤곽의 주피터 신전을 한동안 바라보았다. 초대 황제인 카이사르 옥타비아누스 아우구스투스가 세운 최고의 신전이다. 그는 또 어둠에 잠긴 저 아래쪽 6백만 시민이 잠들어 있는 도시의 265개나 되는 수호신의 이름들을 생각해 보았다.

'우리에게 신이 하나 추가된다는 건 특별한 일이 아니지. 신, 우리의 지배하에 있는 예수라는 이름의 그 유대인을 로마의 새로운 신으로 추대하는 건 빌라도의 보고대로 로마의 재앙을 막는 데도 필요할 거야. 신이 많을수록 인간에게 유익하지.'

빵과 물, 전차경기와 검투, 연극 등의 구경거리를 무상으로 제공 받는 지상에 유일한 제국 시민들에게 죽었다가 다시 살아난 새로운 신을 섬기게 하자고 그는 마음을 정하였다.

며칠 후.

한 유대인 사형수를 신으로 승격시키자는 황제의 제안을 심의하기 위해 원로원이 소집되었다. 그들은 이미 며칠 전에 유대의 총독이 황제에게 보낸 보고서의 사본을 접수, 검토한 바 있다.

로마의 귀족들과 정치인들로 구성된 6백 명의 원로들은 빵과 구경거리마저 공짜로 제공되는 지상천국 로마로 몰려 들어오는 동방의 이민을 반기지 않았다. 속국 백성들은 소수의 야심가와 모험가를 제외하고 모두 게으름뱅이거나 극빈자였다. 혐오와 멸시의 대상인 그런 속국의 한 사형수를 위대한 로마의 신으로 추대하자는 황제의 제안은 원로들 일부에게 불쾌감을 주었다.

"절대불가요. 우리가 신으로 추대할 수 있는 인간은 인간을 기쁘게 하고 보호할 수 있어야 하오. 이를테면 가이우스 율리우스 카이사르 옥타비아누스를 아우구스투스(Augustus)로 추대한 것처럼, 또 알부르누스(Alburnus)를 우리의 신으로 포고한 것처럼 말이오."

"동의합니다. 아울러 유대인 사형수 예수를 신으로 추대하자는 제안 자체가 무효입니다. 왜냐하면 우리의 법은 원로원이 제안하고 심의하고 투표해서 결정하도록 되어 있기 때문입니다. 이 안건은 절차상의 하자로

심의대상이 안됩니다."

그러나 황제는 법에 따라 거부된 자기의 제안을 취소하고 싶지 않았다. 황제의 권위나 체면의 문제가 아니라 유대인 예수는 그 어떤 로마의 신들보다 신적 요소를 충분히 갖춘 신이라고 믿어졌기 때문이다. 그렇다고 원로원과 정면으로 충돌할 만큼 늙은 황제는 어리석지 않았다.

'그렇다면 내 방법대로 하지. 예수의 제자들에게 편의를 제공하고 그들의 새 종교를 육성해 나가도록 돕겠어. 만약 그들을 비난하거나 훼방하는 자들은 처형이야. 이건 황제의 권한으로 가능하지.'

황제는 명령서를 본디오 빌라도를 비롯한 속국의 총독들에게 보냈다. 그 까닭에 예수의 제자들에게 로마의 권력은 장애가 아니었다. 가이사랴 주둔군의 백부장 고멜료를 비롯한 그의 부하 몇 명과 총독의 아내 클라우디아 프로쿨라, 예루살렘 수비대 천부장과 백부장 페트로니우스 등이 예수의 제자들이 이끄는 그들의 독특한 집회에 참석하였다. 예수 그리스도교에 대한 초기의 박해는 예수의 처형을 이루어낸 유대종교의 권력층에 의해 일어났다.*